Welche Farbe tragen Engelsfedern?

von

Eve Grass

www.verlag-der-schatten.de
Erste Auflage 2024

Covergestaltung: Bookcover4everyone by Tom Jay (www.tomjay.de)

Lektorat: Shadodex – Verlag der Schatten

printed in Germany (www.wir-machen-druck.de)
ISBN: 978-3-98528-030-8

Welche Farbe tragen Engelsfedern?

von Eve Grass

In den eiskalten Raunächten 1929 bangen die Einwohner von Eisenhütt um ihr Überleben. Ein Wesen aus uralter Mythologie wird daher um Hilfe gebeten. Doch die sogenannte »Gehörnte« fordert dafür eine menschliche Seele. Niemand ahnt, dass das ausgewählte Mädchen damit eine große Bürde übernehmen wird.

Theresia Bauer ist ein ganz besonderer Mensch. Sie ist vom »dunklen Engel« dazu auserwählt, die Waagschalen der Ewigkeit wieder ins Gleichgewicht zu bringen. Im Laufe ihres Lebens verblasst die Erinnerung an diese essenzielle Aufgabe aber immer mehr. Mit fatalen Folgen, denn die Waage, in der nicht weniger als das Wohl der Weltbevölkerung liegt, gerät immer mehr aus dem Lot und die Menschen vergessen die »Gesetze der Ewigkeit«, welche ihre Existenz auf Erden sichern.

Religionen lehren uns seit Tausenden von Jahren, dass wir uns gegen das Böse zur Wehr setzen müssen. Doch wer definiert eigentlich, was gut und böse ist?

Inhalt

Prolog

Mit hochrotem Gesicht quälte sich der Mann keuchend durch hüfthohen Schnee den Pfad hinauf. Eine flackernde Fackel zauberte dämonenhafte Lichtspiele auf die glitzernde weiße Pracht. Primitive Schneeschuhe verhinderten das Einsinken.

»Maria, Mutter Gottes, bitte für uns Sünder.«

Es würde weiterhin schneien und die Einwohner des Dorfes in eine Katastrophe stürzen.

Während er sich mit zitternden Beinen weiter bergan kämpfte, formten sich schlimme Szenen in seinem Kopf. Junge und Alte, löchrige Tücher um die Häupter gewunden, drängten sich in die Kirche, um bei der Heiligen Mutter Schutz zu finden. Magere, vom Arbeiten gerötete Finger verschränkten sich ineinander, beteten in stiller Inbrunst. »… Jetzt und in der Stunde unseres Todes …« Aber die blau gewandete Madonna stand weiterhin stumm auf ihrem Podest, wiegte ihr Neugeborenes im Arm und schaute mit mildem Blick auf die frierenden Dorfbewohner herab. Warum prüfte Gott die Seinen so sehr? Dieser Winter schien alles Leben verschlucken zu wollen.

Er musste zum Hochfels aufsteigen, und keiner durfte ihn dabei beobachten. Das war er den armen Leuten im Dorf schuldig.

Nach einer unendlich erscheinenden Wanderung durch den Wald öffnete sich der schmale Pfad ein wenig, und im Licht der Fackel erschien grauer Fels, der beinahe senkrecht vor ihm aufragte. Durch den Nebel des eigenen Atems hob er den Blick, dann sackte sein magerer Körper auf die Knie.

Der Stein trotzte hier seit Jahrmillionen dem Wind, dem Regen und dem Schnee. Weder Hitze noch Kälte noch Erdbeben hatten ihn je erschüttert. Es war, als hätte Gott den Fels für die Ewigkeit erschaffen. Geknickte Baumstämme, die sich wie Zahnstocher eines riesenhaften Wesens um seine Talsohle gruppierten, zeugten von der Vergänglichkeit des Lebens.

Der steif gefrorene Körper eines toten Rehs lag unter den kahlen Ästen eines Brombeerstrauches. Doch die Augen des Mannes starrten weiter hinauf in das Dunkel der Winternacht, dorthin, wo der Fels mit dem Himmel verschmolz. Er senkte die Fackel ein wenig. Die Kälte drang unerbittlich durch seine wollene Kleidung.

»Hilf uns, Gehörnte«, flüsterten die rauen Lippen.

Dass er eine Sagengestalt aus dem Bayerischen Wald anrief, kam ihm absurd und unwirklich vor. Aber besonders bei der älteren Bevölkerung aus dem Dorf und auch dem benachbarten Böhmisch Eisenstein existierte die gruselige Hexe seit Urzeiten in den Köpfen. Außerdem erinnerte er sich dabei an seine Jugend, die er in einem winzigen Weiler nahe Kötzting verbracht hatte.

Immer wieder war ihm als Bub ein scheußlicher Teufel im Traum erschienen, der ihn nicht nur erschreckte, sondern auch lockte. Wie sehr hatte er sich einst zum Geburtstag ein Fahrrad gewünscht, aber nie bekommen, weil die Eltern bettelarm waren. Nie würde der Mann vergessen, als ihm Beelzebub des Nachts zugeflüstert hatte: *»Nimm dir, was du möchtest. Braucht ja keiner zu erfahren, wo du es herhast, Bursche. Du hast es in der Hand, entscheide, ob du so enden willst wie all die anderen armen Trottel.«*

Natürlich hatte er niemals ein Rad gestohlen. Aber eine Tüte mit Karamellbonbons war daraufhin in einer Tasche seiner viel zu weiten Hose verschwunden, als er für die Mutter im Kramerladen ein Viertelpfund Butter besorgte.

Die Zuckerstückchen waren ihm nicht bekommen. Das schlechte Gewissen, welches ihn täglich heimgesucht hatte, verwandelte die Bonbons in bittere Medizin.

Bald hatte er deswegen den Mut gefasst, dem Traumteufel die Stirn zu bieten, und ihn in die Schranken verwiesen mit den Worten: *»So will ich nicht sein, du garstiger Quertreiber. Ich möchte für das Wohl der Menschen da sein, solange ich auf dieser Welt verweile.«*

Da wandelte sich die Ausgeburt der Hölle in den Heiligen Sankt Leonhard, den er aus dem Religionsunterricht kannte, und antwortete: *»Du hast deine Wahl getroffen.«*

Von dem Tag an träumte er nicht mehr von dunklen Gestalten. Und beim Kramer hatte er sich für den dreisten Diebstahl auch entschuldigt. Auf die Prügel des Vaters, die er danach bezogen hatte, war er heute noch stolz.

Ein Kauz schrie im Wald, ansonsten war nichts zu hören. Bange Sekunden lauschte der Mann in die Dunkelheit, dann erhob er sich aus dem knirschenden Schnee. Eine salzige Träne rann ihm die Wange hinab, während er die Fackel wieder anhob, um den Rückweg auszuleuchten. Die Spuren seiner Schneeschuhe waren deutlich zu erkennen.

Er wandte sich zum Gehen, und die Enttäuschung, keine Antwort erhalten zu haben, schmerzte in diesem Moment mehr als die klirrende Kälte. Doch während er seufzend den ersten Schritt tat, veränderte sich nahe dem Fels etwas. Ein grauer Schleier bildete sich in der Höhe und wand sich um den Stein wie hauchzarter Stoff. Langsam glitt das durchscheinende Gebilde herab.

Wieder setzte er einen Fuß in den Schnee, aber diesmal klang das Knirschen der primitiven Schneeschuhe fast wie unheimliche Worte. Er hielt mitten in der Bewegung inne.

»Was willst du, Mensch?«

Bebend drehte er sich um. Der Fackelschein erhellte den Stein, an dem der wallende, unheimliche Schleier herabglitt, als wäre er nicht von dieser Welt. Zwischen dem Totholz sammelte sich die Masse und richtete sich zu einem schemenhaften Wesen auf. Im Licht des Feuers schälte sich eine Frauengestalt aus dem Grau. Gewundene Hörner ragten aus deren Haupt und verliehen den düstersten Befürchtungen Realität. Ein Schreck jagte ihm durch den Leib, als er erkannte, dass die Erscheinung Flügel trug. Sie bewegten sich hauchzart, und ihre Schatten tanzten im Licht der Fackel. Die Federn daran wirkten weiß, aber die Nacht verlieh ihnen dunkle Nuancen. So hatte er sich das weibliche Ungeheuer aus den Sagen seiner Heimat wahrlich nicht vorgestellt. Eine Mischung aus Dämon und Engel stand ihm gegenüber.

Welche Farbe tragen Engelsfedern?, fuhr ihm durch den Sinn, aber er verdrängte den Gedanken, den viele Einheimische als gotteslästerlich bezeichnet hätten. Die Gestalt, die sich hier zeigte, konnte kein Gottesbote sein.

Hastig senkte der Mann den Blick und fiel erneut auf die Knie. Dieser Anblick war mit den Träumen seiner Kindheit nicht zu vergleichen. Er lag nicht in einem warmen Bett, und der Nachtmahr wäre mit dem abrupten Öffnen der Augen auch nicht vorüber. Er war hierhergekommen, um Hilfe zu erbitten, aber die Angst vor der Erscheinung raubte ihm den ohnehin spärlichen Atem. Doch was hatte er für eine Wahl?

»Der Winter setzt dem Dorf so sehr zu, dass viele Menschen den Tod finden werden«, jammerte er frierend. »Die Kirche ist mit Verzweifelten gefüllt, doch Gott erhört uns nicht. Und zu allem Überfluss erwartet die blutjunge Ehefrau vom Xaver in den nächsten Tagen ihr erstes Kind.«

Leichter Wind kam auf und ließ die pulvrige Schicht des Schnees aufwirbeln. Tausend winzige Diamanten tanzten im Feuerschein wie Irrlichter.

Die zischende Stimme der Erscheinung antwortete ihm unmittelbar: »Wieso machst du Gott für die Jahreszeiten verantwortlich? Auf einen harten Winter folgt stets ein Sommer. Alles auf dieser Welt ergibt einen Sinn. Die Kräfte müssen ausgeglichen sein, Mensch. Ich denke, das ist dir bewusst. Deswegen verzeih ich dir die Störung, auch wenn ich deine Angst bis in den Himmel hinauf riechen kann.«

Die Fackel drohte zu erlöschen. Hastig positionierte sie der Mann hinter seinem Rücken. Er würde den Rückweg ohne das lebensspendende Licht nicht mehr finden und im Wald elend erfrieren, so wie das Reh zwischen den Sträuchern.

Die geisterhafte Stimme begann zu lachen. Es hörte sich an wie das Keckern von Kindern auf einer Sommerwiese. »Ihr werdet den Winter alle überleben. Du hast mein Wort. Kehre zurück ins Dorf und spende den Deinen Trost. Aber bedenke …« Ein heftiger Windstoß fegte über die Lichtung vor dem Hochfels. »Eine Seele schuldest du mir mit dieser Bitte. Sie muss die Waagschale ins Gleichgewicht bringen. So will es das ewige Gesetz.«

»Die Seele wirst du bekommen«, bestätigte der Hagere, erhob sich aus dem Schnee und wandte sich zum Gehen. Diese Forderung würde er nicht erfüllen und in den nächsten Stunden einen Plan entwickeln. Vielleicht gelänge es ihm, den Teufel mit seinen eigenen Waffen zu schlagen? Es war doch der Teufel, oder einer seiner Handlanger, der gerade zu ihm sprach? Mit Willenskraft verdrängte er die aufkommenden Zweifel, die ihn zwickten wie Ameisen unter den Hosenbeinen. War seine schnelle Zusage klug gewesen? Manchmal waren Gottes Wege unergründlich, und doch musste man sie beschreiten.

»Es sind Zwillinge, die in den Raunächten geboren werden. Und eines der Kinder – ein Mädchen mit großem Verstand – werde ich prägen. Es ist an der Zeit, wieder starke Charaktere unter die Menschen zu mischen, die in der Lage sind, den richtigen Pfad zu erkennen. Denn viele von euch sind blind«, flüsterte die Stimme ihm hinterher, bevor sie in einem sanften Lufthauch verstummte und zusammen mit der sich auflösenden Frauengestalt den Fels hinaufkroch, um mit der Dunkelheit zu verschmelzen.

Der frierende Kerl erschauderte zutiefst, aber er wagte es nicht, ein weiteres Wort an die mystische Gestalt zu richten. Die Gehörnte hatte Macht, darüber wussten besonders die Alten und Weisen zu berichten. Viele dunkle Geschichten grassierten insbesondere an den Stammtischen der Wirtshäuser. Auch wenn der liebe Gott den Aberglauben der Dorfbewohner missbilligte, die weibliche Erscheinung vom Hochfels war bekannt und gefürchtet. Man sollte sie niemals erzürnen. Aber manchmal – das würde nie ein Eisenhütter Bürger während der Beichte in der Kirche zugeben – hatte sie dem einen oder anderen schon aus einer misslichen Lage geholfen. Wie hoch der Preis dafür gewesen war, konnte er nur erahnen.

Mit einem tiefen Atemzug packte er die lodernde Fackel entschlossen fester und hielt sie vor sich. Dann stapfte er den steilen Pfad wieder hinab. Die versprochene Seele bekäme das garstige Dämonenweib nicht. Da gab es die Taufe, die heilige Kommunion und die Aussegnung, wenn das Leben zu Ende ging.

Beinahe hätte er bei dem Gedanken gelächelt. *»Du sollst nicht lügen«*, lautete das achte Gebot Gottes. Den Teufel getäuscht zu haben, würde ihm selbst der Heiland gnädig verzeihen.

Während des Abstiegs verschloss er die unheimliche Wanderung in einer geheimen Kammer seines Kopfes. Niemand durfte je erfahren, was er getan hatte.

Alles begann im Winter 1929

Eiskalte Flocken rieselten herab und ließen die kahlen Äste der Laubbäume am Straßenrand erstarren. Hinter den durch gekreuzte Sprossen geteilten Fensterchen schimmerte Licht. Aus den Kaminen drang Rauch und verband sich mit dem bleigrauen Himmel, als wolle er den harten Winter zurückdrängen.

Der Frost hielt das Dorf am Fuß des großen Albsteines fest im Griff. Die Raunächte demonstrierten ihre Macht. Vor Mitte April würde der Schnee wohl nicht schmelzen und die Einwohner von Eisenhütt auf eine harte Probe stellen. Man lebte von den wenigen Kartoffeln, die im Keller lagerten, der fetten Milch von den vereinzelten Bauernhöfen rund um das Dorf und den Erzeugnissen von Bäcker und Metzger, sofern die Zufahrtsstraße nach Zweiweil befahrbar war. Pfarrer Otto Seidl predigte jeden Sonntagmorgen eifrig von der Kanzel der Kirche, die Mutter Gottes um einen baldigen Frühling anzuflehen. Besonders die Alten taten dies auch. Dick eingepackt in Mantel und Schal suchten sie Zuflucht im ungeheizten Gotteshaus, um den tröstlichen Worten des Geistlichen zu lauschen.

Den Launen der Natur waren die Bewohner des Albsteintals seit jeher ausgesetzt. Ackerbau war durch die hügelige Landschaft so gut wie ausgeschlossen. Die kargen Gemüsebeete, die man in Häusernähe anlegte, hütete man wie einen Augapfel. Die wenigen Viehweiden waren nur von Juni bis September benutzbar, da der Rest des Jahres von den rauen Ostwinden dominiert wurde. Kalte Luftströme aus dem Böhmischen ließen Kühe und Ochsen erkranken. Die Bauern fuhren im kurzen Sommer reichlich Heu ein, um die Versorgung der Tiere zu sichern. Wenn wochenlang Regenwolken über den Albstein ins Tal zogen, musste das getrocknete Gras gefüttert werden. Ziegen waren genügsamer. Man schätzte sie wegen ihrer gut verträglichen Milch und des feinen

Käses, den man daraus herstellen konnte. In der Abenddämmerung näherten sich manchmal Wolfsrudel aus den böhmischen Wäldern und rissen die gutmütig meckernden Tiere. Gelegentlich brachen sie sogar in die windschiefen Holzställe ein, wenn der Hunger sie dazu trieb. Sie ließen nur Fell und Knochen übrig, die die abergläubischen Bauern im Feuer verbrannten.

Wölfe, darüber munkelte man mit vorgehaltener Hand, trügen das Böse in sich. Durch ihre scharfen Augen spähe der Teufel seine Opfer aus. Deswegen schnitzten die Bergbauern während der dunklen Jahreszeit an Furcht einflößenden Holzmasken, mit denen sie zum Perchtenlauf ihre Gesichter verbargen. Böse Geister trieb man damit in die Flucht, daran glaubte jeder echte Waldler. Die Heilige Jungfrau Maria konnte ja nicht unter die Maske blicken und den Träger darunter entlarven. Aberglaube war verpönt, wenn man den Gottesdienst mit all seinen Heiligen und vor allen Dingen dem Herrn Pfarrer am Sonntag besuchen wollte.

Aus der Schlafkammer des Grenzhäuschens drang erschöpftes Stöhnen auf die verschneite Straße, die ins Böhmische hineinführte. Immer wieder durchmischten spitze Schreie das Jammern und Zetern.

Ludmilla, die Ehefrau des Holzfällers Xaver Bauer, lag seit beinahe vierundzwanzig Stunden in den Wehen. Sie gebar ihr erstes Kind. Ihre blassblauen Augen starrten angstvoll auf das Gesicht der Geburtshelferin. Ihr blondes Haar klebte an der Kopfhaut. Angst zeichnete ihre Gesichtszüge.

Die Hebamme wischte sich den Schweiß von der Stirn, obwohl es kühl in der Kammer war. Die versierte Wehfrau wirkte verhärmt. Hunderte von Geburten hatte sie in Eisenhütt schon erlebt, aber immer wieder schmerzte sie der Anblick der jungen Weiber, die sich in unaussprechlichen Schmerzen im eigenen Blut auf dem Lager wälzten. Sie war strenggläubige Katholikin. Nie würde sie laut aussprechen, welche Gedanken ihr während einer Niederkunft immer wieder durch den Kopf schossen. Warum zeigte Gott keine Gnade mit den werdenden Müttern?

»Und zur Frau sprach er: Ich will die Mühen deiner Schwangerschaft sehr groß machen. Mit Schmerzen sollst du Kinder gebären, und dein Verlangen wird auf deinen Mann gerichtet sein. Er aber soll über dich herrschen!«[1]

Die Erbsünde, das war natürlich ein ernstes Thema. Eva hatte im Paradies schwer gesündigt. Doch ein Blick auf die Schwangere rührte das Herz der Hebamme an. Diese brave Frau sollte nicht so hart für die Tat von Adams Weib büßen müssen. Was hatte sie schon Böses getan? Ludmilla war die Tochter eines Glasbläsers aus Zweiweil. Von Kindesbeinen an hatte sie hart gearbeitet, immer nach dem Schulunterricht, weil ihre Mutter mit Schwindsucht im Bett lag und ihre kleinen Geschwister Hilfe benötigten. Später war der Holzfäller aus Eisenhütt in ihr Leben getreten und heiratete sie, nachdem Bruder und Schwester in der Lage waren, sich selbst zu versorgen. Von Beginn an war ihm Ludmilla ein perfektes Eheweib gewesen. Sie hatte solch schlimmes Leiden nicht verdient, Sündenfall hin oder her. Das würde die Hebamme vor dem Herrn Pfarrer jedoch niemals laut aussprechen.

Das Kindlein wollte nicht geboren werden. Die Gattin von Xaver Bauer kämpfte schon viel zu lange gegen die unsäglichen Schmerzen. Bald käme die Zeit, um den Schädel des Kindes mit einem Werkzeug anzubohren, damit er in sich zusammenfiel. So rettete sie wenigstens der jungen Frau das Leben. Nachwuchs könne Ludmilla noch genügend zur Welt bringen, sofern es Gott gefiele.

Ernst blickte sie auf die Gebärende hinab, die blass und ängstlich auf den blutdurchtränkten Laken ruhte. Entschlossen wandte sie sich ab, schlug das Tuch auf, in welchem sie ihr Werkzeug verwahrte, und schlurfte zur niedrigen Zimmertür, die sie sofort einen Spalt öffnete.

»Lauf geschwind, Xaver!«, rief sie in den eiskalten Flur hinaus. »Hol den Herrn Pfarrer her, damit er dem Kindlein die letzte Ölung gibt. Ich muss es mit Gewalt aus dem Bauch deiner Frau ziehen, sonst wird sie sterben.«

---

[1] 1. Mose 3,16

Die Hebamme wartete nicht auf eine Antwort. Sie wusste, dass der Holzfäller in der Ecke im Dunkeln lauerte, aus Angst um seine Gattin und das ungeborene Kind.

Kurz darauf huschte eine gebückte Gestalt auf der Straße in Richtung Dorf davon. Die Fußspuren wurden vom frisch fallenden Schnee sofort überdeckt.

In dem Moment fuhr Ludmilla auf dem Lager hoch. Schmerzverzerrt kniff sie die Augen zusammen, und mit einem irren Schrei fing sie an zu pressen. Die Hebamme eilte zu ihr und spreizte ihr die Beine, so weit es ging. Ein Köpflein mit wenig Haaren erschien im Licht der Petroleumlampe. »Heilige Maria Mutter Gottes …«, wisperte sie.

Vorsichtig umfassten ihre Hände, die mit Melkfett eingerieben waren, den Schädel des Winzlings. Mit jeder Presswehe arbeitete sich das Baby weiter nach vorne. Die Kreißende schrie ihren Schmerz hinaus, als sei sie von Sinnen.

»Gleich ist es geschafft, Ludmilla«, murmelte die Hebamme mit beruhigender Stimme. Stumm würgte sie das Mitleid, das sie für die junge Frau empfand, hinunter. Die starrte sie aus angstgeweiteten Augen an. Eine heftige Kontraktion trieb die Schultern des Neugeborenen heraus, dann glitt der winzige Körper in die Arme der Geburtshelferin.

»Gut gemacht! Es ist ein Mädel.« Sie lächelte der frischgebackenen Mutter aufmunternd zu, während sie behände die Nabelschnur durchtrennte. Doch Xavers Weib verzog abermals das Gesicht. Die Hebamme runzelte die Stirn, wickelte ein Tuch um das Baby und legte es in den Weidenkorb, der neben Ludmillas Lager stand. Hastig tastete sie deren Bauch ab.

»Jesus, Maria und Josef«, rief sie aus. »Da kommt ein zweites Kind.«

Xaver und der Herr Pfarrer betraten die Kammer. Beinahe eine ganze Stunde war vergangen. Die beiden Männer trugen Schnee herein, der sofort zu Pfützen auf dem sauber gescheuerten Holzboden schmolz.

Bleich, aber erleichtert saß die junge Mutter mit einem Federkissen im Nacken auf der Bettstatt. Sie wiegte zwei Neugeborene in ihren

Armen, die sich seltsam ruhig verhielten. Kein Laut entwich den winzigen Mündern.

Xavers braune Augen wurden groß. Er hastete zu dem Lager aus dunklem Holz, fiel auf die Knie, und seine von der Arbeit gehärteten Hände versuchten Mutter und Kinder gleichzeitig an sich zu ziehen.

»Heiland im Himmel, ich danke dir!«, schluchzte er. »Meine Ludmilla lebt.«

»Die Kinder werden in der Nacht noch sterben«, murrte die Hebamme und schob sich verschwitzte Haarsträhnen aus dem Gesicht. »Sie atmen nur flach, schreien nicht und ihre Lippen sind blau.«

Der Holzfäller schien gar nicht zuzuhören. Er hatte nur Augen für seine Frau, die ihn erschöpft anlächelte.

Wenig später schritt Pfarrer Otto Seidl zur Tat. Mit geübtem Griff legte er sich die schwarze Stola über das Priestergewand, bevor er die todgeweihten Zwillinge auf den Namen Dorothea und Theresia taufte. Sie würden eingehen in Gottes Reich, auch wenn das nur ein schwacher Trost für die frischgebackenen Eltern sein dürfte.

»Durch diese heilige Salbung lasse dir der Herr nach …« Ruhig tönte Otto Seidls Stimme durch die spärlich beleuchtete Kammer. »… was immer du gesündigt hast.«

Irgendetwas im Raum veränderte sich.

Mit einem Mal schien die warme, friedliche Gemütlichkeit wie kalter Zigarrendunst durch ein unsichtbares Loch abzuziehen.

Aus dem Augenwinkel heraus erkannte der Pfarrer den grauen Schatten, der über den Herrgottswinkel der Stube glitt. Fast hätten die Finger, die er zuvor in das geweihte Öl getaucht hatte, zu zittern begonnen. Aber sein unerschütterlicher Glaube ließ ihn fortfahren. Das Böse würde ihm keinen Schaden zufügen können, solange er im Namen des Herrn unterwegs war.

Der geheimnisvolle Schatten, der wie Rauch das hölzerne Kreuz und die getrockneten Birkenreiser in der Zimmerecke umkreiste, wurde durchscheinender, bevor er sich auflöste. An den zuckenden Mundwinkeln der Hebamme erkannte er allerdings, dass auch sie die gruselige

Erscheinung wahrgenommen hatte. Aber die fromme Frau schwieg ebenso, obwohl ihr Gesicht sich verfärbte, als sei es aus Kreide.

Erst als Otto Seidl die Salbung beendete und sich den Lodenmantel über die Schultern warf, flüsterte ihm die alte Wehfrau leise ins Ohr: »Beten Sie den Rosenkranz für die Kindlein, Herr Pfarrer. Der Leibhaftige schleicht um sie herum.«

Er ignorierte das Gefühl der Kälte, welches ihm über den Rücken nach oben kroch, lächelte gütig und antwortete ihr: »Das ist eine Selbstverständlichkeit, liebe Frau, und nun geh nach Hause. Wir können nichts weiter tun. Die Raunächte sind angebrochen.«

In diesem Augenblick begannen die Neugeborenen wie auf ein geheimes Kommando gemeinsam zu schreien. Ihre Brustkörbe unter den weißen Wickeltüchern hoben und senkten sich, als würden sie den Lebenswillen in die Welt hinausposaunen und über die Befürchtung der Hebamme spotten.

Der Pfarrer erschrak. Hier ging etwas nicht mit rechten Dingen zu.

Im Frühling 1930

Die Perchten, unheimliche Gestalten, mit ihren Fratzen und Hörnern waren bereits durch das Dorf gezogen, hatten mit ihren Schellen und ihrem grässlichen Gebrüll nicht nur die Kinder am Straßenrand eingeschüchtert, sondern auch den bitteren Winter. Für viele Eisenhütter Bürger war das nicht verwunderlich. Es gab so einiges zwischen Himmel und Erde, was man nicht real erklären konnte. Nicht umsonst blieben die uralten Mythen und Legenden in den Dörfern lebendig und wurden von Generation zu Generation weitergegeben.

Seit Tagen fiel kein Schnee mehr. Eine blank geputzte Sonne strahlte herab und verwandelte die Schneelandschaft rund um den Albstein in ein Märchenland. Die Verbindungsstraße nach Zweiweil war nun befahrbar, und beim Metzger gab es endlich wieder frische Blut- und Leberwürste zu kaufen, um die sich die Kunden balgten.

Auf dem Podest der Mutter Gottes in der Eisenhütter Kirche lagen Opfergaben. Getrocknete Blumen, Glasperlen, Münzen und sonstiger Zierrat verdeckten das Blattgold und zeugten von der Dankbarkeit der Kirchenbesucher. Das Dorf atmete auf. Der Winter war zwar noch nicht vorüber, aber es gab Hoffnung, die Jahreszeit noch heil zu überstehen.

Auch im Grenzhäuschen herrschte friedliches Glück. Das Gebäude war groß genug, um nicht nur der Holzfällerfamilie Bauer ein Dach über dem Kopf zu bieten. Der Zollbeamte – Xavers Bruder Ferdl mit Weib und vier Kindern – wohnte im ersten Stock.

Ludmilla hatte sich von der schweren Geburt inzwischen gut erholt. Ihre Wangen wirkten rosig, während sie in der Küche, die von beiden Familien benutzt wurde, einen deftigen Eintopf aus Rüben, Kartoffeln und Kesselfleisch zubereitete. Die Fußböden im Haus rochen nach Bohnerwachs, und aus der Schlafkammer im Erdgeschoss drang das

Gekreische von zwei Säuglingen, die ihre Mutter auf Trab hielten. Theres und Dorle lagen Seite an Seite in einem übergroßen Weidenkorb und hatten ständig Hunger. Ihre kleinen Münder glänzten rot und prall. Theres hatte ihrer Schwester mit den winzigen Fingernägeln bereits einen Kratzer im Gesicht zugefügt, doch Ludmilla wollte ihren Mädchen noch nicht mit der Schere zu Leibe rücken. Eine Legende besagte, man solle einem Säugling niemals die Fingernägel schneiden. Die Gefahr, dass aus dem unschuldigen Kind ein Dieb werden könne, war hoch. Xaver würde sie für den Humbug zwar schelten, aber sie gab viel auf die Überlieferungen. Dass die Zwillinge die Geburtsnacht überlebt hatten, verband die junge Mutter mit ihren inbrünstigen Gebeten zur Jungfrau Maria und der Opfergabe, die im Herrgottswinkel prangte. Noch in derselben Nacht hatte sie eine Brosche aus funkelnden Granaten an das trockene Birkensträußchen vom letzten Fronleichnamsfest gehängt, weil auch sie den grauen Schatten in der Geburtsnacht bemerkt hatte, der schandhaft über den gekreuzigten Herrn Jesus gekrochen war. Das edle Schmuckstück hing noch immer da, allerdings fehlte ihm nun ein Steinchen. Xaver würde sie davon nichts erzählen, denn die Brosche stammte aus dem Nachlass ihrer verstorbenen Großtante. Es handelte sich um wertvolles Geschmeide, das Ludmilla in einer Holzkassette unter der Bettstatt aufbewahrte. Man konnte nie wissen, welche Notzeiten die Familie noch träfen. Das Gold und die Perlen der Verblichenen bedeuteten ihr nicht viel. Außer einem silbernen Kruzifix, das ihren schlanken Hals zierte, würde sie alles zu Geld machen, um ihren Lieben das Überleben zu sichern.

Zum Frühsommer siedelte sich eine Kramerfamilie in Eisenhütt an. Vinzenz und Margarete Sigl aus Bodenmais übernahmen den Kiosk nahe dem Hotel »Botschafter«, wo man bis vor einem Jahr noch Milchprodukte erwerben konnte. Nach dem Tod der Inhaberin war der Laden ein Jahr leer gestanden. Jetzt barg er bereits nach kurzer Zeit Spezereien, die das Herz eines jeden Dorfbewohners höherschlagen ließen. Duftende Seifen, Besen aus echtem Rosshaar, bunt gefärbte Sockenwolle und Stricknadeln füllten die Holzregale. Sogar Zeitschriften bot der sommersprossige Vinzenz mit seiner blütenweißen Schürze im Kiosk feil. Besonders die jungen Frauen aus dem Dorf verharrten oft vor der Auslage und betrachteten verträumt das Titelblatt der »Eleganten Welt«, auf welchem meist gertenschlanke Weibsbilder aus der Großstadt mit viel zu großem Ausschnitt an einem Getränk nippten, das in Eisenhütt völlig unbekannt war. Kritisch beäugt von den älteren Dorfbewohnern setzten sich die Kramer mit ihrem Angebot beharrlich durch. Das bequeme, moderne Leben verbreitete sich auch im Bayerischen Wald. Binnen kürzester Zeit verwandelte die Kramerfamilie das Dorf in eine fesche Kleinstadt. Niemand dachte mehr an die Entbehrungen des harten Winters. Die Opfergaben auf dem Sockel der Jungfrau Maria fielen irgendwann zu Boden, wo sie der Messner nach der heiligen Messe achtlos zusammenfegte.

Nur der hagere Mann, der im Frühling wieder heimlich zum Hochfels aufstieg, blieb skeptisch. Was wäre, wenn sich die Gehörnte doch noch die unschuldige Seele holen würde? Bisher war ihm nicht zu Ohren gekommen, dass es ein Kindlein oder auch einen anderen unbescholtenen Bürger getroffen hätte. Die Zwillinge aus dem Grenzhaus gediehen prächtig. Der Winter war endgültig gewichen. Laue Winde wehten und bescherten dem Dorf fröhliche Einwohner.

Trotzdem, die gruselige Gestalt vom Hochfels forderte vehement ihre Bezahlung ein, wenn man ihre Dienste in Anspruch nahm. Das war bekannt und bereitete ihm Unbehagen.

An jenem Morgen lag noch Bodennebel über den sattgrünen Farnen, die den Pfad durch den Wald säumten. Seine Hosenbeine hatten sich bis zu den Knien hinauf mit Feuchtigkeit vollgesogen. Er schien es nicht zu spüren, als er auf die Lichtung hinaustrat und die Augen über die Baumstämme gleiten ließ, die vor dem majestätisch wirkenden Fels im Gras lagen. Von dem toten Reh unter dem Brombeerstrauch war nichts mehr zu sehen. Vermutlich hatten sich die Wölfe den Kadaver über den Winter schmecken lassen.

Vorsichtig hob er den Blick und betrachtete den Granit, der wie eine Wand vor ihm aufragte. Er erwartete mit jedem Wimpernschlag, dass der graue Schatten wieder zu Tal sinken würde. Doch dieses Mal bewegte sich nichts. Nicht einmal der Ruf eines Vogels ertönte. Das Grauen, welches diesen Ort mit giftigem Atem überzog, war dennoch greifbar.

Schweißperlen zierten bald seine Stirn. Die Stille war für den Mann unerträglich. Er atmete flach und hastig. Was sollte er tun? Warten oder zurückgehen? Mit jeder Sekunde, die in der Einsamkeit der Lichtung verstrich, fühlte er sich mehr von unbekannten Augen beobachtet. Er begann zu zittern. Seine Beine wollten weg aus diesem Wald. Er fühlte die Muskeln, die unter der Haut nervös zuckten. Alle Fasern seines Körpers signalisierten ihm, den Ort so rasch wie möglich zu verlassen.

»Suchst du wieder meinen Rat, Mensch?«, säuselte plötzlich eine unwirkliche Stimme. Sie klang umgarnend, aber er war nicht in der Lage, herauszufinden, woher sie stammte.

Langsam drehte er sich um. Hinter ihm war nur dunkler Wald. Zuerst erkannte er Bäume und Sträucher, doch dann schälte sich schemenhaft eine wunderschöne Frauengestalt aus dem morgendlichen Dunst. Der Hagere musste schlucken. Angst und Bewunderung kämpften in seinem Kopf, als er sie erblickte. Die Unbekannte trug ein bodenlanges, schwarzes Kleid aus Samt. Feinste Spitze zierte die Ärmel der Robe. Volle, rotblonde Locken wallten über die makellosen Schultern. Zöpfe durchwirkten kunstvoll die Haarpracht.

»Hast du nicht alle Erklärungen erhalten, damals in der kalten Schneenacht?«

Woher kam diese geisterhafte Frau so plötzlich? Sie trug keine Hörner auf dem Kopf. Außerdem wirkte sie nicht wie ein Dämon oder eine Hexe, denn auf ihrem Rücken breiteten sich prächtige Flügel aus. Schneeweiße Federn bewegten sich im leichten Wind und bildeten einen Kontrast zur Farbe des Kleides. Doch was suchte ein Engel in derartigem Gewand mitten im Wald? Und … existierten weibliche Gottesboten? Er kannte nur die Erzengel Gabriel, Michael und Raphael.

Der Mann mit dem schütteren Haar versuchte zu antworten. Doch nur ein kläglicher Laut drang aus seinem Mund. Er schien völlig aus dem Konzept zu geraten, als ihr glockenhelles Lachen ertönte.

»Du bist verwirrt?« Das s klang wie das Zischen einer Schlange. »Wie einfältig ihr Menschen euch entwickelt habt. Was möchtest du wissen, Gottesfürchtiger?«

Der Hagere nahm allen Mut zusammen. Die Engelsdame durchschaute ihn mühelos. Da sie über seine Gattung spottete, trug sie offensichtlich etwas Teuflisches im Leib. Menschen waren nach dem Ebenbild Gottes geschaffen. Das stand in der Heiligen Schrift.

Hastig bekreuzigte er sich, bevor er seine Frage stellte. »Du dienst der Gehörnten, nicht wahr? Deine Flügel sind Blendwerk.«

Wie ein Wirbelwind sauste ihr Gelächter über die Lichtung. »Ich diene ausschließlich den Gesetzen der Ewigkeit, die das Allwissende geschaffen hat. Aber ich werde dir eine weitere Frage beantworten, bevor du sie stellst. Du bist gekommen, um zu erfahren, wann sich die Gehörnte die Seele holen wird, die du ihr mit deiner Bitte im Winter versprochen hast.«

DAS Allwissende? Gott allein durfte diese Bezeichnung tragen, DER Allwissende.

Er drängte den Gedanken zurück und sagte: »So ist es. Ich hatte befürchtet, das gehörnte Weibsbild holt sich eines der Zwillingsmädchen, die in den Raunächten geboren wurden. Aber sie sind gesund und munter, und das soll auch so bleiben.«

Ein Rauschen erhob sich über die Baumwipfel, als nähere sich ein Sturm. Die Haare der Schwarzgewandeten bauschten sich, obwohl sich kein Lufthauch regte.

»Vielleicht ist die Gehörnte nicht an toten Seelen interessiert? Vielleicht verfolgt sie ein anderes Ziel?«

Ihre rätselhaften Worte glichen einem grausamen Spiel, ähnlich dem einer Katze, die ihre Beute zu Tode quält. Der Spott in ihrer Stimme war nicht zu überhören.

»Aber die Heilige Schrift lehrt uns …«

Das Gesicht der weiblichen Gestalt veränderte sich von einer Sekunde auf die andere. Ihre Augen loderten auf wie frisch entzündetes Strohfeuer.

»Die Heilige Schrift verbietet euch Menschen nicht das Denken. Auch Lebende verfügen über eine Seele, habt ihr das vergessen? Diese können viel bewirken, sofern sie sich für den richtigen Pfad des Lebens entschieden haben.« Um den bedeutungsschweren Worten noch mehr Gewicht zu verleihen, hob die Erscheinung vom Boden ab und schwebte auf ihn zu wie ein Seraph. Die Gesetze der Schwerkraft schienen für die Schwarzgekleidete nicht zu existieren.

Der Hagere schlug sich die Hand vor den Mund, während sein Körper kraftlos auf die Knie sackte. Nur wenige Zentimeter vor seinem Gesicht verharrte die Gestalt und schrumpfte zu einem Antlitz, das ihm in die Augen starrte. Ein Geruch von Verwesung und nassem Laub stieg ihm in die Nase. Der übel riechende Dunst passte nicht zur Wahrnehmung seiner Augen, und er würgte die Galle, die ihm durch die Speiseröhre nach oben drängte, mühselig hinunter.

»Woher willst du wissen, dass sich die, die du Gehörnte nennst, nicht doch noch die Seele von einem der Zwillinge holen wird oder sie bereits besitzt? Vielleicht schlägt eines der Kinder einen anderen Lebensweg ein und ist zu Höherem berufen, als eingebrannten Traditionen zu folgen, welche die Gesetze der Ewigkeit immer mehr verletzen. Wer weiß schon, ob sie eure Religion reformieren wird?«

Diese gotteslästerlichen Worte störten den Hageren, obwohl er die Angst beinahe nicht mehr im Zaum halten konnte. Mit äußerster Anstrengung presste er hervor: »Spotte nicht der Bibel, Weib, wer immer du auch sein magst. Die Jungfrau Maria hält ihre Hand persönlich über Xavers Mädchen, denn bei ihrer Geburt soll sogar der Leibhaftige seine stinkenden Finger nach ihnen ausgestreckt haben. Aber auch er konnte den Kindlein bisher nichts anhaben, so erzählt man sich im Dorf.«

Fauliger Atem hüllte ihn ein. Das schemenhafte Gesicht des düsteren Engels schwebte nun übergroß vor seiner knienden Gestalt. Der Rest des Körpers, außer den Flügeln, löste sich im Morgendunst auf.

»So erzählt man es sich also. Die Gehörnte hat dir im Winter versichert, dass beide Kinder überleben werden, obwohl sie nur eine Seele begehrt. Eine großzügige Geste, findest du nicht?« Wieder dominierten Zischlaute die seltsame Stimme, bis diese in ein irres Kreischen wechselte.

Der verängstigte Mann riss die Augen weit auf und war somit gezwungen, die dämonische Verwandlung des Engels in die gefürchtete Gestalt der Gehörnten mit anzusehen.

»Was weißt du schon vom Leibhaftigen. Du liest in einem uralten Buch, welches von euren eigenen Vorfahren geschrieben wurde. Denkst du wahrhaftig, du kannst in die Waagschalen der Ewigkeit eingreifen?«

Was faselt das Weib hier? Ich habe noch niemals etwas über ewige Waagschalen gehört. Gilt nicht Gottes Wort über alledem? Ist nicht er derjenige, der über unser aller Schicksal bestimmt? Und wer kann sich erdreisten, ein Gleichgewicht zwischen Gut und Böse zu fordern, wo man doch das Böse ausrotten muss?

Der dürre Waldler erstarrte innerlich, als sich die Gedanken im Kopf überschlugen.

Das Buch der Bücher soll von Menschen geschrieben worden sein? Hatte nicht Gott seinen Jüngern die Worte diktiert? Was wäre, wenn das nicht der Wahrheit entspräche?

Er kniff die Augenlider so heftig zusammen, dass grelle Blitzlichter über die Netzhaut huschten wie ein Gewitter.

Mit Disziplin brach er die dunklen Überlegungen hinter seinem Schädelknochen ab. So etwas durfte er als Christenmensch nicht denken. Das war Blasphemie in Reinform.

Das Wetter schien sich urplötzlich zu verschlechtern. Ein Sturm zog auf, obwohl kurz zuvor noch keine Wolke den Himmel verdunkelt hatte. Hart zerrten die wütenden Luftströme an den zu dünnen Kleidungsstücken des Mannes. Vor ihm blähte sich das Frauengesicht immer mehr auf, verschwamm in seinen Konturen und verwandelte sich in eine hässliche Fratze. Aus den rotblonden Haaren schlugen plötzlich Flammen, während sich gedrehte, rot schimmernde Hörner aus dem Kopf schoben. Der Hagere hätte schwören können, dass die Erscheinung nicht aus Fleisch und Blut bestand. Aber das Geräusch, welches das eigenartige Geweih beim Durchtritt durch die Schädelknochen erzeugte, erinnerte ihn an morsche Äste, die im Herbstwind entzweibrachen. Vor seinen Augen ergrauten die Federn der Engelsschwingen wie das Haar eines Greises. Einen Moment dachte er, Luzifer persönlich würde ihn packen und in die Hölle hinabziehen. Die Welt, wie er sie kannte, schien aus den Fugen geraten zu sein.

Zitternd tastete er nach dem hölzernen Kreuz, welches er immer unter dem Pullover trug. Er umschloss es mit der Hand, als wolle er es zerquetschen. »Gepriesen sei der Herr, denn er hat sein Volk gesucht und ihm Erlösung geschaffen …«

Das Gebet schien Wirkung zu zeigen, denn das dämonische Antlitz mit den Widderhörnern löste sich in einer schmutzig wirkenden Rauchsäule auf. Trotzdem erhob sich erneut die unheimliche Stimme.

»Wage dich erst wieder hierher«, säuselte es aus dem Dunst, »wenn du bereit bist, die Gesetze der Ewigkeit zu respektieren.«

Dann verpuffte das letzte Quäntchen Grau und der Hagere kauerte allein im stillen Wald, als hätte er die vergangenen Minuten nur schlecht geträumt.

Kurz darauf begann ein Amselmännchen hoch oben in den Tannen ein Liedchen zu trällern.

Verwirrt machte sich der Mann an den Abstieg ins Dorf. Ihm wurde bewusst, dass die Teufelin, oder um was auch immer es sich handelte, wandelbar war. Ob er gar Luzifers Weib begegnet war? Er vernahm ein unangenehmes Ziehen in seiner Magengegend bei diesem Gedanken.

Einzug des Herbstes 1936

Die Jahre zogen dahin und verwöhnten die Eisenhütter Bevölkerung mit guten Ernten, kerzengerade gewachsenen Holzstämmen, fetten Schweinen und fröhlichen Bierfesten.

In jenen Herbsttagen, im September 1936, wirkte das Tal am Fuße des Albsteins wie ein Wanderzirkus. Rote, leuchtend gelbe und sogar orangefarbene Blätter verzierten die riesigen Laubbäume, als hätte jemand sie mit Fähnchen geschmückt, die im Wind flatterten. Die Sonne schien von einem tiefblauen, wolkenlosen Himmel, und tagsüber wäre man beinahe der Illusion erlegen, der Sommer ginge nie zu Ende. Die Nächte allerdings waren schon jetzt schaurig kalt. Jeder im Dorf wusste, dass der Winter mit großen Schritten nahte. Doch solange der bunt gefärbte Wald ein Lächeln auf die Gesichter von Jung und Alt zauberte, verdrängte man die dunklen Gedanken an Schnee und grimmigen Frost. Die letzten Jahre war Eisenhütt ohnehin von meterhohen Schneewehen verschont geblieben.

Etliche abergläubische Weiber, die noch im vorigen Jahrhundert geboren worden waren, tuschelten seit geraumer Zeit über das Wetter mit vorgehaltener Hand. Wer oder was hatte hier die Finger im Spiel? Wenn es im Wald dunkelte, spähten sie mit ängstlichen Augen hinaus, ob die Irrlichter zwischen den dichten Tannenästen tanzten. Oder schritt gar der gefürchtete Oleluk durchs Holz? Der riesige Gnom mit seinem Buckel führte einen knorrigen Stock mit sich. Mitunter, wenn er hungrig war, verschlang er Hasen und Rehkitze samt Fell. Selbstredend fürchtete sich jedes Kind vor ihm, denn oft benutzte man seine grauenvollen Taten, um den Nachwuchs einzuschüchtern. Welcher Bub würde da nicht brav nach Hause eilen, sobald die Sonne hinter dem Albstein unterging? Wenn der Oleluk den Stock mit Wucht in den feuchten Waldboden trieb, flüchteten die Elflein aus den Erdlöchern, und der Frost konnte sich blitzschnell im Tal ausbreiten. Niemand im Dorf wunderte sich, wenn am Waldrand nahe dem Friedhof mitunter getrocknete Würste und Schinken zu finden waren, die an einem rostigen Nagel an der Rinde einer Tanne baumelten. Oleluk musste unbedingt bei Laune gehalten werden.

An diesem Tag dachte keiner an die bösen Geister des Waldes. Die Erstklässler wurden in der Dorfschule eingeschult. Schüchtern betraten Buben und Mädchen das Gebäude mit dem imposanten Erkertürmchen durch das Portal, über dem sich ein Blechdach wölbte. Auf der kopfsteingepflasterten Straße standen Eltern, Großeltern, Onkel und Tanten. Sie alle winkten ihren Schützlingen zu. Die meisten Mädchen in ihren schlichten, teils geflickten Kleidchen trugen streng geflochtene Zöpfe, um deren Enden sich Schleifen wanden. Scheu hielten sie sich paarweise an den Händen, während die Buben in ihren Lederhosen mit ernster Miene voranschritten. Ein echter Waldlerbub würde niemals Furcht zeigen, schon gar nicht bei der Einschulung. Es würde vermutlich bald wieder Krieg herrschen und aus den Schülern mussten rasch Soldaten werden.

Selbst Eisenhütt zählte zum Deutschen Reich, auch wenn es fernab der großen Machtzentren wenig vom Treiben des Führers mitbekam.

Heinrich Himmler, dessen Name in den Köpfen der Landbevölkerung Angst und Schrecken verbreitete, war zum obersten Chef der Polizei ausgerufen worden. Für die Armen, bei denen der Dorfpolizist im Fall eines kleinen Diebstahls ein Auge zugedrückt hatte, galten jetzt andere Regeln. Außerdem zeigte man auch hier jetzt immer mehr mit Fingern auf die Juden. Selbst das Annerl von nebenan zählte nun zu den Bösen. Seit vielen Jahren erwarben die Eisenhütter in ihrem Laden Socken und Unterwäsche, Wolle und Stoffe, Ledergürtel und andere nutzvollen Dinge. Plötzlich klebte an der Schaufensterscheibe ein Schild mit der Aufschrift: »*Deutsche, kauft nicht bei Juden!*« Neunzig Prozent der Einwohner wussten gar nicht, dass das Annerl jüdischer Abstammung war. Wahrscheinlich hatte sie selbst keine Ahnung davon gehabt. Und warum die Juden nun am Unglück der Bevölkerung schuld sein sollten, begriff keiner aus dem Dorf. Aber man tat so, als würde man darin einen Sinn erkennen. Schließlich wusste niemand, von wem er gerade beobachtet wurde, wenn er Annerls Laden betrat.

Eisenhütt, das Fleckchen Erde am Ende der Welt, konnte nicht länger so tun, als schaffe es sich seine eigenen Regeln.

Schlichte, abgetragene Kinderschuhe trippelten, hasteten und polterten über die Treppenstufen, die mit dem Knarren gar nicht mehr nachkamen, und betraten den Klassenraum, der nach frischer Farbe roch.

Pfarrer Seidl stand am Pult und betrachtete mit gespielt strengem Blick die Erstklässler, die nun wie farbige Murmeln in den Raum drängten.

Deren Augen streiften die ernste Mimik des Geistlichen, dann verstummten sie mehr und mehr. Paarweise besetzten sie die Bänke, auf denen schon so viele Kinder vor ihnen gesessen hatten. Auch die Bauer-Zwillinge befanden sich unter den neuen Schülern.

Seidls Pupillen huschten über die akkurat geflochtenen Zopffrisuren. Wo mochten die beiden nur stecken?

Sein Herz hüpfte vor Freude, als er die schüchterne Dorothea neben der molligen Kramertochter aus dem Judenladen in der letzten Reihe entdeckte. Gottlob wurde das unschuldige Kind vom Annerl noch nicht wegen seiner Abstammung geächtet. Weiße Schleifen zierten Dorles Zöpfe und ihre Wangen glühten vor Aufregung. Noch immer hatte Seidl die grauenvolle Geburtsnacht im Grenzhaus nicht vergessen. Beinahe wären die Zwillinge gestorben, hätte sich die Jungfrau Maria nicht ihrer erbarmt. Aber wo war Theresia?

Der Pfarrer erkannte sie fast nicht. Am vordersten Tisch neben dem Fenster saß ein Mädchen mit kokettem Augenaufschlag. Sie trug die naturblonden Haare kurz und offen. Die Strähnen waren ungleichmäßig geschnitten und wirkten, als habe Theres sie mit einer Schneiderschere selbst gekürzt.

Ungläubig starrte Otto die Sechsjährige an, die seinem Blick, ohne das leiseste Zucken, standhielt.

Zu der auffälligen Frisur trug das dürre Mädchen teuren Schmuck um den Hals. In ganz Eisenhütt gab es seiner Erkenntnis nach niemanden, der einem Kind Granatschmuck um den Hals legen würde. Außerdem passten die schimmernden Edelsteine nicht zu dem Kleid aus Wolle, welches an manchen Stellen geflickt war.

»Suchst du dir denn keine Banknachbarin, Theres?« Otto Seidl versuchte es mit einem unschuldigen Lächeln. »Schau mal, in der dritten Reihe neben der Luise vom Hadlingerhof wäre noch ein Platzerl frei.«

Die Augen der Rothaarigen vom Milchhof am Berg, die einsam in der Mitte des Klassenraumes auf einer Bank saß, leuchteten auf.

Luises Kleider rochen nach Kuh, deswegen saß sie auch allein vor dem abgeschrägten Pult. Das Mädchen half der Mutter regelmäßig im Stall. Ihre Hände wirkten rissig und ungepflegt. Unter den Fingernägeln schimmerten schwarze Halbmonde. Luise liebte Tiere. Sie war fast zwei Jahre älter als die übrigen Erstklässler, da sie sich nicht so sehr für Buchstaben und Zahlen interessierte. Ihre Leidenschaft galt den Kühen auf dem Hof, und ihr Wissen über Flora und Fauna war schon jetzt umfangreich. Zu einer Mathematikerin würde sie sich sowieso nie entwickeln. In einem Dorf wie Eisenhütt störte sich niemand daran. Wie gern hätte Luise aber eine Schulfreundin gefunden, mit der sie im Pausenhof schwatzen und spielen konnte.

Theres reckte nur trotzig das Kinn nach vorn, bevor sie gestelzt antwortete: »Mir gefällt der Platz, Herr Pfarrer. Außerdem stinkt Luise und pflegt sich nicht. Mit solchen Kindern mag ich mich nicht abgeben.«

Luise heulte auf. »Du bist so gemein«, kreischte sie durch das Klassenzimmer, während sie sich mit den schmutzigen Fingern die Augen rieb. »Ich kann schon mit dem Eimer melken und du nicht.«

Franzl, der Sohn des Metzgers, sprang auf und funkelte Theres wütend an. »Grenzhäuslerin«, rief er. »Du hältst dich für was Besseres? Brauchst wohl eine Abreibung?«

Otto Seidl klopfte mit der Faust hart auf das zerkratzte Stehpult. Streit und Zank in der ersten Schulstunde würde er nicht dulden. Doch die zierliche Theres, die provozierend mit der Brosche an ihrem Hals spielte, war nicht zu beeindrucken. Sie hatte das Schmuckstück zu einem Anhänger umfunktioniert. Es baumelte an einem Lederband.

Spöttisch antwortete sie, und ihre Antwort klang wie die einer Erwachsenen. »Ich fürchte mich nicht vor dir, Franzl, und vor allen anderen Kindern auch nicht. Ja, ich bin was Besseres. Wenn ich groß bin, dann ziehe ich weg von Eisenhütt. Ich werde in der Stadt leben, einen reichen Mann heiraten und teure Kleider kaufen.«

Im Klassenraum entbrannte lautes Gekicher. Finger erhoben sich und zeigten auf die Sechsjährige mit den ungewöhnlich kurzen Haaren. Auch die heulende Luise lachte wieder und heizte die Stimmung unter den Schülern weiter an.

Der Grundstein für das Leben als Außenseiterin war gründlich gelegt.

Der Pfarrer bemühte sich aus Leibeskräften, die Erstklässler zu beruhigen. Während er von Bank zu Bank eilte, die maulenden und lachenden Kinder streng ermahnte, stand Resl, wie man ihren Namen gern abkürzte, mit hocherhobenem Kopf auf und verließ ohne ein Wort das Klassenzimmer. Die Doppelbank, auf der sie seelenruhig den Anfeindungen der Klasse gelauscht hatte, fiel dabei polternd um.

Über das hölzerne Kreuz an der Rückwand des Raumes huschte zur selben Zeit ein dunkler Schatten, aber niemand bemerkte ihn.

An der Suche nach Theres hatten sich außer ihren Eltern auch noch der Lehrer, der Pfarrer, der Bäcker und der Metzger beteiligt.

Nachdem die Kleine aus dem Unterrichtsraum verschwunden war, hatte sie niemand im Dorf mehr gesehen. In Anbetracht dieses Verhaltens, welches so gar nicht zu einem Kind von gerade einmal sechs Jahren passte, wucherte in den Köpfen der Suchenden Unheimliches heran.

Gab es da nicht die Geschichte von der verarmten Magd, die vor langer Zeit einen Wechselbalg aufgezogen hatte? Das Weib war nicht verheiratet gewesen. Des Nachts hatten die Waldzwerge ihr blasses Neugeborenes aus dem Weidenkorb entfernt und ihr dafür etwas Kindsähnliches hineingelegt. Der Wechselbalg, ein Hexenkind, war herangewachsen und hatte Missernten, verkrüppeltes Federvieh und Naturkatastrophen heraufbeschworen. Im Vergleich zu dem eigenartigen Zwillingsmädchen gab es aber einen markanten Unterschied. Theres war zusammen mit ihrer Schwester getauft worden. Die Druden, Hexen oder Dämonen hätten sie gar nicht mehr berühren dürfen in ihrer Wiege, sonst wären sie zu Asche zerfallen. Es sei denn, die Hebamme hatte das Weihwasser vertauscht. Man munkelte schon lange hinter vorgehaltener Hand, dass die Geburtshelferin ketzerische Ansichten vertrat. Letztendlich war man jedoch auf die Hilfe der versierten Wehfrau angewiesen.

Schließlich, als der Abend bereits hereinbrach, fand der Wirt vom Gasthof und Hotel »Botschafter« in einem angrenzenden Lagerschuppen das Kind. Er staunte nicht schlecht, als er Theres in ihrem Wollkleid zwischen den Vorräten fand. Sie hatte sich bereits wohnlich eingerichtet. Zwei große Blechdosen, die mit Sauerkraut gefüllt waren, dienten als Stühle und eine leere Weinkiste ersetzte den Tisch. Blütenweiße Servietten waren darauf ausgebreitet. In der Ecke hatte das Mädchen Holzwolle aufgeschüttet und eine Tischdecke darübergelegt. Offensichtlich sollte dies zu ihrem Nachtlager werden.

»Oh, schön, dass Sie mich besuchen kommen«, begrüßte Theres den verdutzten Wirt. Sie schien bester Laune zu sein. »Gefällt Ihnen mein Haus? Schade, dass Sie nicht früher gekommen sind. Die Engelsdame mit den schwarzen Flügeln ist gerade eben gegangen. Wir haben uns gut unterhalten. Sie fand übrigens meine Halskette wundervoll.« Mit einem Lächeln ließ sie die Brosche am Lederbändchen durch ihre Finger gleiten wie einen Rosenkranz.

Die Art und Weise, wie sich das Mädchen ausdrückte, war selbst dem Botschafterwirt fremd, obwohl er schon viel Seltsames im Hotel erlebt hatte. Sie sprach wie eine Erwachsene. Und die Erwähnung einer Engelsdame mit schwarzen Flügeln ließ ihn frösteln.

War ihr einer der unheimlichen Waldgeister begegnet oder gar ein Dämon? Er war zwar ein realistischer Geschäftsmann, dennoch trug er die dunklen Sagen und Märchen seiner Heimat im Hinterkopf.

»Du bist doch die Kleine vom Xaver?«, fragte er behutsam nach, bevor er das Mädchen von der Sauerkrautdose hob und auf seine Arme nahm. »Sie suchen dich bestimmt schon. Am besten ist es, wenn ich dich sofort nach Hause bringe.« Ohne eine Antwort des Kindes abzuwarten, trug er Theres hinaus in die beginnende Nacht.

Ludmilla war in Tränen aufgelöst, als es an der Tür klopfte. Noch bevor sie auf den Beinen war, hatte ihr Ehemann bereits geöffnet und starrte in das bärtige Antlitz des Wirts, der sein Töchterlein trug.

»Ich bring dir deine Theres wieder, Holzfäller. Hast sie eh schon vermisst, he?« Vorsichtig, als wäre das Mädchen aus Glas, stellte er sie auf ihre Füße und fuhr sich verlegen über den Bart. »Hab sie in meinem Schuppen gefunden«, erklärte er entschuldigend, weil inzwischen auch Xavers Ehefrau im spärlichen Licht des Hausflurs aufgetaucht war und ihr vermisstes Kind sogleich schluchzend an sich drückte. »Sie hat sich dort ihren eigenen Hausstand beschafft mit Tisch, Stuhl und Bett.« Der Wirt schmunzelte. Was er den verzweifelten Eltern da erzählte, sollte aufheiternd klingen. Aber in deren Augen stand pure Verzweiflung. Es hatte nicht zum ersten Mal Probleme mit diesem außergewöhnlichen Mädchen gegeben.

»Mama, ich mag nicht mehr zur Schule gehen. Die Kinder dort sind hässlich zu mir.« Als die Mutter nicht antwortete, setzte Theres fort: »Die Engelsfrau trug heute ein sehr hübsches Kleid und sie erzählte mir …«

Ludmillas Körper zuckte wie unter einem Stromschlag zusammen. Blitzschnell hielt sie Theres den Mund zu. »Maria, Mutter Gottes«, murmelte sie rasch, »bitte für uns Sünder …«

Ohne auf ihren Mann und den Wirt zu achten, schleifte sie ihre Tochter von der Tür weg in die Schlafkammer, wo bereits Dorothea in der Ecke kauerte und verängstigt auf den Herrgottswinkel starrte. Die

Brosche mit den tiefroten Granaten war nicht mehr an ihrem ursprünglichen Ort. Sie hing um den Hals der Zwillingsschwester.

Hastig setzte Ludmilla das Kind auf den Flickenteppich und knotete das Lederband um Theresias Hals auf. Sie betrachtete das Schmuckstück. Weitere winzige Steinchen fehlten. Es wirkte, als habe eine Ratte daran genagt.

Fieberhaft huschten ihre Augen über den Boden, suchten die roten Splitter, aber sie blieben verschwunden. Resl musste sie irgendwo verloren haben.

»Die geflügelte Dame liebt Schmuck, Mama«, plapperte Theres unbekümmert und lächelte dabei.

Ludmillas Pupillen erweiterten sich schlagartig. Eine unsichtbare, eiskalte Hand ergriff ihren Nacken. Hier ging etwas nicht mit rechten Dingen zu. Waberte das Böse bereits über dem Grenzhaus? Welche Sünden hatte sie nur begangen, dass man sie mit einem derartigen Balg bestrafte?

Das Gekreische Ludmillas drang durch die Schlafstube bis hinaus auf die Straße. Xaver und der Wirt stürzten herein und konnten sie gerade noch an den Armen ergreifen. Drohend richtete sie die Fäuste gegen ihr eigenes Kind, während das Dorle weinend hinausstürzte und sich in der Küche unter dem Tisch versteckte.

Unheil zog ins Grenzhaus ein.

Der Winter 1936 klopft an

Eine Woche später – noch immer schien die Sonne und der Herbst wollte nicht enden – huschte eine magere Frau die Steinstufen hinauf zur Kirche. Schwer atmend zog sie ihr grob gewebtes Kopftuch noch weiter in die Stirn. Aber sie hielt nicht auf das markante Eingangsportal des Gotteshauses zu, welches dem heiligen Sankt Nepomuk geweiht war. Sie hastete daran vorbei und steuerte auf das angrenzende Gebäude zu, wo der Pfarrer mit seiner Haushälterin wohnte. Immer wieder wendete sie den Kopf, um sicherzugehen, dass niemand aus dem Dorf sie erkannte. Das Getuschel und Gerede der Leute wäre fatal, denn die Geschichte ihrer kleinen Tochter, die sich selbst die Zöpfe abgeschnitten hatte, machte ohnehin in Eisenhütt die Runde. Beim Einkaufen spürte sie die Blicke der Weiber im Rücken. Die Metzgersgattin schnitt sie vor allen Leuten. Neulich erst hatte diese sie am Tresen behandelt wie Luft.

Ludmilla klopfte an die Tür, wartete aber nicht auf ein freundliches »Herein«. Sie öffnete die unverschlossene Pforte einen Spalt und verschwand augenblicklich im Flur.

Otto Seidl stellte eine frisch aufgebrühte Tasse Tee auf seinem Sekretär ab, der überhäuft war von biblischen Schriften aller Art. Er saß im Arbeitszimmer mit Blick auf den Albstein, als die Gattin des Holzfällers keuchend eintrat. Ihr Gesicht wirkte fahl. Tiefe Sorgenfalten verwandelten sie in eine früh gealterte Frau.

»Herr Pfarrer.« Ludmilla bekreuzigte sich beim Betreten des Zimmers. »Ich muss Sie sprechen, jetzt.«

Um ein Haar hätte der Geistliche die Teetasse vor Schreck von der Tischplatte gefegt. Aber er erlangte schnell die Kontrolle wieder über sich und wies auf den freien Stuhl auf der gegenüberliegenden Seite. »Frau Bauer, setzen Sie sich doch erst einmal. Sie wirken ja, als wäre ein ganzes Rudel böhmischer Wolfsviecher hinter Ihnen her«, murmelte er beschwichtigend.

Ludmilla konnte den Humor des Pfarrers nicht teilen. Ihre Mundwinkel zuckten heftig, als sie sich das Kopftuch aus der Stirn strich. Zaghaft setzte sie sich. Ihre rauen, von der Arbeit geröteten Hände, verknäulten sich ineinander.

Otto Seidl hörte die Finger in den Gelenken knacken.

»Hochwürden, Sie müssen meiner Theres den Teufel austreiben. Das Kind ist verflucht.« Ihre Stimme klang verzweifelt. »Xaver und ich legen schon jede Nacht Leinensäckchen gefüllt mit Baldrian auf die Eingangsstufen, und das gute Weihwasser haben wir auch verbraucht. Der Leibhaftige schickt ihr eine gruselige Hexe, die ihr bis ans Bett folgt. Das Kind erkennt nicht die Bösartigkeit dahinter.«

Dicke Tränen kullerten ihr nun aus den Augen. Otto Seidl reichte ihr ein frisch gebügeltes Taschentuch, welches er in der Tasche seiner schwarzen Strickweste trug.

»Theres hat sich aus dem Herrgottswinkel ein Schmuckstück stibitzt. Ich bewahre die wertvollen Stücke normalerweise für schlechte Tage auf. Man weiß schließlich nie, was kommen wird. Aber die Granatbrosche, die meiner verstorbenen Großtante gehörte, habe ich an das Birkensträußchen gehängt, um unseren Heiland gütig zu stimmen. Ich hab sie ihr entschieden abgenommen, sie mit einem Hieb auf den Hintern bestraft und das Schmuckstück danach auf dem Speicher versteckt.« Ludmilla schluchzte auf. »Die Tür zum Dachboden ist immer verschlossen, Herr Pfarrer. Schon am nächsten Morgen lag das vermaledeite Lederband mit der Brosche daran wieder um ihren Hals. Das ist Hexerei.«

Otto Seidls Kehle wurde mit einem Schlag trocken. Er hüstelte unterdrückt, dann trank er einen Schluck Tee. Die verzweifelte Holzfällergattin sollte ihm nicht in die Seele blicken können. Einmal mehr begriff er hautnah, wie tief verwurzelt Aberglaube und Religion Hand in Hand gingen. Trotzdem würde er dieses Thema während der Predigt am Sonntag niemals ansprechen. Er war an die strengen Regeln der Kirche gebunden. Für Mutmaßungen und Beschwichtigungen gab es keinen Spielraum. Eigene Gedanken durfte er als Geistlicher nicht aussprechen, obwohl er es gern getan hätte. Gottes Schäfchen würden das hören, was in der Bibel stand, nicht mehr und nicht weniger. Der Leibhaftige war machtlos, solange die Leute brav die Messe besuchten, so verkündete es die Lehre der katholischen Kirche. Aber … wer war er überhaupt, der stinkende Dämon mit den Hörnern auf dem Kopf? Der Gegenspieler des Herrn? Ein gefallener Engel, der dessen Zorn erregt hatte? Und welche Heerscharen befehligte er? Gehörte dazu eine gruselige Hexe, die kleine Mädchen verführte? Gab es gar unzählige bitterböse Gestalten, die im Schatten der Menschen Unheil brachten und deren Zahl er nicht annähernd begriff? Man musste Augen und Ohren offen halten in diesen Tagen. Männer wie Joseph Göbbels riefen die Jugend mit inbrünstigen Reden auf, sich nicht vor dem Tod zu fürchten. Mit keinem Wort erwähnte der Propagandaminister dabei das Himmelreich. Gehörten er und die übrigen Hetzpolitiker der Gegenseite an? Warum unternahm Gott nichts dagegen? Zweifel wirbelten in seinem geistlichen Haupt umher wie ein Herbststurm.

Er verdrängte entschieden die brandgefährlichen Eingebungen und antwortete gespielt selbstsicher: »Dafür gibt es sicher eine ganz natürliche Erklärung, denn das Mädel hat niemals den Teufel im Leib. Ich selbst habe es getauft.«

Ludmillas blassblaue Augen starrten den Pfarrer zweifelnd an. »Sie glauben mir nicht?«, fragte sie mit gefährlich leiser Stimme. Dann rückte sie näher an den Schreibtisch heran und flüsterte ihrem Gegenüber zu: »Neulich hat Theres in der Schlafkammer getanzt und ihre Ärmchen um ein unsichtbares Wesen geschlungen. Vermutlich war es wieder die Engelsfrau mit den schwarzen Flügeln, die nur meine Tochter sehen kann. Außerdem hielt sie dabei die Augen geschlossen und summte eine Melodie mit, die niemand, außer sie selbst, hören konnte. Ihre Zwillingsschwester fürchtet sich inzwischen vor ihr.«

Dem Geistlichen kroch eine unsichtbare, eiskalte Berührung über den Rücken. Sein Blick streifte den Herrn Jesus am Holzkreuz an der Wand. Das geschnitzte Gesicht des Heilands betrachtete ihn unendlich traurig und anklagend, als wolle es sagen: *»Gib mir nicht die Schuld daran.«*

»Ich werd mit der Theres reden, Frau Bauer. Sie ist ein fantasievolles Mädchen voller Träume. Machen Sie sich keine allzu großen Sorgen.« Zaghaft ergriff er die Hand der bleichen Frau und drückte sie. Dabei hielt er den Blick stur gesenkt. Xavers Gattin sollte sich in Sicherheit wiegen. Oftmals war der Pfarrer in der Gemeinde der einzige Vertraute. Seine Ratschläge wirkten in den Köpfen der Dorfbewohner, als wäre er Gottes direktes Sprachrohr.

Erst als Ludmilla zur Tür hinaushuschte, fuhren Otto Seidls Hände hektisch über den Schreibtisch. Polternd fielen einige gebündelte Schriftstücke zu Boden. Es kümmerte ihn nicht. Dann zogen seine Finger das Brevier, sein geschätztes Gebetsbuch, unter einem Stapel Kirchenblätter hervor. Liebevoll strich er über den ledernen Einband. Das Buch mit den kraftspendenden Stundengebeten bot ihm in düsteren Stunden immer wieder Zuversicht.

Otto Seidl schlug es an der Stelle auf, wo ein zerknittertes Lesezeichen zwischen den Seiten steckte. Er ergriff einen Bleistift aus dem Köcher mit den Schreibutensilien und kritzelte winzige Buchstaben auf die unbedruckten Ränder. Die Gedanken, die ihn nach den Worten der Holzfällergattin bewegten, sprudelten nur so aus ihm heraus. Es war ihm, als hätte jemand für einen kurzen Moment das schwarze Tuch über einer unangenehmen Wahrheit weggezogen. Er musste die Sekunden nutzen, um die Eindrücke zu Papier zu bringen, bevor sie wieder in seinem christlich geprägten Verstand verschwinden würden wie Regentropfen auf einem sonnigen Blechdach.

Er hörte erst auf zu schreiben, als ihm die rechte Hand schmerzte. Er erhob sich und kniete vor dem geschnitzten Holzkreuz mit dem leidenden Herrn Jesus nieder. In einem gemurmelten Gebet bat er ihn um Verzeihung.

Die Gelegenheit, mit dem vermeintlich besessenen Mädchen zu reden, ergab sich nach einigen Wochen. Nach der Schule, in die man Theres täglich zu gehen zwingen musste, weil sie eigene Vorstellungen davon hatte, was sie lernen wollte, passte sie der Pfarrer am Eingang ab.

»Wart noch einen Augenblick, Resl.« Seine Rechte versuchte das Mädchen sanft an der Schulter zu fassen. Sofort fiel ihm auf, dass der Granatschmuck noch immer um ihren Hals lag. Vermutlich trug sie das Geschmeide Tag und Nacht. Der Kontrast zum braunen Kleidchen, welches am Kragen einige Mottenlöcher aufwies, hätte nicht größer sein können.

Das Mädchen drehte sich mit einem trotzigen Augenaufschlag zu ihm um. Ihr Widerwille, sich rechtfertigen zu müssen, schlug ihm wie ein Faustschlag entgegen.

»Ich sollte schnell nach Hause gehen, Hochwürden«, antwortete die Sechsjährige in einem Tonfall, der eher zu einer Sechzehnjährigen gepasst hätte. »Vater hat mir verboten zu trödeln. Wenn ich zu spät komme, dann schlägt er mich mit dem ledernen Gürtel.« Trotz glomm in ihren blauen Augen auf. »Ich möchte nicht, dass er meine Schönheit mit Striemen beschädigt.«

Otto Seidls Hand glitt von der Kinderschulter herab. Diese Argumente befremdeten ihn. Theres sorgte sich um ihr Äußeres, nicht um die Scham, die ihr Schläge vom Vater einbringen könnten. Klebte an den Befürchtungen ihrer Mutter doch ein Fünkchen Wahrheit?

Zaghaft redete er weiter. »Ich gebe dir einen Brief mit, in dem steht, dass du nach dem Unterricht noch mit mir gesprochen hast. Dann wird dir dein Vater kein Haar krümmen.«

Theres antwortete nicht. Ihre Finger spielten gedankenverloren mit der Brosche, der einige Steinchen fehlten.

Ein zweites Mal versuchte der Geistliche ein Gespräch in Gang zu bringen. »Deine Mutter macht sich Sorgen um dich. Und Dorothea fürchtet sich vor dir. Erzähl mir doch, wie es dir daheim ergeht. Vielleicht kann ich dir und deiner Familie helfen.«

Seine Hand legte sich aufs Herz, doch das Mädchen schenkte der Geste keinen Blick. Sie betrachtete verzückt das letzte fallende Laub an den Bäumen. Ein Lächeln huschte über ihr Gesicht, als hätte jemand in ihrem Kopf einen Schalter umgelegt. Sie begann ein Lied zu summen, verstummte aber jäh nach den ersten Takten und sah zu Otto Seidl auf. »Der Winter steht vor der Tür. Ich kann ihn riechen«, flüsterte sie.

Des Pfarrers Arme überzogen sich mit Gänsehaut. Die Worte aus dem Kindermund wirkten, als stammten sie von einem unsichtbaren Wesen. Mehr und mehr kam ihm das Mädchen unheimlich vor, denn die letzten Wochen waren von einem milden Herbst bestimmt gewesen. Immer noch blühten vereinzelt die Rosen an den Hausecken und Spalieren im Dorf. Der Winter schien noch weit entfernt zu sein. Was faselte das Kind? Konnte man das Wetter riechen? Konnte der Teufel das? Hatte der Leibhaftige wirklich Besitz von einer unschuldigen Schülerin ergriffen?

Erneut musste er seine Gedanken eisern zur Ruhe zwingen. Er war der Geistliche hier im Ort. Von ihm wurde erwartet, dass er ohne den geringsten Zweifel agierte. Er räusperte sich und straffte den Körper. Unerklärlicherweise war es kälter geworden unter dem Blechdach des Schuleingangs. Oder bildete er sich das nur ein?

»Sag, Resl, mit wem tanzt du in der Stube, wenn dir danach ist?«

Nun war es heraus. Gezielter hätte Otto Seidl nicht ausdrücken können, was ihn seit Ludmillas Besuch im Pfarrhaus bewegte.

Die Augen des Mädchens schwenkten zu ihm herum. Der Groll war aus dem Blick verschwunden. Das verwaschene Blau der Iris, welches ihr Ähnlichkeit mit ihrer Mutter verlieh, strahlte ihn an, während sie sang: »Dreh dich im Kreis, tanz die Füße dir heiß. Das Leben ist fein, so sollte es sein. Lach und sing und geh deinen Pfad. Vergiss die andren, das ist mein Rat.«

Er kannte den Reim nicht, obwohl er bei seiner Arbeit in Kirche und Schule viele Weisen und Gedichte der Jugend hörte. Theres hatte den Vers fehlerfrei und voller Überzeugung vorgetragen. Er runzelte die Stirn. »Wer hat dir denn das Lied beigebracht? War es die unsichtbare, geflügelte Frau, mit der du in der Stube tanzt?« Er biss sich auf die Lippen. Nun hatte er die Sechsjährige wohl überrumpelt und verängstigt.

Doch bevor er den Gedanken noch zu Ende spinnen konnte, antwortete ihm Theres, als fände sie die Frage völlig normal.

»Ja, sie bringt mir viel bei. Ich tanze mit ihr. Für mich ist sie nicht unsichtbar. Jedes Mal, wenn sie mich besuchen kommt, trägt sie ein neues Kleid, aus dem ihre Flügel herausragen. Der Stoff ist perfekt geschneidert und endet in Spitze und Stickereien. Die Knöpfe auf Seide und Samt schimmern wie Edelsteine. Ich habe sie gezählt, es sind immer sieben. Ich kann nämlich schon bis zwanzig zählen, Herr Pfarrer. Die bunten Verschlüsse mag ich sehr. Manchmal sind es flache Scheiben, die leuchten wie das Wasser im Fluss. Zu anderer Zeit haben sie die Form von Perlen, die in Muscheln am Grund der Seen wachsen. Die Engelsfrau zeigt mir all das. Warum fragen Sie?«

Ihr helles Lachen wollte nicht so recht zu den gruseligen Worten passen.

Der Wind frischte auf. Otto Seidl begann zu frieren, aber es war nicht die herbstliche Luft, die ihm die Schauder über den Rücken trieb.

Sieben Knöpfe ... Samt und Seide ... aus dem Mund eines Kindes. Keines der Schulkinder kann solch edle Stoffe in diesem Alter voneinander unterscheiden.

Mühsam drängte er die Unruhe zurück, die ihn überfiel wie ein hungriger Wolf. Er blickte sich rasch nach allen Seiten um. Das, was er das kleine Mädchen jetzt fragen würde, durfte niemand hören.

»Resl, verrat mir noch das eine.« Er schloss kurz die Augen, um sich zu konzentrieren. »Hat die Frau, mit der du tanzt, Hörner auf dem Kopf?« Vorsichtig bewegten sich seine Hände nach oben. Mit den Fingern formte er ein unsichtbares Geweih.

Theres beobachtete interessiert die Geste, dann ließ sie den Blick wieder in die Ferne schweifen.

Laub wirbelte durch die kopfsteingepflasterte Straße und kündete nun tatsächlich von einem abrupten Ende des milden Herbstes.

»Hörner wären hässlich.« Ihre Finger hielten den Granatschmuck ins Herbstlicht. Magisch funkelten die roten Splitter. »Ich mag die schönen Kleider und den Schmuck der Engelsfrau. Sie ist immer sehr nett zu mir. Warum sollte sie Hörner aufsetzen? Würde das nicht die ganze Pracht verderben?«

Das Kind sprach mit einer Selbstverständlichkeit über Dinge, die sogar einem Geistlichen die Nackenhaare sträubten. Trug der Teufel verschiedene Masken?

Otto Seidl verdrängte die Tatsache, mit einer Sechsjährigen zu reden, und hakte rasch nach. »Könnte sie anderen Menschen einen Schreck einjagen, indem sie ihr Aussehen verändert, so wie die Perchten im Winter?«

Theres' Gesicht verzog sich zu einer Grimasse, als müsse sie einem geistig zurückgebliebenen Trottel Rede und Antwort stehen. »Die geflügelte Frau kann alles. Sie hat mir gezeigt, wie sie den Kopf eines Schafs aufsetzt oder ihre Füße in Pferdehufe verwandelt. Lustig ist es, wenn sie mit dem Schwanz einer Katze erscheint. Sie liebt Katzen, das hab ich herausgefunden. Seltsame Geschichten erzählt man über sie im Dorf, gibt ihr verschiedene grausige Namen und sogar die Schuld für schlimme Sachen, die eben einfach passieren. Dabei ist sie eine gute Lehrerin. Sie zeigt mir Dinge, die ich in der Schule niemals lernen werde.« Ihr Gesicht strahlte plötzlich. »Seit mir meine Mutter das Märchen vom Froschkönig vorgelesen hat, erscheint sie mir als Prinzessin mit wallendem Haar. In eine hässliche Gestalt verwandelt sie sich nur, um die Menschen zu beeindrucken, damit sie ihren Weg nicht verlassen.« Lachend griff sie nach den Händen des verdutzten Kirchenmannes, dessen Gedanken sich überschlugen.

Sie will Menschen beeindrucken, wenn sie vom Pfad abweichen. Aber WELCHER Pfad ist damit gemeint? Der, um dem Heiland zu folgen?

Theres zwang ihn fröhlich zu einem Tanz.

»Wenn man sich vor ihr fürchtet, hat man etwas falsch gemacht. Es ist ganz einfach ... ganz einfach.«

Seidl ließ sich von dem Mädchen in den seltsamen Reigen hineinziehen. Dennoch antwortete er ihr: »Und woher weißt du, liebe Theres, dass sie dich mit den Gewändern einer Prinzessin nicht täuscht und darunter eine hässliche Hexe zum Vorschein kommt?«

Das Mädchen lächelte, während sie ihn eifrig weiter im Kreis gefangen hielt. Die Antwort, die Otto Seidl nun bekam, würde sich in seinem Geist einbrennen wie ein glühendes Eisen.

»Warum sollte sie mich täuschen, wo sie mich doch auserwählt hat, das Wissen weiterzugeben. Da gibt es eine riesige Waage, wie die beim Kramer, nur viel, viel größer. Eine Schale ist weiß, die zweite schwarz. Keine wiegt schwerer als die andere. In jeder sollten sich dieselbe Anzahl Menschen aufhalten. Es werden deswegen immer gleich viele mit ähnlichen Eigenschaften geboren. Trotzdem liegt es bei jedem Einzelnen, eine Entscheidung zu treffen. So bleibt unsere Welt im Gleichgewicht. Lug und Trug jedoch schaden beiden Seiten.«

»Resl, weißt du denn überhaupt, was die Worte Lug und Trug bedeuten?«, fragte er verwundert nach.

Woher besaß dieses Kind derartige Weisheiten? Die Notizen im Brevier fielen dem Geistlichen ein. Düstere Gedanken brauten sich in seinem Kopf zusammen wie ein Gewitter.

Das Kind antwortete ihm prompt. »Ja, das weiß ich, Herr Pfarrer. Wenn die Luise vom Hadlingerhof am Sonntag in der Kirche betet, damit der Teufel sie nicht holt, und schon am Nachmittag fette Würste an die alte Tanne am Friedhof hängt, um den Oleluk zu besänftigen, dann ist das Lüge. Wir haben gelernt, dass die Handlanger des Leibhaftigen uns nichts anhaben können, solange wir die Kirche besuchen. Also vertraut sie dem Heiland nicht. Sie schwindelt, um als gute Christin zu gelten. In Wirklichkeit freut sie sich, wenn der garstige Dämon ihr Geräuchertes verzehrt und ihr wohlgesonnen bleibt.«

In Fassungslosigkeit erstarrt stellte der Geistliche eine letzte Frage an das Kind. »Sag mir, Resl, glaubst du überhaupt an Gott, den Vater?«

»Natürlich. Ich bete mit meiner Mutter jeden Abend vor dem Schlafengehen und sie zeichnet mir ein Kreuz mit Weihwasser auf die Stirn.«

Es hieß, Besessene würden Brandwunden von geweihtem Wasser davontragen. Kurz betrachtete er ihre makellose Gesichtshaut. Da war nichts Derartiges zu sehen.

Er schwieg. Was hätte er auf diese Erklärung auch antworten sollen?

Ende 1936

Die Prophezeiung der Sechsjährigen traf zu. Schon in der Nacht brach der Winter über Eisenhütt herein wie ein Monster. Fiese Nordostwinde trieben Schneewolken von bisher ungeahnten Ausmaßen heran. In den darauffolgenden Tagen wirbelten die Flocken dicht und bitterkalt vom grauen Himmel. Die weiße Pracht legte sich mit eisigen Fingern über das Land, bedeckte die Wege und Straßen. Bald waren sie nur noch zu Fuß passierbar. Die Leute bangten um ihre Hausdächer, die unter der Last zu ächzen begannen. Im Wald ertönte das Splittern und Krachen von umstürzenden Bäumen, die das Gewicht auf ihren Ästen nicht mehr tragen konnten. Das Eisenhütter Gotteshaus füllte sich zunehmend mit Menschen, die zur Jungfrau Maria beteten. Zum ersten Mal in seiner Laufbahn als Geistlicher zweifelte Otto Seidl daran, dass die frommen Fürbitten etwas an der Lage ändern würden.

Fünf Tage wütete das Schneetreiben im Tal, dann bohrte sich die Sonne durch die dichte Bewölkung. Das Dorf glitzerte, als sei es mit puren Diamanten überzogen worden. Spott lag im Treiben der Natur, denn das Wetter setzte, trotz seiner Schönheit, den Menschen zu. Die Straßen nach Zweiweil und Böhmen waren unpassierbar geworden. Selbst die schweren Kaltblüter, die der Dorfmetzger vor einen Schlitten spannte, kamen nur mühselig voran. Ihr Fell überzog sich nach kurzer Zeit mit gefrierendem Schweiß und sie pumpten mühsam Luft in ihre Lungen.

Dennoch machte sich der hagere Mann zum dritten Mal auf den Weg, um zum Hochfels aufzusteigen. Er hatte Gitter aus Weidenästen an die ledernen Bergschuhe gebunden und kämpfte sich mit Stöcken mühsam durch das tiefe Weiß. Drohend reckten die abgebrochenen Bäume ihre gesplitterten Stämme in den Himmel, als wollten sie ihn warnen. Doch der Wanderer beachtete sie nicht. Mit Eiskristallen auf

Augenbrauen und Wimpern setzte er vorsichtig die Füße auf den knirschenden Untergrund. Eine falsche Bewegung und er bräche sich beide Beine. Das wäre sein Todesurteil hier oben im Wald. Aber was hatte er für eine Wahl?

Um den Hals baumelte an einem Lederband das große Holzkreuz, welches ihn immer begleitete. In die Taschen seines Lodenmantels hatte er Knoblauch und Baldrian gestopft. Leise murmelte er sonor das Vaterunser vor sich hin. »… Geheiligt werde dein Name …«

Bald erreichte er schwer keuchend eine Weggabelung, die durch den Schnee beinahe nicht zu erkennen war. Er hielt inne. Es war totenstill im Wald. »… Dein Reich komme …«

Seine klammen Finger rammten die Stöcke in den Tiefschnee, dann nahm er das Kreuz in die rechte Hand und küsste es zaghaft. Das Holz schmeckte bitter auf den Lippen. Kurz hob er den Blick und schaute den steilen Pfad hinauf, der vor ihm lag. Diesmal würde er den Hochfels nicht über die Lichtung, sondern von der Rückseite aus besteigen. Dass dies ein gefährlicher Aufstieg werden würde, war ihm durchaus bewusst. Der Gedanke an all die armen Leute im Dorf zerstreute jedoch alle Zweifel.

Wie übergroße Tränen wirkten die Spuren der Schneeschuhe im Weiß. Bald versperrten umgeknickte Bäume den Weg. Ächzend kletterte er darüber hinweg. Tannenzweige kratzten über sein gerötetes Gesicht. Felsbrocken wurden sichtbar. Wie die versteinerten Schädel von Giganten ragten sie aus dem Schnee. Von ihren Nasen und Augen hingen messerscharfe Eiszapfen herab. Die Steinköpfe schienen ihn zu beobachten. Doch der Hagere stieg unbeirrt weiter.

Niemand im Dorf, der die Sage um die gehörnte Frau kannte, die nahe dem Hochfels hauste, würde den Ort freiwillig betreten. In einer Grotte im steil aufragenden Granit, so berichtete die Legende, sei sie zu Hause. Ihre Macht reichte von guten Taten bis hin zu schauriger Rache, wenn man ihren Zorn erweckte.

Außer ihm ahnte vermutlich niemand im Dorf, dass das grässliche Wesen nebst den Hörnern auch Flügel trug. Er würde darüber schweigen wie ein Grab. Ein Engel mit dem Kopfschmuck eines Widders, das konnte nur eines bedeuten – der Teufel selbst wohnte hier oben.

Es blieb ihm allerdings keine andere Wahl. Er musste Gewissheit haben, dass das teuflische Weib für seine Gefälligkeit vor vielen Jahren nicht noch mehr von den Eisenhüttern forderte. Heute würde er der Gestalt die Stirn bieten. Gott war mit ihm.

Der Hagere hatte sich bisher nur bis zum Fuß des Steinriesens vorgewagt. Jeder Schritt beförderte ihn nun höher hinauf. Er suchte nach der Stelle, wo sich der graue Schatten einst gelöst hatte und den kahlen Fels hinabgeglitten war. Tief sanken die Stöcke in den Schnee, das Herz pochte ihm bis zum Hals. Würde sein armes, altes Herz diese Beanspruchung unbeschadet überstehen?

Zwischen Gestrüpp und abgeknickten Bäumen hindurch erreichte er schließlich das Ziel. Mit pfeifendem Atem kraxelte er auf den Kopf des Hochfelsens und starrte in den Abgrund hinab. Mehrere gebrochene Baumstämme hingen wie weggeworfenes Riesenspielzeug in der Felsspalte, die bis zur Lichtung hinab reichte. Zwischen den schwer beladenen Tannenspitzen blitzte schelmisch der Albstein hindurch.

Er begann zu zittern, legte die Stöcke beiseite und ergriff wieder das Kreuz. Es fühlte sich warm an.

»Zeig dich und stehe mir Rede und Antwort«, rief er in die Stille des Waldes hinein. »Ich hab keine Angst mehr vor dir. Die Heilige Dreifaltigkeit steht mir bei.«

Nichts geschah.

Langsam drehte sich der Mann im Kreis, griff in die Manteltasche und förderte den Knoblauch und das Sträußchen mit getrocknetem Baldrian daraus hervor. Mit klammen Fingern brach er Zehen aus der Knolle und schleuderte die stark riechenden Stücke ins Gebüsch. Das Sträußchen steckte er wieder in die Tasche.

»Hier wirst du dich nicht mehr wohlfühlen, Hexe, Gehörnte oder wie immer du dich auch nennen magst.« Vorsichtig kletterte er zurück. »Deine Höhle werde ich finden«, keifte er, allerdings eher, um sich selbst Mut zu machen.

Niemand außer ihm hätte es vermutlich im Winter gewagt, den Hochfels zu besteigen.

Nichts war zu hören – Stille umgab ihn. Das Kreuz, der Knoblauch und das Kraut taten ihre Wirkung.

Ein Triumphgefühl wollte sich in seinem Magen breitmachen, als ein knackendes Geräusch ertönte. Der rechte Schneeschuh zertrampelte einen Tannenzweig, unter dem sich ein Loch verbarg.

Er stürzte. Sein Körper rollte durch den Schnee, bis ihn das glitzernde Weiß mit einem Krachen und Knirschen verschlang wie der Rachen eines Ungetüms. Blut sickerte ihm sofort aus der Nase, ein stechender Schmerz durchzuckte seinen Knöchel. Trotzdem versuchte der Mann sich aus der eisigen Masse zu befreien. Im Schnee erfror man schnell.

Er schaffte es auf die Knie. Wie von selbst formten seine Lippen wieder das tröstende Gebet: »Vater unser, der du bist im Himmel …«

Diesmal erhielt er Antwort. Wie eine scharfe Bö zischten die Worte durch den erstarrten Winterwald.

»Warum sollte dir der Vater im Himmel helfen, Pfarrer? Hast du dich nicht wissentlich in Gefahr gebracht?«

Otto Seidl erschauderte. Kniend in der Schneekuhle schaute er sich hektisch um, bis seine entsetzten Pupillen erkannten, was er gesucht hatte. Die gesamte Rückseite des Hochfelsens war hohl. Eine Grotte offenbarte sich seinem Blick. Starr gefrorene Moosfetzen umgaben sie wie ein mysteriöser Vorhang.

Im schummrigen Schein einer unbekannten Lichtquelle stand eine wunderschöne Erscheinung. Ein makelloser Körper, den zwei ausladende Schwanenflügel krönten, erweckte in ihm die Illusion eines lebendigen Kirchengemäldes. Feiner Duft umwehte die Gestalt, und die Nasenflügel des frierenden Mannes weiteten sich. Weihrauch lag in der Luft. Das hatte er nicht erwartet an diesem rauen Wintertag. Etwas Göttliches umschmeichelte die geisterhafte Erscheinung. Erblickte er gar einen Seraph? Einen Engel, der Gottes Thron umschwebt und immerfort ausruft: »Heilig, heilig, heilig.«

Seidls Lippen begannen zu beben. Zweifel und Unruhe bemächtigten sich seines Verstandes. Plötzlich fühlte er sich der Situation nicht mehr gewachsen. Er hatte die gehörnte Frau erwartet, aber was er sah, wirkte himmlisch. Wie konnte das sein?

Er erinnerte sich an das Priesterseminar.

Der Teufel trägt viele Gesichter, lass dich nicht täuschen.

Misstrauisch presste er hervor: »Wenn du ein Engel bist, bleibe, wenn du Satan bist, dann weiche.«

Lachen hallte durch die Grotte und verstärkte sich, als käme es aus mehreren Kehlen. Die Worte, die das Kichern durchdrangen, trafen den Kirchenmann tief im Herzen.

»Traust du deinen Augen nicht? Oder gleicht der Leibhaftige gar den geflügelten Boten des Himmels?«

Hatte Seidl einen Fehler begangen, das Wesen am Hochfels aufzusuchen? Wollte Gott ihn prüfen?

Das diffuse Leuchten wurde stärker. Die Gestalt veränderte sich. Gütige Mandelaugen hefteten sich auf den Körper des Geistlichen.

Otto Seidl bekreuzigte sich rasch. Er sah die leibhaftige Jungfrau Maria.

Das Holzkreuz, welches er krampfhaft umklammerte, erwärmte sich. Ehrfurcht wollte ihn heimsuchen – allerdings nicht sehr lange. Unter dem flirrenden Gewand blitzten für den Bruchteil einer Sekunde grobe Pferdehufe hervor.

Ein heißer Stich jagte dem Pfarrer durchs Herz. Seine Rechte löste sich vom Holzkreuz, als habe er sich verbrannt, und berührte die Brust. Das Blut rauschte in seinen Ohren. Erschöpfung und Angst drohten, ihm den Verstand zu rauben. Gleich darauf vernahm er glockenhelles Gelächter. Es klang wie das Keckern spielender, fröhlicher Kinder. Das kurze Aufflackern des Gottvertrauens sickerte aus Otto Seidls Körper wie Wasser aus einem löchrigen Eimer.

Die Jungfrau Maria? Nein … dahinter verbarg sich eben doch der Leibhaftige. Das Bildnis der Mutter Gottes war nur in seinem Kopf präsent. Der Teufel wollte ihn verführen, ihn auf die dunkle Seite ziehen.

Es gab keine Gehörnte mit Flügeln. Dies alles war das Werk Luzifers, des gefallenen Engels. Und er war wesentlich mächtiger und listiger, als er es den Menschen von der Kanzel predigte. Das zeigte sich jetzt. Doch Seidl war Priester und durfte nicht verzagen.

Mühsam rappelte er sich auf die Beine, zog den getrockneten Baldrian wieder aus der Manteltasche und streckte die Hand rasch in die Richtung der Erscheinung aus. »Wage es nicht, weitere Forderungen zu stellen, nur weil du vor Jahren den Winter vertrieben hast. Und lass deine Krallen von dem Kind, bevor du dessen Seele bei lebendigem Leib verdirbst«, schrie er.

Die gütigen Züge der Gestalt verschwammen leicht. Das Gesicht von Theres erschien.

Ja … es war eindeutig die Schülerin aus dem Dorf.

Nun begann sie ein Lied zu summen. Klar und rein tönte ihre Stimme durch die kalte Luft.

Die verzweifelte Gattin des Holzfällers hatte nicht übertrieben, als sie ihn im Pfarrhaus aufgesucht hatte. Der Teufel war bereits in das unschuldige Mädchen aus dem Dorf gefahren. Daran gab es nicht mehr den geringsten Zweifel.

Es war genug. Die Nähe zur Grotte bereitete ihm großes Unbehagen. Unter Schmerzen schaffte es der Geistliche auf allen vieren, sich aus der Schneekuhle zu befreien. Dann schleppte er sich wieder den Berg hinauf, dorthin, wo er den Knoblauch verstreut hatte. Da fühlte er sich sicherer. Die schimmernde Gestalt mit den wechselnden Gesichtern wollte er dabei nicht aus den Augen lassen. Dennoch verschwand sie aus seinem Blickfeld.

Ein Schneeschuh war beim Sturz zu Bruch gegangen. Ächzend zog er sich nach ein paar Schritten die lebensrettenden Gehhilfen von den Füßen und schleuderte sie von sich. Seidl richtete sich auf, faltete die Hände und begann zu beten.

»Heiland, gib mir die Kraft, den Teufel zu bannen. Er darf keine Macht mehr über die Menschen im Dorf haben.« Zeitgleich umfasste er das hölzerne Kreuz und streckte es in die Höhe. »Dieser Fels …«, rief er mit lauter Stimme, als würde er von der Kanzel einer unsichtbaren Kirche predigen. »… gehört von nun an Gott. Ich befehle dir, Antichrist, fahre zurück in die Hölle.«

Der graue Nebel kam urplötzlich. Er strömte aus der Grotte heraus und umwirbelte den frierenden Pfarrer. Weiße Tauben lösten sich aus den Schwaden und stoben flatternd in den Himmel auf.

Wieder nagten Zweifel an Otto Seidls Verstand. Wollte ihm der Heilige Geist ein Zeichen schicken? Durchdrang er das Böse, so wie es in der Bibel geschrieben stand? Wie sehr wollte er das in genau diesem Moment glauben.

Obwohl schon zahlreiche Eintragungen inzwischen sein Brevier füllten, sehnte er sich danach, folgenden Schlusssatz daruntersetzen: *»Das Gute wird siegen.«* Schließlich war er nicht umsonst Priester geworden. Er wollte den Menschen das Wort Gottes näherbringen, ihnen beistehen in guten wie in schlechten Zeiten. Wie viele Neugeborene hatte er schon getauft und das Glänzen in den Augen der Eltern gesehen. Wie oft war er neben einem frisch aufgebrochenen Grab gestanden und hatte den Angehörigen Trost gespendet? Der Erlöser war allgegenwärtig und er, Otto Seidl, durfte sein Wort verkünden.

Kurz sickerte Zuversicht durch die wirbelnden Gedanken. All die Entbehrungen, bis er die Weihe empfangen hatte, mussten doch einen Sinn ergeben.

Mühsam klammerte er sich an diese Hoffnung.

Die Tauben stiegen rasch höher, entschwanden seinem Blick, und aus dem Grau schälte sich erneut ein geisterhaftes Antlitz. Es näherte sich geschmeidig, obwohl er ringsherum Knoblauch verteilt hatte. Die stark riechenden Zehen nutzten nichts.

Hastig riss er wieder das Sträußchen mit dem getrockneten Baldrian hervor und hielt es dem fadenscheinigen Gesicht vor die Nase. Immer weiter schob er das bannende Kraut nach vorn, bis seine Finger in den Konturen verschwanden, als würde er schlammiges Wasser berühren. Da gab es keine Haut, keine Wangenknochen, nur schmutzigen Nebel. Zudem verströmte das materielose Etwas einen unangenehmen Geruch, der sich rasch verbreitete. Diesmal war es kein Weihrauch – es stank nach Schwefel.

Das Lachen der Erscheinung erscholl lauter als zuvor. Es schien von allen Seiten zu kommen.

Seidl machte einen winzigen Schritt nach hinten. Er begann trotz der Kälte zu schwitzen. Die Schlucht war keinen Meter von ihm entfernt. Der Herr Jesus, der für die armen Sünder der Welt am Kreuz gestorben war, musste ihn jetzt beschützen.

Während sich die Gestalt erneut wandelte – grüne Schuppen überzogen die Haut –, erklangen nun tiefe Töne. Ein riesiger Kontrabass, der sich in einem unsichtbaren Orchestergraben verborgen hielt, versprühte Wortfetzen, deren Grausamkeit seine gläubige Seele im Mark erschütterten.

Der Pfarrer schüttelte den Kopf. Trotz der Gewissheit, unter dem Schutz des Heilands zu stehen, erstarrten seine Augen in purer animalischer Angst. Instinkte, wie die eines Tieres, meldeten sich lautstark.

»Ich werde … nicht wanken«, stammelte er. Am liebsten wäre er jetzt kopflos geflohen, hinein in den Wald, ohne ein Ziel zu haben. Doch der Weg war ihm versperrt.

Das wabernde Gesicht erinnerte Otto Seidl an ein Bildnis des Teufels aus einem Religionsbuch für Kinder, wäre da nicht ein Heiligenschein, der es umgab.

Ein heiliger Satan – Blasphemie!

»Du wankst auf deinem Pfad, deswegen erschaffst du dir wechselnde Bilder. Wenn du Gott huldigst, warum batest du in jenem strengen Winter die Gehörnte um Hilfe? Dachtest du, sie habe mehr Macht als der, dessen Sohn deine Vorfahren ans Kreuz nagelten?« Das Wesen kicherte. »Und zum Dank für ihren Beistand brichst du dein Wort, versagst ihr die geforderte Seele und verbannst sie aus ihrer Grotte? Ihr Menschen verhaltet euch seltsam. Aus welchem Grund hadert ihr allesamt mit den einfachsten Regeln des Lebens?« Wind kam auf, der den unheilvollen Vortrag mit seinem Singsang unterstützte. »Warum maßt ihr euch an, ständig von Neuem festzulegen, was richtig und was falsch ist? Ausgerechnet du, ein Gottesmann, schwankst wie eine Tanne im Sturm bei dieser Frage. Oder hast du etwa nicht versucht, die Gehörnte zu belügen? Die Waage der Ewigkeit wird nicht im Gleichgewicht bleiben, wenn du wankelmütig von einer Seite auf die andere springst. Religionen sollten es den Menschen erleichtern, die Gesetze zu befolgen. Aber das Gegenteil ist der Fall. Es wird Zeit, euch alle auf den Pfad zurückzutreiben wie eine Schafherde.«

»Ich schwanke nicht, Satan. Ich diene Gott und dem Guten im Menschen.«

»Es wird kein Gut ohne das Böse geben.« Die Stimme veränderte sich, wurde schneidend. »Wären dann nicht die Guten plötzlich auch die Bösen, wenn es nur noch eine Seite gäbe?«

Otto Seidl machte noch einen Schritt zurück. Zweige knackten unter seinen durchnässten Wanderschuhen, die auf dem hohen Schnee keinerlei Halt mehr finden würden. »Du … du lästerst Gott?«, fragte er mit krächzender Stimme und umklammerte nun Baldrian und Holzkreuz, als wären sie die Rettung vor dieser grausigen Erscheinung.

Die Antwort ließ nicht lange auf sich warten. Die Teufelsfratze verschwamm und veränderte sich wieder.

Ein erstickter Schrei löste sich aus der Kehle des Geistlichen. Die Stimme, die nun zu ihm sprach, klang drohend und kalt wie der Tod. Worte, die wie Messer schnitten, die alles, an was er bisher geglaubt hatte, zu zerstören drohten, durchdrangen Kopf und Seele. Er war in der katholischen Lehre erzogen worden, hatte Mutter Kirche sein Leben im Zölibat gewidmet, freute sich an der Frömmigkeit. Seit Jahrhunderten waren Gläubige dem Bildnis des Heilands am Kreuz gefolgt. Aber das, was er soeben gehört hatte, ließ alles Strahlende verblassen. Er wollte, nein, er durfte dieser Gotteslästerung keinen Glauben schenken. Die Bibel repräsentierte Wahrheit – oder etwa nicht? Wieso meldeten sich immer wieder Zweifel? Haderte er mit sich? War es ein Fehler gewesen, die Gehörnte um Hilfe zu bitten, bevor das halbe Dorf erfror, obwohl sich jede Menge Gaben auf dem Sockel der Jungfrau Maria häuften?

Mit panischer Stimme suchte er nach dem Strohhalm, den ihm sein Glaube trotz der unglaublichen Ansprache reichte. »Du lügst! Nur das Böse ist in der Lage, ein unschuldiges Kind zu verderben.«

Wie ein Sturmwind fegte das Lachen des frisch verwandelten Wesens, welches nun die riesigen Schwingen ausbreitete, durch den Wald.

»Was bedeutet Unschuld? Ist ein Löwe schuldig oder gar böse, wenn er seinen Jäger tötet und frisst? Menschen müssen lernen, Verantwortung für ihr Handeln zu tragen. Niemand wird sie ihnen abnehmen, ganz gleich, wie viele Götter oder Teufel sie noch erschaffen.«

Vor den Augen des Geistlichen formten sich im grauen Nebel in rascher Folge Götzen, Dämonen, Engel und Waldgeister, die ihm Dinge zuflüsterten, dass er sich am liebsten die Ohren zugehalten hätte. Er vermochte nicht mehr zu unterscheiden, ob sie aus dem Himmel oder der Hölle stammten. In seinem Kopf vermischten sich Glaube, Angst und Hoffnungslosigkeit zu einem farblosen Brei, der alle schönen Erinnerungen an sein bisheriges Leben zu ersticken drohte.

Ein letztes Mal bekreuzigte sich Otto Seidl – mehr aus Gewohnheit als aus Überzeugung. Er presste das Holzkreuz mit dem zerbröselten Sträußchen Baldrian an die Brust und tat einen weiteren Schritt nach hinten.

Der Schuh trat ins Leere.

Einen Moment glaubte er, er würde fliegen. Es war ein wundervolles, wenn auch kurzes, Gefühl, und er starb letztendlich in der Hoffnung, dass er sich verhört hatte dort oben auf dem kahlen Fels.

Kurz blitzte noch die Erinnerung an eine Notiz in seinem Brevier auf.

Was wäre, wenn Luzifer bereits unerkannt auf Gottes Thron säße?

Trockenes Knacken ertönte, als die Wirbelsäule entzweibrach. Sein Körper drang tief in den Schnee ein, dann war alles still am Hochfels.

Alfons Rauwieser, Bischof von Regensburg, konnte sich das Verschwinden des Priesters aus Eisenhütt nicht erklären. Einige Wochen nach dem alarmierenden Anruf der Pfarreiköchin machte er sich deshalb persönlich auf den Weg in das winterliche Dorf, welches inzwischen, wenn auch mühselig, wieder über Regen und Zweiweil erreichbar war. Die örtliche Polizei, die ohnehin nur aus zwei Beamten bestand, hatte den Fall schon längst abgeschlossen. Die Gesetzeshüter interessierten sich in diesen Zeiten für höhere Aufgaben. Das Gerücht, der Herr Pfarrer sei nach Böhmen geflohen, weil er sich den Verpflichtungen im Dorf nicht mehr gewachsen fühlte, verbreitete sich wie ein Lauffeuer. Böse Zungen behaupteten sogar, er sei seiner »Schwäche« für Erstklässler erlegen. Doch daran glaubte der Bischof nicht, während er in hochoffizieller Kleidung mit Talar und violettem Zingulum um den fülligen Leib Otto Seidls Arbeitszimmer nach Hinweisen durchwühlte.

Als er endlich das Brevier des Geistlichen in den Händen hielt, es aufschlug und einige der Randnotizen las, wurde er blass um die etwas zu üppig geratene Nase. Hastig ließ er das Büchlein im bodenlangen Gewand verschwinden und kehrte umgehend zurück zum Bischofssitz nach Regensburg, wo er am selben Abend noch mit dem Vatikan telefonierte.

Der Ort Eisenhütt bekam einen neuen, unerfahrenen Geistlichen, der auch die Köchin übernahm und noch niemals von einer Sagengestalt, mit Hörnern auf dem Haupt, gehört hatte.

Letztes Kriegsjahr 1945

Nach Otto Seidls Verschwinden verblasste die Diskussion um das Kind, welches vom Teufel besessen war, unter den Einheimischen. Ab 1939 wütete der Zweite Weltkrieg, und viele Patrioten sahen in den geheimnisvollen Geistern aus der Jugend Verbündete. Seit Jahrtausenden wachten Druden und Trolle über die unendlich dunklen Wälder, die sich von der Donau aus weit nach Böhmen hinein erstreckten. Hier fielen keine Bomben. Die Fichten, Buchen und Eiben verwoben ihre Kronen ineinander und wirkten, von einem Berggipfel aus betrachtet, wie ein undurchdringlicher Panzer. Steile Anstiege und schmale Täler waren ohnehin nicht geeignet für das Vorrücken von Armeen. Wenn es dunkel wurde im Wald, blickten die Eisenhütter mitunter nach Westen. Dann leuchteten die Augen[2] des Albsteins. Wenn hinter dem Gipfel in fernen Städten Bomben fielen und die verheerenden Brände den Himmel selbst in dunkler Nacht noch rosa zu färben vermochten, schienen die steinernen Augen zum Leben zu erwachen. Immer dann ergriffen sich die Dorfbewohner an den Händen, dankten Gott öffentlich und den Waldgeistern im Verborgenen, dass sie hier, am Ende der Welt, leben durften. Flugobjekte sausten mitunter zischend über den Wald hinweg. Keiner wusste, ob darin Piloten saßen oder ob es sich um geheime Waffen des Führers handelte, die den Endsieg herbeiführen sollten.

Am 2. Januar 1945 erreichte die schlimme Nachricht sogar das einsame Dorf im Wald. Nürnberg, Hitlers Propagandastadt, lag in Schutt und Asche. Ein Luftangriff hatte sie dem Erdboden gleichgemacht. Tausende von Städtern starben und Hunderttausende wurden obdachlos. Einzigartige historische Gebäude waren zerstört worden.

---

2 Zwei massive Felsformationen verleihen dem Berg das Aussehen, als hätte er Augen.

Fast niemand in Eisenhütt glaubte mehr daran, dass der Krieg noch zu gewinnen sei. Man hätte diese Vermutung zwar niemals laut ausposaunt, aus Angst davor, vom Falschen gehört zu werden, aber die Gesichter der Einheimischen sprachen deutlicher als jedes laute Wort. Man nagelte nach wie vor fette Würste an die Rinden der Bäume, um den Oleluk zu besänftigen. Schaden würde das auf keinen Fall. Die Leute lebten still, dankbar für das Wenige, was sie besaßen – denn das war meist mehr, als die Einwohner der ausgebombten Städte hatten –, und verhielten sich unauffällig.

Unauffällig? Das traf nicht auf Theresia Bauer zu. Selbst in diesen kriegsgezeichneten Tagen setzte sie sich mit Mutters Schere vor den Spiegel und verpasste sich einen rassigen Haarschnitt, den sie in einem Modejournal aus dem Kramerladen gesehen hatte. Das Heft lag dort schon seit Monaten in der Auslage. Keine Eisenhütterin verspürte Lust, sich derzeit mit Mode zu beschäftigen. Die fünfzehnjährige Resl fand jedoch, dass eine Kurzhaarfrisur sehr gut zu den eng geschnittenen Kostümen passte, die gestandene Offiziersgattinnen trugen. Ein kecker Hut auf dem Kopf vervollständigte das Aussehen der arischen Damen, denen Bomben und Granaten nichts auszumachen schienen.

Seit das Annerl samt ihrer Tochter von einem Tag auf den anderen aus Eisenhütt verschwunden war, hatte die Kramerfamilie Sigl auch deren Laden übernommen und bot neben praktischer Alltagskleidung auch Anzüge und Kostüme feil. Immer wieder hörte man Gerüchte, dass Vinzenz genau wusste, wohin die Jüdin geflohen war. Besorgte Zungen behaupteten aber, dass die brave Kauffrau samt ihrem Kind gar nicht mehr am Leben sei. Die inzwischen greise Hebamme hatte nach einem Gottesdienst verschwörerisch den Frauen ins Ohr geflüstert und von einem Konzentrationslager gefaselt, wo man Juden vergaste und verbrannte. Das war so teuflisch und unglaublich, dass man einen solchen Gedanken in den hintersten Winkel des Gehirns verbannte. Vinzenz Sigl, der der NSDAP angehörte, beruhigte die Dorfbevölkerung mit Propaganda. Schauermärchen von alten Weibern hatten mit Hitlers

Wahrheit nichts zu tun, konterte er stets lächelnd. Hin und wieder trank er mit dem jungen Herrn Pfarrer auch mal einen Schnaps im Lagerraum des Kramerladens. So erreichte er, dass die Kirche – zumindest das hiesige Gotteshaus – auch seine politische Meinung teilte.

Wie Theres wohl in dem tomatenroten Kostüm, welches im Schaufenster von Sigls Laden hing, gewirkt hätte? Dieser Gedanke beschäftigte sie, als sie ihre makellosen Gesichtszüge von allen Seiten im Spiegel betrachtete. Mithilfe von Mutters alter Brennschere hatte sie ihre Frisur aufgepeppt und lächelte sich selbst zu.

Ihre Eltern und die Schwester waren nicht zu Hause. Dorothea half von früh bis spät in der Bäckerei aus, um Brot zu ergattern, ohne die begehrten Lebensmittelmarken zu verbrauchen, während Vater und Mutter Bruchholz sammelten. Jetzt, im Januar, lagen viele dicke Äste im Schnee, die man im Schuppen trocknete und im Küchenofen verheizte. Nichts wurde verschwendet.

Das alles kümmerte Theresia nicht sonderlich. Was bedeutete schon Nahrung? Verhungern würde in Eisenhütt niemand. Schneidige Mannsbilder zogen hinaus in den Wald, wilderten Hirsche, Rehe und Wildschweine, von denen es genügend gab. Das Fleisch wurde im Keller des Hotels »Botschafter« verkauft, wenn der Metzger schon lange geschlossen hatte.

»Wie findest du meine Haare?«, hauchte sie in den leicht angelaufenen Spiegel, als sei es das Normalste der Welt, mit einem fremdartigen Wesen zu reden.

Theresia war nicht allein. Sie fühlte es bereits, bevor sich in der Schlafstube, die das Mädchen inzwischen als ihr eigenes Reich betrachtete, etwas veränderte.

Wellenförmig kroch Nebel über eine Wand, der in der Ecke beim Herrgottswinkel hängen blieb. Lautlos formte sich eine Gestalt daraus. Farben vermischten mehr und mehr das Grau, und schließlich trat aus dem Wirbel eine geflügelte Frau. Diesmal trug sie ein bodenlanges Kleid. Der Stoff schimmerte wie frisches Blut. Über den Schultern trug sie eine hauchzarte Stola mit langen Fransen. Die ausladenden

Schwingen falteten sich geschmeidig auf ihrem Rücken. Rabenschwarze Federn glänzten im fahlen Tageslicht.

»Das tut nichts zur Sache. Dir selbst muss es gefallen. Du musst dich wohlfühlen, wenn du die große Aufgabe im Leben bewältigen willst«, antwortete das Wesen.

Theres beobachtete im Spiegel die Manifestation der engelsgleichen Frau, die ihr, seit Anbeginn ihrer Erinnerungen, erschien. Manchmal betrachtete sie die mysteriöse Erscheinung als Freundin, die sie auf Schritt und Tritt begleitete. Da gab es zwar die anspruchsvolle Forderung des Wesens, die sie im Lauf des Lebens erfüllen musste, aber sie war noch jung und hatte alle Zeit der Welt dafür. Als Gegenleistung dazu erhielt Theres wichtige Erkenntnisse für ihre Zukunft als unbeugsame Frau, die jeder brave Bürger kopfschüttelnd von sich gewiesen hätte.

Die Fünfzehnjährige sog all die Weisheiten der Engelsfrau, die sich älter anfühlten als das gesamte Universum, in sich auf. Familie und Bekannte aus dem Dorf kamen ihr mancher Tage wie dumme Schafe vor. Eines folgte dem anderen, ohne nach links oder rechts zu sehen. Der Führer legte fest, wer richtig oder falsch handelte. Die wenigsten stellten das infrage. Luise vom Hadlingerhof würde auch in den kommenden Jahren Kühe melken, sonntags der Predigt folgen und ihr geflicktes Kleid so lange tragen, bis sie zu fett dafür wäre. Reichlich Wurst und Käse betäubten bekanntlich alle Träume. Irgendwann käme ein langweiliger Bauer aus der Gegend um Zweiweil und Luise müsste heiraten. Wahrscheinlich – Theres schmunzelte bei diesem Gedanken – röche das gebrauchte Brautkleid nach Kuhstall. Nach der Hochzeit begännen dann die allbekannten Lügen: *»Aber nein Frau Meier, wo denken Sie hin. Mein Gatte stellt doch nicht der dürren Magd hinterher. Er ist ein braver Christ, liebt meine strammen Waden und wirft jeden Sonntag eine Reichsmark in den Klingelbeutel. Schämen sollte sich das Luder, ihr uneheliches Balg dem Bauern vom Hadlingerhof anzudrehen.«* Niemand störte sich an all den kleinen »Korrekturen«, die das Überleben in der Gesellschaft sicherten. Um den Schein zu wahren, war jedes Mittel recht.

Die Fünfzehnjährige, hinter der ein Engel in der kühlen Luft der Schlafstube tanzte, ohne die Füße zu bewegen, zweifelte die Einstellung an. Der Einfluss des Wesens hatte sie im Schutz ihrer Zurückgezogenheit geprägt. Sahen denn all die Leute in Eisenhütt nicht, dass sie mit einem derartigen Verhalten niemals ihre Ziele erreichen würden? Manchmal fühlte sie sich, als besäße sie ein drittes Auge, welches ihr Einblicke bescherte, die anderen verborgen blieben.

Theres erinnerte sich noch, als ihr die Engelsfrau vor etlichen Jahren auf dem Nachhauseweg von der Schule geraten hatte, die dicken Regentropfen zu beobachten, die in den Pfützen auf der Straße einschlugen. Niemand außer ihr hatte getrödelt. Alle Schüler waren gerannt, die Büchertaschen über den Köpfen, um nicht nass zu werden. Aber Theres hatte sich gebückt und den Tropfen zugesehen, wie sie die Wasseroberfläche berührten. Sie schlugen ein wie Kieselsteine. Kronen bildeten sich im Wasser, die nach und nach verflachten und Zepter aus der Mitte emporwachsen ließen. Das alles passierte rasend schnell und hundertfach, je stärker der Regen wurde.

»Sieh genau hin«, hatte die Engelsfrau ihr zugeflüstert. »Betrachte die Welt präzise und du wirst sehen, dass du von Schönheit und Kraft umgeben bist. Dies gilt es, zu bewahren.«

»Ein Tropfen hat doch keine Kraft«, hatte sie mit kindlicher Logik gekontert.

»Wenn es genügend sind, überfluten sie das Dorf«, antwortete die Erscheinung einschmeichelnd. »Sonne und Wind werden den Boden wieder trocknen, wenn es ihnen beliebt. So bleibt alles im Gleichgewicht. Verstehst du jetzt? Solange du dir selbst treu bleibst und den Pfad nicht verlässt, wirst du ein Teil des Gefüges sein. Es spielt keine Rolle, auf welcher Seite der Waage du dich befindest. Trage diese Weisheit wie ein Feuermal in dir, dann verbreite sie in die Welt.«

Noch hatte Theresia ihre Zukunft fest vor Augen, auch wenn die Aufgabe, die ihr das Engelswesen stellte, in Anbetracht des verlockenden Lebens manchmal verblasste. Sie wollte schön, reich und erfolgreich werden. Was war verkehrt daran, sich in Kriegszeiten die Lippen grellrot zu schminken, zu lachen und Schokolade zu essen, die der Kramer unter der Ladentheke verkaufte? Sie trug schließlich keine Schuld daran, dass man sich gegenseitig mit Bomben bewarf. Außerdem hatte sie in verschiedenen Zeitschriften bei Vinzenz Sigl Bilder von Frauen gesehen, die genauso dachten wie sie. Meist handelte es sich um die Ehefrauen von hochrangigen Staatsmännern, die dem Führer Adolf Hitler nahestanden. Sie besuchten Theateraufführungen, als wäre der Krieg weit weg. Sie nippten an zarten Sektkelchen mit ihren geschminkten Kussmündern. Die dazugehörigen Männer in ihren Uniformen wirkten zackig, gebildet und unverletzlich. Sie konnten einer Frau das bieten, was Theresia sich erhoffte. Leicht ließen all die Träume um Glanz und Luxus vergessen, was sie im zarten Kindesalter noch verinnerlicht hatte: *Wenn man sich für einen Pfad entschieden hat, braucht es weder Lug noch Trug.* Ihre weiblichen Vorbilder aus dem Deutschen Reich hielten sich auch nicht immer an diese Vorgabe.

»Also ich finde mich unwiderstehlich«, flüsterte das Mädchen dem Spiegel zu.

Wild tanzte die blutrotgekleidete Frau hinter ihr. Das Kleid umschwirrte deren zierliche Fesseln, die in goldfarbenen Sandalen steckten. Die Füße schwebten kurios über dem Boden, während Theres sich weiterhin selbstkritisch musterte.

»Die kurzen Haare entsprechen der Mode, und sie unterstreichen meine Gesichtszüge«, erklärte sie dem Wesen. »Ich denke, Männer finden mich attraktiv.«

Lachen drang durch den Raum. Die geflügelte Frau fegte ihre blonde Mähne aus der Stirn. »Wenn du dich unwiderstehlich fühlst, dann bist du es. Aber vergiss nie, dass Schönheit deinem Geist entspringt. Du trägst dafür die Verantwortung. Lass den inneren Glanz nie verblassen.«

Langsam drehte sich die Fünfzehnjährige nach ihrer seltsamen Gefährtin um und betrachtete sie von oben bis unten. »Verrate mir eines«, begann sie ihre gewagte Frage. »Warum trägst du diese altmodischen Kleider?«

Theres stand behäbig auf und fügte sich in den unheimlichen Reigen ein. Ihre nackten Füße fühlten den kühlen Untergrund, aber als ihre Arme sich dem schemenhaften Wesen näherten, umgab sie pure Wärme. Sie genoss das Gefühl, auch wenn sie nicht in der Lage war, den Engel zu ergreifen. Ihre Hände fuhren durch dessen Leib hindurch wie durch Wasserdampf.

»Du gehst nicht mit der Zeit«, setzte sie mutig hinzu.

Die Flügel spannten sich auf, rauschten angenehm.

»Was bedeutet schon Zeit? Die Unendlichkeit ist viel wichtiger. Ich dachte, dir gefallen königliche Roben. Wolltest du nicht sein wie die überirdisch schöne Prinzessin aus dem Märchen vom Froschkönig?«

Theres schmunzelte, schloss die Lider, und ihr Mund formte die Antwort: »Da war ich noch ein Kind. Jetzt bin ich eine junge, modische Frau.«

Noch mit geschlossenen Augen spürte die Heranwachsende die Veränderung, die mit der Engelsfrau vor sich ging. Stoff raschelte geheimnisvoll, imaginäre Knochen ächzten und stöhnten, als würden sie sich verbiegen. Die Schwingen legten sich geschmeidig zurück an den Frauenkörper.

Spätestens jetzt wären Resls Mitschüler kreischend aus dem Haus geflohen, um in der Kirche Zuflucht zu suchen, nicht aber die Jugendliche, die nun freudig erregt ihre Augen öffnete.

Noch immer tanzte sie mit der Farce einer makellosen Frau. Nun trug diese das Haar kurz und in akkuraten Wellen. Ihre Lider waren rauchgrau und ausdrucksvoll geschminkt, während ihre Lippen in einem satten Dunkelrot verführerisch glänzten.

Theres nahm es fast den Atem, als sie das herrliche Kleid erblickte. Schwarz glänzender Satin schmiegte sich eng um eine schlanke Taille. Der Einteiler endete kurz unter dem Knie und enthüllte perfekt geformte Beine in hauchzarten Strümpfen. Hochhackige, dunkle Schuhe umschmeichelten die Füße, die nun auf dem Boden standen und nicht mehr schwebten. Um die Schultern der Erscheinung hing lässig eine

Nerzjacke. Das Fell schimmerte im Licht der Stube. Theres konnte den Duft der toten Tiere wahrnehmen.

»Und?«, hallte die Geisterstimme fragend durch den Schlafraum. »Gefalle ich dir jetzt besser?«

Das Mädchen strahlte übers ganze Gesicht. Sie brachte ihren Körper dicht an die Geisterfrau. Wie erleichternd wäre das Gefühl, einen Menschen aus Fleisch und Blut zu fühlen. Aber sie wusste, dass sie sich mit der fadenscheinigen Umarmung eines Wesens aus Schall und Rauch begnügen musste.

»Das kann ich mit Worten gar nicht beschreiben«, antwortete sie verzückt. »Es ist perfekt. Manchmal wünsche ich mir, du wärst meine Mutter.«

Ein ächzendes Stöhnen ertönte. *Mutter* – dieses Wort schien dem dunklen Engel zu widerstreben. Die makellose Erscheinung verlor ihre Schärfe. Der Nerz vermischte sich mit dem Schwarz des Kleides.

»Ich bin keine Mutter«, zischte die Geisterstimme, und sie hatte einen seltsamen Klang angenommen. »Du benötigst keine. Geh deinen Pfad. Dir steht die Welt offen.«

Binnen Sekunden lösten sich die restlichen Konturen der Engelsfrau auf, wurden zu einem grauen Strudel, der wie Spinnenbeine über die Decke der Stube kroch, bevor er einfach im Nichts verschwand.

Die Jugendliche blieb allein zurück, die Arme noch immer um etwas Unsichtbares geschlungen, das sie lieb gewonnen hatte, aber nicht lieb haben durfte.

Leise quälte sie die Enttäuschung über die Reaktion des Engels, der offensichtlich nicht zu einer Mutter werden wollte.

Rasch verdrängte sie das unangenehme Gefühl aus ihrem Kopf. Es war nicht das erste Mal, dass ihre imaginäre Freundin sich so verhalten hatte. Gottlob überlagerte das neue, aufregende Kleid der Geisterfrau so sehr ihre Gedanken, dass sie die Sehnsucht schnell wegschob.

Bereits am nächsten Tag wühlte sie bei Vinzenz Sigl die Zeitschriften nach Abbildungen von ähnlichen Roben durch. Sie staunte nicht schlecht, als sie in einer Ausgabe des »Völkischen Beobachters«, einer Kriegszeitschrift aus München, die in unregelmäßigen Abständen im Eisenhütter Kramerladen auslag, das Bild einer Frau erblickte, welches ihr sehr bekannt vorkam. Die Dame auf der Fotografie trug das Haar kurz und gewellt. Über dem schwarzen, engen Kleid schmiegte sich eine Nerzjacke an deren Schultern. Unter dem Bild stand in dicken Lettern abgedruckt: **»Magda Göbbels ruft die deutschen Frauen auf, ihre tapferen, kämpfenden Männer mit Treue und Moral zu unterstützen.«**

»Herr Sigl, darf ich Sie etwas fragen?«

Der rothaarige, leicht übergewichtige Kramer mit den Sommersprossen im Gesicht wischte sich die Hände an der weißen Schürze ab, die seinen Bauch unvorteilhaft betonte. Dann hob er den Blick und musterte die egozentrische Tochter der Familie Bauer, über die man im Dorf immer wieder redete. Sie sah keck aus mit ihren kurzen Haaren und glänzenden Augen. Irgendwie mochte er das Mädchen. Sie schien genau zu wissen, was sie wollte im Leben. Das zeichnete arische Frauen aus. Sie waren stark im Willen, achteten auf ihren Körper und würden perfekte Kinder gebären. Resl gehörte dem nordischen Schlag an, da gab es nicht den geringsten Zweifel. Das Gerede, die Kleine stehe mit dem Teufel in Verbindung, war einfach Humbug. Vielleicht hatte sie ja Eingebungen, ähnlich denen des Reichsführers der SS, Heinrich Himmler. Ihm standen die germanischen Götter bei, die ihm die Unverzichtbarkeit der Erhaltung der reinen Rasse nahegelegt hatten. Auch er selbst war überzeugt von dieser Theorie und hielt den arischen Abstammungsnachweis von sich und seiner Gattin hoch in Ehren. Wenn er die Heranwachsende so anschaute, dann wäre sie ganz sicher in einigen Jahren eine geeignete Kandidatin für den »Lebensborn«, einer Einrichtung, in der man gezielt Jungfrauen ausgesuchten arischen Recken zuführte.

Dass das Deutsche Reich in wenigen Monaten mit ganz anderen Problemen zu kämpfen hätte, ahnte Vinzenz zwar, verdrängte den Gedanken aber wie jeder parteitreue Nationalsozialist.

»Du darfst mich alles fragen, Resl«, antwortete er gut gelaunt.

»Ich habe heimlich die Zeitschriften in Ihrem Laden durchgeblättert, weil ich sie mir leider nicht kaufen kann. Mein Vater gibt mir kein Geld für Derartiges«, erwiderte sie traurig.

Die Jugendliche schlug die Augen nieder, um ihre gespielten Emotionen zu untermauern. Sigl betrachtete sie genauer.

Das Mädchen hätte eine brillante Karriere als Schauspielerin vor sich, fuhr ihm durch den Kopf.

»Aber das ist doch kein Problem«, antwortete der Kramer prompt. »Solange du die Magazine danach wieder ordentlich zurücklegst, darfst du das gern tun.«

Theres setzte ein unschuldiges Lächeln auf. »In einer Zeitschrift da drüben …« Sie deutete darauf. »… habe ich das Bild einer Dame entdeckt, welches mich sehr beeindruckt hat. Sie ruft die deutschen Frauen auf, ihre Männer zu unterstützen. Sie heißt Magda Göbbels. Wissen Sie etwas über die Dame?«

Vinzenz straffte unwillkürlich seinen Körper. Sogar das Bäuchlein verschwand für einen Moment. Zackig drehte er sich um und zog den »Völkischen Beobachter« aus dem Ständer, in dem nur wenig Lesestoff vorhanden war. Liebevoll legte er das Propagandablatt auf den Holztresen und schlug es auf.

»Es handelt sich um die Gattin des Reichsministers«, erklärte er. »Sie ist eine beeindruckende Frau.« Als er den unschuldig fragenden Blick der Fünfzehnjährigen sah, setzte er hinzu: »Sie ist der Inbegriff einer Ehefrau und Mutter im Deutschen Reich. Sechs prächtige Kinder hat sie ihrem Gatten geschenkt, dennoch steht sie stolz, aufrecht und schön vor der Kamera.« Inzwischen hatte er das Bild gefunden und deutete darauf.

Theres strahlte. Ihr war völlig gleich, wie viele Kinder sie geboren hatte. Offensichtlich hinderte sie die Tatsache, dass sie Mutter war, nicht daran, rauschende Feste zu besuchen. Sonst wäre sie auf der Fotografie nicht in Satin und Pelz gekleidet.

»Da kann ich Ihnen nur zustimmen, Herr Sigl. Ich möchte auch einmal so werden wie Magda Göbbels.«

Ohne auch nur mit der Wimper zu zucken, faltete Vinzenz den »Völkischen Beobachter« zusammen und schob ihn über den Tresen auf das Mädchen zu. »Ich schenke dir die Zeitschrift, Theres«, sagte er im Brustton der Überzeugung. »Du bist ein hübsches Mädel. Was spricht denn dagegen, dass du auch so wirst wie Magda Göbbels?« Er räusperte sich und seine Augen huschten einen Moment unruhig hin und her. Dann sprach er leise, aber enthusiastisch weiter: »Weißt du, im Reich braucht man Jungfrauen wie dich, die etwas auf sich halten und die Kämpfer unterstützen. Ich bin überzeugt davon, dass du in ein paar Jahren einen feschen Offizier der Waffen-SS zum Mann nehmen wirst.« Er kicherte verhalten, dann flüsterte er der Jugendlichen zu: »Und wenn ich ein alter Greis bin, dann darf ich vielleicht dein Foto bewundern im ›Völkischen Beobachter‹.«

Ein Mann in Uniform, das konnte sich Theres tatsächlich vorstellen. Schneidig sahen sie aus in ihren weit geschnittenen Hosen, die in glänzenden Reitstiefeln steckten. Außerdem, so fantasierte sie, wären solche Herren unendlich reich.

»Ich möchte wegziehen von Eisenhütt, wenn ich endlich erwachsen bin«, seufzte sie und nahm die Zeitung dankend an. »Gern würde ich in eine Großstadt ziehen und Schauspielerin oder gar Sängerin werden. Meine Stimme entwickelt sich recht gut.«

Vinzenz Sigl kratzte sich an der Stirn. »Ich habe noch ein paar Kontakte nach Nürnberg«, krächzte er, als solle man ihn gar nicht richtig verstehen. »Die Stadt wurde vom Feind zwar schwer beschädigt, aber unser Führer wird nicht zulassen, dass sie dem Untergang geweiht ist. Ich kann mich mal umhören.«

Seine Frau hätte diese Ansprache nicht mithören dürfen, dessen war sich der Kramer bewusst. Aber vielleicht verschaffte er sich durch die Vermittlung einer rassereinen Frau in eine kriegsgebeutelte Stadt entscheidende Vorteile. Hier in Eisenhütt hätte sie niemals eine vielversprechende Zukunft. Den »BDM, Bund Deutscher Mädel«, wo man die jungen Weiber im Stil des Nationalsozialismus erzog, gab es hier zwar auch, aber die Disziplin fehlte an allen Ecken und Enden. Außerdem, wie sollte man aus den vielen plumpen Jungbäuerinnen, durch deren Adern womöglich slawisches Blut floss, eine deutsche Dame machen?

Theres riss ihn aus seinen Gedanken.

»Das würden Sie für mich tun, Herr Sigl?« Die Fünfzehnjährige reichte ihm die freie Hand. »Ich danke Ihnen herzlich. Damit würden Sie mir einen großen Gefallen tun. In Nürnberg zu wohnen, das wäre wunderbar.« Mit diesen Worten presste sie die zusammengefaltete Zeitschrift mit Magda Göbbels' Bild fest an ihren Körper und verließ den Laden.

Kurz darauf

Resls Traum von Mode, Schönheit und einem bequemen Leben wurde schon kurz darauf gebremst. Xaver und Ludmilla Bauer wollten das Verhalten ihrer Tochter nicht länger akzeptieren. Sie zwangen das Mädchen kurzerhand, beim Bäcker auszuhelfen, genauso wie ihre Schwester Dorothea das tat.

Um vier Uhr morgens quälte sich die Jugendliche aus den Federn. Frierend, hungrig und müde schlurfte sie neben Dorle zur Backstube, um sich an der Herstellung von billigem Weißbrot zu beteiligen. Das Ehepaar, welches den Laden betrieb, war nicht in der Lage, mehr Personal zu bezahlen, und so war es um jede Hilfe froh.

Theresia hasste es, Mehlsäcke zu schleppen und mit den Händen den Teig zu kneten. Es gab nur eine elektrische Rührmaschine, die aber ausschließlich vom Bäckermeister benutzt wurde. Den Hefeteig für die vielen Kastenbrote, stellten Helfer und der pickelgesichtige Geselle nach altbewährter Methode her. An diesem Morgen schmerzten ihr bereits die Arme von der ungewohnten Anstrengung. Die Bäckerei war noch geschlossen. Bald würden die hungrigen Einwohner des Dorfes den Laden an der steilen Straße, die zum Hochberg hinauf führte, stürmen.

Klebriger Teig pappte zwischen ihren Fingern, während sie die blasse Kugel auf einem gemehlten Brett wieder und wieder kräftig walkte. Sie schlug mit der Faust darauf, formte aus dem Ball einen Teller, klappte die Ränder ein, und erneut entstand eine Teigkugel. Über ihr tickte die alte Wanduhr träge vor sich hin. Die Sonne würde erst in einer Stunde aufgehen. Sie war müde und verspürte großen Appetit. Doch vor der Ladenöffnungszeit durften auch die Helfer nichts von den duftenden Broten naschen.

Einsam arbeitete sie weiter. Ihre Schwester hatte sich schon vor zehn Minuten entschuldigt, um den Abort im Hof aufzusuchen. Sie klagte die letzte Zeit häufig über Übelkeit. Der Bäckergeselle Hans Schaffert war ebenso verschwunden. Theres mochte den Kerl nicht. Er roch schon um fünf Uhr morgens nach Schweiß, und seine Zähne wirkten ungepflegt. Meist pfiff er leise, wenn sie sich in der engen Backstube an ihm vorbeiwinden musste. Manchmal zwinkerte er ihr und auch ihrer Schwester zu. Sie wusste, was das zu bedeuten hatte. Auf dem Schulhof diskutierten die Gleichaltrigen flüsternd und mit roten Wangen darüber. Buben küssten ihre Auserwählten, dann steckten sie ihr bestes Teil zwischen die Beine eines Mädchens. So entstanden Kinder. Resl hatte sich geschworen, den sogenannten Beischlaf nur mit einem Burschen zuzulassen, der es wirklich wert war. Er musste klug, charmant und selbstverständlich reich und erfolgreich sein. Zu dieser Gattung zählte der Hans wahrlich nicht.

Verärgert wischte sie sich die Hände an einem Leinenhandtuch ab, um nach ihrer Schwester zu sehen. So lange konnte Dorothea doch nicht auf dem Abort sitzen? Einen Moment lauschte sie in die Stille der Stube hinein, aber außer dem Ticken der Uhr war nichts zu hören.

Theres verließ ihren Arbeitsplatz. Rasch huschte sie in den dunklen, eiskalten Flur hinaus, der in den Hinterhof führte. Sie sah die Hand nicht vor den Augen, deswegen streckte sie den Arm aus, um die Hoftür zu ertasten.

Plötzlich erfühlte sie warmen Stoff. Irgendetwas raschelte, dann kicherte jemand. Theres erkannte die Stimme ihrer Schwester. Allerdings war das Dorle nicht allein im Hausflur.

Hektisch fuhr sie zurück und wischte mit der Hand über die gekalkte Wand, bis sie den Schalter ertastete. Sie betätigte ihn, wohlwissend, dass der Bäckermeister schimpfen würde. Man sparte Strom. Keiner durfte die nackte Glühbirne zum Strahlen bringen, wenn es nicht unbedingt nötig war.

Im Flur hallte das Klacken des drehbaren Lichtschalters laut wie das Zuschnappen einer Mausefalle. Gelblicher Schein ergoss sich über die unreine Gesichtshaut des Bäckergesellen, dessen grobe Finger unter Dorles Bluse herumfummelten.

Die beiden Überrumpelten lächelten dümmlich, und über die Züge von Theres' Schwester zog Schamesröte. Dennoch fand sie als Erstes wieder die Stimme.

»Versprich mir, Resl, dass du niemandem erzählst, was du gesehen hast. Vater darf es auf gar keinen Fall erfahren.«

»Was treibst du hier mit …« Theresia schluckte mühsam ein bitterböses Schimpfwort hinunter. »… diesem Burschen?«

Der Anblick, der sich ihr bot, schürte Wut und ein weiteres Gefühl, das sie nicht erklären konnte.

Dorothea begann zu weinen, während der Schaffert weiter dümmlich grinste und keinerlei Anstalten machte, seine Hände unter ihrer Bluse hervorzuholen.

»Der Hansi meint es nicht böse. Ich … ich glaub, ich hab ihn lieb.«

Vor Theres' geistigem Auge zog das Bild aus dem »Völkischen Beobachter« vorbei. Magda Göbbels, die Dame mit dem Nerz um den Schultern, deren Form auch ihre Geisterfreundin angenommen hatte, sprach davon, die deutschen Männer in jenen schweren Tagen zu unterstützen. Der hässliche Geselle mit dem Bauchansatz war alles andere als ein Mann, der in diese Vorstellung passte. Er stopfte sich verbotenerweise die süßen Nussschnecken in den Mund, die am späten Vormittag gebacken wurden, um die Auslagen etwas zu bereichern. Wie blind musste Dorothea sein?

»Zieh die Bluse runter und hilf mir in der Backstube«, keifte sie, ohne auf die heimliche Liebeserklärung einzugehen.

Dorothea, welche ohnehin großen Respekt vor ihrer Zwillingsschwester hatte, schob sanft die Hände des Gesellen nach unten und richtete sich fahrig die Kleidung.

Hans schien die Störung nicht so einfach hinzunehmen.

»Was soll das? Seit wann gibst du hier den Ton an? Du würdest doch keinen deiner gepflegten Finger krumm machen, wenn dir dein Vater nicht mit Prügeln gedroht hätte, damit du hier den Teig knetest.« Provokant verschränkte er die Arme vor der Brust, zog hörbar Rotz die Nase hoch und funkelte Theres trotzig an. »Also verschwinde, arbeite und lass uns zufrieden.«

Obwohl sie es nicht wollte, verletzten sie diese Worte. Groll stieg in ihr hoch. Er fühlte sich rot glühend an, wie die Kohlen im Ofen.

Was bildete sich Hans Schaffert eigentlich ein?

Ihre Finger begannen zu zittern, und mit eisiger Stimme fegte sie ihm entgegen: »Lass deine Pratzen von meiner Schwester, du Nichtsnutz. Sie hat was Besseres verdient als dich. Das Dorle wird einen schneidigen deutschen Offizier heiraten, der sie mit Pelzen und Seide verwöhnt. Was willst du ihr denn bieten? Mehlsäcke?«

Dorothea schlug erschrocken die Hände vor den Mund, um einen Schrei zu unterdrücken, während die Gesichtszüge des Bäckergesellen entgleisten.

»Du eingebildetes Weib!«, schrie Hans zurück. »Was geht's dich an, wenn ich deine Schwester anfasse?« Er machte einen drohenden Schritt auf Theres zu. »Du bist doch nur neidisch, weil sich kein Eisenhütter Bursche an dich rantraut. Jeder hat Angst, du hext ihm Bockshörner auf den Schädel. Meinst du, ich hab nicht gehört, dass du mit des Teufels Großmutter tanzt, wenn keiner zusieht?«

Die glühenden Kohlen füllten den Kopf des Mädchens mit den kurzen Haaren nun gänzlich aus. – Hans würde dem Bäcker gegenüber später sogar behaupten, ihre Augen hätten mit einem Mal dämonisch rot geleuchtet. Sie stehe eindeutig mit dem Teufel im Bund. – Kraftvoll wirbelte sie herum, packte den breiten Besen, der neben dem Eingang zur Backstube lehnte, und schlug zu.

Das harte Holzteil, in dem schwarzes Rosshaar steckte, traf den Schaffert an der Schläfe, und er ging zu Boden wie ein nasser Sack. Dorotheas Gekreische tönte durch den Flur.

Theres wartete nicht mehr auf das Erscheinen des Bäckermeisters, der vermutlich den Lärm gehört hatte. Sie schmiss den Besen neben den stöhnenden Gesellen, aus dessen Nase nun hellrotes Blut lief und die weiße Schürze besprenkelte. Dann stieg sie über ihn hinweg, schubste ihre weinende Schwester zur Seite und lief in den dämmernden Tag hinaus.

Sie rannte durch die Kälte den Hochberg hinauf. Theres keuchte bei jedem Schritt. Die ungewohnte Bewegung betäubte das Kälteempfinden. Ungeahnte Gefühle tobten in ihrem Inneren. Das, was der Hans zu ihr gesagt hatte, schmerzte sie sehr, obwohl sie sich bisher nie an den Sprüchen der Dorfbevölkerung gerieben hatte. Sie verstand die Welt nicht mehr, was hatte sich nur verändert?

Mit einem Mal fühlte sich die Jugendliche einsam und allein. Da gab es die Engelsfrau mit dem schwarzen Gefieder auf dem Rücken, die ihr ein unabhängiges Leben mit Blick auf eine große Aufgabe prophezeite. Männer kamen darin nicht vor. Doch jetzt spürte sie Veränderungen in ihrem jungen Körper, die den Verstand zu vernebeln drohten. War das wirklich so? Kein Bursche wollte sie je berühren? Sie war doch nicht hässlich.

Eigenartig, die Wärme von Hansis Haut, wenn er sich im engen Flur der Bäckerei an ihr vorbeidrückte, fühlte sich gut an, kribbelig, aufregend. Dorothea hatte ihr gegenüber erwähnt, sie habe den Bäckergesellen lieb. Was war das für ein Gefühl, das Liebhaben? Darüber hatte sie mit der geflügelten Frau nie gesprochen. Lohnte es sich, es einmal zu erleben?

Vor ihrem inneren Auge entstand das Bild eines schneidigen Mannes, der sie in seine gestählten Arme nahm. Ein wohliges Brennen durchfuhr ihren Unterleib, obwohl sie sich als Kind geschworen hatte, nie so zu werden wie all die anderen Mädels aus Eisenhütt.

Sie war schon einen Kilometer weit bergauf gelaufen. Schweiß stand, trotz der Kälte, auf ihrer Stirn, und Theres verminderte das Tempo. Wohin lief sie eigentlich? Letztendlich musste sie ja doch wieder umkehren und ins Grenzhaus zurückgehen, um nicht zu erfrieren oder zu verhungern. Sie besaß kein Geld. Lediglich die Granatbrosche, die an ihrem Hals baumelte, erzeugte in ihr das Gefühl, wohlhabend zu sein. Damit würde sie sich allerdings auch kein Billett am Bahnhof kaufen können, um nach Nürnberg mit dem Zug zu fahren.

Die Verwirrung und der Zorn trieben sie weiter sinnlos den Berg hinauf. Für die Jahreszeit lag wenig Schnee. Die Wege wirkten wie mit Puderzucker bestäubt. Theres verspürte nagenden Hunger und hätte jetzt gern in ein süßes Gebäckstück gebissen. Aber hier im Wald gab es nichts zu essen. Ihr Magen knurrte laut, als sie den geheimnisvollen Rauch bemerkte, der sich an ihr vorbeischlängelte und zwischen den Bäumen verschwand.

Das Mädchen stutzte. Sie betrachtete das Gewaber, das echsengleich über den Boden kroch und ihr seltsam bekannt vorkam.

»Welch elegantes Kleid trägst du heute?«, flüsterte sie dem dunklen Dunstschleier zu. Ihr Atem bildete bei jedem Wort eine kleine, weiße Wolke.

Sie bekam keine Antwort.

Der Rauch zog an ihr vorbei. Er berührte ihre Beine, als wolle er ihr den Weg weisen.

Kurzerhand folgte ihm das Mädchen, sprang behände über einen sprudelnden Bach und verließ den Weg.

Die Engelsfrau würde sie leiten.

»Xaver, das geht so nicht weiter. Dein Mädel bringt nur Unheil über das Dorf. Wenn sie gar nicht hören mag, dann schick sie weg.«

Der schlanke, hochgewachsene Bäckermeister Gradl aus Eisenhütt hielt die Arme vor der Brust verschränkt, während er im Türrahmen des Grenzhauses mit dem Holzfäller diskutierte. Eigentlich mochte er die Familie Bauer recht gern. Ludmilla und ihre Tochter Dorothea waren redliche, fleißige Weibsbilder. Er wäre froh, er hätte eine solche Frau geheiratet. Denn Elsbeth, seine Gattin, kränkelte seit ihrer Jugend. Sie bekam schlecht Luft, und das Mehl in der Backstube tat ihren Lungen nicht gut. Der Doktor aus Zweiweil hatte ihm letzten Sommer ins Ohr geflüstert, Elsbeth würde kein hohes Alter erreichen – eine Katastrophe für ihn und die Bäckerei. Umso mehr ärgerte ihn das Verhalten der zweiten Tochter des Holzfällers. Das Mädchen strotzte vor Gesundheit und Kraft. Aber mehr denn je gewann man den Eindruck, dass eine dunkle Macht in ihr hause.

Sein Blick schwenkte zum Gesellen Schaffert, der mit einer Platzwunde am Kopf neben ihm stand und wie das Leiden Christi wirkte.

»Sieh nur, wie sie den Hans hergerichtet hat. Um ein Haar hätte sie ihm den Schädel eingeschlagen.«

Lautlos glitt Dorothea an die Seite ihres Vaters. Flehend knetete sie dessen rechten Arm.

»Aber sie hat es nicht böse gemeint«, hauchte sie unter Tränen, ohne dass sie gefragt war. »Meine Schwester gerät leicht in Wut, denn der Hansi hat hässliche Dinge zu ihr gesagt.«

Sie schlug die Augen nieder und konnte nicht erkennen, dass der Bäckergeselle sie grimmig anstarrte. Ihre Worte erreichten ohnehin nicht den gewünschten Effekt, denn ihr Vater wand grob den Arm aus ihren Händen und hob ihn hoch, als wolle er ihr ins Gesicht schlagen.

»Schweig!«, zischte er wutentbrannt. »Du musst deine Schwester nicht verteidigen. Jetzt ist sie eindeutig zu weit gegangen. Sie hat den Hans mit dem Besen geschlagen. Die Hexe wird nicht länger meine Tochter sein.«

Josef Gradl nickte verständnisvoll. Er hatte den Holzfäller genau so eingeschätzt.

Dorothea schien die Meinung nicht zu teilen. Hastig wich sie einen Schritt zurück, um der drohenden Ohrfeige ihres Vaters zu entgehen.

»Theresia ist keine Hexe. Ich möchte, dass sie bleibt. Sie ist meine Schwester«, wimmerte sie und verschwand im Inneren des Grenzhauses. Die Diskussion an der Haustür war ohnehin Männersache.

»Theres ist kein Kind mehr«, murmelte der Bäckermeister. »Sie soll ihr Glück woanders versuchen, wenn sie meint. Sie wird rasch begreifen, dass man sich kein angenehmes Leben zaubern kann.«

»Das ist ein schwerer Schritt.« Der Holzfäller nickte. »Ich werde ihr ein paar Reichsmark in die Hand drücken. Dann soll sie in die Welt hinaus ziehen, auch wenn es meiner Ludmilla das Herz brechen wird.«

Dunkler Rauch glitt in Bodennähe über winzige Trampelpfade den steilen Berg hinauf. Theres folgte ihm noch immer. Hier, so tief in unberührter Natur, war sie noch nie gewesen, wenn sie sich auch daran erinnerte, dass ihr die geflügelte Frau mehrmals von einer geheimnisvollen Grotte im berüchtigten Hochfels erzählt hatte. Aber ihr aufgewühlter Zustand verdrängte derartige Erinnerungen. Die unbeschwerten Tage von damals rückten in die Ferne.

Gewaltige Nadelbäume filterten das spärliche Winterlicht. Der Wald wirkte, als sei die Dämmerung bereits hereingebrochen, obwohl es noch früh am Tag war. Steinriesen ragten aus dem überzuckerten Waldboden. Ein jeder von ihnen schien sie anzustarren. Das Gefühl war ihr fremd. Sie hätte keinen passenden Ausdruck dafür gefunden, aber zum ersten Mal in ihrem jungen Leben verspürte sie Unruhe. Bisher hatte sie über die schauerlichen Geschichten, die man sich im Wirtshaus, auf dem Schulhof und nach dem Kirchgang in Eisenhütt erzählte, stets gelacht. Jetzt, wo der düstere Wald sie immer weiter in seine Mitte zu ziehen drohte, kamen sie ihr ziemlich real vor. Mutierte sie auch zu einer der abergläubischen jungen Weiber, die getrocknete Baldrianwurzeln auf das Fensterbrett legten, damit die Gnome ihr nicht ein hässliches Halbwesen in den Leib pflanzten? Was war nur los mit ihr?

Die Schlange aus grauem Nichts wand sich steil empor und Theres erblickte den mächtigen Felsblock, der urplötzlich rechts von ihr aufgetaucht war. Bedrohlich ragte der Granit in den Himmel auf. Moose hingen von seinem Kopf herab.

War das der berüchtigte Hochfels, um den sich die schlimmsten Erzählungen rankten? Auf dem die Gehörnte ihr Unwesen trieb?

Theres' Zähne klapperten nicht nur vor Kälte.

In eine hässliche Gestalt verwandelt sie sich nur, um die Menschen zu beeindrucken, damit sie ihren Weg nicht verlassen. Wenn man sich vor ihr fürchtet, hat man etwas falsch gemacht. Es ist ganz einfach ... ganz einfach.

Einfach?

Um ein Haar hätte sie hysterisch gelacht. Dieser verfluchte Bäckergeselle mit seinem anzüglichen Grinsen schmiss sie aus der Bahn wie eine Kugel, die keinen Kegel mehr treffen wird.

Theres schlang ihre dürren Arme um den Körper. Wo blieb der Engel? Wollte er ihr nicht beistehen?

Die Fünfzehnjährige konnte den Gedanken nicht mehr zu Ende spinnen, denn plötzlich stob die Rauchschlange mit einem zischenden Geräusch in die Höhe, wirbelte um den Fels herum und verdichtete sich zu einem Geisterwesen. Ein irres Kreischen löste sich aus dem Stein. Es schmerzte in Theres' Ohren. Instinktiv fuhren ihre Hände nach oben und bedeckten diese.

Der Qualm veränderte sich rasch und bildete weibliche Gesichtszüge. Zwei stechende Augen formten sich bedrohlich aus der schmutzigen Wolke. Überdimensional starrten sie auf Theresia herab, während sich rot schimmernde Hörner mit einem knackenden, ächzenden Geräusch aus dem Kopf bohrten und zwischen den langen Haaren der Erscheinung sichtbar wurden. Sie waren gewunden wie die eines Widders.

Das Mädchen erschrak. Im Affekt stolperte sie einige Schritte rückwärts, rutschte aus und fiel zu Boden. Greller Schmerz fuhr durch ihre Hüfte. Ungeachtet dessen rappelte sie sich hoch, um wegzulaufen. Aber schon glitt das grausige Gesicht herab, versperrte ihr den Weg. Nach Luft japsend schlug sie die Hand vor die Augen. Furcht kroch ihr bitterkalt durch die Glieder und löste ein Wimmern aus ihrer Kehle.

Ich hätte der Luise vom Hadlingerhof glauben sollen. Es existieren eben doch böse Geister. Wie dumm ich doch war. Ich habe die Realität herausgefordert und etwas falsch gemacht.

Das gehörnte Gesicht löste sich auf, bildete einen kompletten Frauenkörper mit ausladenden, schwarzen Flügeln und wurde zu dem Wesen, welches Theres seit ihrer Kindheit kannte.

»Läufst du vor mir weg?«, zischte ihr eine Stimme zu. »Wohin willst du fliehen?«

Mit geweiteten Pupillen starrte Theres auf den unwirklichen Körper, den sie sich noch vor Kurzem als Mutter gewünscht hatte.

Welch Wandel ging da in ihr vonstatten?

Diesmal trug der Engel ein hauchzartes Kleid, das über und über mit winzigen Goldpailletten bestickt war. Zwischen den Tannenzweigen blitzten sie wie ein verborgener Schatz. Teurer Schmuck zierten Hals und Arme. Aber die grässlichen Hörner ragten noch immer aus dem blonden, wallenden Haar.

»Ich fliehe nicht«, log sie mit dünner Stimme. »Es gab Streit in der Bäckerei und deswegen bin ich …« Theres stotterte. »… bin ich in den Wald gelaufen.«

Das Lachen der Gehörnten dröhnte durch den Forst. Es wirkte bedrohlich.

»Du bist weggelaufen«, hallte die Stimme in Resls Ohren. »Vor dir selbst. Du hast aus Enttäuschung gehandelt, weil du dich deinen Gefühlen nicht stellen willst. Warum redest du nicht offen darüber und suchst stattdessen nach Ausflüchten? Bereitest du dich so auf die große Aufgabe vor, die du für mich zu erledigen hast? Erinnerst du dich nicht an dein Versprechen?«

Theresia schluckte. Erinnerungen an ihre kindlichen Beteuerungen meldeten sich, aber sie fühlten sich fern und fremd an. Auf die Fragen des Wesens antwortete sie nicht. Die unbeschwerte Zeit schien auf einmal lange zurückzuliegen.

Jetzt begann der Waldboden leise zu knistern. Rund um die wohlgeformten Frauenbeine schmolz der wenige Schnee und der Boden erhitzte sich. Bald schon krümmten sich die Fichtennadeln und Fäden aus Rauch stiegen empor. Buchenlaub raschelte, bevor winzige Flammen daraus hervorzüngelten und die Füße der Engelsfrau zu verbrennen drohten. Theresia wich zurück.

»Willst du nicht tanzen? Gefällt dir mein Kleid nicht?« Die Stimmlage des Engels schwankte zwischen bedrohlich und liebevoll.

»Doch … es ist wundervoll … das Gewand«, log sie erneut und tat einen weiteren Schritt zurück.

»Du wirst eine sehr gute Schauspielerin werden.« Das Kichern der gruseligen Frau war ohrenbetäubend. »Du versuchst mich zu täuschen.

Dir gefällt weder meine Kleidung, noch möchtest du mit mir tanzen. Solange du diese Fähigkeiten nur auf der Bühne einsetzt, um dein Publikum zu überzeugen, ist es mir egal. Hier bei mir nützt dir das Blendwerk nicht. Erinnere dich, was Lug und Trug anrichten.«

»Natürlich würde ich gern …«

»Schweig!« Wie ein Gewehrschuss fuhr der Befehl durch die Luft und hallte vom Hochfels zurück.

Die Augen der Gehörnten begannen zu lodern, als habe sich das Feuer bereits durch ihren Körper gefressen. Die Flämmchen am Boden bildeten einen exakten Kreis um die Beine der Geisterfrau.

»Einfältige Lügen wollen dich von deinem Pfad verdrängen. Spürst du nicht die Stärke, die ich dir für die dunkle Waagschale verliehen habe? Ich habe dich geformt, um eine Aufgabe von größter Bedeutung wahrzunehmen.«

Theresia war vor Schreck in die Knie gesackt und kauerte auf dem Waldboden, außerhalb des Feuers. Tränen rannen ihr die Wangen herab. Ihr bisheriges Leben schien mit einem Schlag völlig aus den Fugen zu geraten. Angst, Scham, Reue – bisher unbekannt, aber jetzt überrollten sie die Gefühle wie eine Dampflok aus dem Bahnhof von Eisenhütt. Sie fand keine Worte mehr für eine adäquate Antwort. Wo waren die federleichten Tage der Kindheit hingeraten? Tage, an denen Theres stets das ausgesprochen hatte, was ihr gerade durch den Kopf gegangen war. Die Zukunft – glasklar. Mit dem Wandel zur Frau, den sie deutlich spürte, schwand sie. Die gleichaltrigen Mädchen aus dem Dorf brachten dem Herrn Pfarrer an Fronleichnam Birkenzweige zur Weihe. Dabei träumten sie von heimlichen Küssen hinter der Kirche, wo die Ministranten warteten. Zugegeben hätten sie das niemals. Flunkern gehörte zum Leben. So war das eben. Das würde auch die Engelsfrau nicht ändern können. Gegen den Strom zu schwimmen, kostete Kraft und sie brauchte ein dickes Fell, wenn Finger auf sie zeigten.

Welch komplizierte Gedanken! Sie wollte jetzt, in diesem Moment, einfach nur begehrt werden, wie jedes stinknormale Bauernmädel aus Eisenhütt.

Durch die von Tränen verschleierten Augen erkannte sie schemenhaft, dass sich die roten Hörner auf dem Kopf der Geistergestalt aufzulösen begannen. Winzige, schillernde Käfer lösten sich aus dem unheimlichen Kopfschmuck. Surrend umschwirrten sie das lächelnde Antlitz der eleganten Dame, bevor sie träge und taumelnd wegzufliegen versuchten.

Die manikürten Finger der Gestalt fuhren hoch und zerquetschten lässig zwei Insekten, die gerade in ihre Nasenlöcher eindringen wollten.

Das Geräusch löste Übelkeit in Theres' Magen aus. Einige der Tiere verfingen sich auch in ihrem Haar. Hektisch sprang sie auf und schlug danach. Das helle Surren der Käfer veränderte sich, bevor sie auf ihrer Kopfhaut zerplatzten. Ekel ließ die Lippen des Mädchens erzittern. Die Krabbeltiere hinterließen einen metallischen Geruch in der Winterluft.

Ich bin nicht ehrlich zu ihr, durchfuhr es Resl. *Deswegen jagt sie mir Angst ein.*

»Glaubst du, dass du Gedanken vor mir verbergen kannst? Du hast überlebt, weil deine Seele auf der dunklen Seite der Waagschale Großes erreichen kann. Du wirst dazu beitragen, das Gleichgewicht wiederherzustellen.« Die Stimme der Geistergestalt klang nun weicher und sie schmerzte nicht mehr im Trommelfell. »Bisher hast du dich brillant entwickelt. Was haderst du jetzt mit dir?«

Die Fünfzehnjährige schluchzte. Sie näherte sich ihrer Belastungsgrenze, deswegen beschloss sie, aufrichtig zu sein.

»Der Bäckergeselle Hans hat mir Worte an den Kopf geworfen, die mir sehr wehtaten. Ich hab ihm den Besen übergezogen. Will mich wirklich kein Bursche berühren? Bin ich tatsächlich eine Hexe?«

Trost und Bestätigung, das erhoffte sie sich. Doch da war nichts außer dem kalten Wind, der die toten Käfer aus dem Haar der Engelsfrau blies. Die Sehnsucht von einst, sich mit der schillernden Gestalt im Kreis zu drehen, schwand. Züngelnde Flammen, der eigenartige Geruch, der zwischen den Bäumen hing, die gruseligen Insekten, die sich aus ihren Hörnern gebildet hatten, taten ein Übriges. Erste Teile der eisernen Rüstung, die Theres schmiedete, um weitere Verletzungen von ihrem Ego abzuhalten, hüllten ihre bibbernden Glieder ein. Und plötzlich wünschte sie sich weg von diesem Ort, weg von der Kindheit, weg von den Eltern und Eisenhütt. Warum kein neues Leben beginnen und alles hinter sich lassen?

»Du willst wissen, ob du eine Hexe bist?«, fragte die geflügelte Dame. Ihr Tonfall klang wieder schmeichelnd. »Vermutlich bist du eine, weil du nicht den gefährlichen Mustern folgst, die deine Mitmenschen kultivieren. Du bist stark. Hexe, das ist ein Begriff von ihnen. Hexen sind böse, weil sie ihren fehlgeleiteten Moralvorstellungen nicht entsprechen. Was schert es dich, wenn ein Bäckergeselle dir unschöne Worte an den Kopf wirft? Sei stolz, eine Hexe zu sein.«

Theres fühlte schmutzige Finger in einer offenen Wunde. Die Verbindung zwischen Kindheit und einer jungen Erwachsenen brach knackend entzwei. Die Sehnsucht, geliebt zu werden, Mitglied einer Gemeinschaft zu sein, auch wenn die Gesetze der Ewigkeit missachtet wurden, war das alles falsch? Die Jugendliche starrte in das Gesicht des Engels. Kein Funke Menschlichkeit war zu erkennen, Kälte lag darin. Auch die blau geränderten Flammen, die immer noch im Kreis um sie herum züngelten, änderten daran nichts.

»Ich möchte keine Hexe sein und von den Burschen gemieden werden«, konterte Resl mutig. »Ich will so sein wie Magda Göbbels aus der Zeitschrift. Sie wird von ihren Kindern, ihrem Gatten, ja dem ganzen Volk geliebt.«

»WO ist dein VERSTAND?«, kreischte ein kompletter Chor aus Stimmen und ließ Theresia zurück ins eisige Moos sinken.

»Magda? Vom Volk geliebt?« Die Konturen der geisterhaften Frau verschwammen für einen kurzen Moment. Sie flimmerte wie in einem Stummfilm. Aus dem Grieseln formte sich ein Nerz und spannte sich für einige Sekunden über deren Schultern. »Der Pöbel liebt den Schein und die Lüge. Magda hatte sich felsenfest für die dunkle Seite der Waagschale entschieden. Trotzdem verlor sie die Aufgabe, die ich ihr gestellt hatte, aus den Augen. Nun mogelt sie sich durch die wenigen verbleibenden Tage ihres irdischen Lebens.«

»Du hast ihr denselben Auftrag erteilt wie mir?«

»So ist es, also enttäusche mich nicht!«

»Aber Magda Göbbels hat sechs Kinder geboren und ist eine treu liebende Ehefrau.« Die Worte sprudelten aus Theres' Mund wie ein Bächlein. Das Vorbild durfte ihr niemand vermiesen, selbst die Engelsfrau mit den rabenschwarzen Federn nicht.

»Sie wahrt den Schein. Dahinter hält sie sich bequem verborgen, weil sie all ihre Kraft dem Wind übergeben hat. Sie und auch ihre Freundin Eva Braun sind zu Illusionistinnen geworden, folgen den Rufen aufgeplusterter Männer und haben vergessen, was sie in ihrem Leben erreichen wollten. Diese klugen Frauen hätten die Welt mühelos verändert. Mit unbändiger Energie hätten sie Tausenden Menschen in Kriegszeiten die Wahrheit und damit den Frieden gebracht«, zischte die Gestalt, während sich ihr Gesicht in tiefster Enttäuschung verzog. »Sie hatten das Rüstzeug dazu. Ich war einst überzeugt davon, dass du viel schneller hinter die Kulissen eurer Welt blicken kannst als alle deine Vorgängerinnen. Illusionen begeistern die Massen. Ich dachte, du seist anders.«

Theres konnte die Essenz aus den Worten der Gestalt jedoch nicht verarbeiten.

Der Instinkt, diesen Zustand zu beenden, kam ganz plötzlich. Sie sprang, trotz Schmerzen, auf ihre kribbelnden Beine, wandte sich von dem Engel ab und begann zu rennen.

»Ich möchte nach Hause!«, rief sie trotzig. »Ich bin die Falsche für deine Aufgabe. Lass mich in Ruhe!«

Eigentlich hätte ihr Verstand sie warnen müssen, doch Fräulein Bauer hatte niemals gelernt, Situationen reell einzuschätzen. Bisher war ihr Leben immer so verlaufen, wie sie es sich vorgestellt hatte. Das schien sich heute zu ändern.

Blitzschnell kam der schwarze Rauch zurück. Er holte sie mühelos ein, wand sich kalt um ihre Glieder und zerrte sie wie die Beute einer Riesenschlange den Hang nach oben.

Die Jugendliche schrie aus Leibeskräften und strampelte mit Händen und Füßen gegen den unheimlichen Sog an.

Der Rauch blieb gnadenlos.

»Du bist am Scheideweg angelangt«, wisperte die wohlbekannte Frauenstimme. »Sieh dir an, was mit den Menschen passiert, die die Gesetze der Ewigkeit leugnen.«

Theresia verlor das Bewusstsein. Angst vermischte sich mit all den neuen, ungewohnten Empfindungen und ließ sie in ein tiefes Loch hinabgleiten. Sie spürte nicht mehr, wie ihr magerer Körper kopfüber im Inneren einer Grotte verschwand und mit der Dunkelheit verschmolz.

»Du hast wahrlich genug getrunken!«, keifte Joseph Göbbels. Stechende Augen, die tief in einem hageren Gesicht lagen, starrten die Frau an, die in einem engen, glänzenden Satinkleid steckte und an einer bleikristallenen Champagnerschale nippte. Um die beiden herum loderten mannshohe Feuersäulen empor. Funken stoben, von nicht erkennbaren Luftströmen angetrieben, über geschwärztes Gestein. Dahinter war schemenhaft ein Ballsaal zu erkennen, in dem sich Menschen tummelten. Sie schienen das Inferno, welches um das Ehepaar Göbbels herum tobte, nicht zu bemerken. Hier berührten sich Welten. Theresia beobachtete Magda, die nach den Worten ihres Gatten die Schale trotzig an die grell geschminkten Lippen setzte und sie mit einem Schluck austrank. Der edle Pelz glitt ihr die nackten Schultern herab, als sie zur Champagnerflasche griff, die vor ihr auf einem elegant gearbeiteten Tischchen stand. Rasch füllte sie das edle Glas noch einmal. Die männliche Hand, die sie mit voller Wucht an der Wange traf, entlockte ihr nur ein schiefes Lächeln.

»Ich werde so viel und so lange trinken, wie es mir behagt, Liebling.« Mit diesen Worten schob sie lasziv den Pelz wieder über ihre Schultern.

Joseph drehte sich wütend auf dem Absatz seiner schwarzen Lackschuhe um und verschwand in den Flammen. Er humpelte leicht.

»Magda?«, säuselte Theresia vorsichtig und streckte ihre Arme aus. War sie in einem Traum gefangen oder bereits in des Teufels Reich hinabgestiegen? »Können Sie mich hören?«

Die schöne Frau würdigte sie keines Blickes, im Gegenteil. Mit taumelnden Schritten bewegte sie sich geradewegs durch Theresia hindurch, als sei sie gar nicht anwesend.

»Schön, dass du gekommen bist, Eva.« Frau Göbbels streckte ihre zitternde Hand nach einer blonden Frau aus, die soeben durch das Flammenmeer geschritten kam. »Bist du allein hier?« Sie lallte.

»Ja, liebste Magda. Adolf ist ein viel beschäftigter Mann.« Eva kicherte ebenfalls leicht angetrunken. »Er hat mir ein paar tumbe Aufpasser zugeteilt, die so dumm sind wie die Nacht finster. Ich habe ihnen Pralinen mit Pervitin darin kredenzt. Sie werden zwei Tage durchschlafen. Der Führer schwört auf das hochwirksame Medikament.«

Beide Damen lachten. Das tosende Höllenfeuer nahmen sie nicht wahr.

Resl konnte den exklusiven Duft der Frauen riechen. Teures Parfum mischte sich mit den Gerüchen von Rauch und Schwefel. Sie selbst existierte in dieser Hölle anscheinend nicht. Durfte sie nur beobachten? War sie überhaupt noch am Leben?

Verunsichert betrachtete sie den dunklen Schemen in Form einer geflügelten Frau, welcher über die feuerbeschienenen Steine huschte.

Hier regiert die Lüge, sieh dich doch um!

Die Stimme hallte in Theresias Kopf wider, brachte ihr aber keine Klarheit. Fauchend und zischend umringten sie die Flammen, ohne ihr die Haut zu versengen.

»Wo bin ich?«, fragte sie jammernd.

In der Hölle, die ihr Menschen euch erschafft, war die Antwort.

Magda und Eva saßen inzwischen am Tischchen, und wie von Zauberhand war eine frische Flasche Champagner erschienen, die von Frau Göbbels nun undamenhaft entkorkt wurde.

»Wirst du ihn heiraten?«, fragte Magda die blonde Schönheit.

»Wen? Adolf?« Eva Braun prustete obszön. »Natürlich werde ich das tun, schon bald. Frauen brauchen einen Ehemann. Nach der Hochzeit kann ich die Füße hochlegen und warten, bis er seinen dämlichen Krieg zu Ende geführt hat. Danach winkt das süße Leben im Deutschen Reich.«

»Meine Liebe, der Führer ist doch gar nicht mehr in der Lage, sich um den Endsieg zu kümmern. Er ist ein Wrack, allerdings ein gottgleiches Wrack.« Magda unterdrückte ein Gähnen.

»Eben deswegen werde ich ihn heiraten. Er wird mir nur noch ein paar Tage zur Last fallen, bevor er mit seinem räudigen Köter zusammen verscharrt wird. Junge, fähige Generäle reißen das Steuer herum. Ich brauche nur abzuwarten. Ich bin nicht so wie Hanna Reitsch, diese verrückte Pilotin, die Adolf mehr anhimmelt als mich. Sie würde für ihre Überzeugung sogar kapitulieren vor dem Feind. Die ist alles andere als eine Dame.« Mit diesen Worten ließ Eva ihre goldschimmernde Stola von den Schultern gleiten und prostete ihrer Freundin zu. Sie bemerkte nicht, dass sich in der Flammenwand ein riesiger Fensterrahmen manifestierte. Qualm umhüllte wurmstichiges Holz. Dahinter waren hungernde, frierende Menschen zu erkennen, die durch zerbombte Städte humpelten. Sie steckten in Lumpen und ihre Gesichter wirkten, als seien sie bereits verstorben.

Theresias Augen klebten an den Szenen, die nun rasch wechselten. Die zerstörten Gebäude verschwanden und die Eisenhütter Kirche erschien. Ein Leiterwagen rumpelte über Kopfsteinpflaster. Zwei junge Menschen – Waren das Hans und Dorothea? – hatten dürres Feuerholz gesammelt. Beide sahen unterernährt aus. Vom Bauch des Bäckergesellen war nicht mehr viel übrig geblieben. Ganz im Gegensatz zu der Leibesfülle vom Dorle, welches ganz eindeutig ein Kind unter dem Herzen trug. Tränen rannen über das Gesicht der Schwangeren.

Diese Bilder haben die beiden Damen mit zu verantworten, weil sie zu feige sind, auszusprechen, was sie bereits wissen. Niemand wird Sieger des sinnlosen Schlachtens sein. Das Baby deiner Schwester wird sterben an Unterernährung. In den kommenden Nachkriegsjahren leiden die Menschen. Lug und Trug lässt ihnen einen hohen Preis dafür bezahlen, belehrte sie die vertraute Stimme in ihrem Kopf, die vor Verachtung triefte.

In Theresia tobten die widersprüchlichsten Gefühle. »Was soll ich denn aus diesen schrecklichen Bildern lernen?«

Die Antwort blieb aus.

Ihr Fokus richtete sich wieder auf die beiden Damen. Sie wirkten gut genährt, gepflegt und klug, wenn sie auch dem Alkohol etwas zu viel zusprachen. Es war offensichtlich, dass die Flammen der Hölle sie irgendwann erreichen würden.

»Schau dich um in Deutschlands Städten. Es gibt so viele Trottel«, hauchte Eva. »Sie folgen dem Führer und gehen dabei zugrunde.«

Magda Göbbels nickte. »So sind sie eben. Sie glauben, dass sie die Guten sind. Wie die Schafe! Eines rennt dem anderen nach, und das Wolltier, welches am lautesten blökt, läuft vorneweg.« Sie nahm einen großen Schluck aus der Champagnerschale und rülpste.

Eva Braun lachte auf.

Dabei vergessen sie, dass sie nichts anderes tun. Sie sitzen da, mit dem Glas in der Hand, und nehmen die Zerstörung hin. Sie leugnen die Gesetze der Ewigkeit, obwohl ich sie ihnen gelehrt hatte. Kraftstrotzend wurden sie in diese Welt geboren, mit der Gabe, die Welt wieder ins Lot zu bringen. Jedoch scheint es den Damen angenehmer zu sein, sich hinter einer Fassade wegzuducken.

Welch quälende Erkenntnisse. Theresia hatte genug. Sie wollte raus aus der Hölle, dem Traum und den grässlichen Belehrungen. Ein Leben wartete auf sie, ohne Krieg, Elend oder Hunger. Und was für besondere Attribute zeichneten ein künftiges Bühnentalent aus?

Überzeugende Emotionen!

Theresia schrie gellend auf. »Hör auf! Ich habe verstanden und will nicht so enden wie Magda Göbbels.«

Der Schatten einer geflügelten Frau glitt im flackernden Feuerschein über schwarze Felswände. Schemenhaft war eine elegante, bodenlange Robe zu erkennen. Das Wesen trat aus dem Feuer und umschwirrte die angetrunkenen Damen.

Dann hadere nie mehr mit deinem Handeln und mach dir nicht die Lüge zunutze, sonst wirst du den Frauen eines Tages im Höllenfeuer Gesellschaft leisten, dröhnte es durch Theres' Schädel. *Wenn sich der*

Champagner aus deren Köpfen einmal verflüchtigt hat, werden sie erkennen, dass sie die Schafe sind, die dumm ins Feuer trotten.

Sie würde wohl tatsächlich eine brillante Schauspielerin werden, wenn sie selbst düstere Geister mit Flügeln täuschen konnte.

Der Traum verblasste mehr und mehr. Wenig später legte sich erlösende Schwärze über ihren Verstand.

Frierend und einsam erwachte das Mädchen im Wald. Sie war viel zu dünn bekleidet für diesen Wintertag. Ihre Beine konnte sie nicht mehr fühlen. Tausend Nadelstiche fuhren durch ihre Muskeln, als sie versuchte aufzustehen. Dennoch kämpfte sie sich nach oben und sah sich um.

Schroffe Felsen und tiefgrüne, winterstarre Tannen umgaben sie. Hatte sie böse geträumt?

Die geflügelte Frau war verschwunden.

Kurz und heftig presste sie die Lider zusammen. Nichts veränderte sich an der Landschaft. Der dunkle Granitfels beobachtete sie aus steinernen Augen. Angefrorene Flechten hingen starr herab und verbargen nur unzureichend eine kleine Grotte, in der braunes Laub lag.

Die Fantasie war mit ihr durchgegangen. Noch vor Kurzem hätte Theresia schwören können, dass eine unsichtbare Kraft sie dort hineingezogen und in den Schlund der Hölle gestoßen hatte. Aber da gab es keinen gähnenden Abgrund, der die Pforte zu Satans Reich markiert hätte. Alles wirkte kalt, winterlich und friedlich.

Entschlossen presste sie die Arme um ihren Körper und machte sich an den Abstieg.

Einbildung war das, weil die Wut auf Hans und ihre Schwester noch immer nicht verraucht war.

Nun begann ein neuer Lebensabschnitt. Sie würde Eisenhütt verlassen, so bald wie möglich.

Ihre dünnen Lederschuhe schlurften über den gefrorenen Waldboden, und bald passierten sie eine kreisrunde Stelle, an der kurz zuvor wohl noch ein loderndes Feuer gebrannt hatte. Verkohlte Blätter und

Fichtennadeln bildeten einen exakt ausgezirkelten Ring. Es roch nach frischer Glut.

Sie betrachtete den Boden und lächelte.

Geister?

Ab heute würden sie nicht mehr zu ihrem Leben gehören.

Harte Nachkriegszeit

Theres verließ ihren Heimatort. Mit dem Geld ihres Vaters kaufte sie einen Fahrschein nach Nürnberg und kam dort in einem Mädchenheim für Obdachlose unter. Vinzenz Sigl hatte ihr nicht mehr beim Umzug in die große Stadt geholfen. Als die Amerikaner in das kleine Dorf im Wald einmarschierten, hatten sie ihn sofort verhaftet. Er stand im dringenden Verdacht, am Verschwinden der jüdischen Ladenbesitzerin und deren Tochter schuld zu sein. Wo man den Kramer hingebracht hatte, war nicht bekannt. Vinzenz' Frau war daraufhin ebenfalls aus Eisenhütt verschwunden. Aber das scherte Theres alles nicht mehr. Sie hatte ein aufregendes Leben als Großstädterin vor sich. Inzwischen war Hitler tot und der Krieg vorbei.

Im Juni 1945 meldete sie sich an einer privaten Schauspiel- und Gesangsschule an, wohl wissend, dass sie sich das nicht leisten konnte. Die Erlaubnis ihrer Eltern, die hierfür notwendig war, hatte sie gefälscht. Aber die junge Frau war so sehr überzeugt von ihrem Talent, dass sie keine Minute daran dachte, in finanzielle Schwierigkeiten zu geraten. Mit den ersten Auftritten würde sie die Schule bezahlen und vielleicht hätte sie bis dahin einen reichen Mann gefunden. Auch wenn der Traumprinz nun kein Hakenkreuz mehr auf dem Sakko trüge, sondern mit Kaugummi im Mund eine fremde Nation weit im Westen vertrat, war das ebenso in Ordnung. Hauptsache, er wäre kein armer Schlucker.

Ihre Eltern, Ludmilla und Xaver Bauer, blieben zurück im Wald, lebten weiter mit den Launen der Natur, der Armut der Leute und den schaurigen Märchen. Dorothea hatte eine Lehre beim Bäcker begonnen, wurde aber gleich darauf schwanger und verlor ihr Kind an den Hunger und die Kälte. Dennoch heiratete sie Hansi, den Bäckergesellen, wie Theresia in dem seltsamen Albtraum in der Grotte vorausgesehen hatte.

Obwohl man kurz vor ihrem Auszug im Grenzhaus ein Telefon installiert hatte, mied Resl häufige Gespräche. Nur ein einziges Mal ließ sie sich vom Fräulein vom Amt nach Eisenhütt verbinden. Das Telefonat mit dem Vater verlief kalt und knapp, denn an die Vergangenheit wollte sie nicht mehr erinnert werden. Die zerbombte Großstadt Nürnberg belastete die junge Frau aus dem Bayrischen Wald nicht sonderlich. Mit dem quirligen Leben in den Straßen, den Leuten, deren Hunger nach Vergnügen und Wohlstand greifbar war, verblassten die letzten Bilder einer geflügelten, geisterhaften Frau. Immer mehr wurde Theresia Teil des großstädtischen Bienenkorbs, schätzte schöne Kleider, Musik und natürlich die Opernbühne. Manchmal träumte sie noch von Magda Göbbels, der eleganten Frau aus dem »Völkischen Beobachter«, den es nicht mehr zu kaufen gab. Im Heim erzählte man ihr, Frau Göbbels habe eiskalt und brutal ihre sechs Kinder ermordet, bevor sie sich zusammen mit ihrem Gatten selbst das Leben nahm. Theres' Kopf weigerte sich, die schreckliche Information aufzunehmen. Was kümmerten sie schon die Hintergründe der Kapitulation. Jetzt ging es aufwärts. Täglich übte sie das Basteln an der eigenen Wahrheit, was ihr von Tag zu Tag leichter fiel. Sie würde nehmen, was ihr die Welt zu bieten hatte. Das Versprechen, das sie dem dunklen Engel für nichts Geringeres als ihr Überleben gegeben hatte, verkümmerte in einer imaginären Schublade.

Bald schaffte Theresia mit ihrer glockenklaren Stimme tatsächlich den Einstieg in die Welt der Künstler, und das war für die harten Nachkriegsjahre etwas ganz Besonderes. Ihre Gesangslehrerin, die strenge Frau Schäfer, die tagein, tagaus das gleiche biedere Kostüm trug, sparte stets mit Lob ihren Schülerinnen gegenüber. An Fräulein Bauers Talent gab es nichts zu rütteln. So schob sie eines Tages die dicke Hornbrille etwas tiefer auf die Nase und verkündete der Nachwuchssängerin, dass sie ihre erste Rolle auf einer Bühne spielen durfte, um damit die Schulden bei der Schauspielschule abzutragen. Viele waren arbeitslos, hatten Hunger und hausten in kaputten Häusern. Wer, außer der handverlesenen Oberschicht in der fränkischen Stadt, konnte sich schon einen Besuch im Opernhaus leisten? Darüber machte sich Theres keinerlei Gedanken. Sie nahm das Engagement erwartungsvoll entgegen und ignorierte die vielen neidischen Blicke ihrer Mitschülerinnen.

Am selben Abend noch inspizierte sie ihre spärlichen Kleidungsstücke, die sie in einen Metallspint im Heim gestopft hatte. Sie wollte glanzvoll am Ort ihrer Träume erscheinen. Bald entschied sie sich für ein abgetragenes Sommerkleid. Auf dem gelben Stoff prangten rote Mohnblumen. Schmuck musste ebenso sein, wenn sie das Opernhaus zum ersten Mal betrat.

Fieberhaft suchte sie nach der alten Brosche, die sie als Kind schon um den Hals getragen hatte. Wo war sie nur hingeraten? Theresia hatte den Granatschmuck aus Eisenhütt in die Seitentasche des Rucksacks gestopft, in welchem sie ihr gesamtes Hab und Gut aufbewahrte. Zu groß war die Angst gewesen, jemand könnte ihr das teure Schmuckstück während der Zugfahrt vom Hals reißen. Doch das Geschmeide blieb unauffindbar.

Das Vorsingen und auch die darauffolgende erste Probe für die Märchenaufführung »Rumpelstilzchen« gingen ohne auffälligen Schmuck über die Bühne, allerdings mit der Lüge, man habe sie im Heim bestohlen und sie benötige einen finanziellen Vorschuss. Tatsächlich gewährte man ihr eine kleine Summe, da man von ihren Talenten überzeugt war. Dennoch verhielt sich Theresia im neuen Umfeld eher hochnäsig. Sie steckte ihr Revier in der fremden Bühnenwelt entschlossen ab. Vor dem Intendanten der Oper punktete sie mit ihrem Auftreten, nicht aber vor anderen Nachwuchssängern, Bühnenarbeitern und den Damen vom Chor. Das bewies die tote Maus, die jemand in ihren feinen rechten Schuh gesteckt hatte.

Schadenfrohes Gekicher von irgendwelchen Weibern drang von Ferne an ihr Ohr. Angeekelt packte Theres den Kadaver des Tierchens am Schwanz. Sie hob den Arm, um ihn wegzuschleudern, dann erstarrte sie. Ein Schatten huschte wellenförmig über die kahle Wand der Garderobe, sammelte sich in der Zimmerecke und sank wie schwerer

Rauch zu Boden. Es gab jedoch keinen Platz für Übernatürliches mehr in ihrem Leben. Karriere und Luxus standen jetzt im Fokus.

Theres schloss die Augen, zählte bis drei und öffnete sie wieder.

Fassungslos betrachtete sie die ekligen, grauen Schwaden, die nicht verschwinden wollten. Sie verdunkelten den Raum mehr und mehr und erzwangen ihre Aufmerksamkeit.

»Hast du mich vergessen?«, hallte eine unwirkliche Stimme von irgendwoher.

Die feinen Schnurrhaare der toten Maus, die noch immer am Schwanz gehalten von ihrer Hand baumelte, bewegten sich in einem mysteriösen Luftzug.

Theresia sah sich hektisch um. Die Pupillen ihrer stark geschminkten Augen vergrößerten sich rasch. Ein mulmiges Gefühl breitete sich in ihrem Magen aus. Trotzdem zwang sie ein Lächeln auf ihre Lippen. Immerhin beherrschte sie das Handwerk der Schauspielerei schon recht perfekt. Es hatte schon einmal geklappt …

Achtlos schleuderte sie das verendete Nagetier von sich.

»Nein, natürlich nicht«, antwortete sie affektiert.

Der Rauch manifestierte sich rasch zu einer weiblichen Erscheinung mit mächtigen Schwingen, die sich hinter deren Rücken langsam auffalteten. Theresia schluckte. Das Gesicht der Frauengestalt, welches wie ein Porträt wirkte, hatte eine nahezu unheimliche Ähnlichkeit mit der grässlichen Hexe aus Hänsel und Gretel. Eine rote Warze verunstaltete die Nase, und die schwarzen Augen lagen tief in einem faltendurchzogenen Antlitz.

Resls Unruhe wuchs, obwohl sie vor Selbstsicherheit strotzte.

Eindrücke aus der Kindheit öffneten knarrend die Schublade in ihrem Kopf.

»Ich denke oft an dich«, sagte sie.

Die Geisterhafte knurrte. Es hörte sich an wie die tönenden Saiten eines übergroßen Kontrabasses. Die entstandene Schallwelle versetzte die getünchten Wände der Garderobe in Schwingungen. Sie beulten sich, als bestünden sie aus Kautschuk. Ächzende und quietschende

Geräusche mischten sich in das tiefe Brummen. Augenblicklich breitete sich süßlicher Parfumgeruch in dem schlecht gelüfteten Raum aus.

Das Wesen wandelte sich, wie in Theresias Kindheit. Ein grünes Seidenkleid erschien auf dessen durchscheinendem Körper. Die schrumpeligen Züge der Hexe verschwammen und verwandelten sich in ein makelloses Frauenantlitz. Es lächelte mit deutlichem Spott.

»Die Lüge ist dir vertrauter denn je. *Ich will nicht so enden*, versprachst du, als ich dir einen Einblick in die Hölle gewährte.«

Theres war verwirrt. Mit dem erneuten Auftauchen der geflügelten Frau hatte sie nicht gerechnet. All die Weisheiten um Waagschalen und Gesetze der Ewigkeit, samt der wilden Tänze, fühlten sich inzwischen wie kindische Märchen an. Das Leben in der Großstadt benötigte keine Belehrungen aus dem Jenseits. Der Erfolg als Bühnenstar war für sie zum Greifen nahe. Sie wollte eine moderne junge Frau sein, die mit der Zeit ging.

Theresia heftete ihre blauen Augen auf das Gesicht der Gestalt, schwieg aber. Diese erwiderte ihren Blick und lächelte, als habe sie ihr Schauspiel durchschaut.

Augenblicklich wurde Resls Mund trocken. Ihre Gedanken waren vor dem dunklen Engel nicht sicher. Er sah in ihr Innerstes – trotz Bühnentalent –, ein Zustand, der ihr zutiefst missfiel.

Es raschelte in der Zimmerecke. Theres' selbstsichere Fassade bröckelte weiter und ihre Pupillen huschten blitzschnell zwischen der Geistergestalt und der Stelle hin und her, wo sie das eigenartige Geräusch vermutete.

Der Schreck fuhr ihr wie ein Blitz durch sämtliche Glieder, denn die tote Maus erwachte zum Leben. Winzige Krallen kratzten über den blank gescheuerten Holzboden. Das Tier drehte sich ein paarmal um sich selbst. Eine dunkelrote Blutspur folgte spiralförmig der Maus. Der Bauch des Nagers war aufgeplatzt, als wäre jemand gerade eben mit schweren Stiefeln darauf getreten.

Die junge Frau stieß einen spitzen Schrei aus. Ekel überzog sie, und mit einem gewaltigen Satz sprang sie auf die Holzbank. In diesem

Augenblick sauste das blutende Nagetier quer durch das Zimmer, prallte mit einem dumpfen Geräusch an die gegenüberliegende Wand, bevor es sich erneut in irren Zirkeln um sich selbst drehte.

»Ich habe dir einen scharfen Verstand eingehaucht, damals, als du zusammen mit deinem Zwilling in den Raunächten das Licht der Welt erblicktest. Gnädig habe ich auch der Schwester das Leben geschenkt, obwohl ich an ihr keinerlei Interesse hegte. Ihr schwachen Würmchen wärt noch in der Nacht ins Reich der Toten übergesiedelt.« Die Engelsfrau schnaubte. »Weder die Jungfrau Maria noch der Pfarrer, dem die Angst im Gesicht geschrieben stand, hätte euren Tod verhindern können. Dafür hast du dich als Kind für die dunkle Seite der Waage und die Erfüllung einer großen Aufgabe entschieden«, dröhnte es aus dem Mund das Geisterwesens. »Doch was tust du? Du hechelst Belanglosigkeiten hinterher.«

»Belanglosigkeiten?«, wiederholte Theresia. »Ich möchte eine Bühnenkarriere starten und viel Geld verdienen. Männerherzen werden mir zufliegen.«

»Geld? Um es für Schuhe, Kleider und Champagner auszugeben? Ist das deine Vorstellung von einem aufregenden Leben? Menschen auf der dunklen Seite sind Macher. Sie tun Dinge, die von den vermeintlich ›Guten‹ unter euch verabscheut werden, die aber nötig sind. Sie scheren sich nicht um kurzlebige Moralvorstellungen, sie folgen unbeirrt ihrem Weg und beachten die Gesetze der Ewigkeit. Damit halten sie die Welt im Lot. Warum begreift ihr Menschen das nicht?«

Die Maus sauste wie ein Derwisch durch den Umkleideraum, als befände sie sich auf einer Rennbahn. Gedärme lösten sich aus ihrem Bauch und schleiften wie ein Gewirr aus Regenwürmern hinter ihr her.

Theresia wimmerte angeekelt auf der Bank, während die geflügelte Gestalt geschmeidig vor sie hin glitt, ohne einen Schritt zu tun.

»Menschen auf der dunklen Seite sind verschlagen und böse. Sie stehlen und morden«, lamentierte sie naiv, ohne darüber nachzudenken, dass sie als Grundschülerin eine andere Meinung vertreten hatte.

»So argumentiert der Pöbel, um die Wahrheit aus Bequemlichkeit zu verschleiern. Hast du alles vergessen? Das sind typisch menschliche Auslegungen des ›Bösen‹. Auch die ›Guten‹ stehlen und morden, wenn sie sich unbeobachtet fühlen. Denn SIE SELBST bestimmen, WAS gerade GUT ist.«

Theres schwirrte der Kopf. Diese Worte hatten einst einen Sinn ergeben. Doch die großstädtische Bevölkerung prägte sie stark. Sie sehnte sich nach einem angenehmen Leben. Der einen oder anderen Lüge, um Ziele zu erreichen, wäre sie auch in Zukunft nicht abgeneigt. Jedermann tat das, so funktionierte die moderne Gesellschaft. Daran würden auch die Hirngespinste der Engelsfrau nichts ändern.

Der Geist wurde ihr mit einem Mal lästig und schon rutschte ihr eine unüberlegte Erwiderung heraus: »Mag sein, aber ich glaube an Gott, ich tue nur Gutes.«

Urplötzlich drang das Fauchen eines Drachen an ihre Ohren. Das Gesicht der geflügelten Frau verwandelte sich in das eines furchterregenden Fabeltieres. Grün schillernde Schuppen überzogen die makellose Haut. Die Augen verfärbten sich in ein feuriges Rot und geschlitzte Pupillen betrachteten sie lauernd. Das Fauchen wurde von den Wänden zurückgeworfen wie ein Echo.

»Du tust nur Gutes? Indem du den Intendanten des Opernhauses belügst, um an Geld zu gelangen, das dir noch gar nicht zusteht? Heute ist es nur ein winziges Flunkern, um dir einen Vorteil zu verschaffen. Morgen folgst du denen, die vor vierhundert Jahren ihre Mitmenschen auf Scheiterhaufen verbrannt haben, weil sie ihre verlogene Macht durch Weisheit bedrohten? Ein wahrer Anführer, der auf der dunklen Seite der Waage steht, benötigt keine Lügen. Er erreicht Einfluss mit Klugheit und Strategie.« Mit einer fließenden Bewegung holte das Wesen mit dem Drachenkopf ein altes Schmuckstück aus den Falten seiner Robe. »Erkennst du das?«

Vor Resls blauen Augen pendelte nun die ovale Brosche, die sie vor ein paar Tagen fieberhaft gesucht hatte, an einer silbernen Kette. Funkelnde Granate blitzten im fahlen Licht der Glühbirne auf, die das

Umkleidezimmer nur spärlich erhellte. Die junge Frau erkannte das Geschmeide sofort. Am unteren Rand fehlten einige klitzekleine rote Edelsteine, aber das tangierte sie nicht, weil sie aus dem Augenwinkel weiterhin die rennende Maus beobachtete.

In diesem Augenblick schleuderte die Geistergestalt den Anhänger samt der Kette zu Boden. Sie traf das Nagetier. Zwei Granatsplitter blieben in deren Fell stecken, und sofort erstarrten die Bewegungen der Maus.

»Es sind noch genügend Steine in der Brosche«, hallte ihr die fauchende Stimme entgegen. »Wenn der letzte Granat herausgebrochen ist, wirst du die Welt der Lebenden verlassen, Theres. So lange folge besser deinem Pfad und erfülle die Aufgabe, die ich dir gestellt habe. Du hast die Kraft dazu. Die Waage der Ewigkeit darf nicht aus dem Lot geraten. Sonst wird die Welt im Chaos versinken.«

Auf dem Drachengesicht erschienen mit einem Mal Furunkel und Warzen. In rasanter Geschwindigkeit veränderte es sich erneut zu einer Hexenfratze.

Verschwörerisch näherte sich die Gestalt der jungen Sängerin, deren Körper zitterte. Wieder schwebte sie, als gälten für sie die Gesetze der Schwerkraft nicht.

»Das Verdrängen von Tatsachen wird euch allen zum Verhängnis werden. Um das zu stoppen, verbreite ich Angst, Theresia. Angst ist ein mächtiger Partner. Werdet euch bewusst, dass ihr für euch selbst verantwortlich seid, ganz gleich, auf welcher Seite ihr steht. Diejenigen, die glühende Reden schwingen, aber nicht danach handeln, werde ich zur Rechenschaft ziehen. Diejenigen, die in den Rausch von Illusionen und Wein flüchten, weil sie zu feige sind, sich den Herausforderungen des Daseins zu stellen, werde ich in die Hölle hinabstoßen. Ich werde zu verhindern wissen, dass die Menschen die Gesetze der Ewigkeit zu ihren Gunsten beugen.« Die Hexenfratze lachte. Ein fauliger Geruch entwich ihrem Mund. »Noch ist es nicht zu spät, kleine Resl. Zwing mich nicht dazu, dir Angst einzujagen. Folge dem Pfad und suche nicht nach einer Abzweigung. Du wolltest prächtige Kleider. Die gibt es nicht umsonst. Enttäusche mich nicht, denn ich halte deine Brosche in meinen Händen.«

Ein Rauschen erhob sich in der abgestandenen Luft. Muffiger Staub wirbelte aus den Ecken hoch und hüllte die Robe der Hexe ein. Mit einem bösartigen Gekicher löste sich die Gestalt auf und verschmolz mit den Flecken an der Wand. Dann war alles ruhig.

Theres atmete heftig und starrte auf die Maus, die nun zum zweiten Mal tot auf dem Fußboden lag. Zaghaft stieg sie von der Bank und berührte den Kadaver mit der Schuhspitze ihrer eleganten Bühnenschuhe. Steif und kalt schlitterte das Tier über die Holzbohlen. Gänsehaut bildete sich auf ihren nackten Armen, als sie die feinen Blutspuren betrachtete, die kreuz und quer durch das Zimmer führten. Sie fand keine reale Erklärung dafür.

Die Granatbrosche war und blieb verschwunden und mit ihr die Unbeschwertheit des Künstlerlebens, denn Theres musste akzeptieren, dass die Gruselgestalt ihrer Kinderzeit noch immer präsent war.

Genau das wollte sie nicht.

Die Welt sollte ihr zu Füßen liegen und nicht im Chaos versinken. Um deren Rettung durften sich schlaue, vorwiegend männliche Köpfe kümmern. Philosophische Betrachtungen eines unsichtbaren Wesens zum Thema »Gut« und »Böse« waren ihr zu anstrengend.

Als kleines Mädchen war ihr die Zusage, eine große Aufgabe zu bewältigen, simpel erschienen. Jetzt wirkte sie lästig. Am besten würde es wohl sein, diese gruselige Begegnung schleunigst zu vergessen. Es gab weder geflügelte Hexen noch tote Mäuse, die erwachten.

Sie betrachtete ihre manikürten Hände, dann zwickte sie sich mit Zeigefinger und Daumen in den linken Arm.

Der Schmerz vertrieb die innere Unruhe … für diesen Moment.

Mit einem spitzenbesetzten Unterhemd aus ihrem Spind entfernte sie notdürftig die Spuren, die die Maus hinterlassen hatte, dann verließ sie das Zimmer.

Die 50er-Jahre brechen an

Zu Beginn der 50er-Jahre las man in der Nürnberger Zeitung von dem blutjungen Ausnahmetalent: ***»Theresia Bauer erobert die Bretter, die die Welt bedeuten.«*** Angebote für Solorollen flatterten in Resls Briefkasten und bald sang sie sogar den Abendsegen von Humperdinck auf der hell erleuchteten Bühne der kriegsgebeutelten Stadt. An den gruseligen Abend im Umkleideraum, als sie dem Geist ihrer Kindheit gegenüberstand, dachte sie kaum noch. Die Karriere war zum Greifen nahe. Fräulein Bauer erklomm in Windeseile die ersten Stufen zu dem von ihr erträumten glamourösen Leben, auch wenn sie mit harten Bandagen gegen die vielen neidischen Talente kämpfen musste, die ihr den Erfolg missgönnten. Eine Karriere am Opernhaus bedeutete Wohlstand und Anerkennung. Zwei Drittel der Nürnberger Bürger konnten in jenen Tagen von diesen Attributen nur träumen.

Doch dann trat Kurt Pfeifer in Resls Leben. Der schlanke Mann mit den dunklen Haaren saß bei einer Probe in der vordersten Reihe auf einem abgewetzten Samtsessel und betrachtete sie verzückt. Ihre Bewegungen, ihr Gesang und ihr schillerndes Auftreten faszinierten ihn. Wie musste es sich wohl anfühlen, ihre rot geschminkten, vollen Lippen zu küssen?

Kurdi, wie er von Freunden stets genannt wurde, war hier, um seine jüngere Schwester mit dem Automobil abzuholen. Sie sang im Chor. Er interessierte sich eigentlich nicht für klassische Musik, aber die Eltern hatten ihn gebeten, Adelheid nach Hause zu fahren. Um diese Uhrzeit wäre der Fußweg vom Opernhaus bis hinaus ins Knoblauchsland, einer Ansammlung von Bauerndörfern am nördlichen Stadtrand, viel zu gefährlich. Kurt besaß den Führerschein und einen gebrauchten Borgward, den er selbst in Handarbeit wieder zum Laufen gebracht hatte. Er liebte Autos, Motorräder und Flugzeuge. Damit hob er sich von anderen jungen Männern ab, die außer dem Gewehr und der Ostfront nicht viel gesehen hatten in ihrem Leben. Seine Chancen bei der Damenwelt standen gut. Und so zwinkerte Kurdi im Theatersessel der bildhübschen, zierlichen Theresia in ihrem Gretelkostüm immer wieder zu.

Die hatte keinerlei Erfahrungen mit den Avancen des anderen Geschlechts, dennoch fühlte es sich gut an. Sie erinnerte sich an den frühen Morgen im dunklen Flur der Bäckerei. Als sie den Gesellen entdeckt hatte, der ihre Schwester berührte, war ihr ein eigenartig kribbelndes Gefühl durch die Adern gefahren. Nun empfand sie Ähnliches, wenn sie in das Gesicht des fremden jungen Mannes blickte.

An diesem Probenabend wuchs sie auf der Bühne nahezu über sich hinaus, um den Dunkelhaarigen in der ersten Reihe zu beeindrucken. Echte Tränen kullerten über ihre rougegefärbten Wangen, als die unbescholtene Gretel mit ihrem Bruder durch den dunklen Wald irrte. Beim Abendsegen, den sie göttlich mit ihrem Gesang interpretierte, brachte sie den attraktiven Dunkelhaarigen endgültig zum Weinen. Sie beobachtete ihn schon länger. Hin und wieder fuhr er seine Schwester Adelheid nach den Proben nach Hause. Die Chordame verfügte über eine passable Singstimme. Theres kannte sie flüchtig und hoffte insgeheim, dass der Dunkelhaarige sich nicht nur wegen seiner Schwester in den samtenen Sessel der ersten Reihe gesetzt hatte.

Es verwunderte Kurt kein Stück, dass er, unmittelbar nachdem der Vorhang fiel, zu den Umkleideräumen schlich und an einer Tür mit dem Schild *»Zutritt nur für weibliche Solisten«* haltmachte. Zaghaft klopfte er an das lackierte Holz, um gleich darauf sein Ohr dagegenzupressen.

Nichts – Totenstille im Raum.

Kurt wollte gerade erneut klopfen, als die Tür sich öffnete. Beinahe wäre er der Solistin vor die Füße gefallen. Zarte Röte überzog sein unrasiertes Gesicht, als er in Resls blaue Augen sah. Sie trug noch immer das Kostüm der armen Bauerntochter, die ihren Bruder vor einer grausamen Hexe retten musste.

»Ja bitte?« Ihre Stimme wirkte kühl, nicht vergleichbar mit der warmen, liebevollen Art, die sie in ihre Rolle legte.

»Verzeihen Sie!« Kurt räusperte sich verlegen und flunkerte: »Ich bin auf der Suche nach Adelheid Pfeifer.« Er streckte ihr seine raue Rechte entgegen. »Ich bin Kurt … Kurt Pfeifer.«

Sie ergriff tatsächlich seine Hand, doch die Geste wirkte förmlich. Er sah ihr an, dass ihr Herz aufgeregt pochte, doch das verbarg sie geschickt. Er wusste, dass sie erobert werden wollte und nicht zeigte, dass sie ihn attraktiv fand.

»Adelheid Pfeifer?« Kokett verzog sie die rot geschminkten Lippen. »Die singt doch im Extra-Chor, wenn ich mich nicht irre.«

Kurt nickte lächelnd. Es war ihm egal, wo seine Schwester sang. Dass er sie in dem Raum nicht finden würde, hatte er schon vorher gewusst.

»Diese Umkleide ist für weibliche Solisten reserviert«, belehrte Theres ihn mit gespielter Strenge. »Chordamen haben hier keinen Zutritt. Versuchen Sie es einen Stock höher, die Treppe rauf und dann …«

»Ich kann Sie gern nach Hause bringen, Fräulein«, platzte Kurt ungalant dazwischen. Auch er war unerfahren im Umgang mit dem anderen Geschlecht.

Nachdem er als blutjunger Soldat geläutert, aber unverletzt aus Frankreich zurückgekehrt war, hatte ihn sein Vater umgehend mit der schweren Arbeit in der Werkstatt vertraut gemacht. Für Sentimentalitäten zeigte man in den Nachkriegsjahren kein Verständnis. Wie oft plagten Kurt des Nachts schlimme Träume. Immer wieder hörte er die Kugeln durch die Luft pfeifen, die aus Gewehren französischer Soldaten stammten. Frierend und zitternd vor Angst war er in einem Erdloch gesessen, welches ein umgefallener Baumriese geschaffen hatte. Er war am Leben geblieben. Männer kannten keine Furcht. So war das eben. Also spielte er weiter den Unerschrockenen.

»Ich habe ein Auto, einen Borgward.« Als er Resls zweifelnde Miene erblickte, setzte er hinzu: »Mir macht es nichts aus, einen Umweg zu fahren. Ich muss Ada sowieso heimbringen. Sonst reißt mir Vater den Kopf ab.« Mit roten Wangen lachte er etwas zu penetrant.

Seine tiefe Stimme hallte durch den Flur. Deswegen hörten weder er noch Theres die trippelnden Schritte, die gerade die Treppe hinuntereilten. Keine Minute später näherte sich eine Frau mit feuerrotem Haar. Ihrem Gesichtsausdruck war anzusehen, dass sie gereizt war. Ihre geschminkten Lippen glichen einem Buntstiftstrich.

Adelheid Pfeifer war nicht verheiratet und hatte auch nicht vor, sich einen Gatten zu angeln. Der Krieg war ihr in die Quere gekommen, denn eigentlich wollte auch sie eine Karriere an der Oper machen. Daheim, in dem hastig hochgezogenen Haus aus Bruchsteinen von Ruinen, wartete jede Menge Arbeit. Ihre Mutter litt an offenen Beinen und konnte oft den Haushalt nicht mehr bewältigen. So wusch Ada, wie sie in der Familie genannt wurde, die Wäsche, kochte, erntete das spärliche Gemüse aus den Beeten rund ums Haus und glaubte an den baldigen Wandel. Ihr Vater schuftete von früh bis spät in seiner kleinen Autowerkstatt, wo er Traktoren, Motorräder und die wenigen Autos reparierte, die es im Dorf am Stadtrand von Nürnberg gab. Kurt half ihm dabei. Jeder musste tun, was in seiner Macht stand, um die Familie zu ernähren. Das harte Nachkriegsleben ließ keinen Platz für Fantastereien. Kurts Liebelei, noch dazu in Gestalt einer bornierten Solosängerin, ärgerte Ada. Dieses »Püppchen«, wie Theres auch von Adelheids Freundinnen insgeheim betitelt wurde, musste man zurechtstutzen. Scheinbar hatte sie die Warnung mit der toten Maus im Schuh noch nicht verstanden.

Ada ließ ihre Augen über die beiden gleiten, dann stemmte sie die Hände in die fraulichen Hüften und sprach ihren Bruder an. »Du weißt doch ganz genau, dass du vor dem Haupteingang auf mich warten sollst.« Mit diesen Worten schmiss sie der jungen Solistin einen vernichtenden Blick zu.

Wut machte sich sofort in Theres breit. Sie war es nicht gewohnt, übergangen zu werden. Was bildete sich die zweitklassige Chordame eigentlich ein? Sie blickte ihr in die Augen und erkannte schlagartig die Wahrheit. Die Rothaarige hatte ihr die tote Maus in den Schuh gelegt. Adelheid Pfeifer und ihre dämlichen Freundinnen taten alles, um eine Solorolle am Opernhaus zu ergattern. Man munkelte, diese Damen würden der männlichen Leitung der Kultureinrichtung ihre Körper anbiedern, um Erfolg zu haben. Schon allein deswegen würde sie das Angebot von Kurt annehmen.

Sie zwang sich ein bühnenreifes Lächeln ins Gesicht, ignorierte Ada und hauchte dem verdutzten Dunkelhaarigen zu: »Oh, das ist eine sehr gute Idee. Ich fahre gern mit Ihnen, dann muss ich nicht laufen. Und die Straßenbahn kostet mich nur unnötig mein sauer verdientes Geld.«

Kurt betrachtete die Gesichter der rivalisierenden Frauen. Sie mochten sich nicht, das war offensichtlich. Er hatte gehörigen Respekt vor seiner Schwester, die sehr dominant werden konnte, und suchte hastig nach deeskalierenden Worten. »Ich fahre euch beide heim, das ist mir ein Vergnügen.« Mit den Armen deutete er eine königliche Verbeugung an, um die Lage mit einer Posse zu entspannen. Es gelang ihm.

Wenig später saß Adelheid auf der Rückbank des Borgwards. Wie bereits vermutet, fuhr ihr Bruder zuerst sie nach Hause, da er mit der jungen, erfolgreichen Sängerin noch ein paar Minuten allein verbringen wollte.

Innerlich kochend vor Wut stieg die Rothaarige auf der unbeleuchteten Dorfstraße aus und lief durch feinen Nieselregen über die schmale, lang gezogene Hofeinfahrt auf das Elternhaus zu. Der Borgward mit Kurt und Theres an Bord rauschte durch die Nacht davon.

Während sie den Schlüssel in das Schloss der Haustür schob und ihn drehte, sann sie auf Rache. Diese bornierte Solokünstlerin würde sich niemals die Hände schmutzig machen und ihren Bruder nur ausnutzen. Das sah sie dem »Püppchen« an. Ada kannte den Typ Frau, der sich seit Kriegsende rasant vermehrte und zu dem sie nicht gehören wollte.

Niemand ahnte, dass sie sich mit Okkultismus und Geisterbeschwörung befasste. Es galt, dem ausgewählten Pfad zu folgen. Aber sie kannte genügend wirksame Zauber, die ihre Machtposition in diesem

Ränkespiel stärkten. Gleich heute Abend, wenn Ruhe ins Haus einkehrte, würde sie einen dunklen Engel rufen und ihn um Rat fragen.

»Adelheid!«, rief eine zornige Stimme aus dem Obergeschoss herab. Ein Stock klopfte ungeduldig auf den abgetretenen Fußboden.

Ada hielt den Atem an. Der mühsame Alltag kam mit Macht zurück.

»Ja, Mama, ich bin da.« Entschlossen würgte sie die Bitterkeit, die ihre Kehle emporkroch, hinab und stieg die knarrenden Stufen nach oben.

In der Korridortür stand eine von harter Arbeit gekrümmte Frau. Sie trug einen löchrigen Wollrock, der um ihre Körperfülle spannte. Das fleckige Unterhemd über dem herabhängenden Busen war selbst unter der alten Strickweste zu erkennen. Ihre vergilbten Haare waren zu einem schlampigen Zopf geflochten. Sie stank penetrant nach Katze und stützte sich auf einen Gehstock.

Ada zwang sich ein Lächeln aufs Gesicht. »Hast du schon etwas gegessen?«

»Nein! Dein Vater ist heute zur Innung gefahren. Da gibt es Kraut und Bratwürste umsonst. Aber er nimmt mich ja nirgends mehr mit«, lamentierte die früh gealterte Frau, obwohl auch Ada wusste, dass der Vater gerade bei der Witwe des Dorfschmiedes im Bett lag und keinem Vortrag der Innung für Kraftfahrzeuge lauschte, in der er Mitglied war.

Die Rothaarige nickte gespielt verständnisvoll. Mit dem Fuß verscheuchte sie zwei junge Katzen, die sich in die Filzpantoffeln der Mutter verbissen hatten.

»Ich koche dir ein paar Kartoffeln. Haben wir noch Butter im Haus?«

»Die Butter ist ranzig, aber wir können sie noch verwenden.« Mit diesen Worten drehte sich Babette Pfeifer stöhnend um und humpelte mit dem Stock in den muffig riechenden Flur, von dem aus ein paar Zimmer abzweigten. Die Kätzchen hingen inzwischen am Saum ihres Wollrocks. Bei jedem Schritt baumelten sie wie lustige Trotteln hin und her.

Für Adelheid brach die tägliche Abendroutine an. Hastig zog sie sich eine Kittelschürze über, holte Kartoffeln aus dem Keller und kochte der Mutter ein spärliches Abendmahl. In Gedanken sah sie

Kurt, der zärtlich die Lippen der erfolgreichen Solistin küsste. Sie hätte heulen können. Diese aufgeblasene Sängerin nähme den Bruder aus wie eine Weihnachtsgans und schadete damit der ganzen Familie. Vermutlich würde sie schon heute Abend den Wunsch nach Schmuck und Pelz an Kurdi herantragen, der sich solch teure Geschenke nicht leisten konnte.

Nachdem sie die Küche wieder in Ordnung gebracht, ihrer Mutter beim Bandagieren der geschwollenen, blutigen Beine geholfen hatte, und diese nun im Bett ruhte, zog sie sich in ihre Kammer zurück.

Weder Kurt noch ihr Vater waren bisher nach Hause gekommen. Kurz lauschte sie an der Zimmertür, dann kramte sie Kerzen aus einer glänzenden Vitrine aus Kirschholz hervor. Adelheid liebte das Möbelstück. Es war der einzige Luxus, der ihr Zimmer verschönerte. Vater hatte sie einem Nachbarn abgeschwatzt. Es stammte aus dem Nachlass einer vermögenden Frau, die nach dem Krieg verstorben war. Täglich polierte Ada das schimmernde Holz mit einem feinen Lappen, den sie in ihrem Zimmer aufbewahrte. Auch einige Bücher hatte sie in der Vitrine stehen. Die schweren Schriften waren allesamt in Zeitungspapier eingeschlagen, damit keiner aus der Familie die verräterischen Titel auf den Buchrücken lesen konnte. Trotz aller Widrigkeiten, die ihr das derzeitige Leben täglich präsentierte, würde sie nie und nimmer ihren Traum opfern. Sie verfolgte ein klares Ziel. Nichts und niemand durfte sie davon abbringen. Die geheimnisvollen Bücher unterstützten sie dabei, denn die Welt der Magie war ihre Bestimmung.

Ein Streichholz erhellte die Dunkelheit, dann flammten die sieben Haushaltskerzen auf, die Ada sorgfältig in Eierbechern zu einem Dreieck aufgestellt hatte. Ihr eigener Schatten huschte gespenstisch über die Wand. Sie fuhr sich durch das rote, lange Haar. Im Schattenspiel, das die Kerzen an die Wand zauberten, interpretierte sie eine Prinzessin, die ihre prächtige Mähne aus dem Gesicht schob. Die Magie war nahe.

»Dunkler Engel, ich brauche deine Hilfe«, hauchte sie in die Düsternis. Ihre Gedanken begaben sich auf Reisen. Die Geisterwelt hatte sie niemals enttäuscht.

Mühselig gestaltete sich das Studium der schwarzen Bücher, aber es zahlte sich aus, und Ada strebte Perfektion auf diesem Gebiet an.

Als sie den Mund öffnete, um ihre Bitte ans Jenseits zu wiederholen, begannen die Flammen der Kerzen zu flackern und ließen die Prinzessin an der Wand unruhig zucken. Adelheid lächelte, während sie das Schauspiel verfolgte. Das Ritual hatte sie schon mehrmals vollzogen. Langsam hob sie die Hände über den Kopf. Der Schatten tat dasselbe. Sie kreuzte ihre Arme, der Umriss ebenso.

Knisternd schossen die Flämmchen der Kerzen in die Höhe, als der Schemen plötzlich die Kontur veränderte. Er folgte nicht mehr Adas Schattenwurf. Riesenhafte, schwarze Schwingen flossen wie Blei aus dem unwirklichen Gebilde und bedeckten beinahe die ganze Wand von Adas Kammer.

Die Rothaarige riss die Augen auf. So deutlich hatte sie die Erscheinung des Engels noch nie erlebt. An manchen Abenden war er gar nicht erschienen, und sie hatte sich mit dessen Stimme begnügen müssen. Stolpernd trat sie rückwärts, bis ihre Kniekehlen das Bett berührten. Adelheid ließ sich auf die dünne Matratze, die mit Rosshaar gefüllt war, fallen. Ein kribbelndes Gefühl breitete sich in ihrem Magen aus. Neugierde, Stolz und Ehrgeiz vermischten sich in ihrem Kopf. Der Alltag, der ihr Leben prägte, trat wieder in den Hintergrund.

»Was behelligst du mich?« Die Stimme glich dem Zischen einer Schlange, und sie erfüllte das winzige Zimmer mit einer düsteren Vorahnung. »Hab ich dir nicht ausführlich prophezeit, dass du Geduld benötigst?«

Die Rothaarige nahm allen Mut zusammen und verkündete die Fakten, die ihr auf der Seele brannten: »Eine eingebildete Sängerin ist in das Leben meines Bruders getreten. Ich sorge mich, sie wird ihm schaden.«

»Das weiß ich. Belehre mich nicht. Ich spüre den Neid, den du empfindest, Adelheid. Hast du so wenig Selbstvertrauen?«

Wie ein Sturmwind fegte Gelächter durch die Kammer. Ada hielt sich spontan die Ohren zu, obwohl ihr bewusst war, dass niemand, außer ihr selbst, die Geräusche aus dem vermeintlichen Jenseits hören konnte.

»Sie steht auf derselben Seite der Waage. Sie hat große Aufgaben zu bewältigen. Doch jede von euch muss ihren Weg allein beschreiten.«

»Ich bin nicht neidisch, aber ich mag sie nicht. Sie darf meinen Bruder nicht bekommen. Ich möchte Magie anwenden«, lamentierte Ada leise.

Die schwarzen Flügel schälten sich aus der Wand, näherten sich ihr und hüllten sie ein.

Adelheid schlang die Arme um ihren Körper. Sie fröstelte, denn die Federn brachten Kälte. Dennoch setzte sie erklärend hinzu: »Ich werde nur weiße Magie anwenden und dafür brauche ich deine Hilfe.«

»Das Schicksal deines Bruders wird kein Zauber je verändern. Es ist festgelegt. Ob weiße oder schwarze Magie, es sind mächtige Kräfte, die sich gegenüberstehen, und nur wenige Menschen verwenden sie verantwortungsvoll. Selbst die Magie wird sich nicht gegen die Gesetze der Ewigkeit stellen, denn sie ist ein Teil davon. Verschwende nicht deine Gaben. Zeige dein wahres Antlitz und verberge dich nicht hinter Masken. Das hast du nicht nötig.«

Ein Windstoß fegte durch den Raum, als wolle er die Worte des Schattenengels in Adas Kopf blasen.

»Ich wiederhole mich den Menschen gegenüber viel zu oft. Hüte dich davor, deine magischen Kräfte zu missbrauchen.«

Flammen loderten einen Moment hell und bedrohlich hinter den Schwingen des Engels an den Wänden empor. Die Rothaarige ließ sich erschrocken auf ihr Bett fallen und zog mit den Händen die Knie an ihren Körper.

»Mit dem Missbrauch der schwarzen Magie habt ihr Menschen die Hölle erst geschaffen. Einst, zum Anbeginn der Zeit, hat sie nicht existiert. Sie war nicht nötig, denn die Waage befand sich im Gleichgewicht.«

Das Feuer zog sich blitzschnell zurück. Mit einem Schlag erloschen die Kerzen. Das engelsgleiche Wesen verschwand im Nichts.

Ada blieb allein in der Dunkelheit sitzen.

Nachdenklichkeit überfiel sie. Wenn die Sängerin auf derselben Seite der Waage stand, warum setzte sie dann durch eine Liaison mit Kurt ihre Karriere aufs Spiel? Sie konnte singen und tanzen. Menschen jubelten ihr auf der Bühne zu. Sie hätte das Zeug dazu, berühmt zu werden und damit Einfluss auf die Bevölkerung zu nehmen. Als Frau ihres Bruders würde sie jedoch als graue Maus enden. Kurt war ein lieber Kerl, aber niemals in der Lage, seine Gattin mit einer Bühnenkarriere zu teilen. Der Engel sprach von großen Aufgaben, die Theresia noch vor sich hätte. Was stimmte nicht mit dieser jungen Solistin?

Adelheid massierte sich grübelnd das Kinn. Sie nahm die Belehrungen des dunklen Engels sehr ernst und doch beschlich sie das Gefühl, dass der sich in Fräulein Theresia Bauer täuschte. Die angehende Opernsängerin war der ihr gestellten Aufgabe vielleicht nicht würdig? Was könnte das bedeuten für die Waage der Ewigkeit?

Eiskalte Schauder fuhren über Adas Rücken.

Hochzeit im Jahr 1954

Kurt Pfeifer und die attraktive Frau aus dem Bayerischen Wald heirateten im Sommer 1954. Die Feier fiel erwartungsgemäß spärlich aus. Nach der Zeremonie auf dem Standesamt, an dem lediglich Vater und Schwester Ada in geliehenen Klamotten teilnahmen, gab es ein einfaches Mittagsmahl in der Dorfkneipe. Mutter Babette kämpfte mit Schmerzen in den Beinen. Sie war zu Hause geblieben.

Der Traum von einer Märchenhochzeit in schneeweißer, bodenlanger Robe mit edler Spitze zerplatzte in Resls Kopf wie eine Seifenblase. Wie gern hätte sie ihr Haupt vor dem Altar und dem Angesicht Gottes gebeugt und ihrem Gatten die Treue geschworen. Eine Hochzeit ohne Kirche bedeutete Ernüchterung. Die Hochglanzfotografien von Prinzessinnen in Weiß, die sie aus den Modejournalen kannte, gingen ihr nicht mehr aus dem Kopf. Den ganzen Tag über zeichneten Falten der Enttäuschung ihr Gesicht. Was hätte sie gerade darum gegeben, der Realität zu entfliehen.

Wo war die fesche Uniform, die den Körper ihres Gatten verhüllte? Wann käme das Orchester, welches zu ihrem rauschenden Fest aufspielen würde? Sogar die geflügelte Dame in festlicher Robe schlich sich für Momente in ihre Erinnerungen.

Sie beobachtete ihren frischgebackenen Gatten. Kurt schien ihre schlechte Laune nicht zu spüren. Mit dem Appetit eines Bären verschlang er die gebratenen Fleischküchle, die der Wirt als deutsches Beefsteak angepriesen hatte. Ihre Schwägerin hingegen warf ihr misstrauische Blicke zu, die auf ihrem dunklen, eleganten Kostüm hafteten, welches sie sich von Kurts Geld gekauft hatte.

Sie versuchte das Verhalten zu ignorieren, bis Adelheid ihrem Vater ins Ohr flüsterte: »Für das Stück Stoff, das deine Schwiegertochter am Leib trägt, hätten wir einen Monat lang Fleisch essen können.«

Augenblicklich fuhr ihr Zorn durch den Magen. Mit der Schwester von Kurt würde sie sich niemals anfreunden. Gottlob schenkte Georg Pfeifer, ihr Schwiegervater, den Worten seiner Tochter keinerlei Aufmerksamkeit. Grimmig stach er die Gabel in das bunte Gemüse auf dem Teller. Eine Erbse sprang davon und kullerte über den Tisch. Es war, als würde sich schon jetzt ein unsichtbarer, dunkler Schleier über ihre Ehe legen.

Da Resl nur kurz Schauspiel- und Gesangsunterricht genommen und auch nicht sehr lang am Opernhaus aufgetreten war, entschied Kurt, sie solle sich fortan dem Haushalt widmen. Zufrieden schlug er die Beine übereinander, nahm die Tageszeitung vom Couchtisch und blätterte sie auf. Heimlich blickte er über das Papier hinweg zu Theres, die gerade Kaffeetassen in der winzigen Küche, die er mit seinen eigenen Händen in die Wohnstube eingebaut hatte, abspülte. Er schmunzelte. Einen »richtigen Beruf«, mit dem sich gutes Geld verdienen ließ, hatte sie nicht erlernt, wie fast alle Frauen ihrer Generation. In der Rolle der Hausfrau, so hatte man ihm bei der Hitlerjugend gelehrt, fand das weibliche Geschlecht Freude und Bestimmung. Eine verheiratete Frau sollte sich nicht in verführerischen Klamotten auf der Bühne zeigen für ein paar läppische Mark. Natürlich gab es Ausnahmen. Die ganz großen Stars, die inzwischen im deutschen Fernsehen gezeigt wurden, lebten auch in einer Ehegemeinschaft. Aber zu jener Kategorie zählte Kurt seine Gattin nicht.

Über die Zeitung hinweg betrachtete er ihre für ihn perfekte Figur. Um Theresia beneideten ihn viele Männer. Insgeheim hoffte er auf baldigen Nachwuchs. Er würde den erstgeborenen Sohn Johannes nennen, und dieser sollte einmal ein berühmter Pilot werden. Wie sehr wäre er selbst gern in ein Flugzeug gestiegen und hätte den Himmel erobert. Unter Hitlers Regime war er als Bursche mit dem Segelflieger geflogen und hatte von einer Karriere als Kampfpilot geträumt. Im neuen, wiedergeborenen Deutschland war Fliegerei aber verpönt. Den großen Flugzeugkonstrukteuren, wie Messerschmitt oder Heinkel, hatten die

Alliierten die Herstellung von Fluggeräten verboten. Aus diesem Grund arbeitete Kurt in der elterlichen Autowerkstatt mit. Das Geld der Familie Pfeifer war mehr als knapp bemessen. Sein Vater hatte niemals eine Krankenversicherung abgeschlossen, und die Leiden der Mutter verursachten zusätzliche Kosten.

Er blätterte die Zeitung um, überflog die Kleinanzeigen: *»Kriegsversehrter mit nur einem Auge sucht liebevolle Gattin.«*

Kurts Gedanken schwenkten ab. Adelheid, seine Schwester, kümmerte sich um den Haushalt. Bis jetzt hatte sich leider kein gut betuchter Ehemann gefunden, der Ada ehelichen und die Familie zusätzlich finanziell unterstützen würde. Dumm war, dass sie sich für Männer gar nicht zu interessieren schien. Bald würden die ersten Gerüchte im Dorf aufflammen.

In der Küche klirrte es. Eine der billigen Tassen war beim Abspülen zersprungen. Theres fluchte leise und steckte sich den rechten Zeigefinger in den Mund. Anscheinend hatte sie sich an einer Scherbe geschnitten. Der Weg zur perfekten Hausfrau, und damit Hilfe für seine Familie, war noch weit. Kurt müsste früher oder später auch fremde Arbeit annehmen, um ein festes Gehalt zu erzielen.

Er blätterte die Tageszeitung erneut um. Es würde sich alles zum Guten wenden.

Sie hatte sich an der Tasse geschnitten und fluchte. Hausarbeit fand sie verabscheuungswürdig, aber Kurt signalisierte mit keinem Wimpernschlag, dass er jemals den Lappen in die Hand nehmen würde. Er saß auf der Couch und las Zeitung.

Theresia war zähneknirschend in Kurts Elternhaus mit eingezogen. Zwei winzige Zimmerchen mussten für die Frischvermählten genügen. Eine Wohnung in der Stadt blieb für das Paar unerschwinglich, obwohl sie bei ihrem Gatten täglich darum bettelte. Resl betrachtete missmutig den Alltag in zwei beengten Zimmern, ständig beobachtet von den Schwiegerleuten. Die unzähligen Katzen, die das Haus wie Geister durchstreiften und Junge zur Welt brachten, verstärkten ihren

Unmut. Zum ersten Mal kam ihr wieder das Lied in den Sinn, zu welchem sie als Kind in der Stube mit einer für andere Unsichtbaren getanzt hatte. Damals hatte sie das Erwachsenwerden mit all seinen süßen Versuchungen gelockt. Was war davon übrig geblieben? Bescheidenheit gehörte nicht zu ihren Tugenden. Und wo stand geschrieben, dass sie selbst für ihren Luxus zu sorgen hatte? Wozu gab es Ehemänner?

Dreh dich im Kreis, tanz die Füße dir heiß. Das Leben ist fein, so sollte es sein. Lach und sing und geh deinen Pfad. Vergiss die andren, das ist mein Rat.

Sie erinnerte sich gut an die erstaunten Augen des Herrn Pfarrer, als sie den Reim damals vorgetragen hatte. Alles war ihr so leicht, so einfach vorgekommen. Mit großer Klarheit hatte sie ihre Zukunft vor sich gesehen. Bäume wollte sie ausreißen als Kind. Als Heranwachsende schielte sie nach der Hilfe eines starken Burschen, der ihr die Stämme entwurzelte, als Erwachsene trat sie die Aufgabe gänzlich an das männliche Geschlecht ab. Jede Ehefrau tat das und lebte passabel, oder etwa nicht? Was fehlte ihr also? Hätte sie als Kind vielleicht doch nicht den Hirngespinsten einer Geisterfrau vertrauen sollen?

Theres räumte das Geschirr weg und verließ die Küchenecke, die ihr Mann behelfsmäßig in das Wohnzimmer integriert hatte. Sie konnte es gar nicht mehr erwarten, dass Kurt endlich eine gut bezahlte Anstellung fand, am besten bei den Amerikanern. Die lässigen Typen aus Übersee mit ihren Kaugummis brachten jede Menge Geschäftsideen mit nach Deutschland. Allein das süße, dunkle Gebräu namens Cola war inzwischen beliebter bei den jungen Leuten als Wein oder Sekt. Des Nachts träumte sie oft davon, ihren Ehemann im ledernen Chefsessel einer großen Firma sitzen zu sehen. Dann würde sie wieder extravagante Kleider zur Schau stellen, während sie an seiner Seite exklusive Restaurants besuchte. Kurt besaß keine abgeschlossene Berufsausbildung, wie die meisten Frontsoldaten des letzten Weltkriegs. Außer den Kenntnissen über Motoren und Karosserien, die er in der Werkstatt des Vaters erworben hatte, gab es nicht viel, was einen Arbeitgeber aus Übersee begeistern könnte. Er würde sich mit äußerster Überzeugungskraft um einen anständigen Job bemühen müssen. Selbstredend wollte sie als Dame nicht in billigen Klamotten durch die Stadt flanieren. Sie hatte lediglich ihre Karriere an den Nagel gehängt, nicht aber ihre Ansprüche.

Ihr Angetrauter las noch immer in der Zeitung. Er schien sie nicht zu beachten. Deswegen stöhnte Theresia auf, ihre Hände fuhren zum Rücken. Sorgenfalten und Schmerz auf das Gesicht zu zaubern, fiel ihr noch immer leicht. Wofür war sie zur Schauspielschule gegangen? Unter den halb geschlossenen Lidern beobachtete sie Kurt. Er reagierte, legte den Lesestoff auf den Knien ab.

»Was hast du? Tut dir der Rücken weh?«, fragte er mit wenig Enthusiasmus.

»Die Hausarbeit belastet mich sehr, Kurt. Ich bräuchte manchmal Hilfe dabei, damit ich meinen Rücken schonen kann. Du willst doch nicht eine junge, attraktive Gattin, die bald mit dem Gehstock durchs Haus humpeln muss?«

Doch Kurt reagierte nicht so, wie sie es geplant hatte. Er schaute auf seine billige Armbanduhr, gähnte und erhob sich von der grasgrünen Couch.

»Dein Kreuz wird bald strotzen vor Kraft. Hilf Adelheid bei der Gemüseernte, dann bilden sich rasch Muskeln.« Bevor er das Wohnzimmer verließ, setzte er noch hinzu: »Ich werde noch für zwei Stunden in der Werkstatt mithelfen. Nicht, dass Vater wieder keine Mittagspause machen kann. Er ist auch nicht mehr der Jüngste.«

»Aber heute ist Sonntag, Kurt«, keifte Theresia. »Da arbeitet niemand, außer den dummen Hausfrauen.«

»Die Lichtmaschine, die er repariert, muss morgen wieder im Traktor vom Nachbarn funktionieren. Dafür bekommt unsere Familie Geld, von dem auch du täglich eine warme Mahlzeit kochen kannst«, antwortete ihr Gatte trocken.

Das Geld blieb trotzdem knapp. Theres' Schwiegereltern verlangten immer öfters, sie solle sich beteiligen an all der harten Arbeit rund um Haus und Felder. Seit Jahrhunderten lief das so im Knoblauchsland, dem Gemüseanbaugebiet im Norden von Nürnberg. Familien hielten fest zusammen, besonders in Krisenzeiten. Die junge Frau, in der noch immer der Traum von Glanz und Luxus schlummerte, sah das anders.

Der Gehstock klopfte im Takt auf das ausgetretene Linoleum. Dazwischen konnte Resl das schwere Atmen ihrer Schwiegermutter hören, für die inzwischen jeder Schritt eine Qual war. Die Tür zu ihrem Wohnzimmer wurde aufgestoßen. Ein unangenehmer Geruch wehte herein. Babette Pfeifer roch nach Schweiß und Katzenpisse. Vier getigerte Samtpfoten drängten an der übergewichtigen Kranken vorbei und sprangen ohne Scheu auf das grüne Sofa, zu welchem Theres ihr letztes selbst verdientes Geld beigesteuert hatte. Sofort stieg Zorn in ihr auf. Von jetzt an wäre sie auf das Einkommen ihres Mannes angewiesen.

»Ada ist mit dem Fahrrad in die Stadt gefahren. Sie muss einen neuen Topf besorgen, das emaillierte Haferl ist zu heiß geworden. Man kann es nicht mehr verwenden. Später hilft sie noch im Elektroladen aus. Sie kriegt zwei Mark die Stunde. Könnte spät werden, bis sie wiederkommt. Deswegen musst du die Treppe wischen. Die Braungetigerte hat hingekotzt. Wahrscheinlich hat sie verdorbenes Futter bei der Nachbarin gefressen.« Grunzend und ohne eine Antwort abzuwarten, wandte sich Babette um und schlurfte stöhnend wieder hinaus. Die Tür ließ sie einfach offen stehen, um ihrer Schwiegertochter zu signalisieren, wer in diesem Haus das Sagen hatte.

Kurt war nicht daheim. Er hatte ihr versprochen, sich über den Tag noch einmal bei den Kraftfahrern der Amerikaner umzuhören, denn noch immer hatte er keine Arbeit gefunden.

Mit einer barschen Handbewegung scheuchte Theres die halbwüchsigen Kätzchen aus dem Zimmer, dann stand sie auf und knallte die Tür lautstark ins Schloss. Sollte der Drache von Schwiegermutter ruhig merken, dass man mit ihr so nicht umspringen konnte. Sie wollte sich Babette auf gar keinen Fall unterwerfen.

Einen Moment kämpfte sie mit Tränen, ließ sich auf die Couch sinken und zog ein besticktes Sofakissen an ihren flachen Bauch. Sie war eine Dame, das würde diese Familie noch lernen.

Dreh dich im Kreis, tanz die Füße dir heiß ...

Der Kinderreim hallte wieder durch ihren Kopf, als habe jemand ein Grammophon angestellt. Sie lauschte der imaginären Stimme, erhob sich und ließ den Blick durch das spärlich eingerichtete Zimmer gleiten.

Da war nichts, kein Schatten, der sich aus der getünchten Wand mit der zarten Blumenborde löste. Kurt hatte extra eine Gummiwalze gekauft, um ein Farbmuster auf die Wände zu zaubern, nachdem Theres ihn darum gebeten hatte.

Das Lied wiederholte und wiederholte sich, als würde die Nadel eines Tonabnehmers auf der Schallplatte festhängen.

... Das Leben ist fein, so sollte es sein ...

Etwas klickte in ihrem Kopf. Ihr Mund sang den Rest des Reimes, während sie die Füße in ihre edlen Damenschuhe gleiten ließ, die neben der Eingangstür standen. Dann griff sie nach dem braunen Einkaufsbeutel an der Türklinke.

Wie hässlich der in Verbindung mit ihren geschmackvollen Kleidern wirkte. Das musste sie unbedingt ändern. Eine teure, edle Handtasche würde sie sich kaufen. Das Geld dafür steckte in der Haushaltskasse, einer kleinen, bemalten Holzschatulle, die ihr Gatte im Wohnzimmerschrank aufbewahrte. Immerhin war sie Kurts Ehefrau. Warum sollte sie sich nicht daraus bedienen?

Entschlossen und vor sich hin summend verließ Resl das Zimmer. Die Ballerinas aus schwarzem Lack trugen sie in einem weit ausladenden Schritt über die Hinterlassenschaft der Katze auf der Treppe hinweg.

»Ach du allwissendes Universum. Durch die Jahrtausende hindurch ist es nicht einfacher geworden, die Waagschalen im Gleichgewicht zu halten. Je mehr die Entwicklung der Menschheit voranschreitet, desto schwieriger gestaltet sich meine Aufgabe. Immer wieder muss ich regulierend eingreifen.«

»Der Planet Erde ist nur ein Staubkorn in der Weite des Alls. Was bedeuten schon die Menschen?«

»Nichts, du Allwissendes, aber sie gefährden durch ihre blinde Intelligenz die Gesetze der Ewigkeit. Noch nie zuvor musste ich mich schwierigen Individuen so oft als menschliches Abbild zeigen, um sie auf ihren gewählten Pfaden zu halten. Sie sind wankelmütig.«

»Die Gesetze der Ewigkeit sind nicht änderbar.«

»Aber die Menschheit akzeptiert sie nicht. Sie erschafft sich ihre eigene Weisheit mit Gottheiten oder Dämonen, mit falsch verstandener Liebe oder grenzenlosem Größenwahn. Und sie folgen kurzlebigen Idealen. Viele hören nicht auf ihr Innerstes, wo ihre Bestimmung und ihr vorgegebener Pfad von Geburt an verankert sind.«

»In Gehirnen von Sterblichen schlummert seit jeher ein adäquates Mittel, um sie zu kontrollieren. ANGST! Aber setze es mit Bedacht ein.«

»Ich verstehe, Allwissendes!«

Draußen war es bereits dunkel geworden, als Kurt sich müde die knarrenden, dunkelrot lackierten Stufen nach oben schleppte. Zusammen mit seinem Vater hatte er die Treppe aus dem Abfallholz der Nürnberger Ruinen hergestellt und mit einem Kübel Farbe aufgehübscht. Ein entspanntes Lächeln lag auf seinem Gesicht. Theres würde sich riesig freuen, wenn er jetzt die Tür zum Wohnzimmer öffnete und ihr von seinem Erfolg berichtete. Heute hatte er all die Schüchternheit, die ihn manchmal quälte, über Bord geworfen. Mit holprigen englischen Worten hatte er einem US-Offizier erklärt, dass er auf Jobsuche sei. Dafür war er extra nach Grafenwöhr, einem amerikanischen Truppenübungsplatz, gefahren. Erfolg winkte, denn dieser überreichte ihm eine Telefonnummer. Mit dem Borgward fuhr er sofort zu einem Gasthaus und telefonierte von dort. Der Herr, der sich meldete, war Gebietsleiter einer bekannten Getränkefirma aus Übersee. Der verstand Deutsch, und nun gab es bereits einen Vorstellungstermin. Die Arbeitsstelle rückte in greifbare Nähe. Der Verdienst wäre zwar nicht berauschend, aber das Geld würde seiner Frau und ihm ein unabhängigeres Leben sichern. Erfrischungsgetränke mit dem Lastwagen auszuliefern, das brachte auch satte Trinkgelder. Vielleicht würde Theres ja bald schwanger? Der Wunsch nach einem kleinen »Johannes« wurde immer stärker. In Friedenszeiten würde der Bub aufwachsen und Karriere machen. Kurt sah einen Augenblick lang den dunkelhaarigen Knaben vor seinem geistigen Auge, wie er in Karohemd und Lederhose über die Wiesen hinter dem Haus fegte und einen Drachen steigen ließ.

In den Träumereien versunken, landete sein linker Schuh plötzlich in einer bereits angetrockneten, übel riechenden Masse auf einer der Treppenstufen. Mitten in der Bewegung hielt er inne, schaute nach unten und seufzte.

»O ihr Katzen«, murmelte er, zog den beschmutzten Treter vom Fuß, um die Treppe nicht noch mehr zu verunreinigen, dann sprintete er die letzten Stufen nach oben, klopfte an die Tür und öffnete sie sogleich. Seiner guten Laune hatte die tierische Hinterlassenschaft nicht geschadet.

Im Wohnzimmer, dessen Wände aus Sperrholzplatten bestanden, brannte Licht. Theres lag auf der Couch und lauschte einer Opernarie im Radio. Sie beachtete ihn nicht.

Enttäuscht ließ er den Blick durch den kleinen Raum gleiten. Er wirkte unaufgeräumt. Sofort fielen Kurt die achtlos hingeschleuderten feuerroten Lackschuhe auf. Nagelähnliche, hohe Absätze ragten aus der Sohle. Man hätte vermutlich jemanden ermorden können damit. Einen Moment vergaß Kurt, was er seiner Gattin berichten wollte, denn seine Augen entdeckten nun auch die Handtasche, die an der Sessellehne hing. Die ebenfalls rote Umhängetasche war aus feinstem Leder. Im Schein der Deckenlampe funkelte der Verschluss, als wäre er aus purem Gold.

Seine Lippen bewegten sich in stummem Erstaunen, doch in diesem Moment bemerkte ihn Theresia.

»Und? Hast du Arbeit gefunden? Wann kannst du anfangen?« Sie setzte sich auf, streckte ihre Glieder und redete weiter. »Mir war langweilig hier im Haus. Deine Mutter wollte, dass ich die Treppe putze. Einer eurer Miezen ist wohl schlecht geworden. Aber ich ekle mich vor den Katzen und ihren Hinterlassenschaften.« Theres gähnte ungeniert. »Deswegen war ich im Kaufhaus in der Breiten Gasse. Passen die Schuhe nicht perfekt zu der Tasche? Lass uns morgen schick ausgehen, Liebling, dann kann ich meine neuesten Errungenschaften herzeigen und entgehe dem Geruch dieses Hauses für eine Weile.«

Kurt Pfeifer fuhr Ernüchterung durch den Magen wie ein glühender Speer. Wie sehr hatte er gehofft, Theres würde ihn freudestrahlend empfangen, ihren Körper an den seinen schmiegen, während er ihr stolz vom heutigen Erfolg berichtete. Aber sie präsentierte lediglich ihre überteuerten Einkäufe, noch bevor er die Lippen öffnen konnte. Selten zeigte er Gefühle. Echte Kerle dürfen niemals heulen, so hatte man ihn erzogen. Außerdem kannten sie keine Angst und hielten stets die Lösung für alle Probleme des Lebens bereit.

Schlagartig drängte sich die bittere Erinnerung an die Hitlerjugend in Kurts Kopf. Mutproben und Bestrafungsaktionen hatte es da gegeben, bei denen den Burschen allesamt das Herz in die Hose gerutscht war. Keiner seiner Kumpels hätte je zugegeben, dass er so etwas wie Furcht oder Mitleid verspürte. Als er allerdings eines Tages seinen Schulkameraden Heiner zitternd hinter einer Holzbaracke entdeckte, waren auch ihm die Knie weich geworden. Der zierliche Heiner würgte und spuckte. Sein Gesicht war puterrot angelaufen. Neben ihm im Gras lagen vier tote Hündchen. Zwei Scharführer hatten ihn gezwungen, Hundekot zu essen, weil er sich weigerte, ein paar ungewollte Welpen mit der Pistole abzuknallen und zu verscharren. Den Umgang mit der Waffe sollten selbst Schulbuben schon als normal empfinden. Wie lautete die Devise? *»Hart wie Kruppstahl, flink wie Windhunde, zäh wie Leder müsst ihr sein.«* Doch der Stahl eines Knaben mit gerade einmal zwölf Jahren bekam rasch Risse, wenn man ihn mit dem Töten unschuldiger Welpen konfrontierte. Sämtliche Vorsätze waren dahin gewesen. Damals hatte er sich zu seinem Kameraden ins Gras gesetzt und ihm die verschwitzten Haare aus der Stirn gehalten, während der sich heftigst übergab. Mit der freien Hand streichelte er die leblosen Tiere. Die Tränen waren ihm nur so über die geröteten Wangen herabgelaufen.

Über diesen Vorfall hatte er bis heute mit niemandem geredet. Jeder Gedanke daran ließ ihn sich schwächlich fühlen. So spielte er nach außen weiterhin den Starken und verbarg die schrecklichen Bilder in seiner angekratzten Seele.

So auch jetzt. Entschlossen spannte er die Kiefermuskeln an, um die Tränen zurückzudrängen, die sich in den Augenwinkeln sammelten. Er verschränkte die Arme fest vor der Brust, als müsse er sich vor jemandem schützen, dann nickte er mit starrer Miene und murmelte gespielt unbeteiligt: »Ich habe kein Geld, um mit dir schick auszugehen. Aber schon Montag werde ich mich in einer Firma vorstellen. Wenn es klappt, darf ich danach Cola zu den Amis nach Grafenwöhr liefern. Die lieben das Getränk.«

Theresias Gesichtszüge entgleisten regelrecht. Vermutlich hatte sie mit einem Jobangebot der Amerikaner als leitender Angestellter gerechnet.

Kurt hatte genug – er verließ leise das Wohnzimmer ohne ein weiteres Wort. Frustriert holte er Mutters Blecheimer aus der Rumpelkammer, füllte ihn in der Küche mit Wasser und fing an, die hölzernen Stufen zu putzen. Adelheid war noch immer nicht nach Hause gekommen. Sie sollte die Schweinerei auf der Treppe auf gar keinen Fall sehen. Die nackte Glühbirne, die das Treppenhaus üblicherweise beleuchtete, blieb dunkel. Fahles Mondlicht, welches durch das schmale Fenster hereindrang, ließ die Tränen, die ihm lautlos die Wangen herabliefen, glitzern.

Nachwuchs kündigt sich an 1956

Theresia flanierte von diesem Abend an oft durch die Innenstadt, inspizierte die neu errichteten Kaufhäuser, die Mode aus New York und Paris zu unerschwinglichen Preisen feilboten. In den zwei kleinen Zimmern ihrer ehelichen Wohnung füllten sich die Schränke mit Schuhen und Handtäschchen aus Italien. Ihr Ehemann kam unter der Woche spät nach Hause. Meist war er so geschafft und müde, dass er ihre neu erworbenen Schätze gar nicht wahrnahm. Die junge Frau hätte sich in dieser Hinsicht viel mehr Aufmerksamkeit gewünscht. Dass er sich oft allein in die Schlafkammer zurückzog, um heimlich zu weinen, drang nicht zu ihr vor. Das Lesen von Emotionen gehörte nicht zu Resls Stärken.

Was hatte ihr das Engelswesen als Kind eingetrichtert? *»... Vergiss die andren, das ist mein Rat.«* Diesen Teil der geisterhaften Weisheiten verfolgte sie akribisch. Der Rest war vergessen. Warum sollte sie sich um Kurts Gefühle kümmern? War es nicht genug, dass sie mit ihm das Bett teilte? Es kostete sie ohnehin Überwindung, den Beischlaf zuzulassen. Opfer musste man als Ehefrau eben bringen. Das hatte auch Magda Göbbels getan. Trotz der Tatsache, dass diese eine Mörderin und Selbstmörderin war, spukte sie noch immer durch Resls Idealvorstellungen.

Bald würde ihr Gatte genug Geld verdienen. Ein schickes Haus nach ihren Vorstellungen musste gebaut werden. Am Lebensunterhalt beteiligte sich Theres derzeit nicht. Ihre Karriere als Opernsängerin lag seit der Hochzeit auf Eis.

Insgeheim hatte sie gehofft, gut bezahlte Engagements, die auch Kurt nicht ablehnen könnte, kämen von ganz allein ins Haus geflattert, aber niemand hatte ihr seitdem eine noch so kleine Rolle angeboten. In Nürnbergs Zeitungen tauchte der Name Theresia Pfeifer, geborene Bauer, nicht mehr auf.

Es war ein regnerischer Nachmittag Anfang September, als Theres im Schuhgeschäft Pollermann mitten in der Innenstadt die Kontrolle über ihren Magen verlor, als wäre sie eines von Babettes Kätzchen.

»Um Himmels willen, soll ich einen Arzt rufen?«

Die dralle Verkäuferin eilte auf ihre modisch gekleidete Kundin zu, die leichenblass rückwärts stolperte und sich auf einen hölzernen Hocker fallen ließ. Erbrochenes sprenkelte die feinen, jadegrünen Pumps, die sie zuvor anprobiert hatte. Fahrig reichte die Schuhverkäuferin der Kundin ein sauber gebügeltes Taschentuch, welches sie aus der eingenähten Tasche ihres Faltenrocks zog.

Mit starrem Blick nahm Resl das Tuch entgegen und wischte sich den rot geschminkten Mund ab.

»Mir ist … ist plötzlich furchtbar übel geworden. Ich weiß gar nicht, was mit mir los ist. Vermutlich habe ich was Falsches gegessen.« Sie ließ das Taschentuch achtlos zu Boden fallen. »Einen Arzt brauch ich nicht. Frische Luft wird reichen, damit es mir wieder besser geht.« Mit diesen Worten stand sie schwankend vom Hocker auf und verließ den Laden ohne jegliche Entschuldigung.

Die Verkäuferin starrte beleidigt auf die verunreinigten Schuhe, seufzte und begann, das Chaos zu beseitigen. Ihr Chef hätte nicht sehen dürfen, dass sie die modischen Pumps lediglich mit einem feuchten Lappen reinigte und in einen frischen Schuhkarton legte.

Eine kleine Wiedergutmachung in Form von ein paar Mark wären schon angebracht gewesen, fuhr ihr durch den Kopf.

Die kühle Luft beruhigte Resls Magen. Seufzend schlenderte sie durch die beliebte Einkaufsstraße. Den Vorfall im Schuhladen hatte sie fast vergessen, als ihr der Geruch von gebratenen Nürnberger Würstchen in die Nase stieg. Sie betrachtete gerade das Schaufenster eines Modeladens, der bereits fesche Wintermäntel mit Pelzkragen anbot, als sich erneut der Magen meldete. Wellen der Übelkeit fluteten durch ihren Leib. Sie stöhnte auf. Gesundheitliche Probleme kannte Theres nicht. Selbst Kinderkrankheiten hatten sie stets verschont, im Gegensatz zu den Eisenhütter Dorfkindern. Masern, Windpocken und Keuchhusten waren an ihr vorübergezogen. Die kleinen, blumengeschmückten Kindergräber auf dem Friedhof mit Blick zum Albstein hatten ihr niemals Angst eingejagt. Das schien sich gerade zu ändern.

Theres starrte verwirrt auf die Schaufensterpuppe. Die Plastikfrau hinter dem Glas grinste sie an und verzog ihre aufgemalten Gesichtszüge zu einer Fratze. Gleichzeitig drängte bittere Galle ihre Speiseröhre nach oben, und sie übergab sich ein zweites Mal.

Der Anfall war so heftig, dass ihr für einen Moment die Sinne schwanden. Seufzend sackte sie zu Boden und überließ sich einer erlösenden Schwärze.

Sie erwachte, als Worte an ihr Ohr drangen, die aus weiter Ferne zu stammen schienen. Diese vermischten sich mit dem Traum von feinen Kleidern, die haufenweise um sie herum lagen und alle getragen werden wollten.

»Wie fühlen Sie sich?«, fragte der ältere Herr im weißen Kittel, der ihren rechten Arm ergriffen hatte und den Puls fühlte.

Langsam klärte sich Theres' Blick und erfasste einen kahlen, getünchten Raum mit Fenster und einer Tür, über der ein Kruzifix hing. Was war mit ihr geschehen?

Mühsam gab ihr schmerzender Kopf die Erinnerung an das Schaufenster mit den Wintermänteln frei. »Mir ist übel. Im Schuhgeschäft musste ich mich übergeben. Danach ging es mir kurzzeitig besser. Aber als ich den roten Mantel in der Auslage sah …«

Die weiß gestrichene Wand mit dem Kreuz verschwamm vor ihren Augen wie ein See, dessen Oberfläche sich im Wind kräuselt. Schillernde Farben wirbelten um Theresia, und der Doktor im weißen Kittel versank darin auf seltsame Art und Weise. Nur seine Stimme hallte aus weiter Ferne, als befände er sich in einem anderen Universum.

»Hallo … was ist mit Ihnen? Können Sie mich hören … hööören?«

Sie ließ sich mitreißen von dem Strudel aus Farben, kicherte in sich hinein und glaubte, dem Arzt zu antworten: »Alles in Ordnung, sehen Sie nur, welch außergewöhnliche Färbung diese Stoffe besitzen. Der weinrote mit den Goldfäden, der würde mir gut stehen, meinen Sie nicht?«

Theres' Worte drangen nicht zu dem Doktor durch. Sie waren lediglich Bestandteil des bunten Traumes, denn inzwischen manifestierten sich aus den Farben feinste Roben. Hauchzarte, bodenlange Abendkleider schwebten um sie herum, berührten sanft ihre empfindliche Haut. Ein Juchzen entfuhr ihrer Kehle, als sie ein nachtblaues Gewand erblickte, welches vor ihren fantasierenden Augen auftauchte und über ihre Beine nach oben glitt. Nie zuvor hatte sie ein derart intensives Blau gesehen. Für Theres symbolisierte es die Krönung einer perfekten Sommernacht, in der sie die Hauptrolle spielte. Sie spürte den Wind, der den durchscheinenden Stoff auf ihrer Haut bewegte, hörte den Applaus der Menschen, die ihr auf einer imaginären Bühne zujubelten. Das Funkeln von Rubinen, Saphiren und Smaragden schmeichelte ihren Augen. Pures Glück überspülte ihren träumenden Verstand. Genauso hatte sie sich das Leben vorgestellt. Wer brauchte schon philosophische Betrachtungen über die Gesetze der Ewigkeit oder das Fehlverhalten der Menschen. Was brachten Gedanken über den richtigen Pfad, wenn man unbeschwert dahin wandern konnte, wohin es einen gerade zog? Helle Seite – dunkle Seite? Das blaue Kleid wurde rasch verdrängt von einer silberfarbenen Robe, die sich über ihren linken Arm nach oben schob. Schillernde Pailletten glitzerten mit den Edelsteinen um die Wette, während sich von rechts der bereits zitierte weinrote Stoff mit den Goldfäden ihrem Körper näherte. Lederne Gürtel mit schweren Silberschnallen schwebten heran und schlangen sich um ihren Bauch. Lackschuhe in kräftigen Farben und mit hohen Absätzen kämpften um die Gunst ihrer schlanken Füße … und dann erschien er … der Pelz. Noch nie zuvor hatte Theres einen solch perfekten Nerz erblickt. Die rauchgrauen, hauchdünnen Härchen standen so dicht beieinander, dass das Fell einen matt schimmernden Glanz versprühte, der einem sternenübersäten Nachthimmel glich. Der bodenlange Mantel bauschte sich auf und erzeugte ein Geräusch, als würde ein Schwarm Nachtigallen um sie herumschwirren. Theresia hätte vor Freude geseufzt, wären da nicht die zahlreichen Stoffe gewesen, die nun in vielen Lagen die Poren ihrer Haut verstopften und sich immer enger um ihre Gliedmaßen wanden. Resl verdrängte das Gefühl der Enge und beobachtete fasziniert den schwebenden Pelz. Schon konnte sie ihn riechen. Ein Hauch von nasser Ratte entströmte dem Fell. Sie streckte ihre Arme, eingehüllt in Seide, Tüll und glänzendem Satin, nach dem Mantel aus. Ihre Finger versuchten ihn zu greifen. Das schien der Pelz aber nicht zu wollen. Er veränderte sich. Dichtes Fell auf toter Haut begann zu zittern, als wäre es lebendig. Knackend schob sich ein hässlicher Kopf aus dem Mantelkragen, der sofort zu ihr herumschnellte. Feuerrote Knopfaugen starrten sie aus dem Schädel an. Mit einem schmatzenden Geräusch öffnete das Manteltier sein Maul. Winzige, spitz zulaufende Zähne wurden sichtbar, während es zu fauchen begann wie eine Katze. Blitzschnell zuckten Theres' Hände zurück, aber die Pailletten des silbernen Kleides bohrten sich wie kleinste Messer in ihre Haut und verhinderten weitere Bewegungen. Der weinrote Stoff mit den Goldfäden schlang sich in mehreren Lagen um ihre Brust und zerrte sie unbarmherzig nach vorn, dem stinkenden Maul des Nerzes entgegen. Ein heiserer Schrei entfuhr ihrer Kehle, als sich speicheltriefende Zähnchen in ihren Hals bohrten …

»Es wird bald besser werden«, murmelte der Arzt im weißen Kittel, der sich nun wieder in ihr Sichtfeld schob. »Ich habe Ihnen etwas zur Beruhigung verabreicht. Sie haben im Traum geschrien.«

Theres' Atmen glich dem Hecheln eines Hundes. Ihre riesigen Pupillen huschten durch den kahlen Raum, zum Fenster und zur Tür, über der das Kruzifix hing. Die vielen Stoffe und der lebende Mantel waren verschwunden. Aber in ihrem Kopf verharrte der dunkle Schatten des Traums. Er bedeckte das süße Leben ihrer Vorstellung mit einem schmutzigen Tuch.

»Da ist noch etwas.« Der Mediziner räusperte sich. »Sie sind guter Hoffnung. Sollen wir Ihren Ehemann benachrichtigen?«

Kurt lenkte den Borgward noch am selben Abend durch moderaten Verkehr zur Klinik Hallerwiese, wo er Theres abholen durfte. Die Krankenschwester hatte ihm bereits am Telefon berichtet, dass Frau Pfeifer schwanger sei und wohl aus diesem Grund einen kleinen Schwächeanfall erlitten hatte. Die Vorfreude über den Stammhalter, den seine Gattin unter dem Herzen trug, überwog bei Weitem die Sorge um deren Gesundheit. Nun würde alles gut werden. Wenn Theresia erst einmal Mutter wäre, dann bräuchte sie weder teure Handtaschen noch Schuhe für ihr Wohlbefinden.

Kurt schmunzelte, während er den Wagen über das holprige Kopfsteinpflaster an der Nürnberger Burg vorbeirollen ließ. In grenzenlosem Übereifer hatte er bereits Ada und auch seiner Mutter von der Schwangerschaft erzählt. Nichts wäre ihm lieber als ein harmonisches Miteinander innerhalb der Familie, obwohl ihm bewusst war, dass Eltern und Schwester manchmal altmodische Ansichten vertraten. Die Verbindung mit Theresia hatten sie ohnehin kritisch gesehen. Ein Mädchen, welches außer erlesenen Kleidern und der Bühne des Opernhauses keine Interessen zu haben schien, passte nicht zu den harten Jahren des Wiederaufbaus. Irgendwie wollte Resl die Realität des Lebens einfach nicht begreifen. Manchmal dachte Kurt, an ihr sei der Zweite Weltkrieg mit all seinen Bomben, Schüssen und Leichen in den Straßen spurlos vorübergegangen. Ihre einzigen Erinnerungen an diese schlimme Zeit beschränkten sich auf Magda und Joseph Goebbels, auf nie verwirklichte Ideologien und Phrasen, auf eine Welt, die es nie gab und nie geben wird. Kurt hatte Adolf Hitler ebenfalls zugejubelt, aber nun schrieb man das Jahr 1956, und die meisten Menschen, die er kannte, hatten ihre Meinung inzwischen gründlich revidiert.

Nicht so seine Ehefrau, die er von ganzem Herzen liebte. Theresia war zierlich, verlockend, perfekt. Ihr Gesicht konnte grinsen, schmollen, verzaubern, ganz so, wie sie es wollte. Oft verlor sich Kurt Pfeifer in dieser makellosen Schönheit und vergaß darüber die Realität. Vielleicht würde der ungeborene Johannes alles ins Lot bringen? Allein der Gedanke daran schmeckte dem jungen Nürnberger besser als das deftige fränkische Essen, welches Mutter und Ada Tag für Tag auf dem Kohleherd zubereiteten.

»Allwissendes, die Evolution auf der Erde folgte von Anbeginn an den Regeln. Dann entstanden die Menschen. Sie folgen den Gesetzen nicht. Bemerken sie denn nicht, dass sie gegen den Strom schwimmen, der sie letztendlich doch mit sich fortreißen wird?«

»Du gewichtest diese Wesen zu stark. Sie entstanden, und sie werden wieder in der Unendlichkeit verschwinden. Was kümmert es dich?«

»Ihre Entwicklung hat auch mich geprägt, Allwissendes! Ich erinnere mich an jene turbulenten Zeiten, in denen ich mich der Spezies abwechselnd als Gottheit und Dämon präsentierte. Während sie mich in ihren prächtigen Kathedralen anbeteten, die sie wie besessen in den Himmel mauerten, verhungerten und erfroren ihre Kinder in ärmlichen Hütten. Menschen, die angeblich dem Teufel huldigten, wurden verabscheut. In Wahrheit waren sie den vermeintlich Guten, die in der hellen Waagschale saßen, nur im Weg. Heuchelei und Lüge bringt sie vom gewählten Pfad ab. Nie zuvor im Laufe der Erdgeschichte habe ich solch Torheiten bei einer anderen Lebensform entdeckt. Nun lag meine Hoffnung auf einem ganz besonderen Individuum, einem Mädchen, das inzwischen zur Frau geworden ist. Sie, so dachte ich, wird ihren Mitmenschen lehren, wie existenziell die Gesetze der Ewigkeit sind. Sie hatte das Zeug dazu, gehört zu werden. Jetzt ist von der Hoffnung nicht mehr viel übrig.«

»Ein Individuum? Was ist los mit dir? Es sind nur unbedeutende Würmer. Die ewigen Gesetze werden auch sie in die Schranken verweisen. Hab Geduld, diese Spezies wird lernen oder untergehen.«

Im Frühling des Jahres 1957

Die Schwangerschaft verlief unkompliziert. Theresias Bauch wuchs zu einer beachtlichen Kugel heran. Je mehr er anschwoll, desto strahlender zeigten sich ihre Gesichtszüge. Adas gut gemeinte Ratschläge zum Zustand ihrer Schwägerin verhallten allerdings ungehört, und die vielen Kräuteraufgüsse aus der Pfeiferschen Küche versickerten noch dampfend im Tontopf des Gummibaums, der Resls winziges Wohnzimmer verschönern sollte.

Noch immer frönte die Schwangere den exklusiven Einkaufstouren, und Kurt hoffte mit jedem Tag, dass sich die Interessen in Richtung Mutterschaft verlagern würden. Der Frühling ließ rasch die Temperatur in der Stadt steigen und Theresias Lust auf hauchzarte Sandalen und verspielte Sommerkleider, die sie derzeit gar nicht tragen konnte, wuchs so schnell wie ihr Leib.

Der Kastanienbaum im Hof und die zahlreichen wilden Fliederbüsche, die am Rand des Grundstücks wuchsen, standen in voller Blüte, als Babette jammernd durch den Flur humpelte. Mit ihrem Gehstock klopfte sie vehement an die Zimmertür, hinter der sie ihren Sohn und dessen Gemahlin vermutete. »Kurt!«, rief sie und verlieh ihrer Stimme einen leidenden Klang. Sie wusste, dass sie ihren Sohn damit beeindrucken würde.

Babette war übergewichtig und die offenen Beine mussten regelmäßig in ausgekochte Binden gewickelt werden. Einen Arzt konnten sich weder sie noch ihr Mann Georg leisten. Die Pfeifers betrieben eine Auto- und Landmaschinenwerkstatt, die sie einigermaßen ernährte. Für Versicherungen gab man kein Geld aus. Niemand der Selbstständigen im Dorf tat das. Die eigenen Kinder galten als Altersvorsorge. Dies war auch der Grund, warum Kurts Eltern die eingeheiratete Resl mit äußerst kritischen Augen betrachteten. Geld verdienen gehörte nicht zu ihren Stärken, eher das Gegenteil.

»Bub … bist du zu Hause?« Der Gehstock klopfte erneut gegen die Tür. »Die Braungetigerte ist seit zwei Tagen nicht mehr heimgekommen. Ihre Jungen liegen auf dem Dachboden. Sie werden verhungern. Ich hör sie schreien.«

Die schmale Sperrholztür wurde geöffnet. Kurt blickte seiner Mutter verschlafen ins Gesicht. »Mama, ich hatte mich für ein Weilchen hingelegt. Hab gestern bis in die Nacht hinein gearbeitet.«

Babette neigte sich neugierig nach vorn und stützte sich stöhnend auf ihren Stock. »Ist Theres nicht daheim?«, fragte sie, beiläufig klingend.

»Nein, ist sie nicht.« Kurt gähnte herzhaft und rieb sich mit der rechten Hand die Nase. »Adelheid kann doch nach der Braungetigerten suchen. Wenn wir sie nicht finden, soll sie die Kätzchen vom Speicher holen. Die schwarz-weiße Mizzi der Nachbarin wird sie säugen.«

Babettes Augen im fleischigen Gesicht zogen sich zu kleinen, dunklen Murmeln zusammen. »Deine Schwester ist in der Arbeit. Sie hilft beim Elektrohändler aus. Meinst du, wir können auf das Geld verzichten, Bub? Ada schleift mir jedenfalls keinen faulen Rumtreiber ins Haus, der das hart verdiente Geld mit bloßen Händen hinausschmeißt.«

Kurt war an die groben Worte seiner Mutter zwar gewöhnt, dennoch traf ihn der Vergleich mit Ada schwer. »Theresia ist keine faule Rumtreiberin«, konterte er scharf. Die Müdigkeit in seinen Zügen verflog von einem Moment auf den nächsten. »Sie ist ausgebildete Sängerin und … sie ist meine Frau!«

Rote Flecken bildeten sich augenblicklich auf den Wangen. Er hatte großen Respekt vor seiner Mutter, die ihn in schweren Zeiten großgezogen hatte. Aber er konnte sich den Vorwurf, er habe eine unfähige Frau geheiratet, nicht bieten lassen.

Babette verzog ihre schmalen Lippen zu einem Grinsen. »Sie hat dich verhext. Wen wundert es! Das Weib kennt nur Schönheit und Luxus. Verantwortung ist ihr fremd. Ihr Männer seid dämlich.« Schlagartig wurde sie wieder ernst. »Aber das bringt mir die Braungetigerte nicht zurück. Du musst sie suchen gehen. Nicht, dass sie auf der Straße angefahren wurde.«

Mit dieser Anordnung, die keinerlei Widerspruch duldete, drehte sie sich um und humpelte stöhnend davon.

Kurt konnte erkennen, dass die Bandagen um ihre Beine gelblich verfärbt waren. Der eklige Geruch von Eiter zog hinter ihr her wie ein unsichtbarer Schweif.

Seufzend schloss er die Tür und ließ sich auf das grüne Sofa fallen. Selbstverständlich würde er bald nach der Braungetigerten suchen. Er gestand sich nur noch zehn Minuten Ruhe zu, in denen er seine Gedanken sortieren konnte.

War Theres wieder in der Innenstadt von Nürnberg unterwegs? Ihr dicker Bauch hinderte sie noch immer nicht daran, bis zum Nordostbahnhof zu laufen, um mit der Straßenbahn wegzufahren. Wie gern hätte er ihr das jetzt zum Ende der Schwangerschaft untersagt, aber sie würde eh nicht auf ihn hören. Seine Frau tat prinzipiell, was ihr gerade in den Sinn kam.

Ein heißer Stich durchfuhr Kurts Körper bei dem Gedanken.

Was ihr gerade in den Sinn kommt? Hatte sie nicht schon mehrmals geäußert, wie sehr sie Katzen verabscheute? Scharf verdrängte er den Verdacht. *Nein, zu so einer Tat wäre Theresia nicht in der Lage.*

Als der Abend nahte, kam seine Gattin nach Hause. Kurt konnte ihre Tritte leise auf der hölzernen Treppe hören. Sie schritt, trotz der eleganten hohen Absätze, wie eine Ballerina dahin. Als sie oben angekommen war, öffnete sie die Tür zum Wohnzimmer, schleuderte ihre Schuhe achtlos von den zierlichen Füßen und ließ ihre Tüten und Taschen fallen. Erst danach drückte sie ihrem Gatten einen flüchtigen Kuss auf die Wange.

»Es hat etwas länger gedauert«, hauchte sie ihm ins Ohr. »Ich habe mir den karierten Rock nun doch gekauft. Er hätte mich sonst in meinen Träumen verfolgt. Gleich nach der Geburt werde ich ihn tragen. Ich kann es gar nicht erwarten, bis der Bauch wieder flach ist.« Resl lachte leise auf. »Jetzt muss ich mich unbedingt frisch machen. Was gibt es zum Abendessen?« Ohne Kurts Antwort abzuwarten, verließ sie den Raum in der Hoffnung, das gemeinschaftliche Badezimmer des Hauses unbesetzt vorzufinden.

Der überraschte werdende Vater starrte einen Moment auf die Einkaufsbeutel und die große, alte Ledertasche, die Theres auf den Fußboden gestellt hatte.

Er runzelte die Stirn. Die Tasche gehörte seiner Mutter und wurde normalerweise zum Sammeln von Fichtenzapfen benutzt. Er schluckte schwer, während er sich bückte und sie öffnete. Sie war leer. Aber aus dem Inneren strömte der Geruch, den Kurt befürchtet hatte wahrzunehmen. Katzenurin stieg ihm in die Nase, beißend, Todesangst signalisierend. Außerdem klebten büschelweise braun getigerte Fellhaare am nassen Leder.

»Das … das kann nicht wahr sein«, krächzte er und taumelte rückwärts. Tränen drängten sich in Kurts Augen, obwohl er tapfer dagegen ankämpfte. »Trägst du denn gar kein Herz im Leib, mein Liebling?«, schluchzte er leise.

Die handschriftliche Rechnung des Tierarztes aus der Nordstadt für »Einschläfern einer kranken Hauskatze« fand er wenig später in ihrer feuerroten Handtasche. Niemand aus seiner Familie durfte von dieser grausigen Entdeckung erfahren. Er war mit Theres verheiratet, doch der Riss, der gerade eben durch seine Liebesempfindungen fuhr, würde nicht mehr zu flicken sein.

Mai 1957, Geburt des Kindes

Eine Geburt hatte sich die junge Ehefrau wahrlich einfacher vorgestellt. Ende Mai im Jahr 1957 war es so weit. Theres ließ sich von ihrem Gatten mit Wehen in ein Nürnberger Krankenhaus einliefern. Während sie zähneknirschend das Ziehen und Zerren in ihrem prallen Bauch ertrug, schweiften ihre Gedanken kurz zu ihrer Mutter zurück.

Ludmilla hatte ihre Kinder ohne jegliche Betäubungsmittel in der Schlafstube des Grenzhauses zur Welt gebracht. Lediglich die Dorfhebamme war ihr zur Seite gestanden. Pures Grauen überzog Theresias hochschwangeren Leib bei dem Gedanken, ihren Sohn in der kleinen Kammer in Eisenhütt, die sich ihre Eltern Nacht für Nacht geteilt hatten, auf die Welt zu bringen.

Eine Krankenschwester eilte mit dem Rollstuhl zur Eingangstür, um die Schwangere abzuholen.

»Bitte informieren Sie den Arzt. Ich benötige ein starkes Schmerzmittel. Die Krämpfe sind ja nicht auszuhalten«, schleuderte Theres der Pflegerin sofort entgegen.

Stöhnend und missmutig ließ sie sich auf dem abgeschabten Rollstuhl nieder. Kurt öffnete den Mund, um etwas zu sagen. Aber er würgte die Worte hinunter, die ihm auf der Zunge brannten. Er hatte sich noch einen innigen Kuss erhofft, bevor seine Liebste in den kahlen, gefliesten Fluren des Krankenhauses verschwinden würde. Die Schwangere würdigte ihren Gatten jedoch keines Blickes mehr. Rasch verhallten die Schritte der Pflegekraft und das verhaltene Quietschen der Gummiräder auf dem Linoleum. Die Geburt seines ersten Kindes hatte sich Kurt Pfeifer wahrlich anders vorgestellt.

Liebt mich meine Frau überhaupt noch? Bin ich ihr lästig? So wie die Braungetigerte, der man Gift durch die Venen gejagt hat, damit sie nicht mehr die Krallen an Resls Sofa wetzen kann?

Eine summende Neonröhre, die eiskaltes Licht auf ihn herab schickte, verstärkte diese Gedanken noch. Ein weiteres Mal in seinem jungen Eheleben brach der Dunkelhaarige in Tränen aus, die er schweigend mit dem Handrücken wegwischte. Er konnte sich nicht zurückerinnern, in der Jugend, selbst in den Kriegsjahren, so oft geweint zu haben.

Die Hebamme, um deren Bauch der Kittel spannte, betrachtete Theres durch ihre Brille. »Na, na Mädel«, mahnte sie lautstark. »Wer wird denn so ein Gejammer veranstalten. Der Muttermund ist noch nicht weit genug geöffnet. Das kann noch dauern, bis da ein Kindlein das Licht der Welt erblickt.« Sie schüttelte leicht den Kopf.

»Aber, ich sagte doch schon der Krankenschwester, dass ich sofort ein Schmerzmittel benötige. Sie glauben gar nicht, wie weh das tut«, stöhnte die werdende Mutter. Dennoch blitzten ihre Augen wütend auf. Sie war Widerspruch nicht gewohnt. »Wo ist der Arzt? Ich möchte ihn sofort …« Eine Wehe riss das letzte Wort mit einem Schrei hinfort.

Die Hebamme atmete tief durch, verzog die Lippen und stemmte ihre Hände in die Hüften. »Du schreist uns noch das ganze Hospital zusammen, als wolle dir jemand ans Leder. Den Doktor hol ich jetzt noch nicht, warum auch? Es ziept nun mal im Bäuchlein, wenn man ein Kind zur Welt bringt. Deswegen musst du doch nicht so ein Theater veranstalten.«

»Theater?«, schrie Theresia nun gereizt. »Sie haben ja keine Ahnung von so etwas. Ich stand auf der Bühne, man hat mir zugejubelt. Noch nie im Leben wurde ich so rüde behandelt wie in diesem Krankenhaus. Und nun schicken Sie nach dem Arzt.«

Der Blick der Hebamme sprach Bände, aber die Gebärende konnte und wollte ihn nicht deuten.

Schließlich zuckte die Dicke mit den Schultern und schlurfte hinaus. Den übertrieben wirkenden Schrei ignorierte sie.

Es sollte dennoch beinahe drei Stunden dauern, bis Doktor Haid den Kreißsaal betrat, in dem Theresia Pfeifer um ihr Leben brüllte. Die Hebamme hatte ihm vor zehn Minuten telefonisch mitgeteilt, dass die junge Frau bereits jetzt am Ende ihrer Kräfte angelangt sei, obwohl das Kind sich noch Zeit ließ. Der sechzigjährige Gynäkologe zog die Stirn kraus und rückte die Brille zurecht. Er hatte die Gebärende noch vor einer Woche in seiner Praxis untersucht. Es war alles in bester Ordnung gewesen.

Er beobachtete, wie eine Krankenschwester Schweiß vom Gesicht der werdenden Mutter tupfte. Die Wehen kamen in kurzen Abständen und regelmäßig.

Er räusperte sich, bevor er Theres ansprach. »Guten Tag Frau Pfeifer. Nun kommt also bald Ihr Kind zur Welt. Freuen Sie sich, wenn Sie es in den Armen wiegen können?«

Die Antwort der Gebärenden ließ ihn fast zurückzucken.

»Ich hasse dieses Etwas in meinem Bauch schon jetzt. Und meinen Mann ebenso, denn der hat mich in diese verfluchte Lage gebracht.« Ein Schrei unterbrach ihren Redefluss, der gleich danach in ein Wimmern überging. »Geben Sie mir endlich ein Mittel gegen den Schmerz, verdammt und zugenäht!«

Schwester, Hebamme und Arzt tauschten stumme Blicke mit tiefer Aussagekraft. Anton Haid trat an Theres heran und schlug das Laken über ihrem aufgedunsenen Leib zurück.

»Ich muss Sie noch einmal untersuchen«, murmelte er mit ruhiger Stimme. »Erst dann kann ich entscheiden, ob ich Ihnen etwas Lachgas verabreiche.« Seine Finger schoben sich vorsichtig in den Geburtskanal und stoppten an einem behaarten Köpfchen. Doktor Haid lächelte. »Oha, da tut sich schon was.« Er zog die Hand zurück und ließ sich von der Schwester ein Handtuch reichen. »Bald werden Sie das Gefühl bekommen, pressen zu müssen. Dann wird es leichter. Ich denke, wir verzichten auf das Lachgas, damit wir das Kind nicht schädigen.«

»ICH WILL SOFORT EINE NARKOSE!«

Theres' fordernde Worte gellten durch den Kreißsaal. Erschrocken ließ der Gynäkologe das Handtuch fallen. Er betrachtete das schweißüberströmte Gesicht mit der modischen Frisur, die nun völlig aus der Form geriet, dann nickte er der Hebamme zu.

Wenig später rollte die übergewichtige Dame einen Ständer heran, auf dem zwei Gaszylinder ruhten. Etliche Schläuche hingen daran. In der letzten Phase der Geburt würde Theresia Pfeifer ihre Kräfte benötigen. Eine Lachgasnarkose könnte verheerende Folgen für Mutter und Kind mit sich bringen. Aber die Wut, die in den Augen der Frau funkelte, machte ihm beinahe Angst.

Theres atmete tief ein, als die übel riechende Gummimaske sich über ihre Nase und ihren Mund schob. Schon beim ersten Zug war es ihr, als würde eine unsichtbare Hand ihren Körper berühren und den Schmerz beiseitewischen. Was für ein herrliches Gefühl. Erst nur ein bisschen, dann intensiver, bis die Qualen einer inneren Zufriedenheit wichen. Die Realität verschwamm immer mehr, und plötzlich erkannte sie eine Hand mit zartgliedrigen, gepflegten Fingern, an denen Diamantringe funkelten. Fingerkuppen berührten sie, fuhren über ihre Haut. Die Schmerzen der Geburt schrumpften zu einem harmlosen Ziehen im Bauch.

Ein wohlbekanntes Gesicht erschien über der Hand und wenig später formte sich ein weiblicher Körper aus wirbelnden Farben – die Engelsfrau. Was für ein herrlicher Anblick. Sie trug ein eng anliegendes Kleid aus schwarzem Samt. Die Federn ihrer Flügel schillerten blauschwarz. Um ihre Schultern schmiegte sich ein brauner Nerzkragen, dessen Ende ein ausgestopfter Tierkopf mit Glasaugen und spitzen Zähnchen zierte.

Zähnchen?

Die einschmeichelnde Stimme des Engels drängte die Erinnerung rasch zurück. »Der Pelz wird dich nicht attackieren«, säuselte sie. »Ich befehle ihm, und er gehorcht mir. Dasselbe solltest du auch tun, Theres. Befiehl dir selbst und führe deine Entscheidungen aus.«

Der Blick der träumenden werdenden Mutter heftete sich wie gelenkt auf das makellos wirkende Dekolleté, welches vor ihr in einem Nebel aus warmen Farben schwebte. Kettenglieder unter der Haut wurden sichtbar. Sie bewegten sich wie Schaben, arbeiteten sich rund um den Hals nach oben und brachen blutlos hervor. An ihnen baumelte ein funkelnder, ovaler Anhänger, den dunkelrote Granate zierten. Dem Schmuckstück fehlte bereits eine stattliche Anzahl an Steinchen.

Die Gebärende erkannte das Geschmeide sofort. Zuletzt hatte sie es in der Garderobe im Opernhaus gesehen, als Splitter davon einer untoten Maus zum zweiten Mal den Garaus machten.

»Du schenkst neues Leben und hast dich mit der Zeugung dafür entschieden. Nicht dein Gatte hat dich in diese Lage gebracht, sondern du selbst.«

Ein Knurren ertönte. Gleichzeitig schien sich die Kette, welche um den Hals des Engels lag, zu erhitzen, als läge sie im Schmiedefeuer. Blitzschnell rötete sich die Haut auf dem milchig wirkenden Hals, bevor das Edelmetall sich mit einem Zischen und dunklem Rauch in das Fleisch der Erscheinung fraß und hässliche schwarze Spuren darauf zurückließ.

Der Traum drohte zum Albdruck zu werden. Theresia fühlte Ekel. Ihr Magen rebellierte. Aber sie erwachte nicht, ganz im Gegenteil. Der Schlaf hielt sie gefangen und die Belehrungen der geflügelten Dame setzten sich fort.

»Du hast einen Mann geheiratet und heuchelst ihm Liebe vor, obwohl du nur seinen kümmerlichen Lohn verprassen willst? Wie dumm von dir. Damit säst du Unheil und Zwietracht. Ich habe dir mehr Verstand zugetraut«, zischte das Wesen im Traum der Lachgasnarkose. Plötzlich seufzte es zutiefst menschlich: »Es hat Zeiten gegeben, da hast du gewünscht, ich sei deine Mutter … *Mutter … Mutter …«*

Der Hall verklang wie ein Echo zwischen Bergen, die Fiktion verschwand mit ihm und auch der wohltuende Schleier der Narkose.

»Frau Pfeifer?« Die kühlen Finger von Doktor Haid klopften rastlos auf ihre Wangenknochen. »Können Sie mich hören?«

Das grelle Licht des Kreißsaals sickerte in Resls Kopf. Der Geruch nach Desinfektionsmittel und Blut drang ihr in die Nase, und die Erkenntnis, dass sie in den Wehen lag, war mit einem Paukenschlag zurück. Allerdings empfand sie keine Schmerzen mehr. Nur ein unangenehmes Brennen zwischen ihren Beinen nahm sie wahr. Irgendwo im Raum krähte verhalten ein neugeborenes Kind. Sie versuchte den Kopf zu heben, aber der Gynäkologe drückte sie sanft auf das Kissen.

»Bitte liegen Sie ganz still«, wies er seine Patientin an. »Die Narkose hat Ihnen zugesetzt. Sie haben sich erbrochen und wären beinahe daran erstickt. Gönnen Sie Ihrem Körper noch etwas Ruhe. Gottlob ist das Baby wohlauf. Wir mussten es mit der Zange entbinden, weil sie nicht gepresst haben.«

Wie auf ein Stichwort hin erschien nun auch die Hebamme in Resls Blickfeld. Sie wiegte ein runzeliges Neugeborenes, welches in eine Decke eingeschlagen war, in ihren Armen. Ein Lächeln lag auf ihrem sonst ernsten Gesicht.

»Das ist dein Töchterchen«, sagte sie leise, aber ihr Blick streifte verunsichert den Gynäkologen. »Wie soll es denn heißen?«

Über die Augen der frischgebackenen Mutter huschte ein verärgerter Ausdruck. Was hatte die Geburtshelferin da gerade gesagt? War diese Frau zu Scherzen aufgelegt? Sie war es in ihrem Zustand jedenfalls nicht.

Der Arzt und die Hebamme starrten der jungen Frau ungläubig ins Gesicht, die ihre Arme nicht nach ihrem Kind ausstreckte, sondern sie unter dem Laken verbarg, als würde sie frieren.

»Sie müssen sich irren«, zischte sie den Geburtshelfern entgegen. »Es handelt sich um meinen Sohn. Er wird Johannes heißen.«

Nach einigen Sekunden, in denen dem Doktor und der gut genährten Hebamme die Worte im Hals sprichwörtlich stecken geblieben waren, setzte sie emotionslos nach: »Bringen Sie ihn weg. Er will sicher sein Fläschchen. Und ich würde jetzt ein weiches, frisch bezogenes Federbett vorziehen, in dem ich mich ausschlafen kann.« Kurz schloss sie die Augen, um zu signalisieren, dass die Konversation für sie beendet war, doch dann schnellten ihre Lider noch einmal nach oben. »Gibt es dieses Lachgas auch in Tablettenform? Richten Sie der Krankenschwester doch bitte aus, sie soll mir etwas davon bringen, damit ich des Nachts nicht wach werde.«

Liebe heucheln? Das war nur ein Traum gewesen. Wie komme ich denn auf solch blödsinnige Gedanken? Kurt kann froh sein, dass er MICH heiraten durfte. Was will er mehr? Außerdem ... existieren keine

Geister, ich brauche nur etwas mehr von diesem Lachgas. Der Arzt hat vermutlich damit gespart.

Theres schlief friedlich und ohne ihre neugeborene Tochter in einem Dreibettzimmer mit Blick auf einen Park. Das Schlafmittel, das ihr die Krankenschwester gebracht hatte, bescherte ihr diesmal einen angenehmen Traum ohne belehrende Worte einer Geisterfrau aus der Kindheit. Es war die Tauffeier. Ihr Baby trug ein langes, blütenweißes Kleidchen und ruhte auf ihren Armen, die in edler Spitze steckten. Kurt trug einen dunkelblauen Anzug. Die Krawatte, die sein Hemd zierte, war aus chinesischer Seide. Gerade spendete der Pfarrer den Segen und taufte die Tochter auf den Namen Hannah. Draußen warteten die Gäste – Sektkorken knallten.

Sie erwachte im Krankenzimmer und fühlte sich gut – noch.

Sommer 1957

Nach einer Woche kehrte Resl in das traute Eheheim und damit in die Realität zurück. Niemand brachte ihr mehr Frühstück ans Bett, wechselte das Wasser für die Blumensträuße und verabreichte ihr die Pillen, die die Welt in rosarote Wölkchen hüllten. Außerdem hatte sie alle Hände voll zu tun mit ihrer kleinen Tochter, die nun lautstark ihre Bedürfnisse einforderte. Die Enge der provisorischen Wohnung, die permanente Anwesenheit von Kurdis Familie und die fehlende Möglichkeit zu ausgiebigen Stadtbummeln begannen wie Ratten an ihrem Weltbild zu nagen. Man erwartete von ihr, dass sie ihre gepflegten Hände, neben dem Versorgen der kleinen Hannah, in das gemeinsame Gemüsebeet steckte. Kurt betrachtete sie immer wieder missbilligend.

Mutterrolle? Was sollte daran erfüllend sein? Kinder waren zuckersüß? Vielleicht, solange sie nicht zum Lebensmittelpunkt wurden. Enttäuschung und Ernüchterung durchzogen immer öfter Theresias Traumwelt und sorgten für ein Wechselbad der Gefühle.

Die Welt drehte sich jedoch weiter und schien sich nicht um die Belange der jungen Mutter zu kümmern, die sich für den Nabel derer gehalten hatte. Es existierten neue aufregende Themen. Ein Satellit namens »Sputnik« umkreiste die Erde. Der Autoverkehr hatte inzwischen so zugenommen, dass innerhalb einer geschlossenen Ortschaft nur noch fünfzig Kilometer pro Stunde gefahren werden durfte.

Ein Auto zu fahren, das würde vom tristen Alltag ablenken. Bald träumte Theresia zwischen Windelwechseln und Kochen davon, den Führerschein zu machen und damit unabhängig von Kurt zu werden. In tristen Stunden brachten ihr die noch immer glimmenden Funken der Sehnsucht Hoffnung auf Änderung.

Die schillernden Erinnerungen an wilde Tänze mit nackten Zehen überfielen sie urplötzlich.

In Theres' Fantasie erschienen die furchtsamen Augen der Eisenhütter, als sie mit ihrer außergewöhnlichen Kinderfrisur hocherhobenen Hauptes durch die Straßen stolziert war.

Der Kinderwagen, der neben dem Gemüsebeet stand, wackelte leicht. Die kleine Hannah war wach. Ihre Händchen griffen immer wieder in die laue Sommerluft, in der der Duft nach frischem Gemüse lag. Theres, die zusammen mit Ada Unkraut aus dem sattgrünen Blattspinat entfernte, sprang auf wie von der Tarantel gestochen. Mit Schwung schleuderte sie die Harke mit dem kurzen Stiel von sich. Sie prallte mit einem dumpfen Geräusch an den Zwetschgenbaum.

»Ich will etwas erleben«, rief sie der total überrumpelten Rothaarigen zu, der der Schweiß in Strömen übers Gesicht lief. »Meinetwegen bleib du hier im Dreck knien und arbeite dir den Buckel krumm.« Lachend breitete sie die Arme aus und drehte sich im Kreis, bis ihr beinahe schwindlig wurde. »Den Führerschein werd ich machen, deswegen suche ich mir eine Fahrschule in der Stadt. Bitte nimm Hannah mit ins Haus, wenn du hier fertig bist. Ich hole die Kleine später ab.«

Adelheid fand keine Worte. Sie starrte ihre Schwägerin an und schüttelte entsetzt den Kopf, doch bis sie es sich versah, rannte Theresia bereits kichernd zwischen den Gemüsebeeten hindurch und verschwand aus ihrem Blickfeld. Deswegen beendete sie die schweißtreibende Arbeit, stand auf und schob den Kinderwagen zum Haus.

Sollte sie Kurt von dem seltsamen Verhalten seiner Frau berichten – oder gar dem dunklen Engel?

Theres hatte sich stets als etwas Besonderes gefühlt, etwas Mächtiges, etwas, das die Welt verändern könnte. All diese Attribute schlummerten in ihrem Kopf, allerdings schien ihr der Bezug zur Realität immer mehr abhandenzukommen. Das zeigte sich umso mehr, als sie an jenem Nachmittag die Fahrschule Rosa im Norden von Nürnberg betrat.

»Haben Sie denn die schriftliche Einverständniserklärung Ihres Ehemannes dabei, Frau Pfeifer?« Der dürre Fahrlehrer mit dem Furunkel auf der Nase musterte sie misstrauisch.

»Nein, denn ich möchte ihn ja mit dem Führerschein überraschen, Herr Rosa. Mein Kurt wird stolz auf mich sein.«

Albert Rosa lächelte gequält. Er bildete in seiner Fahrschule mitunter auch Damen am Steuer aus. Sie alle gehörten der Nürnberger Oberschicht an und wurden zur Anmeldung von ihren Gatten begleitet. Diese junge, kecke Frau, die da vor ihm stand, war allein. Er hatte sie beobachtet. Niemand hatte sie mit dem Auto gebracht. Sie war offensichtlich zu Fuß gekommen. Würde sie sich den Führerschein überhaupt leisten können? »Die Ausbildung ist nicht billig«, antwortete er vorsichtig. »Mit den Fahrstunden und der Prüfungsgebühr liegen wir bei hundertachtzig Mark, gnädige Frau. Sie müssten mir auch eine Anzahlung leisten.«

»Das ist viel Geld.« Trotzig reckte Theresia das Kinn vor. »Leider kann ich nicht beurteilen, ob das gerechtfertigt ist.« Sie schaute sich in der Fahrschule um, betrachtete interessiert die Verkehrszeichen, die an der Wand hingen, und das Modell einer Automobilfront mit funktionierenden Scheinwerfern. »Wissen Sie, ich will nur lernen, wie man so einen Wagen steuert. Reparieren muss ich den nicht, falls er kaputt geht. Das kann mein Mann für mich erledigen. Können Sie mir unter diesen Umständen einen günstigeren Preis nennen?«

Albert Rosa schluckte. Die junge Dame wusste offensichtlich, was sie wollte. Allerdings konnte er ihrem Wunsch natürlich nicht entsprechen. »Es gibt bestimmte Regeln für den Erwerb eines Führerscheins«, belehrte er trocken und verschränkte die Arme vor der Brust. »Theoretischer Unterricht gehört genauso dazu wie die praktischen Fahrstunden. Stellen Sie sich vor, Sie fahren über eine Landstraße und das Auto bleibt wegen eines Defekts liegen. Dann müssen Sie sich, auch wenn Sie eine Dame sind, zu helfen wissen.«

Der Fahrlehrer musterte Theres' Mimik. Er sah Unverständnis und auch Desinteresse in ihren Zügen – keine guten Voraussetzungen, um einen Führerschein zu erwerben. Selbstredend, das wusste auch er, zeigten Frauen wenig Interesse an Technik. Es gab jedoch Ausnahmen. Aber dazu zählte er Theresia Pfeifer nicht.

»Wie auch immer«, entgegnete sie ihm trotzig. »Dann werde ich mir eben anhören, was man tun muss, wenn das Automobil einfach stehen bleibt. Das können Sie mir gern erklären, am besten gleich, wenn ich schon mal hier bin.« Theresia überlegte einen Moment. »Und wegen der einhundertachtzig Mark würde ich Sie bitten, eine Rechnung an meinen Gatten zu senden, natürlich erst, wenn ich den Führerschein habe. Ich schreibe Ihnen die Adresse auf.«

Albert sog scharf die Luft ein. Das Verhalten der Dame grenzte an Frechheit. »Ich befürchte, das stellen Sie sich etwas zu einfach vor. Sie haben keinerlei Vorkenntnisse. Es sind etliche Unterrichtsstunden nötig, um Ihnen die Technik eines Kraftfahrzeugs näherzubringen. Außerdem, das erwähnte ich schon, benötige ich die Einverständniserklärung Ihres Gatten … Hallo? Frau Pfeifer?«

Die Veränderung in ihrer Mimik kam ganz plötzlich. Sie starrte ihn an, als sei er ein Geist. Ihre Pupillen vergrößerten sich rasant. Hektisch nickte sie, presste ihre feuerrote Handtasche fest an den Bauch, drehte sich gehetzt um und verließ die Fahrschule. Die Glöckchen über der Eingangstür bimmelten laut, als sie hinausstürmte.

Was faselte der Fahrlehrer da? Ob der Preis angemessen war oder nicht, entzog sich ihrer Kenntnis. Es war ihr ohnehin egal. Sie würde keine Rechnung bezahlen. Dafür gab es einen Ehemann. Sie wollte doch nur den Führerschein machen, einen Zündschlüssel im Schloss umdrehen und mit einem Auto über die Straßen brausen.

Gerade setzte sie zu einer Antwort an, die sich gewaschen hatte, wären dem Mann mit dem roten Furunkel auf der Nase nicht plötzlich dunkle Flügel aus den Schultern gewachsen. Übergroß breiteten sich die Schwingen in der Fahrschule aus, bedeckten das Modell der Scheinwerferanlage und die vielen Verkehrszeichen an der Wand.

Erschrocken trat sie einen Schritt zurück.

»Eigenverantwortung, Theresia! Schon wieder verleugnest du sie. Auf diese Art und Weise wirst du im Leben scheitern und niemals die großen Aufgaben erfüllen können, die ich dir gestellt habe«, grölte ihr der geflügelte Fahrlehrer entgegen, dessen Züge immer weiblicher erschienen.

Das Erscheinen des Engels in der Fahrschule hatte sie völlig überrumpelt. Fieberhaft suchte ihr Verstand nach einer Erklärung dafür.

Hatte sie beim Unkrautjäten einen Hitzschlag erlitten?

Sie fand keine passenden Worte mehr. Ihre Selbstsicherheit versickerte wie eine Pfütze an einem heißen Sommertag. Sie presste ihre Handtasche an den Leib wie einen Schutzschild, drehte sich um und verließ die Fahrschule Rosa.

Die mahnenden Worte der Engelsdame drängte Theresia schon auf dem Nachhauseweg erfolgreich zurück. Ab sofort würde sie nicht mehr bei Sonnenschein im Garten arbeiten. Die Gefahr, einen Sonnenstich zu erleiden und Geister zu sehen, wäre zu groß. All die verstaubten Erinnerungsfetzen aus ihrer Kindheit von sogenannten Gesetzen der Ewigkeit, der riesigen Waage, die im Gleichgewicht bleiben musste, von Pfaden, die man nie verlassen durfte, passten nicht mehr in ihr Weltbild, also waren sie nicht existent.

Adelheids und Kurts mahnende Blicke, als sie nach Hause zurückkehrte, störten Theresia allerdings. Was war so schlimm daran, das Baby für kurze Zeit in die Obhut anderer zu geben? Hatte sie denn kein Recht darauf, etwas zu erleben? Gut, der Traum vom Führerschein rückte erst einmal in die Ferne. Aufgeben würde sie ihn dennoch nicht. Warum sollte sie sich nicht einfach treiben lassen von den Vorzügen der neuen, modernen Welt?

Achselzuckend und trotzig hob sie Hannah aus dem Kinderwagen und drehte ihrem Mann und dessen Schwester den Rücken zu.

Von ihrem Besuch in der Fahrschule Rosa erwähnte sie kein Sterbenswörtchen.

Im Frühling 1958

Ein Jahr tröpfelte dahin, in dem Kurt fleißig Geld verdiente und Theres sich um Haushalt und Kind kümmerte. Immer beobachtet von den kritischen Augen der humpelnden Babette, spielte sie inzwischen geschickt die Hausfrau und Mutter. Nicht umsonst hatte sie Schauspielunterricht genommen. Im nahen Lebensmittelladen erstand sie jede Menge der neuartigen Fertiggerichte aus der Dose und verschmähte die Früchte des heimischen Ackers. Dafür studierte sie Versandhauskataloge. Das Haus Schickedanz aus Nürnberg hieß jetzt »Quelle« und die Hochglanzbilder von modischen Damen in weiten Glockenröcken und zierlichen Schuhen inspirierten Theresias Vorstellung von einer glanzvollen Zukunft ohne Eigeninitiative. Der Postbote lieferte die dicken Pakete in das Pfeifersche Haus und schürte den Unmut ihrer Familie weiter. Doch die junge Mutter war in der Lage, zu jeder Gelegenheit Tränen fließen zu lassen. Das Vortäuschen von Launen und Emotionen glich inzwischen einem perfiden Bühnenstück, welches Theresia perfekt interpretierte.

Als Ada eines Nachmittags im Frühling 1958 ihr winziges Wohnzimmer betrat, um ihr die Karten zu legen, schöpfte sie Hoffnung auf unterhaltsame Abwechslung. Sie hatte zwar irgendwann von Kurt erfahren, dass ihre Schwägerin sich mit okkulten Dingen beschäftigte, dies aber als unwichtig abgetan. Zauber, Geister und Visionen gehörten der Vergangenheit an. Gegen eine kurzweilige Zerstreuung gab es jedoch nichts einzuwenden. Wie hätte sie ahnen sollen, dass sie ihre Emotionen dieses Mal nicht simulieren musste.

»Stelle dir deine Zukunft vor, wie du sie dir erträumst«, murmelte Adelheid verschwörerisch und strich sich die feuerroten Haare aus der Stirn. »Mische die Karten, hebe dreimal vom Stapel ab und gib sie mir zurück.«

Nach langem Zögern hatte Ada beschlossen, ihrer vermeintlich naiven Schwägerin behutsam die Augen zu öffnen. Es war nicht zu übersehen, dass Theresia unglücklich war. Der Antrieb, selbst die Zügel in die Hand zu nehmen, sich zu arrangieren, die Hürden des Alltags zu meistern, war ihr abhandengekommen. Welch schlechtes Vorbild sie dabei wohl auf ihre Tochter ausstrahlte? Die Schwägerin wirkte oberflächlich.

Was hätte aus ihr nicht alles werden können? Einst hatte in der Sängerin die Kraft zum Pferdestehlen geschlummert. Warum bemerkte Theres nicht, auf welch gefährlichem Pfad sie da wanderte? Die Ahnung war schon am Tag der Hochzeit mit ihrem Bruder entstanden. Aber wie sollte sie ihr diese Erkenntnis vermitteln? Wie gern hätte sie ihr einen Platz im Chor des Opernhauses vermittelt, in welchem sie selbst noch immer abwechslungsreiche Stunden verlebte. Aber der Stolz der ehemaligen Solosängerin ließ nicht einmal einen Gedanken daran zu. Die Kluft zwischen der Familie Pfeifer und der jungen Mutter vertiefte sich von Monat zu Monat. Das musste sich ändern.

Adelheid hatte in zahlreichen Beschwörungen, in der ihr eine düstere Gestalt in Form eines Engels erschienen war, verstanden, was es hieß, den gewählten Pfad des Lebens zu beschreiten. Die Gattin ihres Bruders musste begreifen, dass sie für sich selbst die Verantwortung trug. Mit den Karten, deren Deutung sie perfekt beherrschte, würde sie jetzt einen Vorstoß wagen.

Versiert beobachtete sie ihr Gegenüber. Neugierde spiegelte sich in deren Augen – eine gute Voraussetzung.

Theres legte die strampelnde Hannah auf dem Sofa ab und tat, was ihre Schwägerin von ihr verlangte. Es würde ein abwechslungsreicher Nachmittag werden, auch wenn sie der bornierten Rothaarigen ohnehin kein Wort glaubte. Im Chor hätte sie mit ihr singen sollen, SIE, eine talentierte Solistin. Diese Schmach wollte sie nicht, da wäre ihr das tägliche Fegen der Treppe noch lieber.

Seit Hannahs Geburt vermisste sie das Opernhaus sehr, mit Ada würde sie darüber aber niemals reden.

Welche Gesprächsthemen gäbe es zwischen ihr und Kurts Schwester? Träume von Nerzmänteln, die ein Eigenleben entwickelten? Tote Mäuse, die zum Leben erwachten? Ein dunkler Engel, der ein Schmuckstück aus ihrer Jugend in den Händen hielt?

Um ein Haar hätte sie laut gelacht, unterdrückte den Impuls aber. Ada sollte nicht merken, wie lächerlich sie diesen vermeintlichen Blick in die Zukunft empfand. Es gab wichtigere Dinge, wie zum Beispiel die Werbesendungen im Fernsehen, die ihr jeden Abend demonstrierten, wie bequem ein Leben im Schatten des Ehemannes sein konnte. »ARWA«, ein Feinstrumpf der Extraklasse, verzauberte Damenbeine in Kunstwerke. Oder »Dallmayr«, ein exquisiter Pulverkaffee, den nicht nur Männer umwerfend fanden.

Nur kurz betrachtete Theres die Rückseite der drei Stapel kunstvoll verzierter Patience-Kärtchen. Im milchigen Tageslicht des späten Winters funkelten die goldenen Ranken, die eine Fortuna mit Füllhorn einrahmten, rätselhaft. Sie fühlte sich von der Rothaarigen lauernd beobachtet. Das Spiel war eröffnet.

Adas grüne Augen blitzten auf. Die Schwägerin konnte ihre Emotionen nicht gut genug verbergen. Theresia zog nach dem Mischen der Karten hastig die Finger zurück, als wären sie glühend heiß. Wenn sie jetzt überzeugend blieb, dann bestand die Chance, Kurts Ehefrau wieder auf den richtigen Pfad zurückzuführen. Inzwischen strahlte die Naivität, die die einstige Sängerin umgab, beinahe wie ein warnender Strahlenkranz. Resl hatte in der Ehe die Befriedigung des Traumes vom Luxusleben gesucht. Außerdem prahlte sie noch immer mit der kurzen Bühnenkarriere, in die sie nur wenig investiert hatte. Ihren Bruder hatte sie sich geschnappt, und zwar nicht aus Liebe. Das fand Ada unfair. Sie erinnerte sich an die Warnungen des dunklen Engels, sich nicht in die Belange der ehemaligen Sängerin einzumischen. Der überheblichen Theres die Realität vor Augen zu führen, würde jedoch nicht schaden. Hatte der Engel nicht erwähnt, vor Theresia stünden große Aufgaben? Somit war das, was sie hier tat, in seinem Sinn. Sie war geschickt in der Deutung der Karten.

»Ohhhh«, rief Ada scheinbar überrascht und sog genüsslich den misstrauischen Blick ihres Gegenübers in sich auf. Sie betrachtete mit gerunzelter Stirn die drei aufgedeckten Kartenbilder. Dann seufzte sie und vereinte die drei Stapel wieder zu einem. Sorgfältig legte sie nun Karte um Karte nebeneinander, füllte mehrere Reihen, bis ein buntes Bild auf dem Tisch entstand.

»Nun sag schon!«, zischelte Theres, ohne den Blick von den Kärtchen zu heben. »Was kannst du denn sehen?«

Hannah gurrte laut, steckte sich einen Daumen in den Mund und versuchte sich vom Sofa hinab auf den Fußboden zu rollen. Mit der linken Hand hielt sie das Baby grob zurück. Es protestierte lautstark.

»Ich weiß nicht, wie ich dir das sagen soll.« Adas Augen schwenkten zur Zimmerdecke, an der eine fette Mehlmotte die Lampe umrundete. »Manche Dinge sollte man besser nicht aussprechen.«

»Du bist zu mir gekommen, Ada, um die Karten für mich zu legen. Du sagst mir jetzt auf der Stelle, was du daraus gelesen hast.«

Die Stimme der jungen Mutter klang hart und drohend. Hannah plärrte inzwischen aus vollem Hals, als habe sie die Stimmung im Raum erfasst.

Die Rothaarige schwenkte ihren Blick wie in Zeitlupe auf Theres zurück und zauberte Mitgefühl auf ihr Gesicht. Inbrünstig hoffte sie, der dunkle Engel möge ihr das, was sie hier tat, verzeihen.

»Nun ja«, sagte sie und verschränkte die Finger ineinander. »Es tut mir so leid, liebe Schwägerin, aber deine Gesangskarriere gehört wohl endgültig der Vergangenheit an.« Geschickt legte Ada das unausgesprochene *Aber* in ihre Stimme. »Du wirst ein langes Leben führen und …«

»Sag mir die Wahrheit, du Hexe!«

Resls Worte schnitten die Luft im Wohnzimmer buchstäblich entzwei. Offensichtlich ließ sie sich auf das Spiel ein.

Innerlich jubelte Ada auf. Der erste Schritt war getan, auch wenn sie sich damit ein kleines Stück der schwarzen Magie näherte. Sie fürchtete sich vor der dunklen, mächtigen Seite, wenn ihr auch die Geister, die ihr erschienen, immer wieder bestätigten, sie könne sich ihrer mit Bedacht bedienen, solange sie nur nicht von ihrem gewählten Weg abkäme. Ada liebte das Wirken der Mächte.

Todernst setzte sie hinzu: »Ich bin selbst überrascht von den Karten, denn ich habe mich wohl in meinem eigenen Bruder getäuscht.«

Mit einem Mal schwieg sogar Hannah, die bis jetzt kräftig geweint hatte. Blaugraue Babyaugen starrten an die Decke. Die Motte war verschwunden.

»Kurt wird dich betrügen. Ich kann die Nebenbuhlerin in den Karten sehen, Theres.« Mehrere Sekunden lang schwebten die Worte wie scharf gewetzte Messer in der Luft, bevor Adas Zeigefinger auf die Kreuzdame herabstieß. »Die Frau hier ist stark«, flüsterte sie nun. »Sie ist listiger als du. Du könntest deinen Ehemann an sie verlieren.«

Damit hatte sie nicht gelogen, aber die Tatsache, dass es an der ehemaligen Sängerin selbst lag, das Schicksal und somit auch ihre Ehe zu retten, verschwieg sie vorerst. Diesen Trumpf würde sie später ausspielen.

Theres starrte die Rothaarige bewegungslos an, ehe einzelne Tränen in ihre Augen drängten, die sie nicht zu kontrollieren vermochte. Wie sie derartige Zustände hasste. Es sollte doch nur ein kurzweiliger Nachmittag werden.

Warum glaubte sie dem Humbug hier überhaupt? Wieso traf die dumme Weissagung sie mitten ins Herz? Ein Mann wie Kurt Pfeifer konnte dem Herrgott auf Knien danken, mit ihr verheiratet zu sein. Sie war eine Diva. Es war nicht Liebeskummer, der sie quälte, sondern verletzte Eitelkeit.

Innerlich rang sie um Fassung, während das alte Kinderlied plötzlich durch ihre Gedanken zog: ... *Lach und sing und geh deinen Pfad. Vergiss die andren, das ist mein Rat.*

Eine unendlich starke Macht drohte sie zu packen und komplett aus der Bahn zu werfen. Für einen kurzen Moment geriet ihr Weltbild kräftig ins Wanken.

Sie räusperte sich verlegen. Ada durfte nicht in ihr Innerstes blicken.

»Selbstverständlich kann ich dir helfen.« Adas Worte klangen nun einschmeichelnd. »Du musst dich auf dich selbst konzentrieren, Theresia. Verliere dein Ziel nicht aus den Augen. Damit erlangst du unbändige Kraft. Es erwarten dich noch große Aufgaben im Leben. Wenn du sie meisterst, wird der Stolz zurückkehren. Du wirst von innen heraus strahlen. Kurt ist nicht der Nabel der Welt.« Sie zwinkerte der verzweifelt wirkenden Mutter zu. »Außerdem kenne ich Mittel und Wege, wie du der Nebenbuhlerin den Wind aus den Segeln nehmen kannst.« Behutsam schoben ihre Finger die bunten Kärtchen wieder auf einen Haufen zusammen. »Ich habe ein schwarzes Buch in meinem Zimmer. Mutter weiß nichts davon, es ist gut versteckt. Wenn du möchtest, dann schlagen wir es gemeinsam auf.«

Die Seele der Rothaarigen lachte lautlos auf. Resl wirkte verzweifelt. Sie würde sich auf den Vorschlag einlassen und damit ein unsichtbares Bündnis mit den Mächten der Magie eingehen. Dadurch würden sie zu Schwestern werden, und die schmerzende Rivalität hätte ein Ende. Deswegen schoss sie unbeeindruckt einen weiteren imaginären Pfeil ab.

»Arbeite an dir, werde unabhängig, mache etwas aus deinem Leben. Sei Hannah ein Vorbild. In dem Mädel schlummern ungeahnte Mächte.« Die Augen ihres Gegenübers versuchten verzweifelt, die Fassung zu bewahren. Schnell setzte sie deshalb hinzu: »Du musst eines wissen. Die Karten sprechen eine Warnung aus, nicht mehr und nicht weniger. Was du daraus machst, liegt ganz allein an dir. Du kannst die Weichen stellen, liebste Schwägerin. Ich wüsste, was ich zu tun hätte.«

Theresia schwieg wie ein Grab. Auf ihren Gesichtszügen war nicht der kleinste Anhalt zu erkennen, dass sie die Hinweise verstanden hatte. Verschwörerisch beugte sich Ada deswegen über den Couchtisch und verlieh ihren Worten harte Deutlichkeit.

»Du brauchst meinen Bruder nicht, um ein erfülltes Leben zu führen, es sei denn, du liebst ihn wirklich. Aber das habe ich dir von Anfang an nicht abgenommen. Dumm ist nur, dass Kurt dich sehr vergöttert – noch! Es war ein Fehler, die Bühnenkarriere für die Ehe zu opfern. Vermutlich hättest du als Sängerin viele Menschen erreicht und wichtige Botschaften vermittelt. Du hast aufs falsche Pferd gesetzt. Noch ist es jedoch nicht zu spät. Finde eine Beschäftigung, die dich ausfüllt, dich unabhängig macht, kümmere dich um dein süßes Mädel. Irgendwann, wer weiß das schon, wird Kurt erkennen, was für eine tolle Frau er geheiratet hat. Du weißt nicht, wie es ist, glücklich zu sein, Theres.« Der Vortrag wurde zu einem Hauchen. »Komm heute Abend zu mir. Ich zeige dir das schwarze Buch.«

In der darauffolgenden Nacht

Theres erschien nicht in Adelheids Dachschrägenkammer. Immer wieder lauschte die Rothaarige in den dunklen, kühlen Flur hinaus. Aber außer dem Stöhnen ihrer gehbehinderten Mutter, die in der Küche saß und die Katzen mit Essensresten fütterte, blieb alles ruhig. Enttäuschung stieg in ihr hoch. Sie wollte sich nicht die Blöße geben und ein zweites Mal an der Zimmertür der Schwägerin anklopfen. Wie gern hätte sie Theres in das dunkle Ritual integriert, um die Bindung zu stärken. Vieles hätte sich im Hause Pfeifer verbessert, selbst wenn ihr Bruder der einen oder anderen Fremden schöne Augen machte. Sie kannte Kurt. Er hätte niemals den Mut zu einer Scheidung. Und was bedeutete schon Treue? Sie selbst gönnte sich mitunter aufregende Stunden mit verheirateten Männern.

Im schwarzen Buch stand es genau beschrieben. Ein klitzekleines Büschel von Theresias perfekten Haaren zusammen mit einer eigenen Locke ergaben in der Kerzenflamme magische Asche, die den Bund zwischen den beiden Frauen stärkte. Gemeinsam wären sie ein unschlagbares Paar und wer weiß schon? Vielleicht würde der dunkle Engel sie dann ebenso mit großen Aufgaben betreuen. Danach sah es jetzt nicht aus. Theres tat nicht den geringsten Schritt auf sie zu.

Ada würgte mühsam die aufwallenden Gefühle hinab. Manchmal konnte sie ihr Temperament nur schwer im Zaum halten, obwohl sie die Ansagen der weiblichen Engelsgestalt sehr ernst nahm.

Das anhaltende Stöhnen aus der Küche wurde nun von leisem Schlabbern durchbrochen. Ihre Mutter kredenzte den Katzen wieder einmal fette Milch, obwohl das begehrte Lebensmittel für die Familie bestimmt war. Vater wäre erzürnt darüber. Trotzdem nutzte Ada den Augenblick. Blitzschnell huschte die Rothaarige aus der Kammer und betrat das düstere Schlafzimmer ihrer Eltern. Ohne Licht zu machen, tastete sie mit der Hand unter dem Nachtkästchen der Mutter und erfühlte eine kühle Flasche. Sie zog das Gefäß an sich und kehrte auf leisen Sohlen wieder in ihr Zimmer zurück. Ada hatte keine Ahnung, um welche Art von Schnaps es sich bei dem Inhalt der dunkelbraunen Glasflasche handelte. Aber Babette nippte mitunter an der betäubenden »Medizin«, wenn die Schmerzen in den Beinen tobten.

Ohne weiter nachzudenken, zog Adelheid mit den Zähnen den Korken heraus und genehmigte sich einen kräftigen Schluck der stark riechenden, farblosen Flüssigkeit. Warm brannte der hochprozentige Alkohol auf seinem Weg in den Magen, und die schmerzende Enttäuschung löste sich etwas.

Die Rothaarige fiel auf ihr schmales Bett, darauf bedacht, nichts von der Medizin ihrer Mutter zu vergießen. Sie starrte durch das kleine Sprossenfenster hinaus in den dunklen Garten, in dem sich im Mondlicht ein kahler Baum im Wind wiegte. Sie hatte sich nach Frieden gesehnt. Das schwarze Buch im Schrank hätte ihn besiegelt.

Erneut setzte sie die Flasche an die Lippen, dann senkte sich ihr Arm, und das Gefäß fiel zu Boden. Der Rest des Alkohols verteilte sich auf dem Bretterboden und sickerte in die Ritzen.

Bald begann sie zu träumen.

Barfuß wandelte Adelheid durch weichen Schnee, der in dicken Flocken auf eine blühende Wiese niederschwebte. Er fühlte sich angenehm an und war nicht kalt. Ein langes, cremefarbenes Gewand verhüllte ihren Körper. Der Traum bescherte ihr einen Zustand von simplem Glück. Sie verspürte immer tiefe Zufriedenheit, wenn sie sich in der Natur aufhielt. Bald erkannte sie einen Apfelbaum, der in voller Blüte stand. Beschwingt hielt sie darauf zu, und es war ihr, als würden ihre nackten Füße den Boden nicht berühren. Eine schneeweiße, langhaarige Katze strich um den Stamm herum und schnurrte dabei.

»Wer bist du denn?«, fragte sie die Mieze, als wäre es eine Selbstverständlichkeit, mit Tieren zu reden.

»Erkennst du mich nicht?«

Ada wunderte sich nicht, Antwort zu erhalten.

Die prachtvolle Samtpfote wandte den Kopf und ihre grasgrünen Augen glitzerten wie Smaragde.

»Ich bin der Geist, den du riefst«, tönte es aus dem rosa Mäulchen mit den spitzen Zähnen.

»Der Geist? Aber ich habe niemanden beschworen«, antwortete die träumende Ada.

»Natürlich hast du das.« Die Pupillen der Katze verengten sich zu schmalen Strichen. »Wolltest du nicht das dunkle Buch öffnen?«

Dem Traum entwich schlagartig die angenehme Wärme.

»Ich … ich bevorzuge die weiße Magie. Auch sie kann helfen.«

Die Kälte des Schnees erreichte ihre nackten Fußsohlen, völlig ungewöhnlich für die Illusion unter einer wärmenden Bettdecke. Ihr Verstand wehrte sich gegen die Empfindungen, rief nach dem Erwachen. Doch es gelang ihr nicht.

Mit einem Mal stachen Eiskristalle in ihre Haut wie winzige Nadeln und verliehen den Geschehnissen eine beängstigende Realität. Eine schreckliche Erkenntnis stieg in Ada hoch. Das war kein Traum mehr.

»Stell dich nicht dümmer, als du bist«, zischte die weiße Katze und machte einen Buckel. »Das schwarze Buch wolltest du öffnen, um zu manipulieren. Welche Art der Magie du hierfür benutzt, spielt keine Rolle. Warum bleibst du nicht bei der Wahrheit?«

Die Rothaarige schluckte schwer. Was sollte sie darauf erwidern? *Benutze niemals Lügen und Intrigen*, hatte ihr der dunkle Engel eingetrichtert.

Nur ein schwacher Protest fiel ihr dazu ein. »Ich habe aus den Karten gelesen, dass Theresia von ihrem Ehemann betrogen wird. Mit einem Ritual aus dem Buch wollte ich ihr helfen.«

»Aber du wusstest, dass dein Gegenüber den Sinn der Deutung nicht verstehen würde. Du hast die Macht der Karten missbraucht, Ada.«

Sie sah fassungslos auf das schneeweiße Fellbündel hinab, welches sich nun rasch veränderte und vor ihren Augen zu einer schlanken Frau heranwuchs. Der Kopf der Gestalt allerdings blieb der einer Katze. Ein tiefer Instinkt befahl ihr, sofort zu fliehen, doch nun versagten auch ihre

Beine und Adelheid verharrte wie gelähmt vor dem Fabelwesen, das erneut die Stimme erhob.

»Menschen wurden einst geschaffen, um die Evolution zur Perfektion zu führen. Individuen sollten selbst entscheiden, auf welcher Seite der Waage sie den ewigen Gesetzen am besten dienen können. Für einige von euch öffnete sich sogar das Fenster zur weißen oder gar schwarzen Magie. Diese Mächte helfen nur denjenigen, die sie verinnerlichen. Missbrauch wirkt zerstörerisch. Habt ihr nichts gelernt aus dem letzten Krieg? Hitler versuchte ebenso, die dunkle Seite zu beschwören, um sich gegen die ewigen Gesetze zu stellen. Sie hat sich bitterlichst gerächt.« Ein klagender Katzenschrei entfuhr dem Maul des Wesens. »Theresia hatte mich einst gebeten, ihre Mutter zu sein. In ihr schlummert das gesamte Wissen. Welch große Hoffnung habe ich in sie gesetzt.«

»Aber wenn in ihr so viel Weisheit ruht, warum versteht sie dann den Sinn der Deutung nicht? Wieso konnte ich nicht einmal mit dem Hauch von weißer Magie zu ihr durchdringen?«

Die Tierfrau fauchte furchterregend. »Weil die Essenz des Lebens in euren Gehirnen von einem starken Irrglauben überdeckt wird. Theresia ist ein Opfer dessen, obwohl sie sich auch für die dunkle Seite der Waage entschieden hat. Menschen halten sich für Gott, schaffen sich eigene Gesetze und bestimmen selbst, was gut oder böse ist.« Die Stimme wurde zu einem zischenden Flüstern. »Dieser Zustand ist sehr gefährlich, Ada, nicht nur für Theresia, sondern für die gesamte Gattung, denn ich kann mich nicht jedem von euch zeigen.«

Gedanken überschlugen sich in Adelheids Kopf. Die epische Ansage löste Verunsicherung in ihr aus. Auch sie war doch nur ein Menschenkind. Hatte sie in der Stimme des Wesens, die der des dunklen Engels nahezu unheimlich ähnelte, Enttäuschung wahrgenommen? Enttäuschung über Theresia Pfeifer?

In diesem Augenblick wurden Adas Gedanken durchbrochen. Die Katzenfrau sprang auf sie zu. Sie wirkte wie eine Gottheit aus längst vergangenen Zeiten. Blitzschnell hob sie die Pfote und fuhr messerscharfe

Krallen aus. Mit einem gezielten Streich durchdrangen sie Adas Gewand und verletzten ihre nackte Haut an einem Bein. Einer Panik nahe erkannte die Rothaarige schemenhaft dunkle Flügel, die sich aus dem Rücken des Fabelwesens bohrten.

Ihre Schreie und Versuche, dem Albtraum zu entfliehen, ließen sie schließlich in eine wohltuende Schwärze hinabgleiten.

Ada erwachte erst spät am nächsten Morgen. Trübe blickte ihr ein grauer, kalter Tag durch die Fenster entgegen. Aus der Küche drangen Wortfetzen an ihr Ohr.

»… Meine Medizin hab ich nicht gefunden, Georg. Vermutlich hat Ada sie stibitzt. … Sorgen um das Mädel. Sie liegt noch im Bett …«

Tiefes Brummen aus dem Munde des Vaters, der einem kargen Frühstück frönte, beendete das Jammern seiner Frau.

Seufzend schwang Adelheid ihre nackten Beine aus dem Bett und steckte die Füße in zwei kitschig rosafarbene Pantoffeln. Zwei halbwüchsige Katzen beobachteten die Bommeln aus künstlichem Fell mit riesigen Pupillen, bereit, jederzeit hineinzubeißen.

»Wagt euch nicht«, warnte sie die Miezen mit gespielt drohender Stimme. Aber das hätte sie gar nicht tun müssen.

Mit einem Mal stellten sich die Nackenhaare beider Kätzchen steil nach oben, während sie ängstlich an Adelheids linkem Bein schnupperten. Wie in Zeitlupe zogen sich die Samtpfoten zurück. Knurren entwich ihren Mäulchen.

»He, was ist denn in euch gefahren?« Müde blickte sie an ihrem Körper hinab und zog das billige Nachthemd aus Flanell über beide Knie nach oben.

Entsetzt flohen die Katzen durch die angelehnte Zimmertür.

Ada entfuhr ein spitzer Schrei. Drei grellrote, blutverkrustete Kratzer zogen sich wie ein groteskes Muster über ihr linkes Schienbein. Kein Stubentiger aus dem Haus der Pfeifers hätte ihr derartige Wunden zufügen können. Wo aber war sie in der Nacht hingereist? In die Hölle? Ins Jenseits?

Unruhe durchzog ihren fröstelnden Körper. Sie versuchte den Traum, oder was immer das gewesen war, zu rekonstruieren. Da war dieses unheimliche Geschöpf, eine Mischung aus Katze und Frau. Es hatte von der Macht der Magie gesprochen.

Die Menschen halten sich für Gott, schaffen sich eigene Gesetze und bestimmen selbst, was gut oder böse ist.

Einen Moment lang wurde ihr bitterkalt ums Herz, denn diese Worte klangen dramatisch und rochen nach Gefahr. Theresia war in der Geisterwelt in Ungnade gefallen. Sollte sie mit Kurts Frau darüber reden oder den Engel um Rat fragen? Oder hatte sie gar mit ihm gesprochen? War er in der Lage, sich in andere Wesen zu verwandeln?

Eines stand für Ada fest. Sie musste vorsichtiger agieren.

Anfang des Jahres 1959

Resl ahnte noch immer nicht, dass ihre Schwägerin die Zukunft vor etwa einem Jahr nur deswegen gedeutet hatte, um ihr die Augen zu öffnen. Sie kannte sich mit der Deutung der Karten nicht aus, sonst hätte sie bemerkt, dass es neben der Kreuzdame auch eine Herzdame gegeben hatte, die ihrem König im Kartenspiel den Rücken zudrehte. Adas Hinweis, sie könne selbst eine Änderung herbeiführen, löste in ihrem Kopf nur ein Gefühl aus: Wut. Wieso sollte SIE sich ändern, wenn doch ER der Bösewicht war? Obwohl sie nicht an Weissagungen glauben wollte, nagte die Unruhe wie eine Maus an ihren Eingeweiden. Eine Nebenbuhlerin, das würde sie niemals dulden. Verletzte Eitelkeit wütete wie ein Schwelbrand in ihr. Das war schon in der Kindheit so gewesen. Kurt war IHR Ehemann. War er nicht verpflichtet, sie zu verwöhnen, zu versorgen und ihr ein unbeschwertes Leben zu schenken? Sie hätte vermutlich ein Dutzend weiterer Liebhaber an Land gezogen, wäre sie nur weiterhin auf der Bühne gestanden. Aber mit dem Jawort war Kurt Pfeifer eine Verpflichtung eingegangen.

Einen Moment stahl sich das Märchen von Schneewittchen in ihren Kopf.

Spieglein Spieglein an der Wand, wer ist die Schönste im ganzen Land?

Vorsichtig berührte sie mit den Fingern ihre aufwendig toupierten Haare, die sie wöchentlich von einem Friseur formen ließ.

Kurt würde keine attraktivere Frau finden. Das konnte, nein, das DURFTE nicht passieren.

Entschlossen sprang Theres auf die Füße und huschte in die Schlafkammer. Im spärlichen Licht, welches durch die schmalen Fenster drang, betrachtete sie sich im ovalen Spiegel, der in das Holz des Kleiderschranks eingelassen war. Ihr Bauch hatte sich nach der Geburt wieder geglättet. In einem eng anliegenden Kostüm würde sie einfach perfekt aussehen. Kurt hatte ihr zwar mehrmals gesagt, sie solle nicht zu viel Geld ausgeben, aber die Ermahnung verlor an Wert angesichts der zweifelhaften Zukunftsaussichten. Jetzt galt es aufzurüsten, Waffen gegen die unbekannte Nebenbuhlerin zu schmieden. Unwiderstehlich musste sie für ihren Gatten werden. Die Kreuzdame aus den Karten würde neben ihrer Schönheit verblassen wie ein Gänseblümchen in einem Rosenstrauß.

Schwungvoll riss sie die Schranktür auf, griff entschlossen nach einem schwarzen Samtkleid und schmiss es aufs Ehebett. Einen Moment lauschte sie den entspannten Atemzügen ihrer Tochter, welche in der Ecke friedlich im Gitterbett schlummerte. Flink rollte sie elegante Damenstrümpfe über ihre makellosen Beine, schlüpfte in das Kleid und zwängte die Füße in hochhackige Pumps, die der Witterung draußen zu spotten schienen.

Eine halbe Stunde später schob Theres den Kinderwagen mit der jammernden Hannah in Richtung Straßenbahnhaltestelle, die fast zwei Kilometer entfernt lag. Sie würde in die Innenstadt von Nürnberg fahren und nach Lust und Laune die hell erleuchteten Schaufenster begutachten. Sie war fest davon überzeugt, ein Kostüm zu finden, welches sie in eine Königin verwandelte. Bald schmerzten ihr die Zehen, denn die schwarzen, dünnsohligen Schuhe boten keinen Schutz vor dem eiskalten Pflaster des Bürgersteigs. Sie ignorierte das Brennen in den Füßen, und ihr Kopf hob sich stolz.

Gut, dass die altkluge Ada ihr die Karten gelegt hatte.

Der »Hertie«, ein Kaufhaus, welches von Haushaltswaren bis hin zu Pelzmänteln einfach alles bot, zog Theresia von jeher magisch an. Wie sehr hätte sie sich in ihrer Jugend im Bayerischen Wald so ein Geschäft gewünscht. Dort hatte es, außer einem Kramer, nichts gegeben.

Klack, klack tönten die Absätze ihrer Schuhe, als sie die Glastür des Kaufhauses öffnete. Aus dem Augenwinkel sah sie ihr Spiegelbild in den riesigen Scheiben vorüberhuschen. Blondes, hoch auftoupiertes

Haar, rot geschminkte Lippen, ein aufspringender Wintermantel, der das Samtkleid darunter erahnen ließ, zauberten ein Lächeln auf ihr Gesicht und drängten die düsteren Gedanken an die Weissagung in den Hintergrund. Sie war eben doch die perfekte Lady, wenn man sich den Kinderwagen, in welchem Hannah lag, wegdachte. Das Kind ließ sich nicht mehr wegzaubern, auch wenn sie es sich manchmal heimlich wünschte.

Wäre es wenigstens ein Stammhalter geworden, auf den ich stolz sein kann. Aber ein Mädchen ...

Zielgerichtet schlenderte sie auf die prall behängten Kleiderständer zu, die angesagte Damenmode in allen Formen, Farben und Größen präsentierten. Während sie Kostüme aus englischem Wollstoff herauszog und sich an den Leib hielt, huschten ihre Augen immer wieder umher, um die Reaktion der zahlreichen Kunden zu erhaschen, die ebenso auf der Suche nach modischen Kleidungsstücken waren. Sie liebte bewundernde Blicke. Der Kinderwagen, den sie galant zwischen die Ständer geschoben hatte, wackelte leicht. Hannah war erwacht und brabbelte belustigt vor sich hin. Niemand beachtete sie. Lediglich eine ältere Dame spähte kurz in den Kinderwagen. Allerdings barg der Blick, den sie Resl zuwarf, Verachtung. Ein derartiges Verhalten stand einer jungen Mutter nicht gut zu Gesicht.

Augenblicklich fühlte Theres Trotz in sich aufkeimen. Sollten doch die Leute über sie munkeln. Sie wären, nein, sie mussten neidisch auf ihr Äußeres sein und überhaupt …

Ihre Gedanken wurden abrupt gestoppt. Sie senkte alarmiert den Kopf und schaute zu Boden. Das graue, von Kehrmaschinen zerkratzte Linoleum hatte sich gerade bewegt, oder etwa nicht? Es war nur ein kurzes Schwanken gewesen, vergleichbar mit dem Gehen auf den Planken eines Schiffes, welches vom Kai ablegt. Doch sie sah nur die Spitzen ihrer eleganten Pumps, die schmal und glänzend unter dem bodenlangen Wintermantel hervorlugten.

Ein bedrückendes Gefühl durchzog augenblicklich ihre Selbstsicherheit. Es waren Zweifel.

Als sie den Kopf wieder hob, spürte sie erneut den Blick der älteren Kundin, der auf sie zielte wie eine Pistole. Diesmal wirkte er bösartig.

Ihr Gehirn startete ein wirres Frage- und Antwortspiel.

Was tue ich hier?

Dumme Frage, ich suche das perfekte Kostüm!

Für was oder wen? Um einem Mann zu gefallen?

Natürlich! Die Kreuzdame wird neben mir erblassen.

Welchen Sinn ergibt das?

Sinn? ... So ist es eben.

Gäbe es nicht Wichtigeres?

... Vergiss die andren, das ist mein Rat!

Nach wenigen Sekunden stoppte das Karussell in ihrem Kopf, denn in dem Moment bewegte sich der Boden unter ihren Füßen erneut, heftiger als zuvor. Der jungen Mutter entfuhr ein heiserer Schrei. Mehrere Menschen drehten sich nun zu ihr um und beobachteten sie. Ihre Hände griffen wahllos in die Luft, um irgendwo Halt zu finden. Niemand schien den Grund für ihr seltsames Verhalten zu verstehen.

Der abgeschrammte Fußboden wölbte sich nach oben und unten, als bestünde er aus Kautschuk. Panisch tastete sie nach Hannahs Wägelchen, als handle es sich um einen Rettungsring. Ihr Körper bewegte sich im Einklang mit den Kleiderständern, die nun auf- und abschwangen wie Figuren einer Schießbude auf dem Nürnberger Herbstfest. Anmutig schienen ihr die edlen Ärmel der Kleider rings herum zuzuwinken. Eine lebensgroße Puppe, die in einem duftigen Kleid steckte, begann zu tanzen. Ihre blinden Augen blinzelten Theres zu. Grauen überzog sie, doch es kam noch schlimmer. Ungläubig folgten ihre Pupillen der Welle. Ein Ungetüm aus flüssigem Bodenbelag rollte auf sie zu, erfasste auf seinem Weg Kleider, Mäntel, Röcke und Blusen. Stoffe in vielen Farben wirbelten umher, tanzten auf Wellenbergen aus Linoleum, tauchten unter und umspülten Theres' Beine. In all dem Gemurmel und Geraschel von Leinen und Baumwolle ertönte das bösartige Zischeln der Modepuppe, die nun ihre auflackierten Lippen bewegte.

»Du hast eine Aufgabe zu erledigen, Theresia. Bis jetzt hast du noch nicht einmal das kürzeste Etappenziel erreicht. Wie willst du sie mit deinem Verhalten bewältigen? Mit teuren Kleidern und kitschigen Frisuren? Hast du vergessen, wo die Hölle lauert?«

Riesenhafte schwarze Schwingen schoben sich knackend aus dem Plastikleib der Puppe. Sie erhob sich mit kräftigen Flügelschlägen in die Luft. Das Kleid umwehte ihre toten, starren Beine.

Theres' Verstand war am Ende seiner Aufnahmefähigkeit angelangt. Ein lang gezogenes Stöhnen und der dumpfe Aufprall ihres Körpers ließen die fiesen Worte der Puppe verstummen.

»Hallo, wie geht es Ihnen? Sind Sie verletzt?«

Theresia blinzelte und erblickte das sorgenvolle Gesicht einer Verkäuferin über sich. Vorsichtig schaute sie sich um. Sie lag auf einer Pritsche aus Kunstleder. Der Geruch von Desinfektionsmitteln stieg ihr in die Nase. Dieses Mal hatten die Eindrücke noch realer gewirkt als bei ihrem Besuch in der Fahrschule. Noch jetzt sah sie im Geist die Welle des flüssigen Fußbodens, die auf sie zurollte.

»Meine Kollegin schiebt gerade Ihr reizendes Kind durch die Damenabteilung«, setzte die Kaufhausangestellte fort. »Das Baby winkt fröhlich unserer Modepuppe zu, Sie wissen schon, der mit dem eleganten Kleid. Ihnen ist wohl schwindelig geworden, gnädige Frau.«

Bei der Erwähnung der Puppe mit den starren, dunklen Augen durchfuhr Eiseskälte Theresias Brust.

Hannah winkte ihr zu? Das Baby – ihr Baby – hatte das schwebende Monster auch gesehen.

»Von wegen Schwindel«, entfuhr es der jungen Mutter aufgebracht. »Ja, haben Sie denn nicht mitbekommen, dass in Ihrem Kaufhaus ein Erdbeben getobt hat? Ich konnte mich nicht mehr auf den Füßen halten, das war lebensgefährlich.«

Die Mimik der Verkäuferin veränderte sich. Mitleid mit einer offensichtlich Geisteskranken spiegelte sich in ihren Augen. »Nein, wirklich?«, fragte sie gespielt besorgt nach. »Das ist ja schrecklich. Da haben wir wohl alle großes Glück gehabt im Kaufhaus. Aber nun ruhen Sie sich ein wenig aus. Ein Arzt wird gleich zu Ihnen kommen.«

Theres erwiderte nichts. Der Schock des Erlebten und die Erkenntnis, dass man sie offensichtlich wie eine Irre behandelte, saßen tief. Mit geweiteten Pupillen starrte sie an die Decke. Würde ihr nur jemand dorthin die Antworten projizieren, die ihre tausend Fragen beantworten konnten.

Ihr Blick änderte sich auch nicht, als ihr der Arzt nach einem gemurmelten Gespräch mit der Verkäuferin wenig später den Ärmel des Kleides hochkrempelte.

»Sie haben also ein Erdbeben im Kaufhaus gespürt. Was ist Ihnen sonst noch aufgefallen?«

»Der Fußboden verwandelte sich in eine Meeresoberfläche. Auf ihr schwammen all die Kleider, die sich von den Ständern lösten. Es war schrecklich. Was fragen Sie eigentlich? Die Schäden müssten ja zu sehen sein. Sie müssen doch nur mit offenen Augen durch die Damenabteilung laufen.«

»Jaja, natürlich, furchtbare Sache, die da geschehen ist. Haben Sie einen Ehemann, der Sie abholen kann?«, fragte er ruhig nach. Dabei runzelte er besorgt die Stirn.

»Das ist nicht nötig«, konterte Theresia sofort. »Ich werde allein nach Hause finden. Ich bin nämlich nicht verrückt, Herr Doktor. Ich fantasiere nicht.«

Sie sah das Zucken um die Mundwinkel des Mediziners, als er ihr antwortete: »Das ist wirklich schrecklich, was Sie da erleben mussten. Ich verabreiche Ihnen jetzt ein Medikament, dann wird sich Ihr Zustand rasch bessern.« Kurz überlegte er, dann setzte er vorsichtig hinzu: »Sie sollten sich baldmöglichst in fachärztliche Behandlung begeben. Es gibt fähige Psychiater in Nürnberg.«

Theres fuhr zusammen, als habe sie ein Stromschlag getroffen. »Sie glauben mir noch immer nicht?«, keifte sie den Arzt an. »Der Boden hat sich bewegt, nur knapp entkam ich einem Unfall.« Sie konnte die Tränen der Wut nicht mehr zurückhalten.

Was hatte die Puppe zu ihr gesagt?

Hast du vergessen, wo die Hölle lauert?

War die Engelsdame in deren Plastikleib gefahren? Warum ließ diese Gestalt aus ihrer Kindheit sie nicht einfach in Ruhe? Sie fühlte sich der Aufgabe, die man ihr vor vielen Jahren gestellt hatte, ohnehin nicht mehr gewachsen. Das Leben hatte sich verändert. Sie war eine Frau, eine ganz besondere zwar, aber dennoch weiblichen Geschlechts. Große Aufgaben, die die Waage der Ewigkeit wieder ins Lot bringen sollten, waren reine Männersache. Wer redete heutzutage schon von solchem Humbug? Die Wirtschaft strebte einem Höhepunkt entgegen. Es gab ausreichend Lebensmittel. Fleisch, Fisch, Gemüse und Obst füllten die Regale der Läden. Schokolade, Bonbons und Eiscreme warteten auf Genießer. Überall entstanden neue, moderne Wohnblocks mit Zentralheizung. Die Städte waren im Wiederaufbau und strahlten größer und prächtiger als vor dem Krieg. Kinder wurden geboren, niemand dachte mehr an Hunger und Entbehrung. Das Paradies nahte – was zählten da die ewigen Gesetze eines Geisterwesens aus dem Bayerischen Wald, den man in der modernen Zeit lediglich als Tourist zur Sommerfrische besuchte.

Das Beruhigungsmittel sauste durch ihre Venen und erreichte das Gehirn. Eine wohlige Wärme breitete sich in ihrem ganzen Körper aus, glättete die Sorgen und löschte all die wirren Gedanken. Schlagartig fühlte sie sich erleichtert. Es war ihr, als hätte sich ein Schleier über die qualvollen Emotionen gelegt. Das Medikament bescherte ihr Ruhe. Gleichgültigkeit kroch durch ihre Synapsen und die gruselige Modepuppe wandelte sich in Lächerlichkeit. Am liebsten wäre sie jetzt weiter durch das Kaufhaus gezogen und hätte die Welt um sich herum vergessen. Aber die verantwortungsbewusste Verkäuferin bestand darauf, dass sie sich von ihrem Ehemann mit dem Auto abholen ließ.

Kurt demontierte die Räder vom Kinderwagen und verstaute diesen schweigend im Kofferraum des Borgwards. Seine Miene verriet, dass er wütend war. Mit Baby und hochhackigen Schuhen flanierten Mütter nicht durch Kaufhäuser. Außerdem hatte Theresia anscheinend noch immer nicht begriffen, dass er sich ihren Konsumrausch gar nicht leisten konnte. Mit einem frostigen Seitenblick streifte er seine Ehefrau, die Hannah an die Brust drückte und auf dem Beifahrersitz auf ihn wartete. Sie wirkte gleichgültig. Das schürte seinen Zorn weiter. Er schlug den Kofferraum hart zu. Sollte sie ruhig merken …

»Hallo! Warten Sie!«

Kurt drehte sich abrupt um. Eine Kaufhausangestellte kam über das Pflaster auf ihn zugestürzt. Sie wedelte mit den Händen. Die Finger ihrer rechten Hand umklammerten einen Gegenstand. Kurz vor dem Borgward kam sie schwer atmend zum Stehen.

»Gut, dass ich Sie noch erwische. Ihre Frau …« Sie neigte den Kopf und versuchte durch die Seitenscheiben des Wagens ins Innere zu schauen. »… hat offensichtlich etwas verloren im Sanitätsraum. Gottlob habe ich es noch entdeckt. Es scheint sehr wertvoll zu sein.«

Kurt runzelte die Stirn, während die Verkäuferin ihm ihre geöffnete Hand entgegenstreckte. Darauf lag eine Brosche. Blutrote Granate blitzten feuerrot im blassen Sonnenlicht. Er kniff die Augen zusammen. Am unteren Rand waren etliche Edelsteine herausgebrochen. Man musste ganz genau hinsehen, um das zu bemerken. In der Mitte des Schmuckstückes befand sich aber eine weitere leere Fassung. Sie wirkte wie die Zahnlücke eines alternden Mundes. Besaß Theres ein solches Geschmeide? Er hatte es nie zuvor bei ihr gesehen. Und wer hatte es beschädigt? Kurz überlegte Kurt, den Schmuck zurückzuweisen, aber dann öffneten sich seine Lippen wie von selbst. »Danke, das ist sehr nett von Ihnen«, erwiderte er emotionslos, grapschte nach der Brosche und schob sie in die Tasche seines abgetragenen Sakkos. Er streckte der Verkäuferin die Hand entgegen. Trinkgeld konnte er ihr nicht geben. Das Geld im Hause Pfeifer war knapp. Entschuldigend zuckte Kurt mit den Achseln und betrachtete das Gesicht der Angestellten. Sie hatte offensichtlich noch etwas auf dem Herzen.

»Mich geht das nichts an«, sagte die junge Frau vorsichtig und mit gesenkten Augen. »Aber Ihre Gattin sollte sich von einem Psychiater untersuchen lassen. Sie hat ganz wirres Zeug geredet. So ein Geisteszustand schadet auf Dauer ja auch dem Kind.«

Kurt atmete tief ein. Es schmerzte, solche Worte aus dem Mund einer Kaufhausmitarbeiterin zu hören. Welcher Mann wünschte sich schon eine geistesgestörte Gattin. Vor nicht allzu langer Zeit hatte der Führer im Deutschen Reich noch dafür gesorgt, dass sich »Irre« nicht weiter vermehren konnten. Und Theres war Mutter.

»Sie ist derzeit nur etwas überlastet mit dem Kind«, antwortete er ausweichend und den Blick senkend. »Das legt sich wieder. Auf Wiedersehen.«

Wenig später lenkte er den Borgward durch die Innenstadt Nürnbergs hinaus ins Knoblauchsland. Der Magen knurrte ihm nach der harten Arbeit bei den Amerikanern. Daheim würde ihn einmal mehr ein kalter Herd erwarten, der in der Nische stand und selten benutzt wurde.

Theres hasste das Kochen. Seit es in den Lebensmittelläden nun Suppen in Tüten zu kaufen gab, hatte sie die heimische Küchenecke mit den haltbaren Speisen gefüllt. Das Gemüse, welches in den Beeten hinter dem Haus wuchs, rührte sie nicht an. Also würde er später die kleine Hannah auf den Arm nehmen und bei seiner Mutter um eine warme Mahlzeit betteln. Spott und Häme, die ihn wegen der Unfähigkeit der Gemahlin erwarteten, wären nicht so schlimm wie ein leerer Magen. Und selbst für Hannah gäbe es vielleicht duftende, passierte Karotten mit einer Flocke Butter, die das Kind sehr viel lieber zu sich nahm als die Instantmilch aus der Dose.

Nach einer halben Stunde rollte der Borgward auf den Hof vor dem Anwesen der Pfeifers. Kurt bemühte sich, die Enttäuschung und Wut über Theres, so gut es ging, zu verbergen. Er half seiner abwesend wirkenden Frau aus dem Auto und stützte sie beim Gehen, da sie in ihren schmalen, hochhackigen Schuhen unsicher dahinstolperte. Das Beruhigungsmittel tat weiterhin seine tückische Wirkung. Hannah, die noch immer in ihren Armen ruhte, gab lustige Laute von sich. Ihr hatte der Ausflug anscheinend nicht geschadet.

Kurt betrachtete die tiefgründigen Augen seiner Tochter. In ihnen spiegelten sich Ruhe und Verstand. Würde sie dem Weg ihrer Mutter folgen oder eine völlig andere Richtung einschlagen?

In diesem Moment hätte er heulen können vor Sorge.

Theres legte sich auf die grüne Couch im Wohnzimmer, nachdem sie sich lässig die Schuhe von den Füßen gestreift hatte. »Könntest du dich um Hannah kümmern?«, hauchte sie müde. Obwohl ihr die Welt gerade in bunten Farben erschien, übermannte sie ein starkes Schlafbedürfnis. »Ich fühle mich schwach.« Ohne eine Antwort abzuwarten, schüttelte sie zwei Kissen auf und schob sie vorsichtig unter den Nacken, um die Frisur nicht vollends zu ruinieren. Das Zucken im Gesicht ihres Ehemannes, ignorierte sie. Wie von selbst schlossen sich ihre Augenlider. »Das Medikament, welches mir der Arzt im Kaufhaus verabreicht hat, wirkt wahre Wunder. Nach einem Nickerchen bin ich wieder die Alte.«

Kurt seufzte. Wie hatte er sich in Theres nur so dermaßen täuschen können? Sie war nun Mutter und Hausfrau. Genügte ihr das nicht? Was erwartete sie sich denn?

Er beobachtete Hannah, die lachend auf allen vieren über den gemusterten Webteppich kroch, den er von seinem ersten Gehalt gekauft hatte. Er erinnerte sich an das enttäuschte Gesicht von Resl, als er den Teppich ausgerollt hatte.

»Wir sollten die Wohnung komplett mit einem der modernen Teppichböden auslegen lassen«, hatte sie ihm entgegengeschleudert und das Zimmer verlassen.

Imaginäre Dornen näherten sich seinem leeren Magen, wäre da nicht sein Töchterchen eingesprungen, das ihn schlagartig aus der Lethargie riss. Hannah sprach just in diesem Augenblick ihr erstes Wort. Ihre winzige Hand streckte sich nach einem bunt gescheckten Kätzchen aus, welches mit den Pfoten am Verschluss von Theresias Schuhen spielte.

»Mau«, brabbelte Hannah entzückt und strahlte ihren Vater an, der sofort in Tränen ausbrach.

Das Mädchen wird nicht so werden wie seine Mutter. In ihr schlägt ein warmes Herz, kein Stein.

Einen Moment lang schöpfte Kurt Hoffnung. Die Kleine würde das Glück zurück in die Familie Pfeifer tragen.

Getröstet nahm er Hannah samt dem Kätzchen in die Arme und verließ das Wohnzimmer, um dem verheißungsvollen Duft zu folgen, welcher aus der Küche seiner Mutter drang. Es roch nach Kartoffelbrei, Mohrrüben mit Butter und Fleischküchlein.

Am Morgen darauf

Resl erwachte am nächsten Morgen in ihrem Bett. Das Medikament, das ihr der Arzt gespritzt hatte, war in der Lage gewesen, eine Menge an düsteren Gedanken zu löschen. Sie drehte den Kopf zum Kinderbett hin. Die bunte Rassel in Hannahs Händchen bewegte sich schnell, und die getrockneten Erbsen im Inneren des Spielzeugs klangen beinahe rhythmisch.

Das Mädchen hat musikalisches Talent, vielleicht wird es ein Bühnenstar, fuhr es ihr durch den Kopf.

Gähnend wälzte sie sich herum und schaute auf die Uhr, die auf dem Nachtkästchen stand. Der Wecker zeigte kurz nach sieben am Morgen. Kurt lag nicht mehr neben ihr. Er würde vermutlich bald zur Arbeit aufbrechen.

Der Gedanke klebte noch in ihrem Kopf, als sich die Schlafzimmertür leise öffnete. Kurt trat ein. In seinem blauen Overall mit dem Wappen des amerikanischen Getränkeherstellers darauf wirkte er wie ein einfacher Lastwagenfahrer. Theres hasste die billige Uniform. Viel lieber hätte sie Kurt in einem feschen, maßgeschneiderten Anzug auf einem Chefsessel gesehen. Seine Karriere ging ihr nicht steil genug nach oben. Das einzig Gute daran war, dass die Tatsache vermutlich auch eine Nebenbuhlerin abschrecken würde.

Um ihre Gedanken zu verbergen, lächelte sie ihn dennoch an, fuhr sich mit der Handfläche über die Stirn und hauchte: »Du bist noch hier? Fährst du sonst nicht eher los?« Kurz kniff sie die Augenlider zusammen und stöhnte. Kurt wäre umso besorgter, wenn sie noch immer kränkelte.

»Fühlst du dich noch schwach? Ist dir schwindelig?«, fragte er augenblicklich und bestärkte so ihre Theorie.

»So ganz auf der Höhe bin ich noch nicht«, jammerte Theres wie einstudiert. »Ich sollte einen Arzt aufsuchen. Vielleicht kann er mir das Medikament, welches man mir gestern verabreicht hat, in Tablettenform verschreiben?«

»Das ist bestimmt nicht nötig«, warf Kurt sofort besorgt ein. Dabei schüttelte er den Kopf. »Du brauchst nur Vitamine. Mutter soll dir ein wenig Holundersirup bringen. Der hat mir als Kind schon geholfen bei allen Zipperlein, die ich hatte.«

Was interessiert mich das Hexengebräu deiner hässlichen Mutter, drängelte sich zwischen ihre Lippen, aber sie schwieg und stöhnte ein zweites Mal. Sogar durch die halb geschlossenen Augen konnte sie erkennen, dass Kurt bekümmert wirkte.

Er soll sich ruhig Gedanken machen über seine kranke Gattin. Dann hat er keine Zeit, sich eine Geliebte anzulachen.

In diesem Moment strich sich Kurt mit der rechten Hand über das glatt rasierte Kinn, als würde er überlegen. Dann erhellte sich sein Blick und er lächelte. Sofort wendete er sich dem Sakko zu, welches an einem Haken an der Tür hing. »Fast hätte ich es vergessen.« Er griff in die Tasche des Kleidungsstückes und zog einen Gegenstand hervor. Einen Moment betrachtete er das Teil in seiner schwieligen Handfläche, dann legte er behutsam die Brosche auf das Nachtkästchen, direkt in Theres' Blickfeld.

Die erstarrte förmlich zu Eis. Woher hatte Kurt den Schmuck?

Wirre Erinnerungsfetzen kehrten zurück in ihren Kopf. Bilder von einer toten Maus, in deren Fell glitzernde Granatsplitter steckten, flammten auf einer unsichtbaren Leinwand auf. Zuletzt hatte ihn die geflügelte Geisterfrau besessen. Am Rand des Geschmeides fehlten bereits einige Edelsteine, doch nun war auch mittig eine winzige, leere Fassung zu erkennen.

Wie ein blindes Auge, dachte Theres.

Was hatte der Engel ihr damals gesagt?

Wenn der letzte Granat herausgebrochen ist, wirst du diese Welt verlassen.

Das blinde Auge in der Mitte des Schmuckstücks schien sie hämisch anzugrinsen. Sollte das eine Warnung sein? Glasklar sickerten die Worte jenes Abends in der Umkleidekabine zurück in die Hirnregion, die Theres mit aller Macht zu löschen versuchte.

Unsicherheit ließ ihre Magennerven erneut vibrieren. Wie sie diesen Zustand hasste. Sie sollte sich unbedingt Medikamente verschreiben lassen, die ihren Geist zur Ruhe brachten. Ein tiefer Atemzug, verbunden mit einem Räuspern, half ihr schließlich, sich wieder unter Kontrolle zu bringen. Sie setzte sich im Bett auf, rieb sich die Stirn und log bühnenreif: »Da muss sich die Verkäuferin irren. Ich kenne das Schmuckstück nicht. Wahrscheinlich hat es eine andere Kundin verloren. Lass es hier liegen, Kurt. Wenn es mir besser geht, werde ich es zurückbringen. Sicher vermisst es schon jemand schmerzlich.«

Lüge!, brüllte ein unsichtbarer Lautsprecher, den nur Theresia selbst hören konnte. *Du hattest eine Aufgabe zu erledigen!*

Sie zuckte zusammen. Gut, dass Kurt in diesem Moment auf seine Uhr sah. Welche Mächte wollten sie da nur manipulieren?

Sie versuchte zu lächeln, um davon abzulenken, dass ihre Finger zu zittern begannen. Irgendwie musste sie Kurt loswerden. Er sollte nichts von ihrer Verunsicherung bemerken. Theres hatte sich geschworen, die mysteriösen Hirngespinste endgültig hinter sich zu lassen.

»Ich werde noch ein Viertelstündchen schlafen«, hauchte sie. »Einen erfolgreichen Arbeitstag wünsch ich dir.« Fahrig deutete sie einen Kuss an, dann drehte sie sich abrupt weg und ließ sich in das Federkissen sinken. Ihr Puls raste.

Als Kurt wenig später das Haus verließ, packte sie die Brosche, öffnete das Schlafzimmerfenster und schleuderte das Schmuckstück in hohem Bogen hinaus. Sie konnte hören, wie es leise klickend die Äste eines alten Birnbaumes berührte. Darunter, in den wilden Brombeersträuchern, die mit ihren stacheligen Ranken den Baum wie ein Bollwerk umgaben, würde niemals mehr ein Mensch oder sonstiges Wesen die verfluchte Brosche mit den fehlenden Granaten finden.

So dachte sie zumindest.

Tristesse einer Ehe um das Jahr 1963

Jahre verflogen in zermürbender Eheroutine, die weder Kurt noch Theres zufriedenstellte. Die Weissagung von Adelheid, dass ihr Mann sie mit einer fremden Frau betrügen würde, schwebte noch immer über der Zweisamkeit wie ein Damoklesschwert. Während Kurt Pfeifer inzwischen vom Verkaufsfahrer zum Gebietsleiter aufgestiegen war und auch ein annehmbares Monatsgehalt erzielte, beschäftigte sich Theresia im Rahmen ihrer Lebenseinstellung mit der Erziehung der Tochter Hannah. Die Idee, in irgendeiner Form zum Lebensunterhalt der kleinen Familie beizutragen, war auf die Rückseite des Mondes verbannt. Es gab eine neue Strategie, die Theres regelmäßig anwandte. Den Müttern von Hannahs Schulkameradinnen erzählte sie, ihre Tochter sei ein kränkliches Wesen und benötige ihre volle Aufmerksamkeit. Arbeiten könne sie nicht gehen, das sei unverantwortlich. In Wahrheit überraschte die putzmuntere Sechsjährige ihre Mitschüler schon am ersten Schultag damit, dass sie einfache Sätze lesen und schreiben konnte. Resl hatte ihrem Sprössling früh Buchstaben gelehrt, da es der Kleinen stets langweilig war, wenn sie nicht nach draußen durfte. Toben und Spielen im Freien zerstörte und verschmutzte die feinen Kleidchen, und das bereitete Theres beinahe körperliche Schmerzen. Wenn Hannah, die bereits als Sechsjährige gelernt hatte, Husten und Niesen zu unterdrücken, doch einmal verdächtige Geräusche von sich gab, war der Hausarrest besiegelt. So ein kränkliches Kind musste drinnen bleiben. Dieses Argument zog immer, wenn sich Theresia vor jeglicher Tätigkeit drücken wollte.

Kurt mischte sich nie in erzieherische Maßnahmen oder den Tagesablauf seiner Ehefrau ein. Er widmete sich voll und ganz der Arbeit und der Vermehrung des Einkommens. Deswegen verkündete er eines Abends, dass er nun genügend verdienen würde, um wieder mit dem

Fliegen anzufangen. Es wäre schon immer sein Traum gewesen, den Pilotenschein zu erwerben. Selbstredend stieß er bei seiner Gattin nicht auf große Begeisterung.

»Das kostet doch viel zu viel Geld.« Resls Stimme klang schrill. Rastlos stolzierte sie vom Gaubenfenster die drei Schritte bis zum Couchtisch, um sofort zackig umzukehren wie ein Soldat und die Prozedur zu wiederholen. »Wie sollen wir ein eigenes Häuschen finanzieren? Glaub ja nicht, dass ich bis an mein Lebensende in so einer Bruchbude leben möchte, zusammen mit deinen Eltern und deiner Schwester.«

Kurt, der sich auf der Couch niedergelassen hatte, schluckte. Er war es gewohnt, die Kritik, die ihm auf der Zunge lag, hinunterzuwürgen. Auf einen verbalen Kampf mit Theresia wollte er sich nicht einlassen. Das war nicht seine Art, so war er nicht erzogen worden. Deswegen senkte er den Blick, betrachtete die Spitzen seiner ausgetretenen Pantoffeln, die das bunte Muster auf dem Webteppich nachzeichneten, und antwortete: »Das Haus können wir hier auf Vaters Grundstück hochziehen. Ich hab schon mit ihm geredet. Uns läuft ja nichts davon. Bis wir mit dem Bau beginnen, habe ich den Pilotenschein in der Tasche.«

Resl drehte ihren Körper so heftig zu ihrem Gatten um, dass sie um ein Haar den kargen Gummibaum in seinem viel zu kleinen Topf umgeworfen hätte. Außer einem Schluck Wasser alle zwei Wochen gönnte Theres der Pflanze keine weiteren Annehmlichkeiten. Eines der vier dehydrierten, staubigen Blätter löste sich lautlos vom Stamm und segelte zu Boden.

Die Szene berührte Kurt im Innersten, trotzdem blieb er stumm und ließ die Belehrungen über sich ergehen.

»Fliegen willst du? Du hast eine Familie! Wenn du meinst, du verdienst so gut, dass du dir einen solchen Luxus leisten kannst, dann kümmere dich zuerst um mich und um Hannah.« Wütend bückte sich Resl, hob das Blatt der Zimmerpflanze auf und schmiss es in den emaillierten Mülleimer, der am Eingang zur Küchenecke stand.

Das Knallen des Eimerdeckels schmerzte Kurt in den Ohren. Er blieb ruhig, wie immer, und ließ sich weiterhin attackieren.

»Deine Tochter ist pausenlos krank, außerdem wird sie von Tag zu Tag eigenwilliger. Ich habe schon darüber nachgedacht, sie für eine Weile in einem Internat unterzubringen.«

Es half nichts, er musste reagieren. So einen Quatsch würde er sich selbst von Theres nicht anhören.

»Hannah bleibt hier bei uns. Sie ist gesund. Rotznasen und Husten gehören zu jeder Kindheit. Lass sie öfters in Mutters Garten zum Spielen, dann hat sie ihren Spaß.«

Die Erwiderung war Kurt so heftig aus dem Mund gefahren, dass er sie fast bereute. Er würde niemals zulassen, dass die kleine Hannah in fremde Obhut käme, auch nicht vorübergehend.

Das Veto seiner Gattin folgte unmittelbar.

»Soso, triefende Nasen gehören zur Kindheit?« Mit zwei Schritten erreichte sie den Couchtisch aus dunklem Holz, stützte die Hände darauf und näherte das Gesicht drohend dem ihres Mannes. »Zu deiner Kindheit gehörten sie schon deswegen, weil hier in diesem Haus nahezu alles mit Dreck und Tierhaaren bedeckt ist.« Sie schnaubte wie ein Ackergaul. »In einer derartigen Umgebung kann man keine Kinder aufziehen. Diese verfluchten Katzen, deren Gestank in jedem Raum die Luft verpestet, dazu die seltsamen Speisen, die deine Mutter und Adelheid in ihrer Hexenküche zubereiten, all das schadet Hannah. Letzte Woche hat deine Schwester der Kleinen Unkraut aus dem Garten über den Kartoffelbrei gestreut. Danach hatte sie Bauchschmerzen.«

»Das waren Kräuter! Ada hackt immer Salbei und Liebstöckel. Wir haben Fleisch und Gemüse stets mit Kräutern aus dem Beet hinter dem Haus gewürzt«, widersprach Kurt.

»Ada hackt irgendwelches Grünzeug, welches wild im Garten wächst. Womöglich ist das giftig. Du kannst deiner Familie ausrichten, dass Hannah künftig in unseren Räumen bleibt. Ich werde zu verhindern wissen, dass man dem Mädchen gesundheitlich schadet.«

Kurt entschied zu schweigen. Er wusste, dass seine Frau kein noch so logisches Argument mehr gelten lassen würde.

Ganz weit hinten, verborgen in tiefsten Emotionen, keimte indes die Sehnsucht nach einer Frau heran, die ihn einfach nur lieb haben würde.

Die Kreuzdame aus Adas Kartenspiel, von der Kurt natürlich keine Ahnung hatte, erwachte verborgen zum Leben.

Einzug ins Eigenheim 1965

Die Zeit eilte weiter, während Theresia immer mehr in ein dunkles Loch, gefüllt mit Langeweile und Tristesse, hinabglitt. Auch wenn sie es sich noch so sehr wünschte, die glanzvollen Momente auf der Opernbühne existierten nur noch in ihrer Fantasie. Stupide Gewohnheit gestaltete ihre Tage, begleitet von der Sorge, Kurt könne sie tatsächlich betrügen. Obwohl sie seit dem Tag, an dem Ada ihr die Karten gelegt hatte, mit ihrer Schwägerin so gut wie keinen Kontakt mehr hegte, wollte der Gedanke daran nicht verschwinden, wie ein Brombeerstachel tief unter der Haut.

Hannah verwandelte sich von Monat zu Monat mehr zu einem Buben, der gewaltsam in hübsche Mädchenkleider gesteckt werden musste. Je älter sie wurde, desto weniger interessierte sie sich für Mutters ausgewählte Kindermode, sondern für die Natur und deren Wunder. Sie entwickelte ein großes Herz für Tiere, beobachtete Pflanzen im Kreislauf der Jahreszeiten und bannte ihre Erlebnisse per Buntstift aufs Papier. Ihre Großmutter Babette, Tante Ada und die vielen Katzen liebte sie sehr.

Mitte der Sechzigerjahre, in denen Kurt bereits Landesvertreter der amerikanischen Getränkefirma war und eine heimliche Geliebte besuchte, ließ sich Theresia dauerhaft Schlaftabletten vom Arzt verschreiben. Das neuartige Medikament versprach ruhigen Schlaf, gute Laune und fantastische Tagträume, in denen sie den Alltag völlig von sich schieben konnte. Die kleinen, gelben Pillen wurden mit der Zeit zu Theresias Freund – ihrem einzigen Freund –, denn Schwiegereltern, Ehemann, Kind und Bekannte zogen sich mehr und mehr von ihr zurück. Besonders ihr Gatte verbrachte die komplette Woche in seinem Büro oder auf Dienstreise, während er am Wochenende mit dem Segelflugzeug Wolken jagte. Kurt Pfeifer hatte sich mit dem Erwerb einer Pilotenlizenz bei seiner Frau durchgesetzt, und diese Tatsache konnte sie ihm nicht verzeihen. Die Tabletten halfen ihr bei der Überwindung der Realität. Bei moderater Überdosierung formte ihr Gehirn schemenhaft jede Menge von eleganten Herren und Damen, mit denen sie verzückt im Kreis tanzen konnte.

... Das Leben ist fein, so sollte es sein. Lach und sing und geh deinen Pfad. Vergiss die andren, das ist mein Rat.

Seit wenigen Monaten lebten Kurt, Theresia und Hannah in einem Einfamilienhaus, welches auf dem Grundstück der Pfeifers stand. Hannah bewohnte ihr eigenes Zimmer. Ein kompletter Zoo aus Stofftieren bevölkerte den Raum, den Theresia nach ihren Vorstellungen eingerichtet hatte. Dennoch konnte sie nicht verhindern, dass sich ihre Tochter mehr und mehr ihrer Diktatur entzog.

»Hannah, wo bist du denn schon wieder?« Kurzatmig stieg Theres die Treppe hoch und riss die Tür zum Kinderzimmer auf.

Das Mädel war nicht da. Die Büchertasche stand fein säuberlich gepackt neben dem modernen Schreibtisch, der der Grundschülerin ein Leben im Haus schmackhaft machen sollte. Hannah war zu ihrem Leidwesen mit derartigen Dingen nicht zu begeistern.

Kurz blickte sich Theres um, schritt zornig zum Fenster und schob die bodenlangen Gardinen zurück, die in einem Kinderzimmer völlig unpassend wirkten. Von hier aus hatte man einen guten Blick in den Hof der Pfeifers.

Ihre Tochter war nicht zu sehen. Lediglich zwei fette, braune Katzen rekelten sich vor der Eingangstür des Hauses, in welchem sie zu Beginn ihrer Ehe mit Kurt gelebt hatte. Sie fluchte undamenhaft, während sie die Gardinen wieder zuzog.

Ihr Blick fiel auf den Schreibtisch, auf dessen heller Oberfläche ein Heft lag. Ohne zu zögern, klappte sie das Schulheft auf und begann neugierig, die kindliche Schrift zu entziffern. Was hatte sich das Mädchen hier zusammengereimt? Schrieb man mit sieben schon Aufsätze?

Ein Hauch von schlechtem Gewissen durchzog die blonde Mittdreißigerin, denn sie musste sich eingestehen, dass sie viel zu wenig über die schulischen Leistungen Hannahs wusste. Ihre eigene Zeit als Schülerin schlummerte irgendwo ganz weit hinten, verborgen in Synapsen, deren Funktion durch Medikamente blockiert wurden.

Theres blätterte um – und spürte augenblicklich Gänsehaut, die ihr über die Arme nach oben kroch. Der Engel – die vermaledeite Frau mit den Flügeln auf dem Rücken – lächelte ihr vom Papier entgegen. Hannah hatte ihn exakt so gemalt, wie er ihr in Eisenhütt so oft erschienen war. Die ausladenden Schwingen, die das Wesen oftmals imposant ausgebreitet hatte, waren mit schwarzer Farbe ausgemalt. Um den Hals der unheimlichen Gestalt baumelte ein Band, an der ein ovales, feuerrot leuchtendes Objekt befestigt war. Sogar fehlende Steine im Schmuck hatte das Kind mittels eines dunklen Stiftes markiert.

Das Déjà-vu fiel heftig aus. Die Vergangenheit mit all seinen unerklärlichen Phänomenen ließ sich offensichtlich nicht vertreiben. Es gab keinen Zweifel daran. Hannah pflegte Kontakt zu dem Geist aus ihrer Jugend. Sie hatte ihn in Gestalt des Engels wahrgenommen, der die alte Brosche ihrer Mutter um den Hals trug.

Resls Kiefer begannen zu mahlen. Ihre Augen verformten sich binnen Sekunden zu schmalen Schlitzen. Wut überlagerte, wie immer in solchen Situationen, ihre Unruhe.

Ohne lange zu überlegen, zog sie ein Stück Wachsmalkreide aus Hannahs selbst bemalter Papphröhre, die ihr als Sammelbehälter für zahlreiche Schreib- und Malutensilien diente. Einen Moment drehte sie die Kreide zwischen Daumen und Zeigefinger. Farbe blieb an der Haut haften. Schließlich schloss sie die Faust um das Malutensil. Kreuz und quer verdeckten dicke, schwarze Striche mehr und mehr die Zeichnung ihrer Tochter. Das Engelsgesicht wurde zu einem Monsterkopf. Als sich der Malstift dem roten Schmuckstück näherte, drückte er sich so stark ins Papier, dass ein Loch entstand.

Einen Moment hielt Theresia inne, betrachtete ihr Werk, dann ließ sie sich kraftlos auf den Korbstuhl ihrer Tochter sinken. Sie zitterte.

»Du wirst mein Kind nicht besuchen«, zischte sie, während sie noch immer auf das Schulheft starrte. »Du hast mich durch meine Jugend begleitet, mir den Blick für den Luxus geschärft, etwas von den Gesetzen der Ewigkeit gefaselt, die wir Menschen angeblich nicht mehr beachten. Damals war es unterhaltsam.« Theres atmete tief ein, um Kraft zu sammeln. Ihr Kreischen dröhnte durchs Kinderzimmer. »Aber jetzt ist es genug, hörst du? Ich schulde dir nichts. Fahr zurück in die Hölle am Hochfels. Ich lasse nicht zu, dass du mein armes Kind ebenso mit deinen kranken Ideen impfst. Ich bin die Mutter von Hannah, und ich bestimme über sie.«

Noch immer hielt sie den Wachsstift in der rechten Hand. Sie lauschte in sich hinein. Ihr Kopf blieb stumm. Kurz überlegte Theresia, dann griff sie das Malutensil so, dass sie damit schreiben konnte.

In Großbuchstaben setzte sie ihr Statement unter das Bild: *»Der böse Engel, das ist nur Einbildung. Jetzt ist Hannah ein braves Kind, bleibt stets zu Hause und folgt ihrer Mama. Dafür wird sie in den Himmel kommen und die wahren Engelchen sehen.«*

Etwas raschelte, gleich darauf ertönte ein dumpfes *Plopp*, als hätte jemand mit der flachen Hand auf eine Daunendecke geklopft.

Ein Stoffbär war herabgefallen und lag auf dem rosafarbenen Bettüberzug. Er trug eine übergroße rote Schleife um den Hals.

Theresia fuhr herum. Die teuren Plüschkameraden mit dem Knopf im Ohr waren alle waschbar und sollten Hannah einen Ersatz für die stinkenden Katzen aus dem Pfeiferhaus bieten. Dutzende von fröhlich wirkenden Tiergesichtern betrachteten die verwirrte Mutter. Dieser Bär nicht. Vorwurfsvoll starrten seine gläsernen Augen zu ihr hoch. Die enge Schleife wirkte mit einem Mal wie ein Strick, die ein zum Tode Verurteilter um den Hals trug.

Eine mulmige Vorahnung zuckte durch Theres' Magen. Bewegte sich sein aufgesticktes Mäulchen? Oder hatte sie sich das nur eingebildet?

Sie rieb sich mit den Fingern grob über die Augen, bis sie glänzende weiße Ringe hinter den Lidern wahrnahm. In diesem Moment begann der Teddybär zu reden.

Du schuldest mir eine ganze Menge, Theresia, und deswegen wirst du mir auch nicht drohen. Die Gesetze der Ewigkeit gelten auch für dich!

Hatte sie sich nicht vorgenommen, dem lästigen Geisterwesen die Stirn zu bieten? Es ein für alle Mal zu bannen?

Kein Wort verließ ihre Kehle, nur ein heiserer Schrei.

Sie nahm das Kuscheltier mit zwei Fingern auf, als würde es sich um einen stinkenden Tierkadaver handeln, und hastete aus dem Kinderzimmer.

Wenig später fand sich der Teddybär in der Mülltonne am Straßenrand wieder. Zwischen leeren Dosen, Tuben und gebrauchten Nylonstrümpfen mit Laufmasche verblasste der mahnende Blick seiner honigfarbenen Glasaugen. Sie nahmen einen traurigen Ausdruck an, während sich die rote Schleife noch etwas fester um den Hals des Kuscheltieres zog. Immer tiefer versank es im Müll. Ein letztes Röcheln aus dem Mäulchen – der Deckel der Mülltonne knallte herab und erstickte das Geräusch.

Theres' Herz raste wie ein Dampfhammer. Verfiel sie langsam, aber sicher dem Wahnsinn?

Zwei von den gelben Tabletten mussten jetzt die Worte des Teddybären aus ihrem Hirn verbannen.

Ein paar Tage später

Hannah hatte sich den Magen mit süßem Birnenkompott und Kartoffelbrei vollgestopft, einer typisch fränkischen Mahlzeit, die ihre Großmutter Babette einfach meisterhaft zubereiten konnte. Zwei junge Katzen saßen dabei schnurrend auf ihrem Schoß und warteten, dass ihr die Gabel aus den Fingern glitt. Die Tiere liebten den Brei, welcher mit fetter Sahne zubereitet wurde. Selbstredend war Hannah das ein paarmal mit voller Absicht passiert. Die Schülerin mit der modernen Kurzhaarfrisur lachte jedes Mal herzhaft, wenn eines der Kätzchen zaghaft mit der Pfote nach der Gabel hieb. Gut, dass ihre Mutter das nicht sehen konnte. Sie hätte glatt einen Schreikrampf erlitten. Babette, die ihre gelbstichigen Haare zu einem Zopf geflochten trug, stimmte in das Gelächter mit ein. Hannah mochte ihre Oma, trotz des eigenartigen Geruches, den ihre Beine manchmal verströmten. Wie gern hätte sie sich auch die Haare wachsen lassen und zu einem Zopf geflochten, aber ihre Mutter fand das altmodisch.

Ada räumte die gebrauchten Teller vom Tisch ab und lugte verstohlen auf ihre Armbanduhr. »Hannerl, du solltest langsam heimgehen, sonst kriegst du noch Ärger.«

Das Kind nickte eifrig und schob sich den Rest Birnenkompott in den Mund. Das Obst schmeckte saftig, ein kleines bisschen nach Zimt und Vanille. Gewürze, die zu Hause nie Verwendung fänden. Schnell trank sie auch den Rest des naturtrüben Apfelsaftes aus. Er würde den Zimtgeruch aus ihrem Mund hoffentlich kompensieren, damit Mutter nichts von dem exquisiten Mahl mitbekäme. Theresia Pfeifer hatte ihr verboten, bei der Großmutter auch nur einen Bissen anzurühren.

Liebevoll hob Hannah die beiden maunzenden Kätzchen von ihrem Schoß und setzte sie auf dem Boden ab. Eines davon, ein bunt geschecktes, quicklebendiges Katzenkind, hatte die Krallen so fest in ihren roten

Feinstrickpullover verhakt, dass die Wollfäden an den messerscharfen Hornsicheln hängen blieben. Babette und Ada lachten. Hannah stimmte mit ein, versuchte aber sofort, die losen Fäden geschickt zwischen die Maschen zu schieben, damit Mama nichts davon bemerken würde. Erst dann sprang sie von der knarrenden Küchenbank.

Ada wuschelte ihr liebevoll den Bubikopf, während sie sagte: »Und denk dran, Hannerl, das, was ich dir von den Geistgestalten erzählt hab, darfst du niemandem verraten, hörst du?«

Babette streifte ihre Tochter mit einem mahnenden Blick, doch Ada lächelte nur und setzte hinzu: »Komm bald wieder, dann berichte ich dir von der Engelsfrau und den Toten, die auf ihren Gräbern kauern und singen.«

»Ja, sobald ich kann«, antwortete Hannah fröhlich. Die Themen, die ihr die Tante da in Aussicht stellte, beängstigten sie nicht. Ganz im Gegenteil sogar, sie erweckten ihre Neugier.

Kurz kuschelte sie sich an Adas fleckige Küchenschürze, drehte sich um und gab Oma Babette einen Kuss auf die faltige Wange. Wenig später eilte sie die ausgetretenen Treppenstufen hinab. Mutter würde sie sicherlich schon vermissen und ihr wieder eine Menge Fragen stellen.

Hannah trug den Haustürschlüssel an einem Lederband um den Hals. Schon oft hatte sie – total im Spiel versunken – den Schlüssel irgendwo vergessen. Der eigenartige Schmuck sah zwar nicht gerade modern aus, aber das störte das Mädchen in keiner Weise. Kleidung musste zweckmäßig und die Schuhe bequem sein, um die Welt um sich herum zu erforschen. Hannah hatte in dieser Hinsicht noch viel vor.

Tiere, Pflanzen und Adas Geistergeschichten begeisterten sie. Ihre Tante konnte mit Verstorbenen reden, das wollte sie unbedingt ebenso erlernen. Tote, die auf den Gräbern saßen und auf Lebende warteten, die sie sahen, erzählten Geschichten aus dem Jenseits. Da schien eine Welt zu existieren, von der die meisten Menschen nichts wussten und nichts wissen wollten. Es gab so viel zu entdecken. Neulich hatte sie in Großmutters Wohnung sogar eine Katzengeburt beobachtet. Die

Jungen wurden blind geboren und waren auf die Fürsorge ihrer Mutter angewiesen. Samtpfoten riefen ihre Kinder mit einem eigenartigen, keckernden Geräusch, und die Neugeborenen antworteten darauf. Seither war Hannah davon überzeugt, dass Katzen eine Sprache besaßen, die ebenso hoch entwickelt wie ihre eigene war.

Eines der Jungen hatte allerdings die ersten Tage nicht überlebt. Es war kränklich und dünn zur Welt gekommen und schließlich tot im ausgepolsterten Karton gelegen, in welchem schon etliche Tiergeburten stattgefunden hatten. Großvater hatte es im Ofen verbrannt. Tante Ada war überzeugt davon, dass das Katzenbaby an einem wunderschönen Ort hinter dem Regenbogen weiterlebte. Die rot gestromte Katze hatte ihr totes Kind noch bis zuletzt liebevoll abgeschleckt. Hannah wünschte sich oft, ihre Mama wäre so fürsorglich wie Omas Stubentiger.

Ob meine Mutter wohl weinen würde, wenn ich stürbe und Opa mich in den Holzofen steckte?, fuhr ihr durch den Kopf.

Ihre kindliche Welt füllte sich mit Fragen und Geheimnissen, die es unbedingt zu lüften galt.

Widerwillig sperrte sie die Haustür auf. Das Mädchen wusste, dass die Verschlussvorrichtung knackte, wenn man zu hastig vorging. Also drehte sie den Schlüssel ganz langsam.

Lautlos öffnete sich die Tür. Hannah tat den ersten Schritt in den dunklen Hausflur, der nach einem chemischen Putzmittel roch … und prallte direkt an den Körper ihrer Mutter.

»Wo warst du denn schon wieder? Und wie siehst du nur aus?«

Theresias Hand fuhr nach vorn. Der Zeigefinger bohrte sich unterhalb des Nabels in Hannahs Bauch.

»Was ist mit dem nagelneuen Pullover passiert? Da ist ein Faden gezogen. War das wieder einer der stinkenden Katzenteufel von deiner Großmutter?«

Das Mädchen zuckte erschrocken zusammen und versuchte abzulenken. »Ich war bei Oma. Stell dir vor, inzwischen haben die Kätzchen schon die Augen offen und …«

Weiter kam Hannah nicht, denn ihre Mutter presste den Zeigefinger an die Lippen und gebot ihr, still zu sein. Dann bückte sie sich blitzschnell zu ihr herunter und brachte ihr rechtes Ohr ganz nahe an ihren Hals. Sie wirkte streng und besorgt.

Nach einer Weile richtete sie sich wieder auf und verkündete ihre Diagnose. »Du kommst sofort ins Haus. Ich höre ein deutliches Pfeifen in deinem Atem. Diese verfluchten Katzen machen dich krank. Du leidest an Asthma.«

»Aber … Mama …«

»Keine Widerrede. Du musst sofort inhalieren und danach stecke ich dich für eine halbe Stunde in die heiße Badewanne, um den Dreck aus dem Pfeiferhaus abzuwaschen.«

»Mama, bei Ada und Oma ist es doch nicht dreckig und die Rotgestromte …«

Grob wurde Hannah von ihrer Mutter am Arm gepackt und ins Innere des Hauses gezerrt. Hinter ihr fiel die Tür ins Schloss. Für das Mädchen fühlte es sich für einen Moment an, als hätte sich eine Kerkertür geschlossen.

Bald, wenn sich die Gelegenheit dazu bot, würde sie Tante Ada bitten, mit dem schwarz gefiederten Engel über ihre Situation zu reden. Vielleicht konnte er der Mutter ja helfen?

Wenig später saß sie in der Badewanne und betrachtete die rosafarbenen Wandfliesen. Weißer, leicht knisternder Schaum schwamm auf dem heißen Wasser. Das Verhalten ihrer Mutter beunruhigte sie zutiefst. Da existierten die Gesetze, die für alle Zeit galten und an welche sich Mensch und Tier gleichermaßen zu halten hatten, damit die Welt nicht aus den Fugen geriet. Aber die schienen ihre Mama nicht zu interessieren. Sie selbst fühlte sich von ihr ungeliebt. Gottlob entwickelte ihr sonniges Gemüt immer wieder Strategien, um sich darüber hinwegzutrösten. So auch jetzt.

Hannah hielt sich die Nase zu und tauchte den Kopf in das wohlige Nass. Die typischen Geräusche im Elternhaus, wie beispielsweise der

Fernseher, der von Programmbeginn bis Ende lief, drangen nun nur noch dumpf an ihre Ohren.

Wie es sich wohl anfühlte, wenn man ständig im nassen Element hauste, so wie die Fische? Ob diese Tiere sich auch unterhalten konnten? Wo schliefen sie? Gab es im Meer und den Seen Unterwasserbehausungen und Betten? Wie zogen sie ihre Kinder groß?

Bald richtete sie sich wieder auf, wischte den Schaum aus dem Gesicht und blies die kleinen, knisternden Bällchen von ihrer Handfläche. Sie flogen durch die feuchte Luft davon. Hannah lachte.

Fühlte es sich ähnlich an, wenn man in den Himmel kam? Lebten die Verstorbenen auf der Oberseite der Wolken? Oder gab es da gar eine zweite, bunte Welt ohne Schmerz und Sorgen?

Ihre Gedanken gingen erneut auf Reisen.

»Was machst du denn für eine Sauerei?«, hörte sie die Stimme der Mutter, die durch das Badewasser in ihren Ohren noch etwas gedämpft klang. »Und warum hast du dir die Haare nass gemacht, Kind? Jetzt ist die schöne, moderne Frisur beim Teufel. Der Friseur hat viel Geld gekostet. Das werde ich deinem Vater erzählen, sofern er mal wieder nach Hause kommt.«

Hannah begriff den tieferen Sinn der Worte nicht. Ihr kindlicher Verstand erfreute sich noch immer an den Erlebnissen bei Oma Babette, Adas Erzählungen und dem wärmenden Bad. Nässe hatte ihren kurzen Haaren noch niemals geschadet.

Sie tauchte ihre Hand ins Wasser, hob einen besonders voluminösen Schaumball empor und blies hinein. »Schau Mama, ich produziere Wolken. Sie sehen aus wie die ganz dicken, die im Sommer …«

»Du machst ja alles nass, Kind. Nun schau dir an, wie es hier aussieht. Meinst du denn, ich habe Lust, jetzt auch noch das Badezimmer zu putzen? Dein Vater bezahlt mir keine Putzfrau, er gibt sein Geld für andere Dinge aus.«

Der Schaumball schwebte herab und blieb auf dem Wannenrand liegen. Das Mädchen betrachtete ihn einen Moment, legte den Kopf schief, dann lachte es plötzlich auf.

Rasch veränderte das schillernde Gebilde seine Form. Ein Köpfchen und ein Schwänzchen formten sich heraus. Hannah gluckste entzückt. Hauchzart fuhr ihre kleine Hand über den Schaum.

»Mama, ist das nicht lustig? Das tote Kätzchen ist zurückgekommen. Es schnurrt sogar. Darf ich es behalten? Mutti … so sag doch was! Tante Ada hat mir gezeigt, wie man tote Wesen sehen kann. Soll ich es dir auch beibringen? Es ist ganz einfach.«

Theresias Kreischen klang ohrenbetäubend. Sie packte ein Badetuch und wischte das gespenstische Gebilde panisch weg. Dann ergriff sie Hannah, hob sie aus der Wanne und rubbelte sie trocken, bis die Kinderhaut errötete. »Sag so etwas nie mehr, hörst du?«, schrie sie dem Kind hysterisch in die Ohren.

Eine Stunde später lag Hannah weinend auf dem Bett. Dieses Mal reichte die Fantasie nicht aus, um das Erlebte zu übertünchen. Mutter war böse mit ihr gewesen. Wenn sie doch nur wüsste, warum? Fürchtete sie sich vor der toten Katze? Ada hatte ihr beigebracht, dass verstorbene Wesen, ob Mensch oder Tier, lediglich in einer anderen Welt lebten, welche für viele für immer unsichtbar blieb. Das, so hatte ihre Tante erklärt, stabilisiere das Gleichgewicht der riesigen Waage, in der wir alle auf der gewählten Seite saßen. Was für ein Segen war es da, wenn man in der Lage war, einen Blick in dieses mystische Reich zu werfen. Sie war jedenfalls entschlossen, es eines Tages zu schaffen. Sollte sie Mutti das erklären? Auch auf die Gefahr hin, dass die hysterisch schreien würde? Die geriet in der letzten Zeit häufig in Wut.

Ein Seufzen entfuhr ihrem Mund. Wie sehr sehnte sie sich jetzt nach der mütterlichen Liebe. Aber Mama saß unten im Wohnzimmer und glotzte in den Fernsehapparat. Die Stimme des Nachrichtensprechers war bis in ihr Zimmer hinauf zu hören.

Hannah rollte sich traurig auf die Seite, als ein hauchzartes Maunzen die Nachrichten im Ersten Deutschen Fernsehen übertönte.

Blitzschnell richtete sie sich wieder auf und ein Lächeln wischte allen Gram beiseite. Das Kätzchen, das sich vorher aus dem Schaum des

Badewassers gebildet hatte, saß jetzt auf der Bettdecke und hob ein Pfötchen, als wolle es zum Spiel auffordern. Schwarze Pupillen richteten sich auf Hannah. Das dunkel gestromte Fell leuchtete im letzten Tageslicht, welches durch die Ritzen der Jalousie am Fenster drang. Eine Corona aus Licht umgab das Tier. Nichts mehr erinnerte an das tote, schlaffe Wesen in Großvaters Hand, kurz bevor er es in den Ofen geworfen hatte.

Hannahs Finger näherten sich dem Kätzchen. »Wo kommst du denn her? Aus dem Regenbogenland?« Sie gluckste verhalten. »Mama darf dich nicht sehen, verstehst du? Halt dich vor ihr versteckt. Mich kannst du besuchen, wann immer du willst.« Die Kinderaugen strahlten inzwischen vor Freude. »Du hast noch keinen Namen, du kleine Geisterkatze. Deswegen nenne ich dich Regenbogen. Und du musst mir unbedingt deine Sprache beibringen.« Das Kätzchen rieb den Kopf an Hannahs nackten Armen, dann rollte es sich auf der Bettdecke zusammen. »Wie ist es da drüben? Vermisst du deine Geschwister und die Mama?«

»Maunzmau«, fuhr aus dem Katzenmäulchen.

»Du vermisst sie nicht?«

»Miiiaaauuu.«

»Da gibt es viele Katzenbabys hinter dem Regenbogen, hab ich das richtig verstanden?«

»Maaaaauuuu.«

»Und deine Großmutter ist auch dort? Eine Braungetigerte?«

»Mrrrraaa … maaaa … mmmhhhiii.«

Ein Konzert aus Katzenlauten schwebte durch das Kinderzimmer, bis sich die Äuglein des Tieres müde schlossen und ein zufriedenes Schnurren erklang.

Hannah erstarrte. Ihre Hand glitt vom Kopf der Geisterkatze herab und sank in die weiche Bettdecke ein. Sekundenlang starrte das Kind auf das Fellbündel, welches nur ihre Augen sehen konnten. Die Katzensprache klang für sie, als würde sie mit einem Menschen reden. Nie hätte sie geglaubt, dass es so einfach sei. Es handelte sich nicht um Worte, sondern eher um tiefe Eindrücke, die mit dem unterschiedlichen Klang des Maunzens und der Körpersprache an sie herangetragen wurden.

»Dunkelheit, Angst, Bauchweh und dann helles Licht?«, übersetzte Hannah überflüssigerweise. »Das Gesicht von einem unbekannten Mann und das von meiner Mama hat sie gesehen?« Sie schluckte ein paarmal, um die grenzenlose Enttäuschung, die sich gerade in ihr breitmachte, hinunterzuwürgen. Aber es gelang ihr nicht vollständig. »Mama hat so etwas getan?« Ein hemmungsloser Schluchzer schüttelte ihren Körper. Die Enttäuschung über die vermeintliche Tat ihrer eigenen Mutter schmerzte. Konnten Geisterkätzchen lügen? Sie betrachtete es einen Moment lang, wie es zusammengekauert auf der Bettdecke schlummerte.

Nein, es hat die Wahrheit gesagt.

Vorsichtig zog Hannah ihre nackten Beine aus dem Bett und verließ das Kinderzimmer. Inzwischen war es stockdunkel geworden. Barfuß stieg sie die Treppe hinab.

Über Theres' Füßen lag eine Decke aus Kamelhaar. Sie war eingefasst mit einer Paspel aus cremefarbener Seide. Trotz der angenehmen Temperatur draußen fröstelte sie, wenn sie auf der Couch saß und in den Fernsehapparat starrte. Die Finger ihrer linken Hand angelten nach der Pralinenschachtel, die geöffnet auf dem Couchtisch aus Kirschbaumholz stand. Sie ertastete ein Schokoladenteilchen, ohne die Augen von der Mattscheibe abzuwenden. Das flimmernde Bild in Schwarz-Weiß zeigte einen Quizmaster, der albern durch das Studio hüpfte wie ein Kaninchen. Prominente Kandidaten lösten knifflige Rätsel und bewiesen ihre Geschicklichkeit beim Eierlauf. Der Gewinn, den sie erzielten, wurde behinderten Kindern zur Verfügung gestellt.

Theres mochte die Sendung nicht, aber die Albernheiten lenkten sie von den mysteriösen Bildern im Badezimmer ab. Sie hatte mit eigenen Augen gesehen, wie sich die Schaumwolke in eine Katze verwandelte.

Die Warnungen des Arztes fielen ihr ein. »Dieses Medikament, das Sie seit Jahren einnehmen, kann Halluzinationen verursachen, Frau Pfeifer. Ich schlage vor, Sie setzen es ab.«

Aber das war nicht möglich. Theresia benötigte die Pillen mehrmals täglich. Wenn sie eine der gelblichen Winzlinge wegließ, zitterten binnen Stunden die Hände, ihr Herz begann zu rasen und sie fühlte sich sterbenskrank. Deswegen verwarf sie den Vorschlag des Mediziners nach jeder Konsultation. Was wusste der Quacksalber schon, wie hart ihr Körper ohne Beruhigungstabletten reagierte? Warum sollte sie sich quälen?

Der Quizmaster sprang in die Luft – wie albern. Sie selbst müsste vor der Kamera stehen. Das hätte die Show um ein Vielfaches aufgewertet. Es gäbe keine Kinderspiele, sondern edlen Gesang aus ihrer Kehle. Außerdem, das hatte sie in einer Illustrierten gelesen, würde das Fernsehen noch in diesem Jahrzehnt in Farbe ausstrahlen. Dann käme ihr Abendkleid, das sie sich erst vor ein paar Wochen gekauft hatte, voll zur Geltung.

Die Praline wanderte in ihren Mund. Mit dem unvergleichlichen Geschmack von Cognac, Kirsche und dunkler Schokolade auf der Zunge stellte sie sich das aufwendige, giftgrüne Seidenkleid vor, mit dem sie vor der Kamera auf und ab schreiten würde.

Einen Moment schloss sie die Augen und überließ sich den beruhigenden Emotionen, die sie für wenige Sekunden von der Realität ablenkten, die schon lange nicht mehr rosig erschien. Theres fühlte sich schutzlos und unverstanden. Weder ihr Ehemann noch ihre Tochter hatten einen blassen Schimmer von den imaginären Wechselbädern, die ihren Körper malträtierten. Mitunter lüftete sich für Sekunden der wohltuende Schleier und Theresia hatte das Gefühl, riesige Fehler zu begehen. Fetzen aus ihrer Kindheit fluteten dann ihr überlastetes Gehirn und mahnten sie, die große Aufgabe zu erledigen, für die sie einen wahrlich fürstlichen Lohn erhalten hatte – ihr Überleben und das ihrer Zwillingsschwester. Bald darauf sickerte wieder die trügerische Wärme durch ihren Körper, wenn die Wirkstoffe des Beruhigungsmittels die Synapsen betäubten und all die quälenden Gedanken für ein paar Stunden auslöschten.

Allerdings bemerkte Theres, dass die Angst vor dem Unerklärlichen immer öfter die dumpfen Tagträume zu durchbrechen vermochte. Sie war nicht mehr in der Lage, sprechende Schaufensterpuppen oder Stofftiere von der Realität zu unterscheiden. Eine entscheidende Frage schwebte jedoch drohend über ihr wie Thors Hammer. Wieso malte ihre Tochter einen schwarzen Engel, wenn es sich nur um Halluzinationen handelte, die sie heimsuchten?

Eine zweite Praline wanderte in Theres' Mund. Der Geschmack von Haselnusslikör schmeichelte ihrer Zunge. Hatte Ada sie beobachtet, wie sie die Brosche aus dem Schlafzimmerfenster schleuderte, und erfand nun gruselige Geschichten, die sie Hannah in den Kopf pflanzte, um sich an ihr zu rächen? Mit dem Kauen der Süßigkeit reifte beruhigender, selbst gebastelter Trost in Theres heran. Die gelben Pillen wirkten umso besser, wenn man sie mit Schnaps verstärkte.

Nur so kann es gewesen sein. Ada hat die Brosche in den Büschen im Garten gefunden und dem Mädel davon erzählt. Es gibt keinen schwarzen Engel, keine Geisterkätzchen und auch keine »geflügelte Frau«, die mich durch die Jugend begleitet hat. Ich war nur voller Fantasien, voller Träume, also ist alles gut ...

»MAMA!«

Mit einem knisternden Geräusch landete die Pralinenschachtel auf dem Teppichboden. Schokoladentürmchen mit Mandelsplittern und Pistazien darauf kullerten heraus. Theres' Hand hatte sie erschrocken vom Couchtisch gefegt.

Augenblicklich schnellte ihr Oberkörper in eine aufrechte Position, als sie ihre Tochter erblickte. Hannah stand in ihrem himmelblauen Nachthemd zwischen dem Fernsehapparat und ihr. Das Gesicht wirkte todernst. Es bildete einen kuriosen Kontrast zu dem lächelnden Mond, der auf dem Stoff prangte.

»Warum schläfst du nicht?« Theres' Stimme zitterte leicht. Intuitiv spürte sie, dass der Abend, der ihr etwas Ruhe bescheren sollte, gleich gehörig aus den Fugen geraten würde.

Hannah antwortete nicht. Sie starrte ihre Mutter mit ernster Miene an, als könne sie deren Gedanken lesen.

Eiseskälte kroch über Theresias Rücken. All die selbst gestrickten Rechtfertigungen von Fantasie und Zufall rieselten wie feiner Sand aus ihrem Kopf und gaben dem verhassten Gefühl Raum, der Angst.

Sie räusperte sich, verschränkte die Hände ineinander und hakte gespielt selbstsicher nach: »Wieso bist du nicht in deinem Bett? Morgen ist Schule.«

Das Kind schwieg weitere Sekunden. Mit Blicken, die sie zu durchbohren drohten, fragte Hannah schließlich leise: »Warum hast du die Braungetigerte über die Regenbogenbrücke geschickt, Mama? Sie war niemals böse zu dir.«

»Ich?« Theresia kicherte nervös. Hastig bückte sie sich und tastete nach den Pralinen, die auf dem rot gemusterten Teppichboden lagen. »Also, ich weiß nicht, von was du sprichst, Hannah. Ich möchte, dass du sofort wieder zu Bett gehst.«

»Die Braungetigerte ist die Großmutter des Geisterkätzchens. Ich will einfach wissen, weshalb du das getan hast, Mama. Wenn ich es nicht erfahre, werde ich die ganze Nacht nicht schlafen können.«

»Hannah, ich bitte dich! Du hast schlecht geträumt. Was weiß ich, was mit der Katze …«

»Mama, man darf nicht lügen, das hast du mir doch selbst gesagt. Ich weiß, dass du es warst. Also bitte beantworte mir die Frage.«

Der Mond auf Hannahs Nachthemd schien nicht mehr zu lächeln. Der aufgestickte Mund im kugelrunden, gelben Gesicht war nicht mehr als ein Strich. Hinter ihm lauerten bereits scharfe Zähne.

Das kann doch nicht wahr sein. Wer hat meiner Tochter denn davon erzählt? Hat Kurt es herausgefunden und getratscht? Oder steckt Ada dahinter? Wieso machen mir ihre Worte Angst? Hannah ist doch mein eigen Fleisch und Blut.

Theres bündelte all ihren restlichen Mut. Immerhin war sie Mutter. Sie log erneut: »Die braune Katze war alt und krank. Der Tierarzt hat sie lediglich von ihren Leiden erlöst. Und da weder dein Vater noch deine Großmutter sich um die Tiere kümmern, habe ich das eben übernommen. Manchmal muss man im Leben auch unangenehme Dinge erledigen. Das wirst du auch tun, wenn du einmal erwachsen bist.«

Hannahs Mimik verriet Zorn. Ihre nackten Zehen gruben sich wie Krallen in den Teppich. »Die Braungetigerte hatte Bauchweh, Mama, weil ihr die Nachbarin verdorbenes Futter vorgesetzt hat. Deswegen war ihr oft schlecht. Sie hatte große Angst, als du sie in die dunkle Tasche gesteckt hast und sie nicht mehr sehen konnte, wohin sie gebracht wird. Sie wollte noch nicht in das Regenbogenland umziehen, obwohl es dort schön ist.«

Theres erhob sich und zwang ihren Körper, der vom hohen Tablettenkonsum zu kippen drohte, in eine aufrechte Position.

Woher in Dreiteufelsnamen wusste das Kind von der dunklen Tasche? Zu diesem Zeitpunkt war sie noch nicht einmal geboren.

Ihr Zeigefinger schnellte nach oben. »DU GEHST JETZT SOFORT ZU BETT. Und ich will nie mehr etwas über solche Hirngespinste von dir hören.«

»Nein, erst möchte ich wissen, warum die Omakatze sterben musste!«

»HANNAH!«

»Muss ich auch sterben, wenn ich wieder Bauchweh habe, Mama? Steckst du mich auch in eine Tasche und bringst mich zum Arzt?«

Theres' Mund öffnete und schloss sich wie der eines gestrandeten Karpfens. Mitleid und Wut wuselten in ihrem Kopf um die Wette wie verfeindete Termitenstämme. Unentschlossen machte sie einen Schritt auf Hannah zu, doch diese wich zurück.

»Warum antwortest du nicht, Mama? Du hast mir doch beigebracht, dass man immer ehrlich sein muss.«

Mühevoll änderte Theresia ihren Tonfall. »Hannah, Liebes. Was redest du denn nur für einen Unsinn. Natürlich musst du nicht sterben, nur weil du Bauchweh hast.«

»Und warum hast du die Braungetigerte dann zum Doktor gebracht? Katzen haben oft Schmerzen im Bauch. Das hat mir das Geisterkätzchen erzählt.«

»Ich sagte dir doch schon, dass sie sehr alt war. Und nun …«

Der Blick des Mädchens spiegelte Enttäuschung über die ausweichenden Antworten der Mutter. Unmittelbar schwenkte er nach unten und verharrte auf dem Teppichboden.

Theres wurde blass. Eine Welle aus Angst überrollte sie, denn sie folgte Hannahs Augen.

Fantasierte sie? Stand dort in der Dunkelheit ein ovaler Spiegel aus dem gerade eine braun getigerte Katze …

Eiseskälte durchzog ihren Körper.

»Sag Mama, dass du erst elf Jahre alt warst, Omakatze. Und sag ihr auch, dass du doppelt so alt hättest werden können.«

Ein bleicher Lichtkegel erschien auf einer Stelle des Teppichs, oder war es nur das Licht einer Straßenlaterne von draußen? Und waren da nun bernsteinfarbene Kreise, ähnlich einer Katzeniris, die über dem Fußboden schwebten? Dieses räudige Katzenvieh von damals hatte tatsächlich Augen, die wie Gold leuchteten.

Sie erinnerte sich noch gut an den Blick des Tieres, als der Veterinär das Gift direkt in dessen Leber spritzte. Nie würde sie den Moment vergessen. Doch ihre Aufmerksamkeit kehrte schnell zu ihrer Tochter zurück, als deren Finger über ein unsichtbares Wesen streichelten.

Panik überfiel sie.

»Sie redet mit mir«, erklärte Hannah ihrer Mutter. »Hast du es auch gehört, Mama?«

Sämtliche Sicherungen brannten in Theresias Kopf durch. Wie ein Wolf heulte sie auf, dann zwang bodenlose Angst sie zu einer sinnlosen Flucht aus dem Wohnzimmer.

Theres lief im Hof auf und ab. Kurt würde die ganze Woche nicht nach Hause kommen. Und selbst wenn er käme, könnte sie ihm nicht erzählen, dass seine Tochter mit toten Katzen sprach. Er hätte sie lediglich ausgelacht. Sie fröstelte und schlang die Arme um den Körper. Es war Ende April und ziemlich frisch. Bewegung löste meist die Panik, die ihr mit einem Mal von den Gedärmen bis hoch zu den Haarspitzen gefahren war. Aber wirkliche Erleichterung würde nur eine der Tabletten bringen, die sie sich auf Rezept besorgte. Die gelben Pillen beruhigten innerhalb kürzester Zeit, allerdings hielt die Wirkung nicht mehr lange an. Die Sorgen verschwanden nur noch für wenige Stunden, und die Farben ihrer Welt wechselten viel zu oft abrupt von Rosarot zu Grau. Theresia sehnte sich nach gleichgültiger Ruhe, in der nur modische Kleider existierten, die ihren noch immer schlanken Körper zierten. Wer benötigte schon die Realität? Unter dem Einfluss der Tabletten fiel selbst das Lügen leicht. Schlechtes Gewissen keimte nicht in den blockierten Synapsen ihres Hirns.

Während ihre Füße, die in flachen Hausschuhen aus rotem Seidenstoff steckten, über die Steinplatten des Hofes schlurften, kam ihr die letzte eindringliche Ermahnung des Arztes in den Sinn.

Nehmen Sie höchstens zwei Pillen pro Tag, Frau Pfeifer. Eine dürfen Sie zum Frühstück, die andere vor dem Schlafengehen schlucken.

Beide Rationen waren nicht in der Lage gewesen, den Panikanfall zu verhindern. Außerdem konnte sie nicht stundenlang im Hof umherschlendern. Nicht auszudenken, sollten Ada oder Kurts Eltern sie bemerken. Nach Hannah musste sie ebenfalls sehen, auch wenn ihr das zutiefst widerstrebte. Das Mädchen war noch nicht einmal acht Jahre alt. Es war und blieb ihr Kind, ganz gleich wie unheimlich es manchmal auf sie wirkte. Sie durfte auf gar keinen Fall zulassen, dass ihre Tochter sie ein weiteres Mal in Angst und Schrecken versetzte. Man würde sie vermutlich endgültig für verrückt erklären.

Feuchtigkeit durchdrang nach einiger Zeit den dünnen Stoff der Schuhe und Theresia begann zu frieren. Sie kehrte ins Haus zurück.

Ihre Finger zitterten, als sie die Tür aufsperrte. Noch immer hatten sie die schwarzen Klauen der Panik fest im Griff. Einen Moment hielt sie den Atem an, als sie in den Flur trat. Aber alles blieb ruhig im Haus. Leise schloss sie die Tür und huschte in den ersten Stock hinauf. Bei jedem Schritt hinterließen ihre seidenen Treter feuchte Abdrücke auf dem Holz der Treppe. Sie betrat das Badezimmer, ohne den

Lichtschalter zu betätigen, und tastete blind nach ihrem Kulturbeutel, der auf dem Fensterbrett lag.

Schnell hatte sie ihn gefunden und grapschte nach dem Pillendöschen, welches sie darin aufbewahrte. Mit einem kaum hörbaren *Plopp* öffnete sich der Deckel und Resls Zeigefinger verschwand gierig in dem kleinen Gefäß. Als sie ihn wieder herauszog, klebten zwei Pillen an der feuchten Haut.

Ohne zu zögern, steckte sie den Finger in den Mund. Gleich darauf spürte sie den bitteren Geschmack auf der Zunge.

Alles wird gut! Bald wird es besser.

Sie verließ das Badezimmer und öffnete lautlos die Tür zum Zimmer ihrer Tochter. Gleichmäßige Atemzüge aus dem Kinderbett verrieten ihr, dass Hannah schlief. Weder tote Katzen noch lebendige Stoffbären huschten durch den Raum.

Theres zwang sich zu tiefen Atemzügen. Sie wiederholte im Geist ihr Mantra: *Es existieren keine übernatürlichen Kräfte.*

Bald floss die chemische Substanz der Tabletten wie flüssige Schokolade durch ihre Gehirnwindungen. Sie verklebte die Realität mit süßem Vergessen.

Kurt hat eine Geliebte. Das sagt mir mein Gefühl. Was soll's. Solange ich Geld von seinem Konto holen kann, wird alles gut!

Ihre Gesichtszüge entspannten sich rasch, während sie die Treppe hinabstieg, um den Fernsehabend auf der Couch fortzusetzen.

Nichts sollte gut werden.

Tragischer Sommer 1965

Der Hochsommer hielt Einzug mit dreißig Grad im Schatten, hitzefrei in den Schulen und Damen in luftigen Sommerkleidern, die in den zahlreichen Eisdielen der Stadt saßen, um die kalten Spezialitäten zu genießen. Unter bunten Sonnenschirmen drängten sich die Leute mit Früchtebechern oder auch Eiskaffees. Das Wirtschaftswunder blühte in vollster Pracht. Kalorienreiche Zuckerbomben lagen im Trend und trösteten die Generation, die den Zweiten Weltkrieg mit allen Entbehrungen überlebt hatte.

Ein Paradies für Theresia? Nein, denn die Probleme häuften sich. Kurt kam so gut wie gar nicht mehr nach Hause. Er verbrachte komplette Wochenenden auf dem Segelflugplatz. Seine Präsenz als Ehemann und Vater bestand lediglich darin, sich am Sonntagabend frische Wäsche aus dem überdimensionierten Kleiderschrank zu holen, die er in einen Koffer stopfte. Die Woche über arbeitete er überwiegend im Außendienst und übernachtete in schicken Hotels.

Diese Entwicklung war nicht weiter verwunderlich, denn die ehemalige Opernsängerin hatte die Einnahme der Beruhigungsmittel erneut gesteigert. Inzwischen verbrachte sie viele Stunden auf der Couch vor dem Fernseher. In ihren weiten Pupillen spiegelte sich Abwesenheit und Gleichgültigkeit. Hannah zog sich von ihrer Mutter ebenso zurück. Ihr Lachen im Haus verstummte von Tag zu Tag mehr und Theres musste beobachten, dass die Achtjährige sie immer mehr mied. Nur wenige Tage nach der abendlichen Konfrontation mit der toten Katze, hatte die zerstörte Engelszeichnung auf dem Schreibtisch erneut für Tränen und Enttäuschung durch Theresias dreiste Lügen gesorgt.

»Der Engel selbst hat deine Zeichnung zerstört. Er fand das Bild unpassend, weil er keine schwarzen Flügel trägt. Deswegen hat er es mit einem Wachsstift übermalt. Engel sind nämlich Gotteswesen und erstrahlen in blendendem Weiß«, belehrte Theres ihre Tochter.

Mit eisigem Blick antwortete Hannah jedoch: »Das ist nicht die Wahrheit, Mama, und das weißt du auch ganz genau.«

Theres konnte den Bruch, der sich in der Beziehung zu ihrer Tochter gebildet hatte, nicht mehr wegleugnen. Sie hatte als Mutter versagt.

Nur als Mutter?

Von der Schwägerin Ada wurde sie schon seit einem ganzen Jahr gemieden.

Schlimmer geht immer?

Richtig, denn Georg Pfeifer, ihr Schwiegervater, löste bald darauf eine Tragödie aus.

Es herrschte Windstille. Der Himmel wirkte gelblich, milchig und krank. Keine Wolke war zu sehen, als Kurts Vater durch den Hof lief, um die Tür seiner Werkstatt aufzusperren. Ein Blick auf das Thermometer an der unverputzten Ziegelmauer verriet ihm, dass sich die Temperatur schon jetzt der Dreißiggradmarke näherte, obwohl es erst kurz nach neun Uhr war. Der weißhaarige Automechaniker hatte etwas länger geschlafen. Sein Kopf schmerzte bereits seit Tagen am Morgen beim Aufstehen. Heute war es besonders schlimm. Außerdem konnte er das Blut in den Ohren rauschen hören. Mit jedem Pulsschlag schwoll das Geräusch an, verebbte kurz, bevor es erneut ein Konzert hinter den Trommelfellen veranstaltete.

Georg war nie am Meer gewesen. Aber genau so – das dachte er in diesem Moment – muss es sich anhören, wenn Wellen an den Strand anbranden.

Der schwere Schlüssel entglitt seinen Fingern und fiel klimpernd auf die Steinplatten, als er ihn in das Schloss stecken wollte.

Stöhnend bückte er sich. Sein Blick glitt über vertrocknetes Unkraut, welches dürre Stängel aus den Mauerspalten getrieben hatte. Es hatte schon lange nicht mehr geregnet.

Beim zweiten Versuch gelang es ihm, den Schlüssel im Schloss zu drehen, obwohl er das Gefühl hatte, sich damit bereits zu überanstrengen.

Das Rauschen in den Ohren wurde lauter. Er presste kurz und heftig die Augenlider aufeinander.

Eine Menge Arbeit wartete auf ihn. Die Lichtmaschine aus dem Traktor des Nachbarn musste er heute noch reparieren und spätestens morgen wieder einbauen.

Wird nicht einfach werden, fuhr es ihm durch den pochenden Schädel. *Wenn wenigstens der Kurdi zu Hause wäre und mir helfen könnte. Aber der verdient sein Geld bei den Amerikanern.*

Mit einem lauten Quietschen schwang die massive Holztür auf. Der vertraute Geruch nach Öl und Schmierfett schlug ihm entgegen. Noch einmal drehte sich Georg um und betrachtete das schicke Haus, welches nun den Blick von der Werkstatt zur Straße hin verdeckte.

Hätte er nur ein anständiges Weib geheiratet, der Kurt. Aber diese Theresia tut ihm nicht gut. Irgendwas stimmt mit ihr nicht. Schade, dass das Hannerl kein Junge geworden ist. Das Mädel hat das Herz am rechten Fleck, aber das hilft mir jetzt auch nicht weiter.

Ein Maunzen riss ihn aus den Gedanken. Der schwarz-weiße Kater, der sich an den Beinen seiner Montur rieb, blickte ihm mit einem Auge entgegen. Georg hatte das Tier vergangenes Jahr halb tot aus dem benachbarten Kornfeld gerettet und es in der Werkstatt aufgepäppelt. Es war schwer verletzt gewesen. Der Tierarzt hatte ein Auge entfernen müssen. Noch heute schmerzten ihn die dreißig Mark, die er dem Doktor dafür gezahlt hatte. Aber Kuno, so rief er das Fellbündel, war zum treuen Begleiter geworden. Der Kater erfühlte seine Stimmung und brachte ihn meist auch in dunklen Stunden zum Lächeln. So auch jetzt.

Georg bückte sich erneut und fuhr dem Tier mit der Hand über den Kopf. »Dann lass uns mal loslegen, Kuno. Die Arbeit macht sich nicht von allein.«

Bereits nach einer halben Stunde, in der er Schraube um Schraube aus dem Gehäuse des defekten Generators gedreht hatte, wüteten die Kopfschmerzen so heftig, dass Georg sich auf den dreibeinigen Hocker sinken ließ, der neben der Werkbank stand. Schweißperlen bildeten sich auf der Stirn, und er stierte durch einen seltsamen grauen Schleier auf die Werkzeuge, die er sich hergerichtet hatte.

»Was für eine Hitze«, rief er dem Kater zu, der auf einer alten Wolldecke neben der Standbohrmaschine kauerte und ihn beobachtete. »Mir läuft schon das Wasser den Rücken runter.«

Er hatte gerade eben das letzte Wort vollendet, als ihm ein heftiger Schmerz durch die Brust und den linken Arm fuhr.

Georg stöhnte auf. Er krümmte sich auf dem Hocker zusammen, bevor er zu Boden sackte.

»Tut das weh«, keuchte er. Sein Körper, der in einer blauen, verblichenen Montur steckte, wälzte sich gleich darauf auf dem schmutzigen Fußboden hin und her. Winzige Metallspäne, die vom Arbeiten mit der Drehmaschine stammten, verfingen sich im Haar und glitzerten im matten Tageslicht. »Ich muss … wieder … auf die Beine kommen …«

Kuno verließ die Decke und stellte die Nackenhaare auf. Ein leises Fauchen entfuhr dem Katzenmäulchen. Vorsichtig näherte er sich dem Weißhaarigen, der die großen Hände auf die Rippen presste. Der Kater wirkte, als habe er die Worte seines Herrchens verstanden und wisse, dass Georgs Wunsch wohl nicht in Erfüllung gehen würde.

Er schnupperte an dem leidenden Menschen. Öl, Metall und Tod lagen in der Luft. Der Körper würde sich nie mehr erheben. Schwach drangen die Schwingungen eines hektisch rasenden Herzens zu Kunos Instinkten durch. Er hob die Tatze und tippte Georgs Nasenspitze an. Aber der dunkle Schatten, der nun das fahle Licht in der Werkstatt verdunkelte, ließ ihn knurrend zurückweichen. Kuno spürte, dass sein Herrchen und Gönner nun in ein fernes Land verreisen würde.

Der Schmerz, der ihm sämtliche Kraft aus den Gliedmaßen zu saugen schien, war immer noch präsent. Aber irgendwie war es Georg, als wäre da etwas, was die Pein in den Hintergrund drängte. Seine Wahrnehmung veränderte sich. Tiefe Ruhe sickerte langsam in die irdischen Empfindungen. Hektik, Termindruck, Angst verloren ihre Macht. Er beobachtete – ebenso wie der Kater – den Schatten, der sich drehte, sich verdichtete und nun rasch Form annahm. Er empfand keinerlei Unruhe.

Alsbald war das liebliche Gesicht einer Frau zu erkennen. Der weibliche Körper, der sich aus dem Nichts geformt hatte, war wundervoll und trug ein hauchzartes, gelbes Gewand. Ein ovaler Anhänger mit dunkelroten Steinen zierte das Dekolleté. Lockiges, dunkelblondes Haar umrahmte gütige Züge, und ein rosafarbener Mund lächelte ihn an.

»Komm, mein Lieber. Lass uns gehen.«

Eine zierliche Frauenhand wuchs aus dem Dunkel und streckte sich ihm entgegen. Der Schmerz verschwand völlig aus seiner Brust, und er erhob sich mühelos vom Boden.

Mit den schwieligen Händen wischte er über die schmutzige Arbeitskleidung, die sich vom Staub grau verfärbt hatte. »Verzeihen Sie, ich habe gar nicht bemerkt, dass Sie meine Werkstatt betreten haben. Mir war wohl schwindelig geworden …«

Die eigene Stimme wirkte, als töne sie aus einem alten Radioapparat.

Was ist nur mit mir geschehen?

Nachdem er den Dreck vom Bauch gefegt hatte, streckte er der Blondgelockten seine Rechte entgegen. Die sonderbare Fremde ergriff sie. Ihre Hand fühlte sich kühl an und pures Glück strömte durch ihre Finger in seine.

»Suche nicht nach Erklärungen«, säuselte die Frau.

In diesem Moment breiteten sich ausladende, schneeweiße Flügel hinter ihrem Rücken auf.

»Es ist, wie es ist. Du hast eines deiner irdischen Leben auf der guten Seite mit Bravour gemeistert. Jetzt ist es Zeit für etwas Erholung. Vielleicht möchtest du irgendwann in einem jungen Körper zurückkehren? Aber das überlasse ich dir. Du darfst auch gern bleiben, sofern dir dein neues Zuhause zusagt.«

Während die honigsüßen Worte des vermeintlichen Engels durch den Raum schwebten, veränderte sich die Wahrnehmung des Sterbenden rasant.

Ein Oval, wie ein riesiger, antiker Spiegel, öffnete sich vor ihm. Maschinen, Kisten mit Ersatzteilen und Werkbänke verschwammen in einem Farbenmeer. Hohe Bäume mit violettfarbenen Blättern und weißen Stämmen wuchsen aus dem Nichts empor. Ein Bach grub sich vor seinen Augen durch dunkelgrünes Moos. Im gurgelnden Wasser spiegelte sich tausendfach eine orangerote Sonne, die von Regenbogenfarben eingehüllt wurde.

Georgs Mund öffnete sich in höchstem Erstaunen.

Ich werde verrückt. Anscheinend habe ich mir den Kopf beim Sturz gestoßen.

Jetzt gesellte sich auch noch ein wohltuender, bekannter Duft hinzu, der so gar nicht zu einem Traum passen wollte. Aromatischer Pfeifentabak umschmeichelte Georgs Nase, noch bevor er das Tischchen und den Stuhl entdeckte, welche am Bachrand standen.

Dicke Zigarren lagen auf der runden Tischplatte, umringt von Schüsseln voll mit Kirschen, Brombeeren, Stachelbeeren und Mirabellen. Früchte, die ihn unweigerlich an die Kindheit erinnerten. Er hatte ihnen noch nie widerstehen können.

Ich kann nicht glauben, was ich sehe.

Mit diesem Gedanken drehte er sich herum, um zurückzublicken. Seine Augen glitten über den verkrümmten Körper, der am Boden lag. Die Lippen des Kranken hatten sich blau verfärbt, und der Brustkorb dehnte sich nicht mehr unter den Atemzügen.

»Das bin ja ich!«, rief er überrascht.

Der Kater auf der Decke fuhr herum und starrte ihn an.

»Kuno!«, rief er dem Tier zu.

Das Katzenmaul öffnete sich leicht und antwortete.

»Er sieht dich«, beschwichtigte die hübsche Unbekannte, deren langes, verführerisches Gewand sich nun in einem nicht vorhandenen Lufthauch bauschte. »Katzen können allesamt auf die andere Seite blicken. Mit einem Bein bist du schon über die Schwelle getreten.« Der Zeigefinger ihrer zarten Hand krümmte sich lockend. »Mache einen letzten Schritt, Georg. Es ist ganz leicht, vertrau mir. Dein irdischer Körper wird für immer Ruhe finden.«

Der Weißhaarige strich noch einmal mit den Händen über die Montur, als wolle er das Jenseits sauber betreten. Dann bewegte er sich vorwärts, trat vollends durch das ovale Tor und sank ein in das weiche Moos.

Winzige, weiße Blüten, die von Bienen umschwirrt wurden, erschienen vor ihm wie ein wogendes Pflanzenmeer. Seine Augen drohten überzugehen ob der puren Schönheit.

Peripher nahm er eine Bewegung wahr. Unter dem Tischchen, auf dem die Zigarren lagen, kroch eine Katze hervor. Sie musterte ihn mit ihren bernsteinfarbenen Augen, streckte sich, machte einen Buckel und rieb sich schnurrend am ölverschmutzten Hosenbein.

»Braungetigerte!«, rief er überrascht aus. Wie sehr hatte er die gutmütige Katze vermisst, als sie nach einem Wurf plötzlich vom Erdboden verschwunden war. Die kuscheligen Tiere waren seine Leidenschaft, und sie hatten ihn durch das gesamte Leben begleitet. Er empfand pure Freude bei deren Anblick.

Während die Mieze zufrieden um seine Beine streifte, kamen ihm die Tränen. Die Eindrücke drohten ihn zu überwältigen. Er hatte sich den Tod anders vorgestellt, dramatisch und grausam. Niemand stand vor ihm und hielt ihm Verfehlungen vor. Niemand geleitete ihn durch das Fegefeuer.

Jetzt ist Zeit für Erholung, hatte ihm das Wesen zugeraunt. *Erholung!*

»Kuno wird sich bald zu dir gesellen!«, flötete die geflügelte Blondgelockte. »Und auch deine Frau Babette.«

Kurz zuckte Georg zusammen. »Wird sie leiden?« Er zögerte einen Moment. »Wird sie es schwer haben?«

Die Stimme des Engels klang wie ein Windhauch, einschmeichelnd und leicht.

»Sie wird friedlich einschlafen. In ihrem Körper schlummert schon lange der Tod.«

»Aber was ist mit den Lebenden? Werde ich Kurt, Ada und das Hannerl verlieren?«

»Nein, in der Ewigkeit geht nichts verloren. Du kannst Kontakt zu ihnen halten. Bald wirst du herausfinden, wie. Es existiert eine Pforte zwischen den Welten. Manche Lebenden können sie erkennen.«

»Aber … muss ich Gott jetzt gegenübertreten? Was ist mit meinen Sünden?«

Helles Lachen mischte sich mit dem Gurgeln des Wassers im Bach.

»Du darfst mich gern Gott nennen, wenn es dir den Übergang erleichtert. Ansonsten wird dich niemand mehr behelligen. Sünden? Deinem gewählten Weg bist du immer gefolgt.«

Georg starrte die makellose Erscheinung an. Da würde kein allmächtiger Gott auf einer Wolke sitzen und schelten? »Ich … ich habe meine Ehefrau betrogen … mit der Nachbarin. Das war eine Sünde«, stammelte er verwirrt.

»Hast du die Nachbarin geliebt?«

Er nickte eifrig und setzte stammelnd hinzu: »Aber … ich liebe auch meine Frau. Ich hatte immer ein großes Herz.«

»Du hast dir die Antwort selbst gegeben, denn Liebe ist niemals eine Sünde. Babette wusste von deiner Affäre. Es stand keine Lüge im Raum. Ihr habt lediglich beide geschwiegen. Das ist ein ganz normales Verhalten für Menschen, die sich der hellen Seite der Waage zuwenden.«

Mit dieser Erklärung, die seinen religiös geprägten Horizont tief zu erschüttern drohte, reichte sie ihm eine brennende Zigarre und löste sich langsam im aromatischen Tabakdunst auf.

Noch lange verharrte Georg im Moos und betrachtete die unfassbare Landschaft, die ihn tiefer hinein lockte. Es gab wohl unendlich viel Neues zu entdecken. Tausend Fragen blieben unbeantwortet, aber eine Intuition sagte ihm, dass sie sich alle nach und nach beantworten ließen. Er bückte sich, nahm die Braungetigerte in seine Arme und setzte sich an das Tischchen.

Schemenhaft erkannte er die Welt der Lebenden hinter dem Oval, aber sie verblasste immer mehr.

Am selben Tag

Es war nur eine Ahnung. Aber Theres hatte ihrer Tochter an diesem Tag vorsorglich Hausarrest erteilt. Mit dem Vorwand, sie sei frech gewesen, durfte sie an jenem heißen Tag ihr Zimmer nicht verlassen. In Wahrheit wollte sie vereiteln, dass Hannah die Großeltern besuchte. Irgendjemand schien ihr zuzuflüstern, dass sie genau das verhindern musste. Allerdings ahnte sie nicht, dass sie bald eine grausame Entdeckung machen würde und ihr Plan einmal mehr zum Scheitern verurteilt war.

Die Hitze setzte ihr zu. Sie fühlte sich müde und schlapp. Zum Frühstück hatte sie bereits die doppelte Menge des Beruhigungsmittels eingenommen. Waschen, Kochen und Bügeln fiel ihr von Tag zu Tag schwerer. Kurzerhand entschied sie sich dazu, lediglich eine Konservendose aus dem Keller zu holen. Die Teigtaschen in Tomatensoße würden ihr und Hannah für eine Mahlzeit reichen. Kurt käme ohnehin nicht nach Hause. Noch immer spukte eine Geliebte in seinem Leben herum. Theres hatte ihren Gatten heimlich mit ihr telefonieren hören. Gottlob waren die Pillen in der Lage, auch die Nebenbuhlerin in rosarote Wölkchen einzuhüllen.

Mit leicht zitternden Fingern zog sie einen Dosenöffner aus der Küchenschublade, setzte die scharfe Spitze des Werkzeugs auf das Blech und drückte zu. Mit einem schmatzenden Geräusch entstand ein Loch in der Dose. Sofort quoll Tomatensaft daraus hervor. Mit dem Zeigefinger fuhr sie durch die rote Soße und leckte sie von der Fingerkuppe. Dann ließ sie den Öffner durch das dünne Metall gleiten.

Als sie den Deckel aufbog, schnitt sie sich an der scharfen Blechkante. Blut tropfte sofort aus der Wunde und mischte sich mit dem Tomatensaft.

Theresia fluchte, fuhr herum und hielt den verletzten Finger unter den Wasserhahn der Spüle.

Warum gibt es keine Pillen, die man täglich gegen den Hunger einnehmen kann? Das würde eine Menge an Arbeitsersparnis für jede arme Hausfrau bedeuten.

Als der Inhalt der Dose endlich in einem Töpfchen schwamm, drehte sie den Regler der Herdplatte auf Maximum.

Ich werde Hannah einen großen Teller davon rauf aufs Zimmer stellen. Mir reicht der Rest, ich habe ohnehin keinen Hunger.

So weit kam es nicht, denn unmittelbar nach dem Betätigen des Drehschalters am Herd erklang aus dem Keller ein lautes *Peng*. Es hörte sich an, als habe jemand einen Knallfrosch gezündet. Die Kontrollleuchte an der Kochstelle erlosch und mit ihr auch die Musik aus dem Radio, das von früh bis spät Theresias Küche mit Schlagermusik beschallte.

Wütend stampfte sie mit dem Fuß auf. Sie hasste solche Tage. Jeder Handgriff schien in einer Katastrophe zu enden. Wie sehr hatte sie sich ein Leben in Luxus gewünscht, einen wohlhabenden Ehemann, der sie auf Händen trug und sie mit Schmuck und Pelzen überhäufte.

Nun stand sie einsam in einer geräumigen Küche und wärmte Konserven auf.

Obwohl sie sämtliche Gedanken an Übersinnliches aus ihrem Kopf verbannt hatte, erinnerte sie sich in derartigen Situationen an das Lied aus der Kindheit: *Dreh dich im Kreis. Tanz die Füße dir heiß ...* Welche Bedeutung hatte es noch?

Die geflügelte Frau aus längst vergangenen Jahren hatte ihr einen Weg aufgezeigt, der ihr mehr als verlockend erschienen war. Beim Anblick der schillernden Roben war ihr als Kind der Entschluss leicht gefallen, sich für die Waagschale auf der dunklen Seite zu entscheiden. Sie war ein Mädel voller Fantasien gewesen und hatte die Spielregeln, die für sie damit galten, nie hinterfragt. Sie sei nicht dazu bestimmt, den dummen Massen zu folgen, hatte ihr die Geistergestalt zugeflüstert. Durchsetzungskraft und Überzeugung sollte sie vor den Mitbürgern demonstrieren, damit die Welt nicht aus den Fugen geriet.

Licht ergab Schatten, war ihr gelehrt worden von derjenigen, die man in ihrem Geburtsort als »Gehörnte« gefürchtet hatte, weil sie sich den Gottesfürchtigen mit den Hörnern des Teufels zeigte. Sie solle niemals die große Aufgabe vergessen, die sie für das Überleben in den Raunächten übernommen hätte. Die Menschen mussten wieder lernen, dass sie die Attribute »gut« und »böse« nicht selbst festlegen durften, wie es ihnen gerade gefiel. Diese waren in den Gesetzen der Ewigkeit festgeschrieben und sie regelten nichts Geringeres als das Überleben der gesamten Flora und Fauna auf der Erde.

Theres hatte in der Kindheit versprochen, ihren Teil dazu beizutragen. Doch mit der Wandlung vom Mädchen zur Frau waren diese Dinge immer unwichtiger geworden. Das pralle Leben lockte. Wer wollte daran denken, sorgsam mit Ressourcen umzugehen, die Tiere auf dem Planeten zu respektieren und Abfall zu vermeiden? Es war doch alles im Überfluss vorhanden und eine Müllabfuhr gab es auch. Tiere wurden gegessen oder zu Pelzen verarbeitet. Wasser sprudelte aus der Leitung und Strom kam aus der Steckdose – normalerweise.

Theresia betrachtete die kalte Herdplatte.

Alles hat seinen Preis, hallte eine unbekannte Stimme in ihrem Kopf.

Bezahlen sollen gefälligst die anderen, antwortete sie im Geist.

Und mit diesem Vorsatz schickte sie die Gedanken zurück in die Kammer, vor deren Tür ein starkes Medikament Wache hielt.

Entschlossen ließ sie den Kochlöffel sinken, wischte sich die Hände am Küchentuch ab und verließ das Haus. Ihr Schwiegervater war gewiss in der Werkstatt. Er kannte sich mit Elektrik aus.

Missmutig schritt sie über den Hof. Das uralte Backsteingebäude hinter ihrem Einfamilienhaus war ihr zutiefst zuwider.

Kurt sollte es abreißen lassen und seine Eltern in ein Altersheim verfrachten, fuhr ihr durch den Kopf.

Auf der Rückseite des Hauses herrschte Schatten. Dennoch zeigte die verrostete Blechtafel mit dem Thermometer darauf bereits dreißig Grad an. Einen Moment lauschte Theres.

Nicht das geringste Geräusch drang aus der Werkstatt. Georg mied sie vermutlich inzwischen genauso wie der Rest von Kurts Familie. Er würde mürrisch reagieren, aber sie würde ihn wie immer zuckersüß anlächeln und einfach darüber hinwegsehen. Mit ein paar Flunkereien wäre der Schwiegervater bereit, ihr zu helfen.

Sie drückte die Klinke der Eingangstür hinunter. Der Geruch von Öl und Benzin schlug ihr entgegen. Sie schnupperte.

Da war noch etwas anderes, was ihr Riechorgan wahrnahm.

Theres rümpfte die Nase und verharrte am Eingang. »Georg?«, rief sie fragend. »Kurt kommt erst am Wochenende nach Hause. Er wollte meinen Herd reparieren, aber er hat es wohl vergessen. Nun kann ich der Hannah gar nichts kochen, weil die Platte nicht heiß wird.«

Ihre Worte wurden von der bedrückenden Hitze und Stille im Inneren der Werkstatt regelrecht verschluckt.

Es riecht komisch hier drinnen.

Normalerweise wäre spätestens jetzt so etwas wie Unruhe in ihr hochgekrochen, aber die doppelte Pillenration vom Vormittag dämpfte ihre Reaktionen.

»Georg«, rief sie erneut, diesmal eine Spur lauter.

Jetzt vernahm sie ein Rascheln. »Ich belästige dich ungern. Aber meine Tochter hat Hunger.«

Sie bekam keine Antwort.

Vorsichtig setzte sie den Fuß auf den schmierigen Natursteinboden. Sie hasste es, die Werkstatt zu betreten. Der Geruch, die lauten Maschinen, mit deren Getöse sie jede Sekunde rechnen musste, und der kauzige Schwiegervater bereiteten ihr Unbehagen. Theres war sehr lärmempfindlich geworden. Seit sie die beruhigenden Tabletten einnahm, hatte sich das Gefühl drastisch verstärkt. Das Kreischen einer Bohrmaschine fügte ihr fast körperliche Schmerzen zu.

In diesem Augenblick huschte eine einäugige Katze zwischen ihren Beinen hindurch ins Freie. Das Tier hatte die Nackenhaare gesträubt und fauchte. Fast wäre Theres darüber gestolpert.

Irgendetwas stimmt hier nicht.

Vorsichtig wagte sie sich tiefer in die Werkstatt. Über ihrem Kopf spannten sich die Antriebsriemen von der riesigen Drehmaschine, die den Durchgang verschmälerte. Sie fühlte sich nicht wohl.

Ein eigenartiges Summen drang an ihre Ohren.

Welche Maschine gibt derartige Töne von sich? Und warum antwortet Georg nicht?

Die beiden Fragen wurden ihr jäh beantwortet, als sie durch den schmalen Durchgang schlich, der das ebenerdige Gebäude in zwei Teile trennte. Im hinteren Raum hatte der Schwiegervater eine schwere Standbohrmaschine stehen, die einen Höllenlärm veranstalten konnte, wenn man sie einschaltete. Oft hatte sie das dumpfe, vibrierende Dröhnen bis ins Haus hören können. Doch das plumpe, gusseiserne Gebilde blieb ruhig.

Dann entdeckte Theres die Ursache des Summens.

Georgs Körper lag zusammengekrümmt auf dem Boden. Sein Mund mit den blauen Lippen war leicht geöffnet. Sekret aus der Nase und Speichel hatten sich auf seinem blutleeren Kinn verteilt. Tausende von schwarz-grünlich schillernden, fetten Fliegen umschwirrten insbesondere den Kopf des Toten. Sie drängten sich rund um die offenen Augen. Einige Exemplare versuchten in die Nasenlöcher und die Mundhöhle zu gelangen. Das Brummen erinnerte sie an ein Wespennest.

Der Ekel, der ihr durch die Speiseröhre nach oben drang, löste ihre momentane Starre. Der Schrei, den sie ausstieß, klang animalisch.

Sie drehte sich um und riss den Hörer vom Wandtelefon neben der Bohrmaschine.

Hannah saß an ihrem Schreibtisch. Sie war noch immer traurig über den ungerechtfertigten Hausarrest. Bilder und Geschichten lenkten sie ein wenig ab. Die Rollläden an den offenen Fenstern waren zur Hälfte heruntergelassen, um die Hitze zu verbannen. Mutter wollte es so. Ihr selbst hätte das flirrende, heiße Licht nichts ausgemacht, ganz im Gegenteil sogar. Der Sommer mit all seinen Farben beflügelte ihre Fantasie ins Uferlose.

Unermüdlich kritzelte sie mit den Buntstiften auf einem großen Malblock. Eine märchenhafte Landschaft entstand auf dem Papier. Riesenhafte Bäume mit violettfarbenem Laub säumten einen Bach, der sich durch sattes, grünes Moos schlängelte. Ein Tischchen, voll beladen mit Früchten, stand am Wasser. Ein einzelner Stuhl befand sich daneben. Die orangefarbene Sonne mit einem Strahlenkranz aus Regenbogenfarben beleuchtete einen übergroßen Engel mit weißen Vogelschwingen.

Hannah summte beim Zeichnen. Dieses Mal würde sie das fertige Bild unter der Matratze verstecken, damit ihre Mama es nicht finden konnte. Das letzte Bild war von ihr zerstört worden, weil der Engel schwarze Federn trug. Danach hatte die Mutter gelogen und ihre Tat dem geflügelten Wesen angehängt. Nun zeichnete sie eine Gestalt, deren Schwingen auf dem Papier weiß bleiben würden, dennoch traute sie der Mutter nicht und das schmerzte sie sehr. Schon jetzt, im Alter von acht Jahren, hatte sie sich geschworen, ihren Träumen und Leidenschaften kompromisslos zu folgen. Die geflügelte Frau würde sie dabei unterstützen, denn der Menschheit standen harte Zeiten bevor, obwohl die wenigsten das ahnten. Sie würde ihren Beitrag leisten.

Einen Moment hielt sie inne, betrachtete das farbenfrohe Bild, dann zog sie einen feuerroten Stift aus dem Köcher. Ihr Gesicht näherte sich mit gerunzelter Stirn dem Papier, während sie vorsichtig das Schmuckstück zeichnete, welches der Engel um den Hals trug. Auf dem zartgelben Gewand, das Hannah der Gestalt »angezogen« hatte, würde der Anhänger, der einst als Brosche ein Damenkleid zierte, gut zu Geltung kommen. Mit ruhiger Hand zeichnete sie Steinchen für Steinchen in das Schmuckstück. Es musste authentisch wirken. Mit einem grauen Stift umrandete sie das Geschmeide mit mehreren Zacken. So hatte sie das alternde Silberteil im Traum gesehen. Ein Zackenkranz umrahmte das Oval und er wirkte wie die Strahlen eines Sterns.

Nachdenklich betrachtete sie ihr Werk.

Der Anhänger hat sich verändert seit meiner letzten Zeichnung.

Hannah tastete nach dem Köcher mit den Buntstiften und leerte ihn aus. Es klickte und klackte, als sich die Stifte auf dem Schreibtisch verteilten. Sie begutachtete das farbenfrohe Durcheinander eine Weile, dann griff sie nach der Farbe Schwarz. Mit sicherer Hand übermalte sie zuerst einige rote Punkte am unteren Rand, dann Stellen in der Mitte der ehemaligen Brosche.

Das sieht hässlich aus, dachte sie. *Aber ich kann es nicht ändern.*

Einen Moment lang schwebte das Zeichenutensil über dem Oval, dann senkte es sich erneut. Fünf weitere rote Punkte verschwanden unter schwarzer Farbe.

In diesem Augenblick ertönte ein lauter Schrei, der durch das offene Fenster hereindrang.

Hannah erschrak. Der Stift kratzte über das Papier. Sie sprang auf.

Die Stimme ihrer Mutter hatte sie sofort erkannt.

Ohne zu zögern, verließ sie das Kinderzimmer, hastete die Treppe hinab und rannte aus dem Haus.

»Mama?«

Ihre nackten Füße trippelten über die Steinplatten des Hofes. Alles blieb still. Ihr Herz hämmerte. Sie spürte, dass etwas Schlimmes geschehen sein musste.

»Mama?«

Niemand antwortete und sie begann zu weinen.

»Miiiaaauuu!«

Hannah schaute zu Boden und erkannte die gefleckte Katze, die um ihre Beine strich. Ein grasgrünes Auge starrte ihr entgegen.

Sie bückte sich und streichelte dem Kater über den Kopf. Kuno war kein direkter Verwandter der »Braungetigerten«, die ihr Leben auf dramatische Weise durch die Hand ihrer eigenen Mutter verloren hatte. Großvater hatte ihn verletzt im Feld gefunden. Sie erinnerte sich an die Geschichte.

»Mrrraauu … mrrrrrr.«

Die Tränen versiegten. Der Kater nahm Kontakt mit ihr auf.

»Kuno, wie meinst du das?«

Sie konzentrierte sich. Mit den Geisterkatzen funktionierte das bereits, warum nicht auch mit lebenden Tieren?

Ein klagendes Maunzen ertönte. »Miiiaaaooo.«

Ihr Kopf hob sich alarmiert zum Himmel. Das nun milchige Blau veränderte sich schnell und ergraute. Die drückende Hitze ließ bleischwere Wolken aufquellen wie Milchreis in einem Topf.

Hannah beschlich ein unruhiges Gefühl. Sie war kein erschrockenes kleines Mädchen und hatte bisher für alles eine Erklärung gefunden. Aber dieser Anblick wirkte mehr als nur bedrohlich.

Ihr Blick schwenkte nach rechts, zur Eingangstür der Werkstatt. Der uralte, schmiedeeiserne Türgriff zog sie magisch an. Obwohl sie das strikte Verbot erhalten hatte, das Gebäude jemals allein zu betreten, machte sie einen zaghaften Schritt darauf zu. Drinnen könnte sie Schutz vor dem nahenden Unwetter finden. Vielleicht war ihre Mutter darin eingesperrt und brauchte Hilfe? Hatte sie sich an einer der Maschinen verletzt, die mit ihrem Lärm manchmal den öligen Boden zum Vibrieren brachten?

»Maaaooo«, tönte es warnend zu ihren Füßen.

Das Tier legte den Kopf schief. Hannah hatte die Katze verstanden.

Kurz wägte sie ab, streckte den Arm aus und trat auf die Tür zu. Die Finger zitterten leicht, als sie sich der schwarzen Klinke näherten, die mit ihrem verschnörkelten Knauf so gar nicht zu einer Werkstatttür passen wollte.

In diesem Augenblick fuhr ein gewaltiger Blitz aus den dräuenden Wolken herab. Der Hof wirkte für den Bruchteil einer Sekunde, als sei er von tausend grellweißen Scheinwerfern beleuchtet. Begleitet von einem schwefelartigen Geruch fuhr ein gleißender Pfeil aus purer Energie ganz in der Nähe durch eine steinalte Eiche und verschwand im Boden.

Der Donnerschlag war so gewaltig, dass Hannah regelrecht umgerissen wurde. Unsanft landete sie auf dem Hintern. Kuno flüchtete fauchend durch die Hecke auf das Nachbargrundstück.

Dann setzte der Regen ein, als habe ein überirdisches Geschöpf das Inferno entfesselt. Schwer prasselten Tropfen auf das Vordach herab, welches sich über die Eingangstür zu Georgs Werkstatt spannte.

Das Mädchen stand auf und streckte erneut die Hand aus. Wie in Trance starrte sie die Klinke an, die sie gern hinuntergedrückt hätte. Den heftigen Schauer nahm sie nicht wahr, denn plötzlich öffnete sich die Tür mit ihrem typischen Knarren von ganz allein.

Aus dem Dunkel des Gebäudes trat ein Mann. Es war ihr Großvater. Sein Gesichtsausdruck verriet Sorgen.

»Opa?« Hannah machte einen Schritt auf ihn zu. Ihre kurze Hose war völlig durchweicht.

Der Weißhaarige antwortete nicht. Er gestikulierte mit den Händen. Sein ganzer Körper war umgeben von einem seltsamen samtigen Licht.

Die abwehrenden Bewegungen des Großvaters irritierten die Schülerin. Es schien, als wolle er sie wegschicken.

Warum sprach er nicht mit ihr?

»Ist Mama bei dir? Ich habe sie schreien hören. Geht es ihr gut?«, fragte sie jammernd.

Der Großvater wirkte irgendwie seltsam und künstlich. Hannah kam es so vor, als sehe sie ihn abgebildet auf einer unsichtbaren Leinwand.

Sie tat einen weiteren Schritt nach vorn.

Georg schüttelte heftig den Kopf und kreuzte immer wieder abwehrend die Hände vor der Brust.

Wieder streckte sie den Arm aus. »Opa, warum redest du nicht mit mir?«

Es blitzte ein zweites Mal. Das Gewitter schwebte unheilvoll über dem Anwesen der Familie Pfeifer.

In diesem Moment erreichte Hannahs Zeigefinger die blaue, ölverschmierte Montur, in der der seltsam wirkende Opa steckte.

Der Finger glitt mühelos in seinen Körper hinein.

Verwirrt zog sie ihn zurück.

Ein ohrenbetäubender Donnerschlag folgte dem Blitz.

Das Kind schrie entsetzt auf.

Wie auf ein geheimes Kommando legte der Regen noch einmal zu. Er hüllte Georg in einen flirrenden Schleier aus Tropfen.

Hannah schluchzte ungehalten. Durch die rauschende Regenwand erkannte sie, dass er sich verwandelte. Seine Gestalt zerfloss in dunklen Wirbeln, die sich rasch neu formierten und riesige, schwarze Flügel formten, die den Türrahmen und die Ziegelmauer mühelos durchdrangen.

»Du musst von hier weg!«, zischte eine Frauenstimme durch das tosende Unwetter. »Dies ist kein Ort für dich. Die Pforte ist noch immer geöffnet.«

»Aber ich will doch zu meiner Mama«, jammerte Hannah, als wäre es das Normalste der Welt, mit einem schwarzen Engel mitten in einem Gewitter zu reden. Sie kannte die Gestalt, deren Gewand und Haare dem Wind trotzten. Die Erscheinung bereitete ihr keine Angst. Sie hatte sie schon oft in ihren Träumen gesehen und danach auf Papier gezeichnet. »Wo ist sie? Und wo ist Opa?«

Angestrengt kniff sie die Augen zusammen. Fantasierte sie oder hatte sie gerade eben hinter dem Engel ein mannshohes, ovales Tor schimmern sehen, das den Blick auf eine märchenhafte Landschaft freigab?

Es war nur ein kurzer Moment, nicht länger als die Dauer von einem der Blitze, die über den Himmel zuckten. Hannah war sich jedoch sicher, sie habe eine orangerote Sonne erkannt, um die sich ein Regenbogen spannte.

War das die Landschaft aus der Traumwelt, die sie des Nachts im Schlaf bewundern durfte? Handelte es sich um das Paradies aus dem Religionsunterricht? Sie würde die Katechetin in der Schule fragen.

Wie ein magischer Sog wirkte das Tor. Warum sollte sie es nicht aus der Nähe betrachten?

Entschlossen trat sie den schwarzen Schwingen entgegen, die ihr den Weg versperrten.

In diesem Moment schlossen sich starke Arme um sie und zogen sie weg von der Werkstatttür. Eine dunkle Regenjacke stülpte sich über ihr durchnässtes Haar. Hannah erkannte das blumige Parfüm ihrer Tante Ada, welches dem schützenden Kleidungsstück anhaftete.

»Komm da weg, Kleines«, flüsterte Adelheid beruhigend.

Die Wärme ihrer Hände beruhigten Hannah augenblicklich.

Wieder zuckte ein Blitz hernieder und tauchte Hof und Gebäude in grelles Licht. Hinter ihr schloss sich die Tür mit der schmiedeeisernen Klinke lautlos.

Das Mädchen klammerte sich schluchzend an die Tante, die sie nun rasch unter der schützenden Jacke Richtung Hinterhaus führte.

»Komm mit hoch zu Großmutter und mir. Ich koche dir Kakao. Den magst du doch so gern.«

In der Ferne heulten die Sirenen eines Rettungswagens.

»Aber was ist mit Mama und Opa? Ich habe Mama in der Werkstatt schreien hören«, hakte Hannah nach. Sie gierte noch immer nach einer Antwort, die ihr weder der dunkle Engel noch die schemenhafte Gestalt des Großvaters beantwortet hatte.

Adelheid drückte den kindlichen Körper fest an sich, während sie antwortete: »Deiner Mama ist nichts geschehen. Vermutlich hat sie sich erschrocken. Sie hat Opa entdeckt, also seine sterbliche Hülle. Ich habe dir doch schon erklärt, dass er bald an einen fernen Ort wandern wird. Er fühlt sich jetzt wohl.«

»Opa wollte mich wegschicken und der Engel hat mir gesagt, dass die Pforte noch geöffnet ist. Dann ist auch meine Mama in Gefahr. Sie war doch noch in der Werkstatt.«

Adelheid seufzte. Nun liefen ihr selbst Tränen die Wangen hinab. Liebevoll betrachtete sie das Mädchen unter der triefenden Regenjacke. »Opa wollte verhindern, dass du in die Nähe der Pforte gerätst. Denn sie wirkt sehr verheißungsvoll auf alle, die sie sehen können.« Einen Moment wurde die Rothaarige sehr nachdenklich. »Deine Mutter ist nicht in Gefahr. Der dunkle Engel wird sie nicht einmal in die Nähe der Pforte lassen, denn … ach, das ist nicht so wichtig.«

Hannah schniefte. »Ist die geflügelte Frau mit Mama böse? Hat sie sich ihr gegenüber falsch verhalten?«

Tante Ada zuckte mit den Schultern. »Einst wird der Tag kommen, da wirst du die Erklärung vom Engel erhalten, Kleines. Mach dir keine Sorgen.« Sie zwang sich ein Lächeln ab. »Aber nun erzähle ich dir, was mit deinem Opa passiert ist. Er war krank und ist nur aus seiner runzligen Hülle geschlüpft, bevor er in das Regenbogenland ging. Drüben gibt es keine Krankheiten. Dort ist es wunderschön. Dein Opa trifft alte Freunde, die schon lange vor ihm gestorben sind.« Adelheid sperrte die Haustür auf und schob das durchnässte Mädchen hindurch. »Versprich mir, dass du dich der Pforte niemals näherst, wenn du sie siehst. Vor dir liegen noch große Aufgaben, und dein Pfad im Diesseits ist noch lang.«

Hannah streifte die viel zu große Regenjacke ab und betrachtete das trauergezeichnete Gesicht ihrer Tante mit geweiteten Augen.

»Ich habe die Pforte gesehen. Eine orangerote Sonne leuchtete darin. Wieso kann ich sie sehen, wenn ich noch gar nicht hinübergehen darf?«

»Ach Hannerl!« Die Rothaarige strich dem Mädchen übers Haar. »Nicht jedermann ist in der Lage, sie zu sehen. Du bist etwas ganz Besonderes. Sie zeigt sich dir, wenn ein Mensch bereit ist, über die Schwelle zu treten. Aber nicht nur das. Auch die toten Seelen sind in der Lage, mit dir Kontakt aufzunehmen. Manchmal kommen sie sogar herüber und wollen plaudern. Das solltest du aber für dich behalten. Es gibt Menschen, zum Beispiel deine Mama, die verabscheuen diese Gabe.«

Ada drehte sich einen Moment weg von dem Kind.

Obwohl sie dazu auserwählt war, die Fähigkeit zu nutzen, fuhr ihr durch den Kopf.

Wenig später saß Hannah am Wohnzimmerfenster der Großmutter, deren Gesicht fleckig vom Weinen war. Sie schlürfte Kakao und schaute hinaus auf den regennassen Hof. Der Rettungswagen mit den Männern in weißen Kitteln war inzwischen wieder weggefahren, nachdem sie den Toten in Augenschein genommen und der hysterischen Theres noch mehr Beruhigungsmittel verabreicht hatten.

Nun stand ein graues Fahrzeug auf den vermoosten Pflastersteinen neben der Werkstatt. Ihm entstiegen zwei Männer in schwarzen Anzügen, und wenig später luden sie einen Sarg in den Wagen.

Hannah durfte heute bei Oma und Ada übernachten. Ihre Mama war nicht mehr in der Lage, sich um sie zu kümmern. Papa Kurt war auf dem Weg nach Hause. Er wollte noch in dieser Nacht zurück nach Nürnberg fahren und bis zur Beerdigung bleiben.

Beerdigung, einige Tage später

Drei Tage waren nach Georgs Ableben vergangen. Der Anblick des verstorbenen Schwiegervaters hatte Theresia trotz der Wirkung ihrer Medikamente mitgenommen. Nicht, weil sie den Vater ihres Mannes ins Herz geschlossen hatte, sondern schlicht und ergreifend durch die Erkenntnis, wie schnell so ein Leben doch enden konnte. Sie hatte nämlich schemenhaft ein großes Oval am Ort des Todes erkannt. Zuerst wirkte es wie ein riesenhaftes Tor, doch mehr und mehr hatte es sich in die alte Brosche ihrer Mutter verwandelt, der nun schon ein gehöriger Anteil an Granatsteinchen fehlte. Der Gedanke, was mit ihr passieren würde, wenn der letzte rote Splitter herausbräche, ließ sich einfach nicht verdrängen. Von den seltsamen Halluzinationen hatte sie dem alarmierten Notarzt nichts erzählt. Ansonsten hätte er ihr vermutlich kein Beruhigungsmittel gespritzt, um das Vergessen zu erleichtern.

Noch vor wenigen Jahren hatte sie sich unsterblich gefühlt in ihrem Streben nach Erfolg. Noch empfand sie sich als junge Frau, aber immer öfter fragte sie sich, was eigentlich in ihrem Leben falschlief.

Die Ehe mit Kurt war definitiv ein Fehler gewesen. Allerdings benötigte »Frau« einen männlichen Beschützer, das lehrte man den heranwachsenden Mädchen seit Jahrhunderten, und wer wusste schon, ob sie je einen attraktiveren, reicheren Kerl finden würde. Es blieb ihr nichts anderes übrig, als den Gatten unter der Kategorie »Notwendigkeit« abzuhaken. Kurt würde sich – da war sie sich inzwischen sicher – trotz der Geliebten niemals von ihr trennen. Die Ehe gehörte zum guten Ton, und den hatte er bitter nötig. Ein unverheirateter Mann wurde auch in seinem beruflichen Umfeld kritisch beäugt.

Hannah bereitete Theresia jedoch wesentlich größere Sorgen. Welche Mutter wünschte sich nicht ein bildhübsches Töchterlein, das in ihre Fußstapfen tritt. Was hatte sie nur falsch gemacht in der Erziehung des

Mädchens? Wie konnte es sein, dass Hannah nun auch mit dem Geist aus ihrer Jugend kommunizierte? Sie hatte doch alles getan, um das Kind davon fernzuhalten. Es kam ihr beinahe so vor, als würde jede Bemühung genau das Gegenteil bewirken. Das feudale Kinderzimmer, die schicken Kleidchen, all die niedlichen Stofftiere drangen nicht zu Hannah durch. Sie wollte hinaus in die Natur, hinterfragte Dinge, die Mädchen ihres Alters normalerweise nicht interessierten, und beschäftigte sich zu stark mit der Geisterwelt.

Tut sie das, weil ich dem dunklen Engel etwas vorenthalte?, fuhr ihr blitzartig durch den Kopf.

Zornig beendete sie den ungewollten Denkansatz.

Geflügelte Frauen, denen Hörner auf dem Kopf wachsen, oder Katzen, die vom Tod auferstehen, existieren nicht, betete sie sich mantraartig vor, um die Erinnerungen zu stoppen.

Theres hätte gern die Uhr zurückgedreht. Die mystische Welt ihrer Kindheit bedeutete nur noch Gefahr. Wäre da nur nicht die Sache mit der Brosche ihrer Mutter. Noch heute hatte sie keine reale Erklärung gefunden, warum das Schmuckstück nach vielen Jahren wiederaufgetaucht war. Träume oder Visionen davon waren das eine. Aber die Brosche in Kurts Hand, damals, als er an ihrem Bett stand, die war keine Einbildung gewesen. Sie hatte das kühle Silber auf ihrer Haut gespürt, als sie es zum Fenster hinausschleuderte.

Theresia ließ zwei Tabletten aus dem Döschen auf ihre Handfläche kullern und würgte diese ohne Wasser hinunter. Heute musste sie ihre Nerven stärker beruhigen als sonst. Kurt war zu Hause. Er saß im Wohnzimmer und mied jegliche Konversation mit ihr, als wäre sie am Tod seines Vaters schuld. In zwei Stunden würde man den Leichnam ihres Schwiegervaters im Johannisfriedhof beisetzen.

Sie betrat das Schlafzimmer, öffnete die Türen des fast fünf Meter breiten Kleiderschranks und zog ein hauchzartes, schwarzes Sommerkleid vom Bügel. Heute würde sie unter all den Trauergästen herausstechen als schönste Frau der Stadt. Schon jetzt genoss sie heimlich das Gefühl der Bewunderung, wenn sie in feinstem Georgette und schmalen

Lackpumps am Grab stünde. Edle Kleider lenkten sie von den dunklen Gedanken ab, die hin und wieder die Barriere des überdosierten Beruhigungsmittels durchbrachen.

Wenig später fuhren Kurt, seine Gattin und Hannah zum Friedhof. Ada war mit dem Auto ihres verstorbenen Vaters und in Begleitung der Mutter bereits vor einer Stunde zu dem historischen Grabfeld nahe der Nürnberger Altstadt aufgebrochen. Die Sonne schien vom wolkenlosen Himmel und spottete dem traurigen Anlass, als die kleine Familie zwischen den üppig bepflanzten Gräbern hindurchschritt.

Kurt redete noch immer kein Wort. Der Tod des Vaters nahm ihn sichtlich mit. Georg hatte zeitlebens einen rauen Ton den Kindern gegenüber angeschlagen, aber er war Ada und ihm stets ein großes Vorbild gewesen. Selbst in den harten Kriegsjahren hatte niemand aus der Familie hungern oder frieren müssen. Kurt kannte noch etliche Freunde aus der Jugend, deren Kindheit von angeschimmeltem Brot und Kälte in ungeheizten Häusern geprägt war.

Ada und er hatten nicht viel besessen. Zu jedem Weihnachtsfest war aber eine Kleinigkeit unter der Fichte gelegen, die sein Vater immer eigenhändig im Wald gefällt hatte. Er erinnerte sich an das handgeschnitzte, rot lackierte Flugzeug. Mit einem Schleifchen versehen hatte es am Baum gehangen. Kurt besaß es noch heute.

Verstohlen berührte er die leicht ausgebeulte Hosentasche. Er konnte die beiden Flügel des Spielzeugs ertasten und den Propeller.

Kurt schluckte. Ob er wohl den Mut haben würde, den Spielzeugflieger in das offene Grab zu werfen? Er wollte dem Vater damit nahe sein, denn er hatte den Gegenstand damals mit seinen eigenen Händen geschnitzt.

Hinter sich hörte er die unnatürlich klingenden Schritte seiner Gattin.

Wie kann man nur in solchen Schuhen laufen? Noch dazu auf den Kieswegen eines Friedhofes?, dachte er, aber Theresia interessierte ihn nicht mehr. Zu heftig schmerzten die zahllosen Wunden, die ihm durch ihr arrogantes Auftreten zugefügt worden waren.

Er hatte eine Geliebte namens Petra. Sie arbeitete als Sekretärin in der Getränkefirma. Es war keine ernsthafte Affäre, denn Kurt würde sich trotz alledem niemals scheiden lassen, schon im Hinblick auf Hannah, die er sehr liebte. Die liebevolle Brünette, die von auftoupierten Haaren und Lippenstift nichts wissen wollte, gab ihm immer wieder das Gefühl, begehrt zu sein. Theresia hatte das noch nie getan.

An einem verwitterten Grabmal, welches von sattgrünem Efeu umwuchert war, bog Kurt ab. Die Trippelschritte seiner Tochter und das Gestelze von Theres folgten ihm. Er schämte sich für deren Auftritt. Das Kleid, das sie trug, fand er unpassend für eine Beerdigung. Doch in diesem Moment tauchte eine dunkel gekleidete Menschentraube vor ihm auf, die am Eingang der Aussegnungshalle wartete.

Kondolierungen entgegennehmend bahnte er sich einen Weg durch die Menge. Ein Meer aus Blumengestecken und Kränzen bedeckte den schwarzen Karren, der am Eingang parkte. Ada und seine Mutter Babette standen mit rot geheulten Augen daneben. Unsagbare Trauer überfiel Kurt bei diesem Anblick.

Mit eiserner Disziplin versuchte er die Gefühle zurückzudrängen. Es gelang ihm nur bedingt.

Heulend nahm er seine Mutter in den Arm und erfühlte ihren bebenden, kranken Körper.

Wie lange werde ich sie noch haben?, schoss ihm durch den Kopf.

Aus dem Augenwinkel erkannte er, dass Theres ebenfalls näher gekommen war. Frostig streckte sie Ada eine Hand entgegen und wünschte ihr Beileid. In diesem Moment hätte er im Boden versinken können, wäre da nicht die seltsame Beobachtung gewesen, die ihn unmittelbar aus der Lethargie riss.

Hannah wand ihre kleine Hand aus der ihrer Mutter, trat an Adelheid heran und schmiegte sich an deren Körper. Sie lächelte, genau wie ihre Tante. Beinahe schien es, als würden die beiden ein stummes Gespräch miteinander führen.

Die Tatsache, dass das Mädchen Trost bei Ada suchte und nicht bei seiner Mutter, schmerzte Kurt immens.

Die Glocken im Turm der Aussegnungshalle begannen zu läuten.

Augenblicklich verwandelte sich das Wirrwarr an Gesprächen vor dem Gebäude in ein dumpfes Murmeln. Ein Messner trat durch das pompöse zweiflüglige Eingangsportal aus dunkler Eiche und bat die Trauergäste, einzutreten.

Adelheid nickte ihm zu. Beide nahmen ihre Mutter in die Mitte und schritten die steinernen Stufen nach oben. Theres, Hannah und die gesamten Anwesenden folgten schweigend.

Tränenfördernde Orgelmusik schwängerte das Innere der Halle, die von vielen dicken Kerzen beleuchtet war. Unter einem Steinbogen stand der simple Holzsarg von Georg Pfeifer auf einem Gestell mit Rädern. Weiße und rote Rosen sowie Sonnenblumen umringten in üppiger Pracht die letzte Bettstatt.

Sonnenblumen hat er so sehr geliebt, dachte Kurt und nahm mit der Familie in der vordersten Stuhlreihe Platz.

Seine Hände zitterten leicht, deswegen verschränkte er sie ineinander und legte sie über die Hosentasche, in der der kleine, rote Flieger steckte.

Dann begann die Aussegnung. Der Pfarrer betrat die Halle durch eine Nebentür und begab sich zum Pult neben dem Sarg. Er betete still, bis die Orgel verstummte. Es folgte eine rührende Abhandlung über das Leben des Verstorbenen. Dessen Fleiß und Redlichkeit, sein großes Herz gegenüber Menschen und Tieren und nicht zuletzt seine Unermüdlichkeit, dem harten Dasein in allen Situationen die Stirn zu bieten, wurden gelobt. Georg Pfeifer hatte bis zum Tod gearbeitet, die Familie ernährt und nie an sich selbst gezweifelt. Weder Krieg noch Armut oder Krankheit hatten ihn jemals in die Knie gezwungen.

Der Geistliche endete mit den Worten: »Georg Pfeifer war ein Mann, der den rechten Pfad niemals verlassen hat, selbst wenn ihm etliche Steinbrocken das Wandern mühselig machten.«

Hannahs gestikulierende Arme, die Kurt im Augenwinkel wahrnahm, erregten seine Aufmerksamkeit. Er erkannte, dass Adelheid sich dem

Kind zuwandte, den Zeigefinger auf die Lippen presste und ihm signalisierte zu schweigen.

Die Rede war so philosophisch. Das Mädel kann die Worte des Pfarrers gar nicht verstanden haben.

Er runzelte die Stirn. Zwischen seiner Schwester und Hannah schien es eine starke Verbindung zu geben, die ihm bisher verborgen geblieben war.

Kurz huschte sein Blick zu Theres. Sie beachtete ihre Tochter nicht. In ihren Augen schwamm Gleichgültigkeit.

Ist Resl betrunken?

Er wandte sich erneut der Trauerfeier zu, die dem Ende entgegenstrebte. Bald würden sich der Pfarrer und die Totengräber auf den Weg zum Grab machen, wo sein geliebter Vater für immer unter der Erde verschwinden sollte.

Ich werde ein ernstes Wort mit Theresia reden, nahm er sich vor und beobachtete den Geistlichen, der sich gerade vor dem Sarg verneigte. *Sie ist Mutter und trägt Verantwortung.*

Der endlose Marsch schweigsamer Menschen schlängelte sich zwischen uralten Hochgräbern mit Epitaphien aus dem Mittelalter hindurch, auf denen Namen wie Albrecht Dürer, Veit Stoß oder Anselm Feuerbach standen. Die Pfeifers waren alles andere als wohlhabend, aber die letzte Ruhestätte der Familie existierte bereits seit dem siebzehnten Jahrhundert. Mehrere Generationen der Pfeifers hatten diese, genauso wie das Grundstück am Nordrand von Nürnberg, bis heute bewahrt.

Unter einem prächtigen Ahornbaum hatte man eine tiefe Grube ausgehoben. Vier schwere Balken begrenzten das Loch zu allen Seiten hin. Zwei schmiedeeiserne Ständer, gefüllt mit Rosenblüten, waren davor platziert worden. Der Geistliche wartete stumm, bis die Trauernden sich rund um das offene Grab aufgestellt hatten, dann wandte er sich den Totengräbern zu, die den Sarg mit ernsten Mienen in die Dunkelheit abseilten. Er ergriff eine silbern glänzende Schaufel, steckte diese in den Erdhaufen neben den Balken und ließ schwarze, feuchte Brocken auf den Sargdeckel regnen.

Das dumpfe Geräusch, als Erde auf dem Fichtenholz aufschlug, ließ Kurt das Blut in den Adern gefrieren. Es vermittelte ihm die grausame Wahrheit der Endgültigkeit. Hektisch schob er die rechte Hand in die Hosentasche und betastete den Holzflieger. Seine Finger umschlossen den Rumpf. Das Geräusch, wenn das Spielzeug auf den Sargdeckel träfe, würde vermutlich anders klingen.

»Asche zu Asche! Staub zu Staub!«, drang an Kurts Ohren.

Er beobachtete Adelheid und die Mutter wie in Trance. Sie ließen Rosen in die Grube rieseln. Einzelne Blätter lösten sich von den Blütenköpfen und segelten über dem dunklen Loch, als seien sie nicht bereit, darin zu versinken.

Nun war er an der Reihe und trat vor. Er spürte die Blicke der Anwesenden im Rücken. Mit einem tiefen Atemzug zog er den Flieger aus der Tasche. Doch bevor er die Finger öffnen konnte, stellte sich Hannah vor ihn.

Sie riss die Arme in die Höhe und rief ihm zu: »Papa, nein! Opa möchte nicht, dass du das rote Flugzeug hinabwirfst in das Grab.«

Ihre kindlichen Worte wirkten wie aus einer anderen, fernen Welt. Dumpf und eindringlich erreichten sie seinen Verstand. Aber es war zu spät.

In diesem Augenblick schleuderte Kurts verkrampfte Hand das Spielzeug bereits von sich. Es beschrieb einen Bogen, stieg einen Moment auf in die klare Sommerluft, als flöge es tatsächlich, dann ging es in einen steilen Sinkflug und näherte sich der Grube.

Der heftige Windstoß kam wie aus dem Nichts. Er fegte durch die Frisuren der Trauergäste, die erschrocken quiekten, dann erfasste er das rote Flugzeug und ließ es seitwärts trudeln.

Hannahs Hand ergriff es fast spielerisch, unerklärlich und unheimlich.

Sie betrachtete es liebevoll, bevor sie es ihrem Vater zurückgab.

Kurts Körper erstarrte in Eiseskälte. Was ging hier vor sich?

Der erstickte Schrei seiner Gattin hinter ihm drang wie durch einen Wattebausch an seine Ohren. Einen Moment zögerte er, bevor er den roten Flieger wieder an sich nahm.

»Sieh nur, Papa!« Hannahs Gesicht strahlte. Sie zeigte auf die Balken, die die Grube umgaben. »Opa winkt dir zu. Er möchte, dass du mir auch so ein Flugzeug schnitzt. Dann fliege ich in meinen Träumen ins Regenbogenland. Kannst du ihn denn nicht sehen, Papa? Dort, an der Grube, schau hin!«

Kurts Blick erkannte keinen Toten, der auf dem Grab saß. Seine Augen schwenkten unwillkürlich zum Ahornbaum.

Im flirrenden Licht waberte ein Schatten umher, oder täuschte er sich? Er blinzelte verwirrt.

Ein Schemen, bestehend aus schwarzem Rauch umkreiste den dicken Stamm, bis er sich zu einer Gestalt formierte. Riesige Flügel schoben sich aus dem geisterhaften Rumpf und bewegten sich lautlos auf und ab. Dann hüllten sie sich schützend um das geöffnete Grab.

Ruckartig drehte er den Kopf weg. Es war genug. Sein Verstand spielte ihm nur einen Streich. Das Raunen der Versammelten zwang ihn dazu, Haltung zu bewahren.

Adelheid eilte herbei. Mit Pupillen so groß wie Murmeln zog sie Hannah in die Arme und flüsterte ihr rasch etwas ins Ohr. Das Kind schüttelte zwar den Kopf, ließ sich aber willig zur Seite ziehen. Seine Schwester schaute dem Mädchen tief in die Augen, während sie dessen Kopf streichelte. Gleich darauf schwenkte ihr Blick schlagartig zu ihm, als wolle sie signalisieren: *Schweig jetzt, Kurt, und tu so, als sei nichts geschehen.*

Allerdings konnte er den wortlosen Rat nicht befolgen, denn im selben Augenblick begann Theresia zu kichern. Erst leise, dann immer lauter, bis sie schließlich hysterisch in die Menge rief: »Mein eigenes Kind ist verrückt! VERRÜCKT! Ich habe ein geisteskrankes Balg geboren.«

Der Geduldsfaden von Kurt Pfeifer riss schlagartig. Er trat an seine Schwester heran und raunte ihr zu: »Nimmst du meine Tochter mit nach Hause? Ich muss hier weg.« Adelheid nickte. Dann machte er auf dem Absatz kehrt, packte Theres grob bei den Schultern und schob sie durch die staunende Menschenmenge weg vom Grab. Ihren Protest und ihr dümmliches Grinsen ignorierte er.

Daheim würde er seiner Gattin in ihrem hauchzarten Georgette-Kleidchen gehörig den Kopf waschen.

Er sah nicht mehr, dass das Gesicht des Pfarrers erbleichte wie eine gekalkte Wand, während er auf das Grab starrte. Irgendetwas Seltsames musste er wohl gesehen haben.

Am Nachmittag des tragischen Tages

Den zwei Tabletten vom Vormittag folgte eine dritte. Nach den bitteren Vorwürfen ihres untreuen Ehemannes und der Drohung, er würde das ganze Haus auf den Kopf stellen, um die Schnapsflaschen zu finden, die sie vermutlich versteckt hatte, musste Theres ihren aufgewühlten Verstand unbedingt zur Ruhe bringen. Ihre Tochter weilte noch immer bei Adelheid und deren übergewichtiger Mutter, die hoffentlich auch bald auf dem Johannisfriedhof enden würde. Kurt hatte angekündigt, er wolle ihr die Tochter wegnehmen, wenn sie sich nicht ändere. Aber spätestens wenn Kurt wieder in seinem teuren Mercedes säße und auf dem Weg zu seiner Hure wäre, würde sie Hannah vom Hinterhaus wegholen und mit ihr zu einem Kinderpsychiater gehen. Immerhin war sie die leibliche Mutter und durfte über das Wohl des Mädchens bestimmen.

Wütend zog sie den Reißverschluss des schwarzen Kleides auf und streifte sich die hauchdünnen Träger über die Schultern. Am tiefen Ausschnitt zeigte sich ein Riss im edlen Stoff. Das Gerangel mit ihrem Gatten hatte Spuren hinterlassen.

So weit ist es schon gekommen. Kurt war kurz davor, mich zu prügeln wie einen Hund.

Theres betrachtete sich im Spiegel. Wimperntusche färbte ihre leicht geschwollenen Tränensäcke und verlieh ihrem Gesicht wilde Züge.

»ICH bin die Mutter und werde bestimmen!«, keifte sie dem Spiegelbild entgegen, während sich hinter ihrer Schädeldecke eine der unheimlichen Antworten formte, die sie so fürchtete: *Erinnere dich zurück an deine Kindheit. Wie oft hast DU dich deinen Eltern widersetzt.*

Sie lachte schrill und schrie gegen den Gedanken an: »Ein schlechtes Gewissen lasse ich mir nicht einreden. Ich bin Theresia Pfeifer, geborene Bauer. Ich bin eine Opernsängerin mit großen Talenten.«

Das schwarze Kleid rutschte mit einem leisen Rascheln über ihren Körper hinab und blieb auf dem Boden liegen wie ein Trauerflor.

Du WARST Künstlerin mit großen Talenten, aber du hast deine Ziele nicht weiterverfolgt. Jetzt stehst du nicht mehr auf der Bühne, sondern auf der Treppe, die zur Hölle hinab führt. Ein paar Stufen abwärts bist du schon gewandelt. Spürst du bereits die Hitze?

Mit beiden Zeigefingern wischte Theres über die schwarz eingefärbten Tränensäcke und zog zwei hässliche Streifen über die Wangen.

»Ich werde bald wieder in den Mittelpunkt treten, ganz oben stehen.«

Wie willst du das erreichen? Mit noch mehr Lügen und Intrigen? Du wirst den gescheiterten Seelen bald Gesellschaft leisten.

»Magda Göbbels und Eva Braun?« Irres Kreischen begleitete ihre Worte.

Mit den Fingern versuchte sie die schwarzen Streifen aus dem Gesicht zu wischen, doch es wurden immer mehr. Das Spiegelbild zeigte ihr ein verhärmtes Antlitz, auf dem die Spuren der Sucht bereits erkennbar waren.

»An deren Tod trugen allein die Männer Schuld. Man hat sie getäuscht.«

Magda und Eva haben sich selbst belogen. Kein Mann der Welt trägt daran eine Schuld. Solange sie die dunkle Waagschale nicht verlassen hatten, verfügten sie über Kräfte, die deine Vorstellung übersteigen. Sie haben sich feige verhalten und sind ihren unfähigen Männern in den Tod gefolgt. Der Tod wird ihnen jedoch keinerlei Erleichterung verschaffen.

Theresias Faust krachte in den Spiegel. Der Kleiderschrank erbebte unter dem Hieb. Das Glas brach aber nicht.

»Wage es nie wieder, in meinen Kopf einzudringen, du hässliches Wesen.«

Die Blondine stierte ihrem Spiegelbild entgegen. Ihre verwischte Schminke ließ sie wirken wie ein Clown. Sie streckte sich selbst die Zunge heraus. Ihre Finger vergruben sich im toupierten Haar, zogen Strähnen nach oben.

»Warte nur ab, ich werde noch erreichen, was ich mir vorgenommen habe. Irgendwann wird Kurt viel Geld verdienen, und ich kann im Luxus schwelgen, während ihm seine Hure die Hemden bügelt. Dann betrete ich die Bühne des Opernhauses erneut.«

Die Bühne, auf der du die Menschen erreicht hättest, um das Gleichgewicht auf der Erde wiederherzustellen, hast du bereits verlassen und wirst sie nie mehr betreten. Warum verlässt du dich auf andere, Theresia? Hast du es noch immer nicht begriffen? DU bist verantwortlich für DICH selbst.

»Dass ich nicht lache! Ich bin eine Frau, eine bildschöne Frau. Der Mann, der mich genommen hat, muss für mich sorgen. DAS sind die Gesetze … nicht die der Ewigkeit, die mich einen Scheiß interessieren, sondern MEINE Gesetze.«

Sie verstummte. War sie zu weit gegangen?

Gebannt beobachtete sie ihr Spiegelbild. Es veränderte sich rasch.

Aus ihrem kurios gefärbten Gesicht schälten sich die Züge einer Fratze. Auf Theres' Nase erschien ein roter Pickel. Bitterböse, schwarz glänzende Augen ohne jegliche Pupille starrten ihr aus faltiger, blasser Haut entgegen.

Überrascht öffnete sich ihr Mund. Das Spiegelbild zeigte ihr faulende, schief stehende Zähne. Vom Kopf hingen nur noch dünne, graue Haarsträhnen herab.

Theres lachte auf und schüttelte den Kopf. Auf der anderen Seite des Spiegels wiederholte sich die Bewegung. Der dicke Drogennebel in ihrem Kopf verzögerte jedoch die Angst, die jeder normale Mensch jetzt empfunden hätte.

»Die billigen Tricks brauchst du bei mir nicht mehr aufführen. Ich weiß, dass ich mir das alles nur einbilde. Auch Hannah hältst du in deinen Krallen mit solch speziellen Theateraufführungen. Aber das wird sich ändern. Du wirst schon sehen, du garstiger Geist.«

Mit einem verächtlichen Grinsen ließ Theres den Blick am veränderten Spiegelbild herabgleiten. Das schwarze Kleid, das die Hexe hinter dem geschliffenen Glas getragen hatte, war ebenso bis zu den

Füßen hinabgerutscht und enthüllte einen alternden, klapprigen Körper. Die Augen der Blonden wanderten wieder nach oben. Um ein Haar hätte sie ein wichtiges Detail übersehen. Um den schrumpeligen Hals der Gestalt hing ein Anhänger. Theres blinzelte.

Einen Augenblick lang durchbrach der Schreck ihren drogenbenebelten Geist.

Das kann doch nicht sein!

Sie erkannte das Schmuckstück sofort. Die ehemalige Brosche ihrer Mutter hing an einer Kette und leuchtete ihr triumphierend entgegen.

Hektisch tastete sie nach ihrem Hals, aber sie spürte nur nackte Haut. Das Wesen im Spiegelbild tat dasselbe. Allerdings ertasteten dort die fleckigen Hände das granatbestückte Geschmeide mit den fehlenden Steinchen und hielten es ihr triumphierend entgegen.

Die Brosche hatte etliche Splitter eingebüßt. Der Schmuck wirkte, als habe man ihn aus einer Mülltonne gezogen. Zu der Hexe hinter dem Spiegel aber passte er perfekt.

Angestachelt durch den Anblick kehrte unbändiger Zorn zurück. Die unheimlichen Worte in ihrem Kopf taten ein Übriges.

Wenn der letzte Granat herausgebrochen ist, wirst du diese Welt verlassen. Erinnerst du dich?

»Ich habe noch lange nicht vor, zu sterben. Und die Brosche wird heute den letzten Tag um deinen hässlichen Hals baumeln.«

Theresia schrie zornig auf, hob den Arm und krümmte ihre Finger wie die Krallen einer Tatze. Die Fingernägel stießen nach vorn, bis sie das Spiegelglas berührten.

Diesmal trafen sie nicht auf hartes, glattes Material, sondern drangen mühelos ein, als würden sie in Quecksilber greifen.

Blitzschnell schlossen sich die Krallen um die Brosche.

Ein kalter, übel riechender Hauch entwich dem Spiegel. Theresia zog mit Kraft an dem Schmuckstück, das an einer Kette hing.

»Gib mir mein Eigentum zurück«, zischte sie. Doch die feinen Glieder wollten nicht reißen.

Ein tiefes Stöhnen folgte dem Schwefelgeruch.

Was tust du nur? Warum willst du nicht verstehen?

Mit aller Macht zerrte die wütende Theres weiter. »Gib mir die Brosche!«, befahl sie schrill.

Das Stöhnen wurde zu einem Jammern. Millimeter um Millimeter zwang sie das Geschmeide zu sich. Es erschien bereits in der quecksilberartigen Oberfläche des Spiegels. Fast hatte sie es geschafft. Jetzt durfte sie nicht locker lassen. Der Zorn verlieh ihr Bärenkräfte, und die Adern an ihrem Hals traten hervor.

Ein schmatzendes, ekelerregendes Geräusch ertönte, als der Schmuck samt dem Hexenkopf die gallertartige Oberfläche durchbrach. Gelblicher Schwefel verbreitete sich wie eine giftige Wolke im Schlafzimmer. Theresia würgte. Pupillenlose Augen starrten sie an. Die Kette war fest um den Hals des Wesens gespannt, welchem nun ein Gurgeln aus dem Mund fuhr.

»Du … weißt nicht, was … du anrichtest, wenn du mich … auf deine Ebene … hinüberziehst«, keuchte es, als müsse es ersticken.

Im Affekt lockerte Theresia den Griff. Sofort normalisierte sich die teuflische Stimme.

»Du kannst die Gesetze der Ewigkeit nicht ändern. Niemand kann das. Du wirst scheitern und mit dir der Rest der Menschheit.«

Theres betrachtete die Brosche in ihren verkrampften Fingern. Fassungslos starrte sie auf das, was sie damit aus dem Spiegel herausgezogen hatte. Der Gestank fauler Eier wurde immer intensiver. Kurz wendete sie sich ab, dann erbrach sie sich heftig.

»Du hattest das Rüstzeug, um deine Mitmenschen zum Umdenken zu bewegen«, brabbelte der geisterhafte Mund. »Warum bist du nur so blind? Lüge, Gier und Egoismus werden sich in den kommenden Jahren gegen die gesamte Spezies wenden. Du solltest die Entarteten darüber aufklären. Das hast du nicht getan, ganz im Gegenteil. Die Auswirkungen dieser zerstörerischen Attribute spürst du bereits an dir selbst. Dein einst messerscharfer Verstand wird gerade zerfressen von Wirkstoffen, die die Realität unsichtbar werden lassen. Ich hatte mir mehr Intelligenz von dir erhofft.«

Ruckartig öffneten sich Theresias Finger. Das Schmuckstück entglitt ihr, und der Hexenkopf samt Geschmeide verschmolz gurgelnd mit dem Spiegelglas.

Theres betrachtete ihre Handfläche. Die Brosche hatte rote Striemen darauf hinterlassen.

Ein starkes Zittern lief durch ihren ganzen Körper. Wie ein aufplatzender Ballon entlud sich ein Heulkrampf. Ihre Füße, die in einer Feinstrumpfhose voller Laufmaschen steckten, tappten ungeniert in das Erbrochene, als sie sich ins Bad schleppte, wo sie die Beruhigungspillen aufbewahrte. Sie schluckte gleich mehrere Tabletten auf einmal.

Wenig später sackte sie bewusstlos zu Boden.

Kopfschmerzen flammten auf, als ihre Augen die Umrisse von zwei Männern wahrnahmen, die auf sie herab starrten.

Einen davon kannte sie.

Vorsichtig bewegte sie sich. Das Knistern von steifer, frisch gestärkter Bettwäsche vermischte sich mit typischen Krankenhausgeräuschen.

»Wie geht es dir?«, fragte Kurt.

Neben ihm stand offensichtlich der behandelnde Arzt, dessen Brille so tief auf der Nase saß, dass er gar nicht hindurchblicken konnte.

Theres stöhnte auf. »Mir schmerzt der Kopf, wo bin ich? Was ist geschehen?«

Nun räusperte sich der Arzt. Mit einem Seitenblick auf ihren Gatten mischte er sich ein. »Sie sind im Marien-Krankenhaus. Wir mussten Ihnen den Magen auspumpen.«

Theres versuchte sich aufzusetzen. Ihr Kopf hämmerte wie ein Presslufthammer. »Wie? Ich verstehe nicht. Warum haben Sie das getan?«

Vorsichtig schob Kurt seine Frau zurück auf das Kissen. »Als ich nach Hause kam, habe ich dich bewusstlos im Bad gefunden. Neben dir lag ein Pillendöschen. Ich … ich habe befürchtet …«, stammelte er. »Du hast versucht …« Seine Stimme brach. Er wendete den Kopf in Richtung der kahlen Fenster und verstummte.

»Ihr Mann vermutet, Sie wollten sich das Leben nehmen, Frau Pfeifer«, kam ihm der Doktor zu Hilfe. Die Stimme des Arztes klang emotionslos. »Wir fanden in Ihrem Blut eine erhöhte Konzentration von Schlafmitteln. Zum Sterben wäre die Menge allerdings zu gering gewesen.«

»Wie bitte?« Erneut schnellte Theresias Kopf nach oben. Stechende Kopfschmerzen zauberten augenblicklich Sterne auf ihre Netzhaut. »Was reden Sie da für einen Unfug. Ich wollte mich doch nicht umbringen.« Ihr Blick schwenkte zu Kurt, der noch immer mit den Tränen kämpfte. »Nun sag doch was, Herrgott noch mal. Erklär dem Doktor bitte, dass ich lediglich ein Beruhigungsmittel zu mir nehme, welches mir verschrieben wurde.«

Schwungvoll nahm der behandelnde Arzt die Brille von der Nase und ließ sie in der Seitentasche des weißen Kittels verschwinden. »In Ihrem Urin lässt sich eine hohe Konzentration Benzodiazepin nachweisen«, erklärte er nüchtern. »Das Medikament macht süchtig. Es ist nicht für eine dauerhafte Einnahme konzipiert.«

»Mein Hausarzt hat es mir per Rezept verordnet. Ohne das Mittel bin ich nicht in der Lage, den harten Alltag als Ehefrau und Mutter durchzustehen«, keifte Theres dem Mediziner entgegen.

Dieser zuckte nur mit den Achseln und wendete sich an Kurt, als sei ihm der Dialog mit der halsstarrigen Patientin zu anstrengend. »Bei Einlieferung haben wir auch noch eine Verletzung an der rechten Hand Ihrer Frau versorgt. Es sieht so aus, als habe sie mit Bärenkräften an irgendetwas gezogen – im Delirium. Die Abteilung, in die wir Ihre werte Gattin verlegen müssten, gibt es im Marien-Krankenhaus leider nicht. Meines Wissens wäre sie in der Psychiatrie in Erlangen besser aufgehoben.«

Kurts Kopf ruckte herum. Selbstredend missfiel ihm das Verhalten seiner Ehefrau zutiefst. Aber hier befahl ihm seine erzkonservative Erziehung den entschiedenen Widerspruch. Er musterte den Arzt mit verärgertem Blick. »Meine Frau benötigt kein Irrenhaus, Herr Doktor.

Sie durchlebt momentan eine schwierige Phase. Das kriegen wir alles wieder hin.«

Die Mundwinkel des Oberarztes verzogen sich für den Bruchteil einer Sekunde zu einem hämischen Grinsen. »Wie Sie möchten, Herr Pfeifer«, antwortete er kühl. »Wir werden Sie benachrichtigen, wenn wir die Patientin entlassen, denn wir können sie hier nicht heilen.« Er reichte seinem Gesprächspartner die Hand, drehte sich zackig wie ein Soldat auf dem Absatz herum und verließ das Krankenzimmer.

Noch lange konnte Theres dessen Schritte auf dem Linoleum des Flurs wahrnehmen.

»Was hast du nur getan?«

Kurts Frage ließ sie aufhorchen. Inzwischen betrachtete er sie wieder, und in seinem Gesicht spiegelte sich sogar Mitgefühl.

»Ich habe mich elend gefühlt«, erwiderte sie leidend. Ihr Kopf sank zurück aufs Kissen. Die Situation ließ sich wunderbar auskosten. Nun konnte sie ihrem Mann die Vorwürfe von der Beerdigung heimzahlen. »Wundert dich das? Du betrügst mich mit einem Flittchen und unsere Tochter driftet in eine Geisterwelt ab, weil deine Schwester sie verdirbt.« Sie drückte ein paar Tränchen in die Winkel ihrer geröteten Augen. »Außerdem habe ich deinen toten Vater gefunden in der Werkstatt. Meinst du, das ist spurlos an mir vorübergegangen?« Nun schluchzte sie auf. »Ich habe dich an eine andere Frau verloren, Kurt, und unser zuckersüßes Hannerl wird unter den Fittichen deiner verwerflichen Familie zu einer Verwirrten werden.« Schlagartig zuckte ihr Arm unter der Bettdecke hervor. Ihre Finger, die aus einer Mullbinde ragten, gruben sich in Kurts Sakko. »Irgendwann wird deine Tochter im Irrenhaus landen, nicht ich. Also unternimm etwas und entsinne dich, dass du ein verheirateter Mann bist.«

Der hagere Nürnberger starrte leichenblass auf seine Ehefrau im Bett. Wie in Zeitlupe nickte er zustimmend. Dicke Tränen rannen ihm nun die Wangen hinab. Er wischte sie nicht weg, sondern ließ sie auf den Kragen des Hemdes tropfen. Leise antwortete er: »Es wird alles gut, Theres. Das versprech ich dir. Das Hannerl ist noch immer bei meiner Mutter. Aber ich werde mit ihr und auch mit Adelheid sprechen. Sie dürfen dem Kind keine Geistergeschichten mehr erzählen.«

In Theres' Magen breitete sich eine wohlige Wärme aus. Trotz der Übelkeit spürte sie das euphorische Gefühl des Sieges aufkeimen.

Gerade wollte sie Kurt anlächeln und ihm vielleicht sogar einen Kuss entgegenhauchen, doch da sah sie, dass er die Stirn runzelte. Seine rechte Hand fuhr in die Jackentasche und tastete darin herum. Er zog sie heraus, öffnete die Finger und ließ irgendetwas auf das fahrbare Nachttischchen rieseln. Es klickerte kaum hörbar.

Theres folgte seinen Bewegungen.

Als sie sah, was auf dem grauen Resopal lag, verflog sämtliche Wärme aus ihrem Körper, als habe jemand das Fenster geöffnet.

Ein halbes Dutzend Granatsplitter funkelten ihr hämisch entgegen.

»Die Steine lagen auf deinem schwarzen Kleid«, entgegnete er mit belegter Stimme. »Sind sie dir aus einem Schmuckstück herausgebrochen, beim Umziehen vielleicht?«

Theres gab keinen Laut von sich. Sie starrte auf die Edelsteinchen.

»An deinem Hals habe ich noch nie einen Anhänger baumeln sehen mit derartigen Steinen, aber vielleicht bin ich momentan auch unaufmerksam. Ich musste kurz an dieses protzige Schmuckstück denken, welches mir damals die Verkäuferin im Kaufhaus übergeben hatte«, sagte Kurt vorsichtig. Er beugte sich herab und küsste sie auf die Nasenspitze. »Aber das hast du ja schon lange zurückgebracht, richtig?«

Theres befand sich in absoluter Schockstarre. Trotzdem erkannte sie die Unsicherheit in Kurts Blick. Die Granatsplitter waren eine deutliche Warnung an sie aus einer Welt, die ihr Gatte nie begreifen würde. Trotzdem hatte sie das Gefühl, er ahnte etwas.

Beschwichtigend wechselte Kurt das Thema. »Vaters Ableben hat mich auch hart getroffen. Doch ab jetzt wird alles gut, Resl, so wahr ich Kurt Pfeifer heiße.«

Theresia hörte die Worte ihres Ehemannes leiser werden, als habe man den Lautsprecher eines Radios zurückgedreht. Eine andere Stimme überlagerte das Gesagte: *Wenn der letzte Granat herausgebrochen ist, wirst du diese Welt verlassen.*

»Hör auf, mir Angst einzujagen«, flüsterte Theres entsetzt, als sehe sie Gespenster.

»Was meinst du damit?« Kurt verstand ihre Reaktion nicht. In seinen Augen glomm Verzweiflung.

Veränderte sie sich tatsächlich? Hoffentlich lag der behandelnde Arzt nicht richtig mit der Vermutung, sie müsse in eine psychiatrische Abteilung.

Sie beobachtete ihren Ehemann, der auf den Lippen kaute. Dachte er darüber nach, ob Hannah bei Adelheid tatsächlich besser aufgehoben wäre? Das Mädchen sprach nie davon, doch sie fühlte, dass es ihr entglitt.

Eine Woche später

Die Tage verstrichen. Theresia wurde nicht entlassen. Immer wieder klagte sie über eigenartigen Schwindel, und die Krankenschwestern mussten sie stützen, wenn sie das Bett verließ. Die Sehnsucht nach den Beruhigungspillen nahm zu. Aber der behandelnde Arzt blieb hart. Zum Einschlafen bot er ihr lediglich harmlosen Baldrian an. Sie nahm die pflanzliche Medizin nicht zu sich. In unbeobachteten Momenten spuckte sie die stark riechenden Pillen in ein Taschentuch und versteckte dieses in ihrer Handtasche. Gegenüber dem pflegenden Personal erwähnte sie mehrmals täglich, dass die fehlende Beruhigungsmedizin an ihren Schwindelattacken Schuld trage und sie dringend das Medikament benötige, welches ihr der Hausarzt verschrieben hatte. Während einfühlsame Pflegerinnen sie beim Toilettengang begleiteten, ließ sie sich hin und wieder zu Boden sacken. Das – so spekulierte sie zumindest – würde ihre Forderung noch untermauern. Denn der Suchtdruck, der auf ihr lastete, erhöhte sich von Tag zu Tag.

Es war früher Nachmittag, und Theres hatte sich einen tragbaren Telefonapparat ans Bett liefern lassen. Kurt würde ihn bezahlen müssen. Sie wählte die Nummer von ihrem Zuhause. Es klingelte lange, bis sich eine kindliche Stimme meldete.

»Hannerl, mein Liebling? Bist du es?«

»Ja Mama, wann kommst du nach Hause. Ich möchte gern, dass du wieder gesund bist.«

Diesmal musste Theres nicht schauspielern. Die Tränen, die ihr in die Augenwinkel drängten, waren echt. »Ach Kind! Wie gern würde ich dich wieder in die Arme schließen. Ist Papa daheim?«

»Nein, er ist im Hinterhaus. Oma Babette geht es sehr schlecht. Ada hat einen Arzt gerufen. Sie kann nicht mehr laufen und irgendetwas stimmt mit ihrem Herzen nicht. Ich hab Angst, dass sie auch sterben muss, Mama.« Hannah schniefte. »Soll dich Papa zurückrufen?«

Wie erwachsen sich meine Tochter anhört, fuhr ihr durch den Kopf. *Und Babette ist dabei, das Zeitliche zu segnen, wie praktisch.*

Sofort manifestierte sich ein perfider Plan.

»Dem Papa musst du nichts von unserem Gespräch sagen, Liebling, der ist sicher sehr in Sorge. Aber Oma wird bestimmt bald wieder auf den Beinen sein. Ihr Herz ist ziemlich stark.« Theres legte eine kurze Redepause ein, um zu überlegen. »Weißt du, ich könnte nach Hause, wenn ich nur die richtigen Medikamente einnehmen würde. Aber die gibt es hier leider nicht.«

Sie hörte das Atmen ihrer Tochter am Telefon. Hannah schien zu überlegen.

»Wieso gibt es die nicht? Du bist doch in einem Krankenhaus, da gibt es doch alle Medikamente, die man benötigt, um gesund zu werden.«

Theres begann wie auf Kommando zu schluchzen. Bei einer Achtjährigen würde das sicher Wirkung zeigen.

»Ach, wenn ich das wüsste, Liebling. Aber weißt du was? Du könntest der Mama helfen, bald wieder gesund zu sein. Möchtest du das?«

»Ja, ja natürlich. Was soll ich denn machen?«, fragte Hannah, wie aus der Pistole geschossen. Offensichtlich vermisste sie trotz aller Vorkommnisse ihre Mutter.

»Hör zu, Liebling. Oben im Bad liegt ein Beutel. Darin befinden sich meine Medikamente. Das sind kleine, gelbe Pillen in einer Dose. Die steckst du in deine Hosentasche. Aber Hannerl …«

»Ja, Mama?«

»Rede mit niemandem darüber, das ist ganz wichtig. Papa darf es nicht erfahren, denn er meint, dass mir die Pillen schaden. Das ist aber nicht so. Und dann bettelst du ihn an, dass er dich mit ins Krankenhaus nimmt. Du willst doch deine Mama besuchen, nicht wahr mein Kind?«

»Natürlich möchte ich das. Aber Tante Ada und Papa meinten …«

»Papperlapapp. Du sagst den beiden, dass du jede Nacht von deiner lieben Mama träumst und vor Sehnsucht vergehst. Und nun lauf hoch ins Bad und steck die Pillen in die Hosentasche.«

»Das mache ich sofort. Versprichst du mir, dass du dann nach Hause kommst?«

»Natürlich, mein Liebling. Und richte Oma Babette gute Besserung von mir aus. Du wirst sehen, in ein paar Tagen ist sie wieder kerngesund.«

»Da freut sich die Oma bestimmt. Danke Mama, bis bald.«

»Bis bald Liebling.«

Wenn du zu mir kommst mit meinen Pillen, wird der alte Drache hoffentlich schon in der Aussegnungshalle liegen.

Warum bedienst du dich der Lüge, LÜGE, LÜGE!

Es kostete Theres unendlich viel Kraft, die furchtbare Stimme in ihrem Kopf zu unterdrücken. Manchmal raufte sie sich die Haare, wenn sie sich unbeobachtet im Krankenbett fühlte, und das war oft der Fall. Die alte Dame, die im selben Zimmer untergebracht war, schlief permanent. Schließlich schluckte sie in ihrer Verzweiflung sogar die Baldrian-Dragees, die ihr aber nur wenig Erleichterung verschafften. Es war an der Zeit, wieder das Beruhigungsmittel einzunehmen, denn sie hatte mitunter Schwierigkeiten, Realität und Einbildung voneinander zu trennen. Da sprach niemand in ihrem Kopf, oder doch? Sicher hatte die Krankenschwester sie auf ihre Lügen angesprochen und nun formte ihr Verstand eine geheimnisvolle Stimme daraus. Oder war sie doch eine Irre und hatte den Wahnsinn an ihre Tochter weitervererbt? Aber woher stammten dann die Verletzungen an ihrer Hand und die Granatsteinchen, die Kurt auf das Nachttischchen gelegt hatte? Gab es vielleicht doch …?

»NEIN«, schrie sie laut.

Die alte Dame im Bett am Fenster wachte auf und schaute sie zornig an. Theres drehte sich schnell von ihr weg.

Zwei Tage später öffnete sich die Tür zum Krankenzimmer. Kurt und Hannah traten ein. Ihre Tochter trug einen Biedermeierstrauß in ihren kleinen Händen, und sie strahlte übers ganze Gesicht.

»Mama, der Oma geht es tatsächlich wieder besser. Ich hab dir Blumen mitgebracht.« Sie legte das zart duftende Gebinde auf die Bettdecke, dann schmiegte sie sich kurz in die abgemagerten Arme ihrer Mutter. »Ich habe dich so vermisst«, flüsterte sie, wich aber artig wieder vom Bett zurück, als wolle sie die Mama schonen.

Theres schloss für einen Moment die Augen. Es tat gut, das eigene Kind zu spüren, allerdings gab es da noch etwas Wichtigeres, und das hatte Vorrang.

Mit bebenden Lippen zauberte sie ein paar Tränen hinter die Lider, bevor sie sie abrupt öffnete und ihren Blick zur Tür schwenkte, wo Kurt unentschlossen verharrte.

»Was für eine Freude, meine Lieben zu sehen.« Sie zwang sich ein gequältes Lächeln ins Gesicht, während sie leicht zitternd nach dem Sträußchen griff. »Ich bin ja so froh, dass es Babette wieder gut geht. Ich wusste, sie hat ein starkes Herz. … Wie herrlich die Blüten duften«, setzte sie hinzu, als sie Kurts zweifelnde Miene bemerkte. Sie lächelte ihn an. »Wärst du so lieb und besorgst im Schwesternzimmer eine passende Vase?«

Er schien zu zögern. Traute er ihr nicht oder quälte ihn das schlechte Gewissen noch immer? Sie favorisierte Letzteres, denn das konnte sie schamlos ausnutzen.

»Und lass dich bitte nicht mit einem Wasserglas abspeisen. Ich weiß, dass es bei den Pflegekräften edle Gefäße aus Bleikristall gibt.«

Schweigend nickte Kurt. Er schien Hannah zu beobachten, haderte einen Moment mit sich, das Kind bei der Mutter zu lassen. Vermutlich hatte ihm der Mediziner von ihrem labilen Zustand erzählt. Aber dann öffnete er die Tür, ließ das Geplapper der Pflegekräfte, Ärzte und Besucher vom Flur hereindringen und verschwand.

Theres wartete, bis sich seine Schritte auf dem Linoleum entfernten, dann ruckte sie herum und schaute ihrer Tochter tief in die Augen.

»Hast du es? Hast du mir mein Medikament mitgebracht?« Sie ertappte sich dabei, dass sie am liebsten die zitternden Finger in die eng anliegende Tasche von Hannahs Stoffhose geschoben hätte. Aber das Mädchen nickte im gleichen Moment und pfriemelte ein Döschen aus ihrer gehäkelten Umhängetasche.

»Wirken die Tabletten heute noch und du kannst nach Hause gehen?«, fragte das Kind sichtlich betroffen.

Theres' Augen fixierten das winzige Gefäß. Ihre Zunge leckte kurz über die spröden Lippen.

Sie öffnete den Deckel mit ungeschickten Fingern. Er fiel zu Boden und Hannah bückte sich sofort, um ihn aufzuheben. Dann ließ sie zwei der Pillen auf ihre Handfläche kullern und schluckte sie ohne Wasser hinunter. Kurt durfte davon auf gar keinen Fall etwas mitkriegen.

Die restlichen Beruhigungspillen versteckte sie unter der Matratze. Erst dann antwortete sie ihrer Tochter, welche sie unsicher beobachtete. »Heute vielleicht noch nicht, aber Mama kommt in ein paar Tagen ganz bestimmt heim. Doch du darfst niemandem verraten, dass du mir Tabletten gebracht hast.«

Hannah beugte sich nach vorn und schmiegte sich erneut an ihre Mutter. »Ich verspreche es dir. Aber ich verstehe nicht, warum der Doktor vom Krankenhaus dir keine Medizin geben kann, die dich gesund macht.«

Was sollte Theresia dem Mädchen nun antworten? Hannah war bei Weitem nicht mehr so kindlich naiv wie viele ihrer Schulkameradinnen. Sie würde sich nicht mit dummen Ausflüchten zufriedengeben.

Einen Moment überlegte sie fieberhaft, dann fuhr sie Hannah beruhigend mit der Hand über den Kopf und murmelte: »Das weiß ich leider auch nicht, Liebling. Ich bin ja kein Fachmann. Auf jeden Fall hat mir der Hausarzt die Tabletten verschrieben, als du noch ein Baby warst. Du hast oft geweint und zornig gestrampelt. Das hat mich viel Kraft gekostet. Die Pillen haben immer gut geholfen.«

Damit hatte Theres nicht gelogen, aber die Tatsache, dass sie mit dieser Aussage einer Achtjährigen die Schuld an ihrem Zustand zuschob, kam ihr nicht in den Sinn. Der behandelnde Arzt des Marien-Krankenhauses hatte ihr schon zweimal eindringlich erklärt, dass sie suchtkrank sei und die starken Beruhigungspillen absetzen müsse, aber das glaubte sie ihm nicht. Von diesem Weißkittel würde sie sich nicht auf eine Stufe mit einem Rauschgiftsüchtigen stellen lassen. Und Hannah musste sie mit derartigen Vermutungen um jeden Preis verschonen.

Kurt kam zurück. Er trug eine verbeulte Kupfervase in den Händen, füllte sie am Waschbecken mit Wasser und stellte sie auf dem Nachttisch ab. Dann nahm er den bunten Blumenstrauß und steckte ihn hinein. Theres konnte erkennen, dass seine Finger zitterten.

»Bleikristall gab es nicht«, rechtfertigte er sich augenblicklich.

Immer wieder huschte sein Blick zu Hannah. Er schien beunruhigt zu sein. Hatte er das Kind beobachtet, als es die Beruhigungspillen aus dem Bad geholt hatte?

Kurt umrundete das Bett, fuhr dem Mädchen einfühlsam über die kurzen, dunkelblonden Haare und setzte fragend hinzu: »Habt ihr euch gut unterhalten?«

Hannah strahlte ihren Vater an, und einen Moment lang hielt Theres den Atem an. Würde sie ihm von den Tabletten erzählen?

Gottlob war ihre Sorge umsonst.

»Ja, haben wir«, plapperte das Kind los. »Mama hat mir verraten, dass es ihr schon viel besser geht. Bald darf sie nach Hause.« Mit roten Wangen griff es erneut in den Häkelbeutel. »Um ein Haar hätte ich es vergessen. Ich habe der Mama ein Bild gemalt.«

Kurt zuckte zusammen, das war für Theres deutlich zu erkennen. Doch er konnte nicht mehr verhindern, dass Hannah nun ihr Gemälde aus der Tasche zog.

Noch bevor sie die Zeichnung genau betrachtete, fuhr der Bettlägerigen ein Stromschlag durch die Glieder. Sie versuchte, den Schrecken vor Tochter und Ehemann zu verbergen.

Mit Fingern, die sich anfühlten, als wären sie in Eiswasser gebadet, ergriff sie das bunt bemalte Papier und lächelte, auch wenn ihr zum Heulen zumute war.

Eine blonde Frau war darauf zu erkennen, die in einem Bett lag. Die Frau wirkte fröhlich. Hinter dem Bett stand – wie Theresia bereits befürchtet hatte – ein dunkler Schatten mit riesigen Flügeln, die bis zum Bildrand reichten.

»Schau Mama, das bist du.« Hannahs Zeigefinger fuhr über die lachende Blonde im Bett. »Und dahinter steht dein Schutzengel.«

Kurt stieg von einem Bein aufs andere. Die Situation wurde für ihn unerträglich, aber er wagte es offensichtlich nicht, seiner Tochter den Augenblick mit ihrer kranken Mutter zu vermiesen. Das Mädchen war überzeugt von dem, was es da sagte.

Theresia ahnte nicht, dass Ada ihren Bruder gebeten hatte, die Fantasie seiner Tochter nicht zu untergraben, sei sie auch noch so außergewöhnlich.

»Der Engel will dir helfen, Mama.« Hannahs Stimme klang nun sehr ernst. »Er hilft allen Menschen, die sich ihm zuwenden.«

Zuwenden?, fuhr es durch Theresias Kopf. *Wie gewählt sich meine Tochter ausdrückt. Dennoch, ich will niemals mehr etwas mit diesen okkulten Dingen zu tun haben. Was haben mir die Erscheinungen aus der Kindheit eingebracht? Dass ich jetzt darüber nachdenke, ob mein Oberstübchen noch richtig arbeitet?*

Sie räusperte sich leise und antwortete der Tochter: »Das hast du wirklich perfekt gemalt, Liebling. Sicher hast du im Religionsunterricht von den Engeln gehört. Da gibt es Seraphim und Cherubim. Der liebe Gott …«

»Nein, Mama!« Hannah schüttelte den Kopf, und ihre kurzen Haare tanzten in der Bewegung. »Der dunkle Engel gehört nicht zu den Himmelsengeln. Nicht alle Menschen können ihn sehen. Aber er hat mir erzählt, dass du ihn auch …«

»Hannah! Es reicht!« Kurt umrundete mit eiligen Schritten das Krankenbett, schob das Kind behutsam zurück und griff nach der Zeichnung. »Du machst Mama Angst damit. Ich habe dir doch erklärt, dass sie noch nicht ganz gesund ist. Dein Bild zeigen wir Tante Adelheid, die wird sich darüber freuen.«

In den Kinderaugen erschienen Tränen. »Ich will doch nur helfen, Papa. Der dunkle Engel …«

»HANNAH!«, erhob sich die Stimme des Vaters drohend und brachte Theresia dazu, sich als »gute Mutter« einzumischen.

»Lass sie aussprechen, Kurt. Ich kann das schon verkraften. Sie ist doch mein Liebling.«

Kopfschüttelnd drehte sich ihr Gatte zum Fenster hin um, unter dem die ältere Dame wie immer in ihrem Bett vor sich hin schlummerte. Er konnte Hannahs geflüsterte Worte an Theres hören.

»Mama, der dunkle Engel begleitet uns, wenn wir es zulassen. Er passt auf, dass es den Tieren gut geht, dass die Pflanzen gedeihen. Er hilft den Menschen, zu erkennen, wie alles funktioniert. Denn die Erde darf nicht kaputtgehen. Eigentlich ist es ganz einfach, aber viele hören ihm nicht mehr zu. Erinnerst du dich nicht daran, als du ein Kind warst? Da hast du doch mit ihm getanzt.«

Die Eiskristalle, die sich gerade in Theres' Blutbahn bildeten, ließen sie zittern. »Das bildest du dir ein, mein Liebling. Der liebe Gott und seine Engel wachen über dich. Auch Hänsel und Gretel aus der Oper, die ich als junge Frau gesungen habe, haben die kleinen Himmelsboten gerufen, bevor sie im dunklen Wald eingeschlafen sind.«

»Es ist an der Zeit, dass wir heimfahren.« Kurt hatte sich wieder zu seiner Tochter umgedreht und legte ihr eine Hand auf die Schulter. »Mama ist sehr müde. Sie muss sich jetzt ausruhen.«

Hannah schaute kurz zu ihm auf und nickte. Sie fühlte sich unverstanden, das drückte ihre Mimik aus. Seufzend ergab sie sich in ihr Schicksal.

Als ihr Vater sich zum Aufbruch umdrehte, beugte sie sich blitzschnell nach vorn, gab der Mutter einen Kuss auf die blasse Wange und säuselte in deren Ohr: »Der dunkle Engel ist traurig, Mama. Um ein Haar hättest du ihn in unsere Welt hinein gezerrt und damit die Pforte zerstört. Das darfst du nie wieder tun.«

Jede Muskelfaser in Theres' Körper begann zu rebellieren. Mühsam unterdrückte sie einen Schrei, der sich in der Luftröhre nach oben drängte. Das Mädchen wurde ihr immer unheimlicher. Wie kam Hannah auf derartige Gedanken?

Erneut machten sich die Zweifel an der »Humbugtheorie« in den Tiefen ihrer Eingeweide breit. Das Zittern ihrer Stimme ließ sich nicht mehr vollends verbergen, während sie Hannah leise antwortete: »Wenn ich wieder gesund bin, gehen wir beide zum Kinderarzt. Es gibt keine dunklen Engel, mein Liebling.«

Die Augen des Mädchens überzogen sich mit einem enttäuschten, traurigen Schleier. Es nickte resigniert, dann lief es dem Vater hinterher, der schon an der Tür wartete.

»Allwissendes, die Lage verbessert sich nicht. Die Spezies Mensch auf diesem Planeten wächst, aber sie entfernt sich rasant von den Gesetzen der Ewigkeit. Über Jahrmillionen befanden sich alle Lebewesen im Einklang damit. Auch der Homo sapiens hat sich in die Ordnung eingefügt. Doch nun ändern sich die Vorzeichen. Götter oder Teufel verlieren in ihrer Vorstellung an Macht. Sie wollen deren Rolle übernehmen, aber das wird nicht funktionieren. Die Gesetze sind nicht änderbar.«

»Dann verhindere das. Gebiete ihnen Einhalt.«

»Die Menschen haben einen Weg gefunden, den Tatsachen zu entfliehen. Sie unterdrücken die naturgegebenen Gefühle wie Angst, Trauer, Freude, Hass oder Liebe mit künstlich erschaffenen Chemikalien. Man nennt sie in der Sprache dieser Wesen ›Drogen‹. Ihre Seelen sind leer, wenn sie die Schwelle zum Jenseits überschreiten. Sie werden nicht mehr auf die Erde zurückkehren, sondern für immer sinnlos im Nichts umherwandeln. Ihr gesamtes Dasein mündet in endlose Illusion.«

»Sprichst du wirklich von allen oder nur von manchen?«

»Von manchen Individuen. Aber sie vermehren sich.«

»Dann leite sie an mit harter Hand.«

»Sie hören nicht zu.«

»Resigniere nicht, das sind diese Kreaturen nicht wert. Eine einzige Spezies von vielen darf nicht zur Gefahr für den Planeten werden.«

»Dessen bin ich mir bewusst, Allwissendes.«

Besuch beim Kinderpsychiater 1966

Theresia wurde drei Tage später gegen Mittag entlassen. Genau zu dieser Stunde brach Babette Pfeifer im Hof zusammen, nachdem sie den verendeten Kater Kuno im Gebüsch entdeckt hatte. Ihr Herz hatte aufgehört zu schlagen. Kurt, Adelheid und Hannah nahmen das Ende der alten Frau gefasst auf. Schon lange war zu sehen gewesen, dass Babette im Alltag sehr litt und sich keine Besserung mehr abzeichnete.

Die Beerdigung wurde ohne Theres geplant. Außerdem schienen Ada und ihre Tochter heimlich mit der Verstorbenen in Kontakt zu stehen. Anders ließ sich deren vorbildliche Trauerbewältigung nicht erklären. Theres beobachtete Hannah mehrmals im Hof direkt vor dem Busch, in dem die Großmutter den einäugigen Kater gefunden hatte. Das Mädchen hockte davor, und seine rechte Hand streichelte lächelnd die Luft (oder das tote Vieh, das nur sie sehen konnte). Doch all das tangierte Theres ohnehin nur am Rande. Sie hatte genug mit sich selbst zu tun.

Nachdem sie die Drogen wieder regelmäßig einnahm, stabilisierte sich ihr Zustand zusehends. Beim Abschlussgespräch hatte sie dem behandelnden Arzt versprochen, künftig nur noch Baldrian zu sich zu nehmen, sollte sie Unruhe verspüren. Dieselbe Lüge tischte sie ihrem Ehemann auf, dessen Gedanken sowieso nur um die verstorbene Mutter kreisten. Sie bestellte am Tag von Babettes Beerdigung ein Rezept für das süchtig machende Medikament bei ihrem Hausarzt, der die Einnahme niemals hinterfragte, und bekam die Pillen problemlos in der Apotheke ausgehändigt.

Zwei Wochen bemühte sich Kurt rührend um seine Frau, bevor er erneut loszog, seinem Alltag und der Liebe nachzugehen. Hannah verhielt sich eher still. Da ohnehin große Ferien waren, spielte sie viel im Freien, besuchte Tante Ada, aber sie erzählte ihrer Mutter nichts mehr von den Gesprächen im Hinterhaus. Auch die brisanten Zeichnungen, vor denen sich Theresia insgeheim fürchtete, waren nicht mehr auffindbar. Dennoch ahnte die Suchtkranke, dass sie irgendwo versteckt lagerten.

Ein Jahr verflog rasant und es wurde höchste Zeit, Hannah zu helfen. Als Mutter fühlte sich Theres verpflichtet, das Kind von den Geisterfantasien zu befreien. Deswegen suchte sie aus dem Telefonbuch die Nummer eines Kinderarztes heraus, der sich auf Psychiatrie spezialisiert hatte, und ließ sich einen Termin geben. Es gab zwar einen Doktor, der ihre Tochter seit der Geburt betreute, doch sie wollte Hannah unbedingt einem unabhängigen Mediziner vorführen, der sie nicht kannte.

»Kommst du bitte runter, Liebling? In einer Stunde müssen wir beim Arzt sein«, rief Theres am Treppenabsatz ins Obergeschoss. Sie bemühte sich, ihrer Stimme einen fröhlichen Klang zu verleihen. Hannah wusste von dem Termin in einer Praxis. Allerdings ging sie davon aus, dass der Onkel Doktor sich mit ihr über ihr Talent, das Gymnasium zu besuchen, unterhalten wollte. Die Zweifel im Gesicht des Kindes verdrängte Theresia, wie vieles andere auch. Der Arzt aus Ziegelstein bei Nürnberg, würde ihrer Tochter hoffentlich helfen können.

»Ja Mama, bin schon unterwegs«, tönte es aus dem ersten Stock.

Theres entspannte sich etwas.

Wenn sie es geschickt anstellen würde, ließ sich mit der Hilfe des Psychiaters vielleicht noch immer die Tochter formen, die ihr vorschwebte. In ihrer Vorstellung sah sie das Mädchen mit modischer Kurzhaarfrisur und einem duftigen Sommerkleid, wie sie einen Puppenwagen vor sich herschob.

Die Stufen knarrten, als Hannah die hölzerne Treppe hinuntereilte.

Als Theresia sie erblickte, zerstoben die Bilder der geheilten Tochter in alle Richtungen wie splitterndes Glas. Das Mädchen trug etwas zu weite Shorts, die an den Rändern bereits ausfransten, dazu eine alte Damenbluse mit kurzen Ärmeln, die sie noch nie gesehen hatte, und ausgelatschte, schmucklose Sandalen.

»Nein Liebling, so können wir dem Arzt nicht unter die Augen treten.« Ihr Zeigefinger erhob sich mahnend in die Luft.

Hannah stoppte noch auf der Treppe und sah erstaunt an sich herab. »Aber wieso denn nicht?«

»Ich habe dir doch im Frühjahr den schicken Sommerpulli aus Dralon geschenkt. Und dazu passt der weiße Faltenrock, Liebes. Du kannst doch nicht in diesem Aufzug zum Arzt gehen.«

Hannahs Gesicht verzog sich. »Was ich anhabe, ist bequem, Mama. Der Pulli riecht komisch. Ich mag ihn nicht so gern.«

»Was heißt …« Tadelnde Erwiderungen kamen Theresia in den Sinn. Hatte das Kind denn gar kein Gespür für Kleidung? Aber schnell entsann sie sich, dass es in dieser Situation besser war, nachzugeben. Wenn Hannah erst einmal in Behandlung wäre, würde sie sich rasch ändern. Deswegen verbesserte sie sich augenblicklich: »Den Pullover werde ich gleich morgen durchwaschen. Dralon ist eine edle Kunstfaser, die manchmal etwas riecht, wenn sie ganz neu ist. Aber du hättest wirklich sehr hübsch ausgesehen darin.«

Hannah zuckte mit den Achseln. »Der Herr Doktor muss mich nicht hübsch finden, Mama. Und Tante Ada hat gesagt, ich würde in einem Kartoffelsack auch schön wirken. Wenn man sich wohlfühlt und viel in der Natur draußen ist, strahlt man mit den Blumen um die Wette.«

Diese Adelheid sollte ich erwürgen, dann kann sie sich das Grab mit ihrer Mutter teilen. Wie konnte ich nur in so eine furchtbare Familie einheiraten, fuhr ihr blitzartig durch den Kopf. Doch sie zwang sich zu einem warmen Lächeln und antwortete: »Das mag die Meinung deiner Tante sein, Herzchen. Aber so ein bildhübsches Ding wie du, sollte fesche Stoffe tragen. Kleider machen Leute. An diesem Spruch haftet viel Wahrheit. Aber nun lass uns gehen, damit wir nicht zu spät kommen.«

Hannah erwiderte nichts auf die Ansprache ihrer Mutter. Auch die Fahrt mit der Straßenbahn über, blieb sie schweigsam. In ihren Augen glomm ein eigenartiger Schimmer, eine Mischung aus Ablehnung und Traurigkeit.

Theresia hatte Probleme, damit umzugehen. Das Mädchen wirkte für sein Alter viel zu erwachsen, und dabei vergaß sie, dass sie sich als Kind ganz genauso eigenartig verhalten hatte.

An diesem Nachmittag war das Wartezimmer des Arztes im Stadtteil Ziegelstein nicht allzu voll. Viele Mütter zogen es wohl vor, den Tag mit ihren Sprösslingen im Schwimmbad oder der Eisdiele zu verbringen. So war es nicht verwunderlich, dass Theresia bereits nach zehn Minuten die Modezeitschrift, die sich unter einem großen Stapel von Kinderbüchern verborgen hatte, wieder zurücklegen musste. Eine gelangweilt wirkende Sprechstundenhilfe rief sie auf, und wenig später saßen Hannah und sie einem älteren Kinderarzt gegenüber, der eine Brille mit extradicken Gläsern trug. Auf die Neunjährige wirkte er gutmütig, das konnte man ihrer Miene ansehen.

»Wie kann ich Ihnen denn helfen?«, fragte der Doktor mit dem Allerweltsnamen Müller. Dabei schwenkten seine Augen hinter der brennglasdicken Brille zwischen Mutter und Tochter hin und her.

»Es geht um das Gymnasium«, plapperte Hannah ungeniert los, als wolle sie ihrer Mama zuvorkommen. »Sie sollen mich untersuchen, damit ich dort unterrichtet werden kann. Ich möchte viel lernen. Ich interessiere mich für Tiere und die Natur …«

Blitzschnell beugte sich Theres nach vorn, um die Aufmerksamkeit des Mediziners auf sich zu lenken. »Meine Tochter redet viel, Herr Doktor. In erster Linie geht es darum, dass sie in der Schule irgendwann gar nicht mehr mitkommt, solange sie Geister sieht. Wissen Sie, das ist in letzter Zeit extrem geworden.«

Müller stierte durch seine Brille und ließ sich wie in Zeitlupe im Ledersessel zurücksinken. Er betrachtete Hannah, die abrupt verstummt war, dann schwenkte sein Blick zu Theres. »Wie meinen Sie das, Frau Pfeifer? Wie haben Sie denn festgestellt, dass Ihre Tochter fantasiert?«

»Sie malt Bilder, auf denen dunkle Engel zu sehen sind, und ist überzeugt davon, dass die auch existieren. Außerdem sieht sie tote Tiere und Menschen.«

Die Neunjährige heulte los. Hemmungslos liefen ihr die Tränen aus den Augenwinkeln und tropften auf die Damenbluse herab.

Doktor Müller reichte ihr stumm ein Taschentuch über den Tisch. »Du bist traurig, Hannah?«, fragte er einfühlsam nach. »Belastet es dich, wenn du von solch schlimmen Träumen geplagt wirst?«

Das Mädchen schüttelte den Kopf, schwieg aber.

»Ich habe sie mehrmals beobachtet, als sie vermeintlich eine Katze streichelte, die mein Mann seit Wochen schon im Garten verbuddelt hat. Der macht sich übrigens auch Sorgen um sie«, warf Theresia ein. Mit einem kurzen Seitenblick auf ihre Tochter setzte sie hinzu: »Kann man das mit einem Medikament behandeln?«

Der Arzt seufzte und verschränkte die Arme vor dem Körper. »Na ja, so voreilig würde ich keine Medizin verschreiben, Frau Pfeifer. Ich hätte ganz gern einmal Hannahs Meinung dazu gehört.« Mit diesen Worten lächelte er das Mädchen aufmunternd an. Aber es schwieg eisern.

Nach einigen Sekunden, in denen die Stille im Raum sogar das Ticken der übergroßen Wanduhr zu verstärken schien, wagte Herr Müller einen erneuten Vorstoß: »Mädel, wenn du gar nichts dazu sagst, kann ich dir nicht helfen.«

Die Neunjährige wischte sich mit dem Taschentuch über die Augen und blickte ihre Mutter an. Angst und auch Enttäuschung spiegelten sich in ihren Gesichtszügen.

Der versierte Kinderpsychiater erkannte sofort ihre Not. »Sollen wir beide mal unter vier Augen miteinander reden?«

Hannah nickte stumm und Theres verzog grimmig den Mund.

»Das kommt nicht infrage«, warf diese umgehend ein. »Ich bin ihre Mutter, und ich möchte hören, was gesprochen wird. Immerhin mache ich das Geistertheater schon länger mit. Sie glauben gar nicht, wie mein eigener Gesundheitszustand darunter leidet.«

»Das mag sein«, konterte der Arzt. »Aber wir kommen hier nicht weiter, wenn Ihre Tochter schweigt.« Etwas leiser setzte er hinzu: »Sehen Sie denn nicht, dass das Mädchen Angst hat? Vielleicht schüttet sie ihr Herz ja aus, wenn sie mit mir allein ist.«

In Theresia wuchs einmal mehr diese Wut, die sich an manchen Tagen nur schwer beherrschen ließ.

Etwas zu hastig stand sie auf. Der Besucherstuhl schrammte über den sauber geschrubbten Kunststoffboden und gab ein hässliches Quietschen von sich.

»Gut, dann warte ich draußen. Aber machen Sie nicht zu lange.« Sie wartete keine Antwort ab, sondern verließ das Sprechzimmer, ohne Hannah noch eines Blickes zu würdigen.

Noch im Flur kramte sie in ihrer modischen Handtasche in Schlangenlederoptik nach dem Medikamentendöschen und genehmigte sich eine der gelben Pillen.

Im Sprechzimmer war Doktor Müller mit seiner jungen Patientin nun allein.

»Du bist also Hannah Pfeifer. Wir haben uns bisher noch gar nicht richtig kennengelernt.« Der Arzt grinste das Mädchen an und streckte ihr eine fleischige Hand entgegen, die eher an die eines Metzgermeisters erinnerte. Zaghaft griff dieses danach und schüttelte sie. »Weißt du, wenn ich ehrlich bin, dann interessiere ich mich auch für Geister. Liest du gern?«

Hannah nickte, blieb aber weiterhin stumm.

Müller gab nicht auf. »Kennst du das Buch vom kleinen Gespenst? Es lebt auf einer Burg und erschreckt Leute. Wenn ich mehr Zeit hätte, würde ich gern solche Geschichten lesen.«

Das Mädchen hob den Blick und starrte ihm direkt in die Augen. Sein Ausdruck signalisierte Misstrauen.

Dann, als er schon nicht mehr damit gerechnet hatte, murmelte es: »Ich habe das Buch noch nicht gelesen, aber eine meiner Klassenkameradinnen. Es soll wirklich sehr spannend sein.« Hannah seufzte, als wolle sie das Thema auf Wichtigeres lenken. »Sie wollten mich doch untersuchen, damit ich aufs Gymnasium gehen kann.«

»Hat dir das deine Mutter so erzählt?« Doktor Müller nahm die Brille ab und rieb sich die Augen.

»Ja, das hat sie. Aus diesem Grund sind wir mit der Straßenbahn hergefahren.«

Der Arzt runzelte die Stirn. »Ich will ehrlich zu dir sein, Hannah. Um auf ein Gymnasium zu wechseln, braucht man nicht zum Kinderpsychiater gehen. Vielleicht macht sich deine Mama einfach nur Sorgen um dich und hat dich angeflunkert, damit du dich nicht vor einer Untersuchung fürchtest.«

»Meine Mutter lügt oft.«

Der Satz aus dem Mund einer neunjährigen Schülerin traf den Arzt wie ein Hammerschlag. Seine Augen vergrößerten sich. Schnell setzte er die Brille wieder auf die Nase, als könne diese seine Gedanken verbergen. Aber die Erkenntnis, dass möglicherweise nicht das Kind ein Problem hatte, sondern dessen Mutter, stand ihm deutlich im Gesicht geschrieben. Er änderte die Strategie. »Sag mal, deine Mama erwähnte vorhin, dass du zu Hause Bilder malst. Meinst du denn, du könntest mir auch eines anfertigen?«

»Jetzt?«, fragte Hannah verwirrt nach. Man sah ihr an, dass sie am liebsten den Raum verlassen würde.

Doktor Müller stand abrupt auf, drehte sich um und marschierte schweren Schrittes zu dem wuchtigen Wandschrank, der eine gesamte Zimmerseite einnahm. Bücher reihten sich in offenen Fächern aneinander. Er öffnete eine Schublade und zog einen Malblock und eine Blechschachtel hervor. Lächelnd kehrte er zum Schreibtisch zurück, legte den Block ab und ließ den Metallbehälter aufschnappen. Darin lagen – fein angespitzt – zwei Dutzend Buntstifte in allen nur erdenklichen Farben. Der Arzt konnte das kurze Lächeln auf dem Kindergesicht deutlich erkennen.

»Ja, jetzt sofort«, ermunterte er seine kleine Patientin.

Mit dem Malen hatte er schon etliche Kinder zum Reden gebracht.

Hannah schob das Papier in eine angenehme Position und entnahm der Blechschachtel zielgerichtet die Farbstifte, die sie benötigte. Doktor Müller schlug indessen gespielt desinteressiert einen Schnellhefter auf und blätterte in den Akten von weiteren Patienten. »Während du mir ein tolles Bild malst, werde ich einfach weiterarbeiten«, murmelte er. »Wenn du fertig damit bist, darfst du mir erklären, was du alles gezeichnet hast.«

Immer wieder huschten seine Augen vom Leseteil der Brille nach oben, um das Kind zu beobachten. Schnell bemerkte Doktor Müller, dass die Neunjährige ein Naturtalent besaß. Die Skizze, die sie mit einem schwarzen Stift zu Papier brachte, hatte künstlerische Züge. Bald erkannte er die Umrisse eines Friedhofes und konnte nicht verhindern, dass sich die feinen Härchen auf seinen Armen aufstellten. Mit jedem Strich, der das Papier rasch in ein mysteriöses Szenario verwandelte, versank das Mädchen tiefer in der Arbeit. Der Psychiater musste sich insgeheim eingestehen, dass er so etwas bei einem Kind in diesem Alter noch nie erlebt hatte.

Mehrere Minuten verstrichen, dann ließ Hannah den Stift sinken, steckte ihn zwischen all die anderen Farben zurück in die Blechschachtel und schob das fertige Bild über den Tisch. Müller klappte den Ordner zu, in dem er ohnehin nicht gelesen hatte, und nahm das Bild in Augenschein.

Es war sehr detailliert gezeichnet, vergleichbar mit denen alter Künstler, die in ihren Werken winzige Details versteckten. Er erkannte Menschen, die an einem Grab standen und weinten. Im Hintergrund war eine blonde Frau zu erkennen, die sich mit der rechten Hand etwas in den Mund stopfte. Hinter dem steinernen Kreuz, welches das Kind liebevoll schattiert dargestellt hatte, stand ein Mann oder, exakt ausgedrückt, sein Schatten. Er war körperlos. Links des Grabmales hatte die kleine Künstlerin einen Baum platziert, durch dessen Äste Sonnenstrahlen sickerten. Und fein drapiert im Hintergrund, der regelrecht plastisch wirkte, spannten sich riesige, schwarze Schwingen um das gesamte Bild. Sie erweckten den Eindruck, als würden sie die Anwesenden schützend umgeben.

Sein Erstaunen zügelnd räusperte sich Müller zweimal, dann begann er behutsam, die Hintergründe der sehr detaillierten Zeichnung zu erfragen.

»Das ist ja ein trauriges Bild, Hannah. Da ist wohl ein lieber Mensch verstorben.« Kurz und unauffällig hob er den Blick, um die Reaktion aus dem Kindergesicht abzulesen. Aber das Mädchen wirkte jetzt nach dem Malen fast entspannt. »Sag, ist dir das passiert in der Familie? Musstest du auf einen Friedhof gehen?«

»Ja, Opa Georg und Oma Babette sind gestorben.«

Hannahs Stimme klang neutral.

»Deswegen weinen also die Leute am Grab, ich verstehe. Aber da!« Müllers Zeigefinger deutete auf die blonde Frau. »Wer soll das sein, Hannah? Und was macht sie da?«

Das Mädchen hob den Blick. Unverständnis huschte über ihre Mimik. »Können Sie das nicht erkennen?«, fragte sie beleidigt und schien zu überlegen, ob dieser gebildete Arzt die Frage ernst gemeint hatte. »Das ist meine Mutter. Sie schluckt gerade ihre Medizin.«

»Ah ja, jetzt verstehe ich. Aber warum macht sie das auf dem Friedhof? Pillen nimmt man nach dem Frühstück oder dem Abendessen.«

Das erneute Seufzen aus dem Kindermund signalisierte dem versierten Arzt, dass er mit seiner jungen Patientin nicht reden sollte wie mit einem Kleinkind.

»Sie nimmt die Pillen den ganzen Tag über, mal sind es vier, mal fünf oder sechs. Sie braucht die Medizin, um gesund zu bleiben. Meine Mama war sogar im Krankenhaus, weil es ihr schlecht ging. Und da man die Pillen dort nicht hatte, hab ich sie Mama mitgebracht. Sie hat ihre Tabletten vor der Krankenschwester versteckt. Das ist eine geheime Medizin, sie kostet viel Geld. Deswegen darf niemand wissen, dass Mama sie einnimmt.«

»Also werde ich deiner Mutter auch nicht verraten, dass ich jetzt davon weiß.« Doktor Müller versuchte zu lächeln und fasste sich mit der fleischigen Hand an die Stelle, wo sein Herz verborgen lag. »Großes Ehrenwort.«

Eigentlich dürfte er sich an dieses Versprechen nicht binden. Er musste mit der Mutter des Mädchens dringend sprechen. Denn nun hatte er einen ersten Hinweis auf das eigenartige Verhalten der Grundschülerin.

»Verrätst du mir noch, wem die großen Flügel gehören, die das ganze Bild umspannen?«

»Das sind die Schwingen vom Schutzengel. Der hilft dem Opa und auch der Oma dabei, sich zwischen den Welten zurechtzufinden. Denn kurz nachdem die Toten in das Regenbogenland gehen, sind sie noch sehr verwirrt.« Hannahs Zeigefinger deutete ruhig auf den Schatten, der hinter dem Grabstein kauerte. »Das ist übrigens die Beerdigung vom Opa. Er war die ganze Zeit dagesessen und hat zugeschaut. Bei Oma war es dasselbe, nur dass meine Mama nicht dabei war am Grab.«

Der Arzt musste schlucken. »Hast du deine toten Großeltern gesehen?«

»Ja, natürlich. Sie haben mir zugewunken. Mit dem Opa habe ich sogar geredet. Ihm gefällt es gut auf der anderen Seite. Der Engel hat ihm all die toten Katzen geschickt, die vor ihm gestorben sind. Oma wird sich bestimmt bald bei mir melden. Sie braucht eben länger Erholung.«

Nun lächelte das Mädchen. Sie fühlte sich ernst genommen. Er durfte den Vorstoß nicht durch den kleinsten Zweifel an ihrer Theorie zerstören. Behutsam bohrte er weiter: »Vom Regenbogenland wusste ich gar nichts. Du berichtest mir gerade interessante Dinge. Kennst du denn auch den Engel? Und warum trägt er schwarze Federn? Ich dachte immer, die Engel des Himmels sind mit strahlend weißen Flügeln unterwegs.« Sein Tonfall hatte dem Mädchen nicht verraten, wie sehr ihn die tief okkulten Erklärungen beeindruckten. Innerhalb der Familie Pfeifer schienen einige Dinge schiefzulaufen.

»Klar kenne ich den Engel. Eigentlich ist es eine Engelin. Sie hilft jedem Menschen, wenn der es wünscht. Sie kann die Farbe ihrer Flügel ändern. Sie kann alles, Herr Doktor. Mit dem Himmel und den Wesen dort oben hat sie nichts zu tun.«

Einen Moment lang schien es, als überlege Hannah fieberhaft, ob sie dem Arzt vollends vertrauen konnte oder nicht.

Leise setzte sie hinzu: »Ich denke, es kommt darauf an, für welche Seite der Waagschale man sich entschieden hat. Menschen, die nur Gutes wollen, sehen die Engelsfrau als helle Erscheinung.«

Doktor Müller spürte eine eiskalte Hand, die nach seinem Magen griff. Das Gespräch mit dem Kind nahm eine sprichwörtlich unheimliche Wendung.

Räuspernd, um der Stimme einen unbeteiligten, interessierten Tonfall zu verleihen, fragte er: »Aber du siehst den Engel mit schwarzen Federn?«

»Ja, und Tante Adelheid auch.«

»Willst du nicht immer nur Gutes, Hannah? Wünschst du manchen Personen etwas Böses?«

Das Mädchen grinste plötzlich, als hätte er eine wahrlich dumme Frage gestellt.

»Wenn man sich mit dem Engel unterhält, dann lernt man, dass es kein Gut ohne das Böse gibt. Ich würde zum Beispiel niemals jemanden anlügen. Denn eine Lüge ist schädlich, ganz egal, für welche Seite man sich entschieden hat.«

Nun wagte sich der Psychiater einen Schritt weiter. Er wollte unbedingt die Gedankengänge dieses außergewöhnlichen Kindes ausloten.

»Aber böse Leute tun grässliche Dinge, Hannah. Du kannst dir doch nicht wünschen, so zu werden.«

Die Antwort kam prompt. »Ich glaube, Sie haben einfach keine Ahnung davon. Ich such mal nach einem Beispiel.« Sie rieb sich verschmitzt über die Nase, überlegte. Dann erhellte sich ihr Gesicht, und sie setzte fort: »Also in meiner Klasse gibt es die Lisbeth. Die anderen Kinder haben erzählt, ihre Eltern haben kaum genug Geld, um Essen zu kaufen. Und die Brigitte, die in der ersten Reihe sitzt, hat schon mehrmals von uns Pfennige erbettelt für sie. Manchmal spenden Mitschüler auch Pausenbrote und Äpfel für Lisbeth, weil sie immer hungrig ist. Sogar gebrauchte Schuhe hat ihr die Brigitte schon geschenkt und von der Lehrerin ein goldenes Sternchen dafür bekommen. Also, falls Brigitte auch den Engel sehen kann, dann ist er bei ihr sicher weiß. Sie ist eine der Guten.«

»Das ist äußerst interessant. Und was ist mit dir? Spendest du auch Pfennige für die Lisbeth?«

»Nein! Ich interessiere mich für andere Dinge, wie zum Beispiel die Pflanzen und die Tiere. Deswegen will ich auch auf das Gymnasium gehen, viel lernen und später einmal alles verstehen. Ich möchte wissen, wie die Welt funktioniert.«

»Und deswegen willst du einer armen Mitschülerin nicht helfen?«

»Richtig! Ich stehe auf der anderen Seite. Lisbeth schafft das nämlich auch allein. Aber das hat sie noch nicht begriffen. Solange man ihr Pausenbrote und Äpfel schenkt, trifft sie keine Entscheidung, um ihr Leben zu ändern. Sie könnte bei der Nachbarin den Hund Gassi führen und sich Geld dazuverdienen. Aber dazu ist sie zu faul.«

»Also sagst du über dich, dass du böse bist?«, fragte der Arzt verwundert nach.

Hannah zuckte mit den Achseln. »Manche Menschen denken das, zum Beispiel meine Mutter. Aber der Engel hat mir beigebracht, dass viele eine falsche Vorstellung von dem Wort haben. Wenn eine Katze eine Maus auffrisst, ist sie dann auch böse?«

Darauf hatte Doktor Müller keine Antwort. Er schwieg. Konnte eine Neunjährige wirklich selbstständig solch hochphilosophische Gedanken spinnen? Er musste das Gehörte erst einmal sacken lassen. Das Mädchen verfügte jedenfalls über einen außergewöhnlich hohen Intelligenzquotienten. Woher aber die Wahnvorstellungen stammten, war ihm noch nicht ganz klar.

Er entschied sich für einen abrupten Themenwechsel und … beging einen großen Fehler. »Hannah, das sind ja – sagen wir mal so – außergewöhnliche Ideen, die du da hast. Kann es sein, dass du dir den Engel mit den schwarzen Flügeln herbeiwünschst, weil du deiner Mama helfen willst?«

In Bruchteilen von Sekunden nahm das Gesicht seines Gegenübers einen harten Ausdruck an.

»Ich verstehe Sie nicht, Herr Doktor. Ich muss mir den Engel nicht wünschen. Er kommt von ganz allein zu mir. Das habe ich Ihnen doch erklärt.«

»Aber du weißt, dass deine Mama krank ist und Hilfe benötigt. Und du …« Er atmete tief ein. »… hast auch herausgefunden, dass das Medikament ihr nicht guttut, ganz im Gegenteil sogar. Habe ich recht? Deswegen hast du den dunklen Engel erfunden, weil der alles kann, und damit auch du.«

Er beobachtete seine Patientin und las in ihrer Mimik.

Sie fühlte sich nicht ernst genommen. Enttäuschung, dass man sie behandelte wie ein kleines verrücktes Mädchen, schwamm in ihren Augen. Sie schnappte hörbar nach Luft.

Hatte sie gehofft, bei ihm endlich Gehör zu finden?

Sie schnellte vom Stuhl hoch. »Ich habe gar nichts erfunden«, rechtfertigte sie sich erstaunlich erwachsen. »Die Engelsfrau wollte auch meine Mama unterstützen, denn sie sollte einst große Aufgaben erledigen. Sie kennen sich schon lange, das gibt sie nur nicht zu. Aber um ein Haar hätte sie die geflügelte Dame durch die Pforte in unsere Welt gezerrt, weil sie auf sie wütend ist. Sie gibt ihr die Schuld, dass Papa sie nicht mehr mag und eine andere Frau liebt. Und jetzt möchte ich gern nach Hause gehen.«

Auch Doktor Müller erhob sich. Hastig griff er nach dem Bild auf dem Schreibtisch.

»Darf ich das Gemälde behalten, Hannah?«, fragte er gespielt unbeteiligt und setzte sofort hinzu: »Sagst du bitte deiner Mutter, dass sie einen neuen Termin ausmachen soll mit meiner Helferin? Dann unterhalten wir uns weiter.«

Das Mädchen nickte. »Das Bild schenke ich Ihnen, damit Sie wissen, wie der Engel aussieht.« Unendlich langsam streckte sie ihren mageren, sonnengebräunten Arm aus und deutete auf eine Stelle hinter dem Schreibtisch, dort, wo die Schrankwand stand. »Er ist nämlich gerade hier. Wenn Sie jetzt ganz fest an ihn denken, können Sie ihn sehen.«

Der Mund des Arztes wurde trocken. Ohne es wirklich zu wollen, drehte er sich um und starrte in die Bücherreihen zwischen dem dunklen Holz. Ein kaum wahrnehmbarer Schatten kringelte sich wie Rauch um die dicken Folianten. Mühsam unterdrückte er einen Schrei.

In diesem Moment kippte ein ledergebundenes Buch nach vorn und landete mit einem Krachen auf dem Fußboden.

»Auf Wiedersehen, Doktor Müller«, sagte Hannah. Dann verließ sie das Sprechzimmer.

Das Bild der Neunjährigen ließ den Kinderpsychiater nicht mehr los. Bisher hatte er die Möglichkeit paranormaler Abnormitäten völlig ausgeschlossen. Als Wissenschaftler hatte er sich immer auf die Seite einer realistischen Erklärung aller Phänomene gestellt.

Noch am selben Abend saß er lange im Wohnzimmer seines Hauses in Buchenbühl und betrachtete die Zeichnung des Kindes. Im Schein der Stehlampe, die den altmodischen Couchtisch mit den gedrechselten Füßen in warmes Licht tauchte, entdeckte er durch die dicken Brillengläser weitere winzige Details, die er während der Sprechstunde gar nicht gesehen hatte. Unter dem Baum, durch den das Sonnenlicht sickerte, saß der Schatten einer Katze, die sich eine Pfote leckte. Auch hier fehlte der physische Körper dazu. Eine Frau mit auffälligen roten Haaren, die am Grab stand, wies mit einer Hand darauf. Sie lächelte, während alle anderen Anwesenden weinten.

Müller hatte den Schreck, als das Buch aus der Schrankwand in der Praxis gekippt war, noch immer nicht verdaut. Für einen Moment hatte er tatsächlich geglaubt, ein dunkler Dunstschleier würde seine Schriften umkreisen. Aber das war für einen Naturwissenschaftler natürlich ausgeschlossen. An einem Sommernachmittag bildete sich kein Nebel, vor allen Dingen nicht in geschlossenen Räumen.

Vermutlich besaß dieses außergewöhnliche Kind die Fähigkeit, Menschen irgendetwas zu suggerieren.

Er legte die Zeichnung beiseite und widmete sich dem dicken Wälzer, der auf unerklärliche Art und Weise aus dem Regal gefallen war.

»Geschichte der Kinder- und Jugendpsychiatrie« war der Titel.

Müller rieb sich eine Stelle an der Nasenwurzel, dann schlug er das Buch auf. Im Inhaltsverzeichnis wurde er schnell fündig und blätterte zu dem gewünschten Kapitel.

Noch im 16. Jahrhundert brannten »schwachsinnige Kinder« auf Scheiterhaufen. Selbst namhaften Heilkundigen, die dieses Vorgehen stark infrage gestellt hatten, wurde kein Gehör geschenkt. Die katholische Kirche bestimmte darüber, wer mit dem Teufel in Bunde stand.

Der Engel hat mir beigebracht, dass viele eine falsche Vorstellung von dem Wort »böse« haben, erinnerte sich Doktor Müller. So hatte es das kleine Mädchen an seinem Schreibtisch beschrieben. *Die Kirche, das sind die Guten*, spann seine Vorstellung weiter. *Sie wussten es nicht besser. Sie wollten die Bevölkerung vor dem Bösen beschützen. Aber die Kinder waren nicht böse, sie litten an einer geistigen Erkrankung oder verhielten sich einfach konträr zu der Vorstellung, die man damals vom folgsamen Nachwuchs hatte.*

Er blätterte um und studierte Fallbeispiele. Immer wieder erwähnte der Autor Kinder und Jugendliche, die in meist ländlichen, vom Aberglauben geprägten Gegenden bis zum heutigen Tag Bekanntschaft mit einem Exorzisten machten. Besonders aufmerksam las er die kurze Erwähnung eines Mädchens, die im tiefsten Böhmerwald zur Welt gekommen war und scheinbar über außergewöhnliche Fähigkeiten verfügte. Man brachte die Kleine mit dem mysteriösen Verschwinden eines Geistlichen in Verbindung.

Müller schob das Buch zur Seite. Seine Finger kramten auf dem überladenen Couchtisch nach Zettel und Stift. Etliche Fachzeitschriften fielen zu Boden. Er ergriff einen Notizblock, an dessen Spiralbindung ein Kugelschreiber an einem Stück Bindfaden baumelte. Schnell kritzelte er den Querverweis der Erwähnung aus dem Fachbuch auf das Blatt Papier.

Gleich am nächsten Tag würde er sich in der Bibliothek das Werk ausleihen, welches die ganze Geschichte des außergewöhnlichen Kindes enthielt. Dieses Mädchen war wohl alles andere als schwachsinnig gewesen. Mit schwirrenden Gedanken ging er schließlich zu Bett.

Nur kurze Zeit danach

Doktor Müller erwachte mit Kopfschmerzen. Trotzdem begab er sich in seine Praxis und behandelte kleine Patienten, fieberte aber der Pause entgegen. Gegen zwölf Uhr fuhr er mit der Straßenbahn nach Nürnberg, um die Stadtbibliothek aufzusuchen.

Er hatte tatsächlich Erfolg. Das Buch mit dem Titel *»Die Macht der Waldgeister«* stand verstaubt in einem der Regale. Viele Leute hatten es vermutlich noch nicht gelesen, das entnahm Doktor Müller dem Verleihstempel, in dem gerade einmal drei Namen notiert waren. Auch die Bibliothekarin grinste ihn verwundert an, als er ihr seinen Büchereiausweis vorlegte. Aber das war ihm egal.

Er beendete die tägliche Sprechstunde an diesem Nachmittag etwas eher, begab sich nach Hause und schenkte sich ein Glas Frankenwein ein. Sofort begann er zu lesen.

Viele Geschichten wirkten surreal auf ihn. Von Irrlichtern, Druden und Zwergen hielt er nichts. Auch die sogenannten »Wechselbälger«, also Kinder, die gläubigen Müttern von einer Hexe untergeschoben wurden, kamen ihm unwirklich vor.

Plötzlich stieß er auf die Geschichte des außergewöhnlichen Mädchens. Der unbekannte Schriftsteller, der vermutlich aus der Gegend stammte, wo die Waldgeister einen großen Einfluss auf die Menschen nahmen, hatte ihr den Namen »Res« verliehen und in der Überschrift vermerkt: *nach einer wahren Begebenheit*. Sie soll, zusammen mit ihrer Zwillingsschwester, während der bitterkalten Raunächte des Jahres 1929 geboren worden sein. Von Anbeginn ihres Lebens, so hieß es in der Geschichte, verfügte sie über unnatürliche Fähigkeiten. An ihrem ersten Schultag soll sie ein teures Geschmeide getragen haben, welches sie aus einer verschlossenen Schatulle hervorzauberte.

Der Doktor musste schmunzeln. Er hatte sich mehr wissenschaftliche Erkenntnisse aus der Erzählung erwartet. Dennoch las er weiter.

Res soll sehr intelligent gewesen sein. Ihr war stets langweilig in der Schule. Sie hatte sich für Musik und Tanz interessiert. Schnell war sie im Dorf als Hexe verschrien, obwohl sie noch ein Kind war. Die Bevölkerung mied sie …

Und dann wurde die Erzählung spannend: Res' Seele war wohl der »Gehörnten« versprochen, einer Gestalt, die man extrem fürchtete. Der Autor beschrieb, dass diese Erscheinung heimlich angebetet wurde, sogar von Geistlichen, deren Bitten in strengen Frostwintern nicht bis zum Heiland durchdrangen. Nachdem Res immer wieder mit einer geheimnisvollen, elegant gekleideten Dame durch die Stube ihres ärmlichen Zuhauses tanzte, die außer ihr wohl niemand aus dem Dorf sehen konnte, bat deren Mutter den Pfarrer um eine Teufelsaustreibung. Kurz darauf sei der tiefgläubige Geistliche auf mysteriöse Art und Weise verschwunden. Es existierten Notizen von ihm, die er in sein Brevier geschrieben hatte, so erzählte der Verfasser. Die »Gehörnte« sei dem Kirchenmann als Engel erschienen und habe die Waage der Ewigkeit erwähnt. Es gäbe kein Gutes ohne das Böse, hatte der Herr Pfarrer an den Rand seines Gebetsbuches gekritzelt.

Müller nahm die Brille ab und schloss für einen Moment die überreizten Augen. Es handelte sich um die Fantasie eines Schriftstellers, der die Geister des Böhmerwaldes im Buch zum Leben erweckte, nicht mehr und nicht weniger.

Viele haben eine falsche Vorstellung von dem Wort »böse«, hatte Hannah ihm erklärt.

Und mit diesen Gedanken erwachten Verdacht und Zweifel parallel.

Er blickte auf die Uhr. Es war Viertel nach acht. Einen Moment zögerte er, dann sprang er auf und lief zum Telefon, welches auf einer Anrichte an der Tür zum Wohnzimmer stand. Er hatte Hannahs Akte vorsorglich mit nach Hause genommen, suchte die angegebene Telefonnummer der Familie Pfeifer, und wenig später betätigte sein Zeigefinger die Wählscheibe.

»Guten Abend gnädige Frau. Mein Name ist Doktor Gerhard Müller. Ich hoffe, ich störe Sie nicht.«

Hannahs Mutter hatte sich erst nach dem zehnten Klingeln gemeldet. Sie lallte.

»Nein, kein Problem. Wissen Sie, mein Ehemann ist unter der Woche ohnehin nicht anwesend. Das Mädel ist schon im Bett und ich sitze nur vor dem Fernseher herum. Ich wusste gar nicht, dass Sie um diese Uhrzeit noch Sprechstunde haben.«

»Ich rufe Sie von zu Hause aus an. Die Unterlagen Ihrer Tochter habe ich mitgenommen. Meine Sprechstundenhilfe sagte mir, dass Sie keinen weiteren Termin mehr vereinbart haben.«

Lautes Atmen drang aus dem Hörer. Die Frau stand offensichtlich unter Drogen.

Nach einer Weile antwortete sie: »Das ist korrekt. Meine Tochter war nach dem Gespräch mit Ihnen irgendwie verstört. Außerdem haben wir kein Rezept zur Behandlung von Hannahs Problemen erhalten. Ich werde mich in den nächsten Tagen nach einem weiteren Kinderpsychiater umhören.«

Müller schluckte. Die Worte taten weh. Allerdings hatte er bereits während des Besuches in seiner Praxis den Eindruck gewonnen, dass Frau Pfeifer ein schwieriger Mensch war.

»Ich habe Ihnen erklärt, dass Medikamente im Fall Ihrer Tochter nicht wirken«, verteidigte er sich. »Zuerst muss man die Ursachen für Hannahs Fantasien ermitteln. Ich habe sie ein Bild zeichnen lassen. Darüber wollte ich mich mit Ihnen unterhalten.«

Wieder dieses übertriebene Atmen, welches an sein Ohr drang. Der Frau ging es schlecht, das war für ihn als Mediziner offensichtlich.

»Ich kenne Hannahs Zeichnungen«, antwortete sie mit einer Spur von Panik in der Stimme. »Sie sind grässlich. Warum sollte ich sonst mit ihr zu einem Psychiater gehen? Das Mädel landet noch im Irrenhaus, wenn sie so weitermacht.«

Müller zügelte mühsam seinen Unmut. »Ich denke nicht, dass Ihre Tochter ein Fall für eine psychiatrische Abteilung ist.«

Das sind eher Sie selbst, hätte er gern gesagt, es sich aber verkniffen.

»Wenn Sie einen zweiten Termin in meiner Praxis ausgemacht hätten, wären wir dem Problem von Hannah sicher ein großes Stück nähergerückt.«

»Es handelt sich um ein Kind, Herr Doktor. Was soll es schon für Probleme haben, wenn sein Verstand in Ordnung ist«, sagte Frau Pfeifer schrill.

Vermutlich geriet sie ziemlich schnell in Rage. Das könnte an dem Medikament liegen, welches sie heimlich einnahm. Müller tippte auf Valium. Aber er blieb ruhig. Ihn interessierte die ganze Sache inzwischen brennend.

»Könnten Sie sich vorstellen, dass Hannah einfach ein außergewöhnliches Mädchen mit einem sehr hohen Intelligenzquotienten ist?«

»Pah!«, schnaubte Frau Pfeifer ziemlich uncharmant. »Wenn man schlau ist, glaubt man nicht an Geister.«

Das leichte Zittern ihrer Stimme verriet, dass sie ihre Äußerung nicht ehrlich meinte. Doktor Müller befand sich auf der richtigen Spur.

»Das kann man so nicht sagen. Haben Sie in Ihrer Jugend an Teufel und Hexen geglaubt?«

Er hätte wahrlich kein Studium der Medizin mit Fachrichtung Psychiatrie und Neurologie benötigt, um das überraschte Glucksen in der Stimme am Telefon zu identifizieren.

Es dauerte einige Sekunden, bis Frau Pfeifer die richtigen Worte gefunden hatte. Sie würde ihn jetzt anlügen, das wusste er.

»Nein, ich habe nie an so etwas Absurdes geglaubt.«

»Gnädige Frau, ich möchte nicht unhöflich erscheinen. Aber verraten Sie mir, wo und wann Sie geboren sind?«

»Ich verstehe nicht, was das mit den Wahnvorstellungen meiner Tochter zu tun hat. Aber warum sollten Sie das nicht erfahren?« Die Dame am Telefon lachte. »Ich bin neunundzwanzig geboren, im tiefsten Winter in einem kleinen Dorf nahe der böhmischen Grenze.«

»Und ihr Vorname ist Res?«, hakte Müller sofort nach. Sein Herz klopfte ihm bis zum Hals.

»Nein, mein Name ist Theresia. Res, das ist nur eine Abkürzung. Die Bauern benutzten ihn. Aber ich bin in besseren Kreisen groß geworden. Später habe ich eine Ausbildung zur Sängerin gemacht. Ich habe die Gretel in Humperdincks Märchenoper gesungen …«

Ihre hervorsprudelnden Worte drangen nur noch leise in seinen Verstand.

Ihre Seele war der »Gehörnten« versprochen. Sie hat mit einer Unsichtbaren getanzt, und ihre Tochter spricht nun von einem dunklen Engel.

Aus Höflichkeit hörte er sich Frau Pfeifers Prahlereien an, äußerte sich gespielt begeistert über ihre Karriere als Sängerin und versuchte, das Gespräch zu einem guten Ende zu bringen.

»Wenn Hannah so eine außergewöhnlich künstlerische Mutter hat, dann ist sie sicherlich nicht geistig behindert. Ganz im Gegenteil sogar. Ich versichere Ihnen, dass ich in ein paar weiteren Gesprächen die Geister vertreiben werde, Frau Pfeifer. Und dann müssen Sie mir unbedingt einmal ein Foto von einem Ihrer Auftritte zeigen. Ich liebe Opern.«

Die Frau mit der drogengeschwängerten Stimme fühlte sich geschmeichelt, das hörte er sofort.

»Ja, ich habe sehr schöne Fotografien von mir, Doktor Müller. Warum wollten Sie denn wissen, wie ich mit Vornamen heiße und wann ich geboren bin?«

Der Arzt ließ sich nicht anmerken, dass er sich überrumpelt fühlte. Professionell antwortete er: »Ich wollte nur überprüfen, was in meiner Akte stand. Und das mit dem Geburtsjahr? Darf ich ehrlich zu Ihnen sein? Ich konnte es nicht fassen. Sie sehen aus, als seien Sie gerade einmal zwanzig Jahre alt.«

Theres kicherte. Sie rekelte sich förmlich in seinen plumpen Komplimenten.

Höflich verabschiedete sie sich und versprach ihm, noch in derselben Woche einen Termin zu vereinbaren.

Müller war nun guter Dinge, dass sie nach dem Telefonat noch einmal mit Hannah in seine Praxis käme.

Noch lange saß er am Abend unter dem Licht der Stehlampe auf der Couch und studierte das Buch aus der Nürnberger Bibliothek.

Der Foliant, der auf eigentümliche Art und Weise aus dem Regal seines Sprechzimmers herausgefallen war, hatte ihn auf eine Spur gesetzt. Das konnte kein Zufall sein.

Müller trank ein zweites Glas Frankenwein. Er würde Paranormales künftig nicht mehr als Humbug abtun.

Vierzehn Tage vergehen

Bereits zwei Wochen später durfte der Kinderpsychiater die verhärmt wirkende Blondine, deren einstiger Glanz im übermäßigen Tablettenkonsum verblasst war, samt ihrer Tochter wieder in der Praxis begrüßen. Inzwischen hatte er herausgefunden, dass Frau Pfeifer aus Eisenhütt stammte, einem kleinen Dorf direkt an der Grenze zur Tschechoslowakei. Man konnte dort sogar Urlaub machen. Es gab Pensionen, die Zimmer mit fließend Wasser vermieteten. Spätestens im nächsten Sommer würde er seine wenigen freien Tage dort verbringen und sich auf Spurensuche nach den mächtigen Waldgeistern begeben. Das hatte er sich fest vorgenommen.

Frau Pfeifer präsentierte ihm tatsächlich ein Fotoalbum, als sie ihm zum zweiten Mal im Sprechzimmer gegenübersaß. Es war voll mit teils kolorierten Schwarz-Weiß-Fotografien, aber es enthielt auch einige moderne Farbaufnahmen. Auf den meisten Bildern war sie als gefeierter Bühnenstar zu sehen, stark geschminkt, in schillernden Kostümen. Die letzten Fotos waren allesamt Porträt-Aufnahmen. Sie zeigten Theresia mit Sonnenhut, mit hochtoupierten Haaren und edlen Ohrringen, mit einem seidenen Kopftuch – aber auf keinem einzigen Bild war ihr Ehemann oder gar Hannah abgebildet.

Der Psychiater in ihm ließ sämtliche Alarmglocken im Kopf losheulen. Der normale Bürger empfand Mitleid für die Frau. Dennoch bewunderte er lächelnd die Bilder und beobachtete über den Rand der Brille die Neunjährige, die auch diesmal schweigend dasaß, versunken in einer Welt, die er noch nicht kannte.

Um den Zugang zu diesem außergewöhnlichen Kind zu bekommen, hatte er sich entschlossen, vorerst kein ernstes Gespräch mit deren Mutter zu führen. Das Mädchen würde es ihm übel nehmen. Deswegen bat er Frau Pfeifer erneut, sich in das Wartezimmer zu begeben, damit er mit Hannah allein reden konnte. In Anbetracht all der Komplimente, die er ihr als Mann gemacht hatte, verließ sie den Platz neben ihrer Tochter dieses Mal freiwillig.

Sofort ermunterte er seine Patientin und ließ sie völlig frei über ihre Unterhaltungen mit Wesen aus einer anderen Welt berichten.

Hannah vertrat Theorien, die eine Neunjährige normalerweise überfordern würden. Er war schlichtweg überwältigt.

Nach der ausführlichen Schilderung des Mädchens nickte er und murmelte: »Ich muss mich bei dir entschuldigen. Ich bin mir inzwischen nahezu sicher, dass du dir den dunklen Engel von deiner Zeichnung nicht einbildest.«

Hannahs Augen musterten ihn erstaunt. »Haben Sie ihn denn gesehen, als er Sie besucht hat?«

»Nein, gesehen nicht, das wäre gelogen. Aber er hat sich bemerkbar gemacht.« Doktor Müller verschränkte die Finger ineinander. »Erinnerst du dich daran, dass ein Buch aus meiner Schrankwand gefallen ist, als du dich das letzte Mal verabschiedet hast?«

Nun lächelte Hannah. Ihr Gesicht heiterte sich von einer Sekunde auf die andere auf. »Ja, das habe ich mitbekommen. So etwas tut der dunkle Engel sehr gern, um Aufmerksamkeit zu erregen, denn er weiß, dass er nicht von jedem gesehen werden kann. Dann glauben Sie mir jetzt?«

Der Arzt neigte sich nach vorn und antwortete leise: »Allein schon mein Beruf verbietet mir, an derartige Dinge zu glauben. Aber …« Er fasste sich ans Herz. »… da drinnen spüre ich die Wahrheit.«

Begeisterung machte sich in Hannahs Augen breit. »Dann werden Sie die Engelsfrau bald sehen können, Herr Doktor. Sie müssen sich nur ganz stark darauf konzentrieren.«

Müller wurde ernst. »Aber mir ist es dennoch wichtig, dass du verstehst, wie ungewöhnlich deine Fähigkeiten sind. Das heißt im Klartext …« Er beugte sich noch weiter nach vorn. »Du wirst nicht jeder Klassenkameradin oder Freundin von dem erzählen, was du mir berichtet hast.«

»Das würde ich ohnehin nicht tun. Eigentlich sollten alle Menschen die Gesetze der Ewigkeit erkennen und respektieren, auch ohne das geflügelte Wesen zu sehen. Doch manchmal muss es uns daran erinnern, weil wir zu viele eigene Regeln erschaffen«, antwortete Hannah stirnrunzelnd. »In einigen Jahren schaffen wir mit unserem Verhalten unlösbare Probleme auf der Welt. Wir Menschen sind nämlich nur ein kleines Zahnrad, welches in größere Räder greift. Allerdings bilden wir uns ein, wir wären allmächtig.«

Müller lauschte den ungewöhnlichen Weissagungen. Der Psychiater würde im Herbst seinen sechzigsten Geburtstag feiern. Er verfügte über große Lebenserfahrung und wusste, dass solche Erkenntnisse nicht in die moderne Welt des Wirtschaftswunders zu integrieren waren. Nach zwei Weltkriegen, die Hunger und Elend zum Alltag machten, würden die Menschen sich nicht an Naturgesetze halten, geschweige denn die Worte »gut« und »böse« neu definieren. Diese Attribute legten Regierungen selbst fest, ganz so, wie sie eben zur jeweiligen Anschauung passten. Deutschland und die umliegenden Länder waren mitten im Aufbau. Jeder strebte nach unbegrenztem Wachstum, nach Macht und Reichtum. Wen würden da überirdische Ermahnungen interessieren? Wer würde das Flunkern einstellen, wenn sogar große Firmen mit irreführender Werbung zum Kauf anregten. »Zucker zaubert«, kam ihm dabei in den Sinn. Im Fernsehen suggerierte man Kindern und deren Müttern, das weiße Zeug mache schlank. Jeder Mediziner wusste, dass die schneeweißen Körnchen zu Diabetes und Übergewicht führten. War dieses überirdische Wesen – ob es nun helle oder dunkle Schwingen trug – dafür da, uns Menschen vor einer Entwicklung zu bewahren, die uns früher oder später zum Verhängnis würde?

Müller überlegte reiflich, bevor er dem Mädchen antwortete. »Ja, die Natur sollten wir genaustens studieren. Da gebe ich dir vollkommen recht, Hannah. Dennoch leben wir Menschen in einer Gemeinschaft, in der bestimmte Moralvorstellungen gelten, die in der Natur nicht existieren.«

»Was bedeutet das?«, fragte das Mädchen ungeniert nach.

Müller hatte es mit seiner Wortwahl vermutlich überfordert. Er musste lächeln. »Warte, ich gebe dir ein Beispiel. Mädchen tragen Röcke und spielen gern mit Puppen. Jungs lieben Lederhosen und beschäftigen sich mit elektrischen Eisenbahnen.«

Hannah nickte. »Ja, das stimmt schon, obwohl ich keine Babypuppe und keinen Puppenwagen besitze. Ich finde das langweilig. Ich habe mal fünf Katzenjunge in einen Leiterwagen gesetzt und sie rumgefahren wie Puppen. Das fand ich putzig. Doch die Kätzchen haben jämmerlich geschrien. Es hat ihnen nicht gefallen. Deswegen würde ich das nie wieder tun.«

Der Arzt musste lächeln. »Das glaube ich dir aufs Wort. Aber genau darum geht es mir. Lass mich mein Beispiel fortführen. Dein Papa hat bestimmt einen Führerschein und auch ein Auto, stimmts?«

»Ja klar«, antwortete das Mädchen. Ihr schien das Gespräch mit dem Doktor inzwischen Freude zu bereiten. »Er fährt viel mit dem Auto, eigentlich jeden Tag.«

»Aber deine Mama, die war nie in einer Fahrschule, oder?«

»Das weiß ich nicht, aber sie würde gern den Führerschein machen. Frauen dürfen das jetzt. Papa ist allerdings dagegen. Er hat ihr erklärt, sie habe kein Talent dafür, obwohl Tante Ada auch mit dem Auto fährt. Danach haben meine Eltern gestritten.« Ein Zucken in ihrem jungen Gesicht verriet, dass sie diese Tatsache belastete. »Da gab es eine Fernsehsendung. Die durfte ich anschauen. Man hat Männer gefragt, ob sie es gut finden, wenn ihre Ehefrauen mit dem Auto fahren. Alle meinten, das sei zu gefährlich und auch unnötig.«

Obwohl er es vermeiden wollte, prustete Doktor Müller erheitert. »Ich kenne viele solcher Männer«, erwiderte er. »Aber noch sind wir bei meinem Beispiel. Denkst du denn auch so darüber? Möchtest du später mal einen Führerschein machen?«

Hannahs Miene heiterte sich sofort wieder auf. »Aber natürlich will ich das. Manchmal träume ich sogar davon, dass ich mal ein Flugzeug fliegen kann oder mit einer Rakete zum Mond reise.«

»Siehst du, jetzt hast du mich verstanden. Was meinst du, wie verdutzt deine Lehrerin schauen würde, wenn du ihr sagst, dass du Astronautin oder Pilotin werden willst. Genau betrachtet, wäre es doch vollkommen egal, ob Buben oder Mädchen eine Rakete besteigen. Auf das Wissen und den Mut kommt es an.«

»Ich habe gehört, dass in Russland eine Frau in das Weltall geflogen ist. Ihren Namen habe ich leider vergessen«, warf das Kind ein und bekam prompt eine Antwort.

»Valentina Tereschkowa hieß die, aber das musst du dir auch nicht merken. Daran siehst du, dass jedes Land seine eigenen Vorstellungen hat, was sich schickt und was nicht. Unterschiedlicher geht es gar nicht mehr. Wenn mehr junge Damen so denken wie du, dann ändert sich das vielleicht einmal bei uns. In dreißig oder vierzig Jahren gibt es vermutlich Frauen in Deutschland, die einen Laster oder einen Omnibus fahren und sogar ein Flugzeug lenken. Aber jetzt, im Jahr 1966, gelten sie noch als ›verdorben‹, weil das keine Frauenberufe sind.« Müller schüttelte den Kopf. »Ich glaube, ich überfordere dich gerade sehr mit solchen Gedanken, oder?«

Hannah zuckte mit den Achseln. »Nein, das habe ich schon verstanden. Die Leute denken oft, dass sie das Richtige tun, nur weil auch alle anderen es tun. Aber das ist eben falsch. Das hat mir die Engelsfrau verraten. Mama zum Beispiel möchte, dass ich Kleider und Röcke trage. Aber wenn ich damit draußen spiele, mache ich mich viel zu schmutzig. Neulich hat sie zu mir gesagt, dass ich nie einen Ehemann finden werde, wenn ich keinen Wert auf Frisuren und Mode lege.« Das Mädchen überlegte einen Moment, bevor sie fragte: »Stimmt das, Herr Doktor? Ist das wirklich so? Ich … möchte eigentlich gar keinen Mann.«

Müller musste lauthals lachen. Diese offene, kompromisslos ehrliche Art seiner Patientin verblüffte ihn sehr.

»Es sollte mehr Mädchen deiner Art in unserem Land geben«, philosophierte er. »Aber zurück zu deiner Frage: Ich glaube nicht daran, dass du deswegen keinen Ehemann finden wirst. Wer nur auf hübsche Kleider achtet, der sieht nicht, was in dir steckt. Und wenn du gar nicht heiraten willst, dann ist das auch in Ordnung. Vielleicht ändert sich das in der Zukunft ohnehin einmal, und es braucht keine Ehe mehr.«

»Tatsächlich?« Das Mädchen strahlte ihn an. »Das wäre sehr schön. Dann kann man ehrlich sein, wenn man sich nicht mehr lieb hat. Ich glaube nämlich, dass meine Mama den Papa noch nie mochte. Aber sie hat mir erklärt, wenn man mal verheiratet ist, dann bleibt man das bis zum Tod. Das sei eben so.«

»Hast du mir das letzte Mal nicht erzählt, das sei genau anders herum?«

»Ja, das habe ich. Sie mögen sich beide nicht mehr. Mama ist oft komisch. Sie weint viel und streitet sich mit Tante Ada. Außerdem hasst sie Katzen. Sie hat sogar Opas Braungetigerte zum Tierarzt gebracht, und der hat sie in das Regenbogenland geschickt, obwohl sie gesund war und Junge hatte. Ich verstehe nicht, warum die Mama den Papa überhaupt geheiratet hat.«

Wie sollte er dem Mädchen nur helfen? Im Grunde half sie gerade ihm, einem studierten Mediziner, eine neue Welt zu entdecken, eine Welt, in der die heutige Gesellschaft stark in Erklärungsnot käme.

»Das ist …« Er schluckte. »Das ist nicht schön, was sie da getan hat. Und warum sie sich für deinen Papa entschieden hat, kann ich leider nicht beurteilen. Man sollte sich gegenseitig ganz stark lieb haben, bevor man heiratet. … Du hast auch erwähnt, dass sie selbst den dunklen Engel kennt.«

»Mama bezeichnete das Wesen als ›geflügelte Frau‹, und da, wo sie geboren ist, sagt man die ›Gehörnte‹ zu ihr.«

Genau wie es in dem Buch beschrieben war, dachte Müller. *Also hat mich tatsächlich jemand aus einer anderen Dimension auf diese Fährte gesetzt.*

»Und jetzt versteht sie sich nicht mehr mit dem Geist? Sie braucht sogar starke Medikamente, um Wut und schlechte Gedanken zu unterdrücken«, mutmaßte der Arzt.

»Mama ist eigentlich nur fröhlich, wenn sie ihre Medizin genommen hat, auch wenn sie dann so komisch redet. Manchmal kann ich sie nur schwer verstehen. Und sie geht oft zu Doktor Lehenberg, um sich ein Rezept zu holen.«

»Doktor Lehenberg?«, wiederholte Müller überrascht. Er kannte den Kollegen. Es handelte sich um einen älteren Hausarzt, der es mit dem Verschreiben von neuartigen chemischen Verbindungen nicht so genau nahm. Die Langzeitfolgen von Valium, der Glückspille aus Amerika, konnte man nicht abschätzen. Über seine Skepsis schwieg er jedoch. Stattdessen lächelte er Hannah an und brachte die Sprechstunde zu einem Abschluss.

»Ich danke dir erst einmal für deine Ehrlichkeit. Du benötigst keine Medizin. Ich kann dir nur raten, das, was du dir erträumst, auch zu tun. Werde Astronautin oder Pilotin, gehe aufs Gymnasium und lerne alles, was du brauchst, um zu verstehen, wie die Welt funktioniert. Vielleicht wirst du sie eines Tages sogar retten? Das werde ich auch deiner Mutter so weitergeben.« Er stand auf, umrundete den wuchtigen Schreibtisch und legte eine Hand auf Hannahs Schulter. »Höre auf dein Herz, wenn du in einigen Jahren mal die große Liebe gefunden hast. Lass dir von niemandem reinreden! Und wenn du Hilfe benötigst, darfst du gern zu mir kommen, falls es mich dann noch gibt. Du weißt ja jetzt, wo du mich findest«, setzte er leise hinzu.

»Das ist nett. Sie reden schon wie die Engelsfrau. Schreiben Sie mir, wenn Sie sie sehen können? Dann müssen Sie mir verraten, welche Farbe die Federn ihrer Flügel haben.«

»Ich weiß nicht, ob ich dir schreiben kann, Hannah. Aber ganz sicher werde ich die Augen offen halten.«

Der Kinderarzt schrieb dem Mädchen nicht. Auch mit deren Mutter gab es keinen weiteren Kontakt. Seinen Berufskollegen Doktor Lehenberg kontaktierte er ein halbes Jahr später, und sein Verdacht wurde in einem vertraulich privaten Telefonat bestätigt. Der Hausarzt verschrieb Frau Pfeifer weiterhin Valium, riet ihr aber dringend, sich an einen Facharzt zu wenden, weil der Wirkstoff inzwischen viel zu hoch dosiert sei. Die egozentrische Frau schlug jedoch alle Empfehlungen in den Wind. Ihre

Sucht saß zu tief. Lehenberg erwähnte seinem Kollegen gegenüber sogar, dass er froh wäre, wenn diese Person sich einen anderen Hausarzt suche. Allerdings würde ihr der wohl kaum das Medikament in der von ihr gewünschten Dosis verschreiben.

Nach dem Telefonat war Müller hin- und hergerissen. Hätte er sich in die Sache einmischen sollen? Benötigte das Mädchen überhaupt Hilfe?

Er entschied sich dagegen. Hannah hatte auf ihn einen gefestigten Eindruck gemacht. Außerdem gab es da noch ihre Tante Ada, von der sie ihm erzählt hatte. Und – dieser Gedanke war neu für ihn – die Engelsfrau mit den schwarzen Flügeln würde gut auf sie aufpassen.

Der Weg führt bergab, Herbst 1977

Das alles lag nun elf Jahre zurück und Theresia war der Sucht endgültig verfallen. Drei Versuche, das Valium zu entziehen, hatte sie abgebrochen. Sie litt an unkontrollierten Halluzinationen, an heftigen Stimmungsschwankungen. Ihr Herz reagierte mit Arrhythmie. Aus ihr war eine magere, kranke, früh gealterte Frau geworden. Ihre Bosheit wurde allerdings durch die gesundheitlichen Einschränkungen in keiner Weise geschmälert. Zwischen Kurt und ihr herrschte kalter Krieg, denn er verbrachte mehr Zeit mit Petra, der brünetten Kollegin, als mit seiner Frau. Er kam nur noch seiner Tochter zuliebe nach Hause. Eine Scheidung lehnte er weiterhin ab.

Hannah war, den Prophezeiungen der Mutter zum Trotz, zu einer Schönheit herangereift. Meist trug sie ihr inzwischen langes, dunkelblondes Haar offen. Die Strähnen umspielten ein ungeschminktes, glattes Gesicht mit neugierigen Augen. Sie hatte eine Ausbildung zur Altenpflegerin absolviert. Von diesem Tag an wollte die junge Frau unbedingt in einem Seniorenheim arbeiten. Die Träume von einst, zum Mond zu fliegen, lagen auf Eis. Ihre Fähigkeit, mit toten Menschen und Tieren zu sprechen, war ihr in Fleisch und Blut übergegangen. Sie beobachtete die Alten, wie sich ihr Geist und Körper veränderten, wie sie sich mehr und mehr der Schwelle näherten, die viele nicht sahen oder nicht sehen wollten.

Oft genug gelang es ihr, die Bewohner des Heimes zu beruhigen, ihnen die Angst zu nehmen vor dem Tod, auch wenn sie damit regelmäßig den Herrn Pfarrer, der im Pflegeheim den Gottesdienst hielt, gegen sich aufbrachte. Sie erzählte den Greisen vom Kreislauf des Lebens, der unerschütterlichen Kraft der Natur und der Waage der Ewigkeit. Unter den Bewohnern war Hannah Pfeifer beliebt wie kaum eine andere Angestellte des Stifts.

An einem Abend im Herbst 1977 saß die junge Frau, wie so oft die letzte Zeit, am Bett von Frau von Walden. Die adelige Dame, die an Lungenkrebs litt, konnte ihre Liegestatt nur noch mithilfe einer Pflegerin verlassen. Vereinzelte dünne, weiße Strähnen hingen von ihrem sonst kahlen Schädel herab. Ihr Mund war zu einem feinen, braunen Strich geschrumpft. Die graublauen Augen lagen tief in den Höhlen, aber wenn Hannah bei ihr war, strahlten sie. Die Blaublütige bekam selten Besuch von ihrem Sohn, der beruflich sehr eingespannt war, aber nachdem ihr Fräulein Pfeifer so viele schöne Geschichten vom Land auf der anderen Seite erzählt hatte, war das schreckliche Gefühl der Einsamkeit gewichen. Ihr gesamtes Leben hatte sie dem Kampf gegen die Unterdrückung von Frauen gewidmet. Zwei Ehen waren dabei in die Brüche gegangen. Ihr ganzer Stolz stand im kleinen Bücherregal, welches sie vom Bett aus sehen konnte: ein dickes Buch mit dem Titel »*Eroberinnen des Himmels*«. Unter den großen, goldenen Lettern auf dem edlen Einband prangte der Name: *Edelgard von Walden*. Es handelte von den Rechten der Frau. Schon als junges Mädchen war sie als aufmüpfig und rebellisch bekannt gewesen, fuhr mit Automobilen, obwohl erst Ende der Fünfzigerjahre der Erwerb eines Führerscheines für Frauen gesetzlich erlaubt wurde. Während der ersten Ehe mit einem hochrangigen Zollkommissar weigerte sie sich, lediglich für Kind und Haushalt zuständig zu sein. Sie unterschrieb einen Arbeitsvertrag bei einer Fabrik, die Radiogeräte herstellte. Ihr damaliger Gatte kündigte den Vertrag fristlos, nachdem er herausgefunden hatte, was Edelgard hinter seinem Rücken trieb. Ein dementsprechendes Gesetz aus dem Jahr 1924 verlieh ihm dieses Recht. Erst ab 1958 änderte sich das. Aber da war Edelgard bereits zum zweiten Mal verheiratet, diesmal mit einem Lokführer. Der aber verweigerte ihr ein eigenes Konto, mit dem sie sich den Traum von einem selbst gegründeten Verlag verwirklichen wollte. Die Ehe mit dem Eisenbahner endete nach zwei Jahren. Nachdem das deutsche Scheidungsrecht im Nationalsozialismus den Frauen etwas mehr Freiheiten zugestanden hatte – sofern das Dritte Reich davon profitierte –, fiel die Rechtssprechung nach dem

Krieg wieder zurück zum alten Prinzip der Schuldfrage. Edelgard hatte den Gerichtssaal bei beiden Scheidungen als »Schuldige« verlassen und war auf sich selbst gestellt gewesen. Aber diese Tatsache hatte sie umso mehr beflügelt, den Kampf für die Gleichberechtigung weiterzuführen. »Hexe«, so war sie oft genannt worden. Ihre adelige Familie wollte mit ihr nichts mehr zu tun haben, weil sie sich nicht an Anstand und Sitte hielt. Im Alter von sechzig Jahren nahm sie dann den Mädchennamen wieder an und schrieb das Buch. Ihre Leidenschaft, das Rauchen von Zigarillos, bescherte ihr aber leider den unheilbaren Krebs.

Nun war sie am Ende des Lebens angelangt, blickte zurück auf siebenundsiebzig bewegte Jahre und fragte sich, welche Farbe die Federn ihres Schutzengels wohl hätten, wenn sie ihm gegenübertreten musste. Sie glaubte der Pflegerin Hannah, die ihr detailliert von ihren Erlebnissen erzählte. Oft hatte sie sich als blutjunge Frau heimlich gefürchtet, wegen ihrer kämpferischen Ader in die Hölle zu kommen. Noch heute erinnerte sie sich an die schrecklichen Geschichten, mit denen man unartige Mädchen in hochgestellten Familien Anfang des zwanzigsten Jahrhunderts einschüchterte. Da gab es den »schwarzen Mann im Keller«, der sie in einen Sack stecken würde, wenn sie vor dem Herrn Papa keinen Knicks machte. Beliebt war auch der Riesenwolf. Er fraß forschen Töchtern die Zöpfe vom Kopf, wenn sie sich zu weit hinaus in die Natur wagten. Also blieben Mädchen lieber im Haus, lernten von der Mutter, wie man sich als Dame zu benehmen hatte, und warteten auf den adligen Ehemann.

Rückblickend hatte sie also ein bitterböses Leben geführt. Die Angst vor dem Sterben war dennoch aus der alten Dame gewichen. Hannah versicherte ihr hinter vorgehaltener Hand, sie wäre auch nach dem Ableben noch für sie da.

»Ach Hannerl, mir ist sogar der Appetit vergangen. Ich denke, jetzt dauert es nicht mehr lange«, jammerte Edelgard.

Die Pflegerin lächelte sie an. »Das könnte durchaus sein, Frau von Walden. Die Seele löst sich nur langsam von seiner irdischen Hülle. Wenn das vollzogen ist, werden Sie keine Schmerzen mehr leiden und können auf der anderen Seite Dinge tun, die Ihnen gefallen.« Kurz berührte Hannah mit dem Zeigefinger die Lippen, um der alten Dame zu signalisieren, darüber mit niemandem sonst zu reden.

Edelgard nickte. Sie war unendlich müde. Dennoch wollte sie unbedingt noch ein paar Fragen loswerden.

»Ich kann mir das gar nicht vorstellen, Fräulein Pfeifer. Ich hatte viele Feinde. Männer haben mich sogar als verfluchte Hexe betitelt. Ob da wohl wirklich ein Paradies auf mich wartet?« Sie seufzte, denn in ihre Gedanken grub sich wieder dieser grässliche Schmerz, der in ihrer Brust brannte wie Feuer. Bald würde sie ihre Dosis Morphium benötigen, obwohl sie ihr ganzes Leben lang Drogen gemieden hatte, abgesehen vom Tabak.

»Da dürfen Sie sicher sein«, murmelte Hannah mit einem Lächeln. »Die Hölle schaffen sich Menschen selbst und zwar meist, solange sie noch am Leben sind. Grämen Sie sich nicht. Ich gebe Ihnen mein Wort, dass Sie friedlich hinübergehen werden.«

Edelgard verzog das Gesicht. Das Gespräch strengte sie an.

»Was ist, wenn der Engel, der mich begleiten wird, doch schwarze Schwingen trägt? Sie haben mir doch letzte Woche erzählt, er wechsle die Farbe, je nachdem, ob man auf der dunklen oder hellen Seite der Waage steht.«

Hannah erhob sich vom Stuhl, drehte sich um und entnahm einer Plastikverpackung eine rote Kapsel – Morphium. Sie nutzte den Moment, um zu überlegen, wie sie ihrer Patientin den »dunklen Engel« erklären könne. Dann verabreichte sie Frau von Walden das Schmerzmittel. Dankbarkeit und Neugierde glommen in deren Augen.

Erst jetzt antwortete sie der alten Dame. »Selbst wenn er ein schwarzes Federkleid trägt, wird Ihnen die andere Welt nicht verborgen bleiben, denn auch dort muss die Waage im Gleichgewicht sein. Als Kind habe ich es immer ›Regenbogenland‹ genannt. Als mein Opa starb, konnte ich einen ganz kurzen Blick darauf werfen. Wenn man Sie in Ihrem Leben als ›die Böse‹ bezeichnet hat, gilt das nicht für die Ewigkeit. Sie haben sich lediglich für die dunkle Seite entschieden und die ist genauso wichtig wie die helle Seite.« Hannah strich der Greisin eine einzelne Haarsträhne aus dem schmerzgezeichneten Gesicht. Sie grinste und setzte ganz leise hinzu: »Mein Engel ist schwarz wie die Nacht.«

Edelgards Augen vergrößerten sich überrascht. Was hatte die anständige, mitfühlende Frau in ihrem Leben verbrochen? Wenn es einen guten Menschen gab, dann doch diese Pflegerin. Doch die Interpretation von »gut« und »böse« galt wohl nicht im Jenseits. Sie erwiderte nichts mehr darauf, trank noch einen Schluck Wasser und schlief ohne Abendessen ein.

In jener Nacht träumte sie nicht. Erst kurz vor dem Morgengrauen erschien ihr eine makellose Frauengestalt mit langem Haar. Die Flügel, die aus ihrem Rücken ragten, füllten das Krankenzimmer vollständig aus. Rabenschwarze Federn leuchteten in einem Licht, das nicht von dieser Welt stammte. Der Engel lockte sie mit dem gekrümmten Zeigefinger, ihm zu folgen.

Mühelos erhob sich Edelgard aus dem Bett. In ihr brannten tausend Fragen. Je mehr sie sich der Pforte näherte, die wie ein mannshoher, ovaler Barockspiegel wirkte, desto mehr Rätsel lösten sich von ganz allein. Ihr Verstand begann zu verstehen, was im realen Leben unter der Decke von Moral und Normen verborgen schlummerte. Die Schmerzen waren verschwunden, wie Hannah es prophezeit hatte.

Ohne zu zögern, trat sie durch den Durchgang, direkt hinein in eine geräumige Bibliothek. Deckenhohe Holzregale aus dunkler Eiche verdeckten die Sicht auf die Wände. Auf den zentimeterdicken Regalbrettern reihte sich Buch an Buch. Durch zwei Sprossenfenster, die in die Bücherwand eingelassen waren, konnte sie die umwerfende Landschaft unbekannter Berge erkennen.

Ihr Blick huschte zur Mitte der Bibliothek. Auf einem dicken Perserteppich stand ein ausladender Sekretär mit Schreibmaschine darauf. Daneben lag ein Stapel blütenweißes Papier. Die erste Seite war bereits eingespannt. Edelgard juchzte überrascht. So ein Schreibzimmer hatte sie sich immer gewünscht.

Sie setzte sich und legte ihre Finger auf die Tasten der Maschine. Ihre Augen wanderten zur geflügelten Frauengestalt hin, die vor sie hinglitt wie ein wahrer Engel, wären da nicht die schwarzen Federn.

»Ich werde mich hier bestens erholen«, säuselte sie glücklich. »Nach gegebener Zeit möchte ich aber zurückkehren und noch einmal für mein Geschlecht in den Kampf ziehen.«

Die gefiederte Engelsdame nickte bejahend. Ein unsichtbarer Wind blies ihr das goldene Haar aus dem Gesicht. »So sei es«, antwortete sie, ohne die Lippen zu bewegen. »Wisse aber, dass die Zukunft der Menschheit ungewiss ist. Schon in hundert Jahren wird sie sich selbst vernichtet haben, wenn nichts geschieht. Nur wenige achten die Gesetze der Ewigkeit. Umso wichtiger sind Personen wie du, die ihrem Pfad treu folgen.«

»Trotzdem würde mich interessieren, warum dein Gefieder schwarz ist«, fragte Edelgard neugierig, während sie die Überschrift über ihren neuen Roman setzte. Sie nannte ihn: *»Schwarze Engelsfedern«*.

Die geflügelte Frau lachte erheitert auf. »Nur die Menschen assoziieren dunkle Farbe mit etwas Schlechtem. Die Natur aber kennt Licht und Schatten, Tag und Nacht, Geburt und Tod. Nichts davon ist schlecht. Alles ist nötig, um die große Waage im Gleichgewicht zu halten. Menschen wie du, die sich dem Strom der Irrenden entgegenstellen, sind nicht böse. Sie stehen nur denen entgegen, die scheinbar ›Gutes‹ tun und gar nicht bemerken, wie bedrohlich sie in das feinmaschige Netzwerk dieser Welt eingreifen.«

Die Engelsfrau wirkte einen Moment lang nachdenklich.

»Einst habe ich ein Kind auserkoren, ein kleines Mädchen. Ihr Geist ist gesegnet mit unbegrenztem Wissen, welches die Menschheit benötigt, um das Chaos zu verhindern. Ich habe sie geformt. Was hätte sie nicht alles bewirken können. Leider wurde auch sie ein Opfer des falschen Glaubens, den sich insbesondere zivilisierte Völker selbst erschaffen und der immer stärker wird. ›Macht euch die Erde untertan‹, soll ihr Gott gesagt haben. Gäbe es ihn wirklich, hätte er es wohl anders ausgedrückt: ›Bewahrt die Erde mit aller Kraft, denn sie wird nicht wachsen wie eure Population‹. Viele haben nicht begriffen, dass man sich nicht nehmen kann, was immer man will. Sie müssen den vorhandenen Lebensraum schützen, ihn teilen mit Pflanzen und Tieren. Wenn du also zurückkehren willst, wappne dich. Denn dann wird die Welt, wie du sie kennst, vermutlich eine andere sein.«

Edelgard hatte dem geheimnisvollen Wesen mit offenem Mund zugehört. »Ich werde es trotzdem tun und mich der Herausforderung stellen. Ich lasse mich nicht zum Opfer machen wie das Kind, das du erwähntest«, sagte sie leise. »Verrätst du mir jetzt, wer der wahre Gott ist?«

Die Engelsfrau lächelte geheimnisvoll. Gütige Züge, die die kürzlich Verstorbene an die Jungfrau Maria aus dem Religionsunterricht erinnerten, huschten über deren Antlitz. Aber sie schwieg und löste sich in einem feinen, dunklen Nebel auf.

Nachdenklich beobachtete Edelgard sie, dann wendete sie sich der Schreibmaschine zu. Ihre Finger hämmerten auf die Tasten.

Am darauffolgenden Tag

Als Hannah am nächsten Tag zum Spätdienst im Heim erschien, erreichte sie die traurige Mitteilung. Frau von Walden war in der Nacht verstorben, aber die Grübchen auf ihrem kalten Gesicht deuteten ein Lächeln an. Mit Edelgards Tod hatte die Pflegerin gerechnet, allerdings war sie erstaunt darüber, dass ihr die kämpferische alte Dame nicht erschien.

Wenig später betrat sie unbeobachtet deren Zimmer, schaute sich um, aber nichts Außergewöhnliches geschah. Einen Moment lang beschlich sie ein unangenehmes Gefühl. War Edelgard von Walden eines der Wesen, die nach ihrem Tod ziellos umherirrten, weil sie ihren Pfad verlassen hatten? Hannah wusste es aus den Erzählungen des dunklen Engels. Sie konnte sich das aber nicht vorstellen.

Achselzuckend nahm sie Edelgards Buch aus dem Regal und schlug es auf. Der erste Satz des Prologs fiel ihr auf: *»Gott hat Mann und Frau geschaffen. Sie stehen sich ebenbürtig gegenüber. Aber unsere Gesellschaft baute eine Treppe, auf dessen oberster Stufe nur der Mann steht. Ich werde dagegen angehen mit all meiner Kraft und meinen Gedanken, die ich hier niederschreibe. Und wenn ich einst im Himmel angekommen bin, werde ich Petrus zuerst nach Papier und Tinte fragen, damit ich dort oben weiterschreiben kann.«*

Hannah Pfeifer musste grinsen. In ihrem Kopf formte sich ein Bild. Edelgard von Walden fand vermutlich keine Zeit, sich in ihrer körperlosen Form zu zeigen. Wahrscheinlich arbeitete sie bereits fieberhaft an einem neuen Roman im Jenseits.

Ehrfürchtig stellte sie das dicke Buch zurück ins Regal. Bald würde der Sohn der Verstorbenen auftauchen und das Zimmer ausräumen. Würde er ihr das Buch überlassen? Edelgards *»Eroberinnen des Himmels«* durften auf gar keinen Fall auf dem Müll landen.

Es wurde eine ruhige Schicht und Hannah machte sich beschwingt nach Dienstschluss auf den Heimweg. Sie hatte einem sterbenden Menschen Mut gemacht. Allein dieser Fakt bestätigte sie tagtäglich, die richtige Berufswahl getroffen zu haben. Sie wohnte noch immer im Haus der Eltern. Männer interessierten Hannah nicht sonderlich. Eine Ehe lag ihr fern. Inzwischen stand verheirateten Frauen das Recht auf eigenständige Arbeit zu, aber in den Köpfen vieler hatte sich noch nichts geändert. Noch immer widmete sich das weibliche Geschlecht überwiegend den traditionellen Aufgaben. Sie musste ja nur den Fernseher einschalten, den sie sich letztes Jahr von ihrem Gehalt geleistet hatte und der nun in ihrem Zimmer im ersten Stock auf einer Kommode stand. Kurz vor acht flimmerte Reklame über die Mattscheibe. Es waren Männer, die das Abenteuer auf See oder in der Einöde kanadischer Wälder suchten, nachdem sie das umwerfende Rasierwasser benutzten. Frauen begeisterten sich laut Werbeindustrie vorwiegend für Haarspray, welches den hochtoupierten Helmfrisuren bei jedem Wetter Form verlieh, sofern sie nicht überglücklich über das strahlende Weiß ihrer Gardinen berichteten.

Hannah verstand die gesellschaftliche Entwicklung nicht. Sie wollte mehr. Vermutlich würde sie die Mondoberfläche nie sehen, doch auch auf der Erde gab es verdammt viel zu entdecken und zu verbessern. Immer mehr Gruppierungen forderten den Ausstieg aus der Atomkraft, die von den regierenden deutschen Parteien gefördert wurde. Das Wort Umweltschutz fiel des Öfteren in den Nachrichten. Vereinzelt warnten Wissenschaftler vor einem Waldsterben ungeahnten Ausmaßes in der Zukunft.

Und dann war da noch ihre Mutter, deren sichtbarer Verfall nicht mehr durch Lippenstifte und Rouge kaschiert werden konnte. Sie fühlte sich als junge Frau verpflichtet, ihr trotz aller Vorkommnisse beizustehen. Der Horizont ihrer Mutter schrumpfte wie eine Dörrpflaume. Neid, Hass und Lügen bestimmten ihren Alltag. Es gab keine Ziele mehr in ihrem Leben, außer der Beschaffung von genügend Beruhigungspillen. Die Zweifel, dass Theres jemals Hilfe annehmen würde, wuchsen mit jedem Tag.

In Gedanken versunken starrte Hannah auf den Bildschirm. Bald würden die Nachrichten ausgestrahlt werden. Sie musste an Edelgard von Walden denken. Was für eine starke Frau hatte sich da ins Jenseits aufgemacht. Man würde in etlichen Jahren noch viel von ihr hören, dessen war sie sich sicher. So eine Persönlichkeit käme zurück ins irdische Leben, in einem neuen Körper, strotzend vor Kraft.

Das Telefon im Erdgeschoss klingelte. Hannah regelte die Lautstärke des Fernsehers herunter und lauschte. Die Mutter reagierte nicht. Vermutlich lag sie wieder auf der Couch und döste vor sich hin. Seufzend begab sie sich die Treppe hinab. Es schellte weiter und weiter.

Hannah öffnete die Tür zum Wohnzimmer. Es war dunkel im Raum. Theresia war nicht daheim. Achselzuckend hob die junge Frau den Hörer ab. Normalerweise ging sie nicht an das Telefon ihrer Eltern, denn Leute, die sie erreichen wollten, riefen zu ihren Dienstzeiten im Altenheim an.

»Pfeifer«

»Hannah? Bist du am Apparat?«

»Erkennst du mich nicht an der Stimme? Ich habe sofort gewusst, wer dran ist. Was gibt es?«

Bärbel Kindermann war am Telefon, ihre Kollegin. Hannah hatte ihr für Notfälle die Privatnummer der Pfeifers gegeben.

»Ja, doch! Ich hatte Sorge, dass deine Mutter rangeht.«

Irgendetwas ist da passiert, und meine Mutter steckt vermutlich dahinter, fuhr es Hannah durch den Kopf.

»Die ist gar nicht hier, Bärbel.«

»Ich geb dir eine Telefonnummer durch, die solltest du am besten gleich anrufen. Da war eine Dame am Telefon. Ich hab ihren Namen gar nicht behalten. Sie wollte dich dringend sprechen. Sie hat geweint.«

Eine weinende Frau, die MICH verlangt? Ada würde einfach an der Haustür klingeln und mit mir reden. Und außer meinen Kolleginnen, die ich jeden Tag sehe, kenne ich doch niemanden.

»Okay, Bärbel, dann schieß los.«

Wenig später wählte Hannah nervös die fremde Telefonnummer. Nach dem dritten Klingeln meldete sich eine völlig aufgelöste Frauenstimme.

»Sie kennen mich nicht«, schluchzte die Unbekannte. »Ich heiße Petra … Petra Wollkamp und …« Ein Heulkrampf erstickte den Rest ihrer Erklärung. Es dauerte ein paar Sekunden, bevor ein krächzendes Flüstern durch den Hörer drang. »Ich bin die Geliebte von Ihrem Papa, Fräulein Pfeifer.«

Hannah musste schlucken. Ihr Vater sprach daheim nie von dieser Person, obwohl ihre Existenz ein offenes Geheimnis darstellte. Über derartige Affären schwieg man. Damen, die sich über Jahre mit einem verheirateten Mann einließen, bezeichnete man quer durch alle Bevölkerungsschichten schlicht und ergreifend als Hure. Zwar hatte Hannah schon viel über die Gesetze der Ewigkeit verinnerlicht, die sich mitunter konträr zu den Moralvorstellungen der Menschen zeigten, aber sie lebte in einer Gesellschaft. So ein Verhalten wurde im Allgemeinen aufs Tiefste verabscheut, beinahe genauso wie gleichgeschlechtliche Liebe, die sogar strafrechtlich verfolgt wurde. Oft, wenn Hannah an ihre Kollegin Bärbel mit dem langen, dicken Zopf dachte, kribbelte es verheißungsvoll in ihrem Bauch. Aber sie unterdrückte das Gefühl ebenso, wie sie gerade eben eine barsche Erwiderung mühsam hinunterwürgte. Mit unterkühlter Stimme fragte sie: »Ist etwas mit meinem Papa nicht in Ordnung?«

Die Dame am anderen Ende der Leitung wirkte überrascht. Ein paar Sekunden verstrichen, bis die sich aufraffte weiterzureden. Peinlichkeit schwang in ihren Worten mit. »Nein, mit Ihrem Vater ist alles in Ordnung. Es ist … ich befürchte … Ihre Mutter …« Der Rest verschwand in einem erneuten Schluchzen.

Die Frau wirkte verzweifelt. Das entging Hannah nicht. Ein Hauch von Mitleid stahl sich in die ursprüngliche Ablehnung. »Kann ich Ihnen helfen?«, fragte sie.

Ein Seufzen entwich der Frau am anderen Ende der Leitung. Dennoch begann sie ihre bedrückende Schilderung mit einer Entschuldigung.

»Vermutlich hassen Sie mich, wertes Fräulein, und das kann ich Ihnen beim besten Willen nicht verdenken. Ich versichere Ihnen jedoch, ich liebe Ihren Vater von ganzem Herzen. Deshalb würde ich niemals von ihm verlangen, dass er sich scheiden lässt. Da gibt es allerdings etwas, das Sie wissen sollten.«

»Schon gut«, antwortete Hannah. Pragmatisch betrachtet gab es keinen Grund, dem Vater und dessen Freundin zu zürnen.

Liebe ist niemals eine Sünde, hatte ihr der dunkle Engel gelehrt.

»Erzählen Sie mir, was Sie bedrückt.«

»Ihre Mutter ängstigt mich seit Monaten. Zuerst hat sie mich mitten in der Nacht angerufen und wieder aufgelegt. Ich dachte, es hätte sich jemand verwählt. Aber jetzt bin ich mir sicher, dass sie es war.« Petra Wollkamp stöhnte auf. »Irgendwann, ich erinnere mich nicht mehr an den genauen Tag, hat sie mich bedroht. Ich würde nur noch wenig Zeit auf dieser Erde verbringen, lallte sie, und der Teufel hole mich persönlich, wenn ich mich im eigenen Blut suhle.«

»Woher wissen Sie, dass meine Mutter Sie angerufen hat?«, fragte Hannah nach. Purer Verdacht wäre für sie auch in dieser Situation nicht akzeptabel.

»Beim zweiten Telefonat, mitten in der Nacht, schrie sie in den Hörer, sie sei die rechtmäßige Gattin von Kurt. Sie redete davon, dass sie mit mächtigen Dämonen in Kontakt stehe, die mir den Garaus machen würden.« Frau Wollkamp hüstelte nervös, dann sprach sie mit heiserer Stimme weiter: »Ich bin nicht abergläubisch, Fräulein Pfeifer, obgleich mir Ihre Mutter trotzdem Angst einflößte. Aber vor etwa einer Stunde – es dunkelte bereits – war sie hier. Ich sah sie in meinem kleinen Garten umherschleichen.« Schluchzen durchbrach das erneute Hüsteln. »Zur selben Zeit war Mausi noch draußen.« Die verzweifelte Frau schwieg für wenige Sekunden. »Verzeihen Sie, ich sollte Ihnen erklären, von wem ich spreche. Mausi ist eine dreifarbige Glückskatze. Kurt hat sie mir von seiner Schwester mitgebracht. Ich liebe das Tierchen sehr. Wir haben sie Mausi getauft, weil sie sich vor Mäusen fürchtet, wenn diese allzu forsch umherhuschen. Lieber nascht sie von den

Hähnchenschenkeln, die Kurt und ich uns gern am Abend braten.« Petras Stimme heiterte sich kurz auf, bevor sie erneut in einem Schluchzen zu ersticken drohte. »Mausi schrie im Garten. Haben Sie schon einmal gehört, wenn eine Katze schreit, Fräulein Pfeifer?« Sie flüsterte weiter: »Es hört sich an wie das verzweifelte Klagen eines Kindes in höchster Not – in Todesangst.«

Hannahs feine Härchen auf den Armen stellten sich auf. Ihr Blick schwenkte zu der leeren Couch im düsteren Wohnzimmer. Die Mutter war nicht zu Hause.

Wie ein glühendes Brandeisen näherte sich die Erinnerung an ihre Kindheit, an die Szene, als ihr das Geisterkätzchen erschienen war. Und sie dachte an das Schicksal der Braungetigerten, die in einer dunklen Tasche ihre letzten Lebensminuten fristen musste – *Todesangst*.

Entschlossen atmete sie tief durch und traf eine Entscheidung. »Wo wohnen Sie, Frau Wollkamp? Ich komme sofort. Wir werden Mausi finden, ich gebe Ihnen mein Wort.«

»Das … ach was! Ich danke Ihnen von Herzen«, stammelte Petra tief beeindruckt und gab die Adresse durch.

Hastig notierte Hannah die notwendigen Daten auf dem kleinen Spiralblock, der immer neben dem Telefon lag. Dann legte sie auf und konzentrierte sich. Ihre Augen fixierten sekundenlang den dunklen, edlen Teppich im Wohnzimmer, den ihre Mutter pflegte wie ihre unnatürliche Frisur. Mausi erschien ihr nicht als Geisterkätzchen, also war sie noch am Leben.

Hannah verließ das Haus, holte ihren Drahtesel aus der Garage und radelte durch feinen Nieselregen in Richtung Nordstadt. Petra Wollkamps Zuhause war nur wenige Kilometer entfernt. Ihre Mutter fuhr kein Auto. Demnach war sie zu Fuß unterwegs.

Herbstlicher Nebel nahm ihr die Sicht. Die feuchte Straße spiegelte im Scheinwerferlicht der Autos, die der Innenstadt entgegenstrebten. Kälte durchdrang Hannahs Jacke. Sie trat kräftig in die Pedale.

Bereits zehn Minuten später bog sie in die Friedensstraße ein. Sie konnte nur hoffen, dass die Straße ihren Namen nicht umsonst trug.

Sie näherte sich der Adresse vom Notizzettel. Tausend Gedanken schossen ihr durch den Kopf. Ihr Vater hatte eine Geliebte. Trotzdem empfand sie so etwas wie Zuneigung zu der Fremden.

Und da gab es Mausi – ein Kätzchen aus Tante Adas Haus.

Der Engel liebt Katzen ...

Sie fuhr zusammen. Ihr rechter Schuh rutschte vom Pedal. Das Fahrrad schlingerte. Um ein Haar wäre sie gestürzt.

Im Nebel tauchte eine weibliche Gestalt auf. Fahle Strahlen einer Straßenbeleuchtung durchdrangen die kalten Schleier und enthüllten deren Bewegungen. Die Unbekannte beugte sich gerade über einen Mülleimer, der am Rand der Bushaltestelle angebracht war. Hannah erkannte, dass sie einen Beutel in den Händen hielt. Hektisch hob sie ihn an, um ihn in die verbeulte Tonne zu stecken.

Irgendwo weinte ein Kleinkind – klagend – panisch.

TODESANGST!

Die Altenpflegerin erhob sich im Sattel. Ihre Füße malträtierten die Pedale und der Drahtesel beschleunigte auf der nassen Fahrbahn. Feuchtigkeit durchdrang ihre Hose. Dann löste sich der Schrei aus ihrer Kehle: »MAMA! Was tust du da?«

Augenblicklich verharrte die Gestalt in ihrer Bewegung. Nur der Bruchteil einer Sekunde verstrich, dann verschwand der Beutel im Blecheimer. Theresia drehte sich blitzschnell weg und flüchtete die Straße hinunter. Bald bog die dürre Frau in eine dunkle, wenig befahrene Seitenstraße ab.

Hannahs Atem ging keuchend, als sie das Rad direkt vor dem Mülleimer an der Haltestelle abbremste. Ihr Herz hämmerte in der Brust. Vorsichtig spähte sie in den übel riechenden Behälter hinein. Im kalten Licht der Laterne erkannte sie den Stoffbeutel. Nichts bewegte sich mehr in seinem Inneren. War das Kätzchen bereits einem Herzinfarkt erlegen?

Hannah atmete tief durch, dann griff sie nach den verknoteten Henkeln und zog den Beutel heraus. Kein Laut drang aus der Einkaufstasche mit der Aufschrift: *»KUPA, ihr Markt für Köstlichkeiten«*.

Behutsam ließ Hannah sie auf den Gehweg gleiten und knotete die Henkel auseinander.

Das dreifarbige Kätzchen kauerte stumm in der Stofftasche. Sein Fell war völlig durchnässt und es zitterte unkontrolliert. Als es das Gesicht seiner Retterin erblickte, öffnete es sein Mäulchen, unfähig auch nur den leisesten Ton zu erzeugen.

Todesangst – was hast du nur getan, Mutter?

In diesem Moment entleerte das Kätzchen den Darm. Ekelerregender, süßlicher Geruch durchmischte die neblige Luft. Ohne zu zögern, nahm Hannah das Fellbündel heraus und barg es sofort unter ihrer Windjacke. Das Schlottern des Tieres übertrug sich auf ihren Körper und … ihre Seele. Der Rest an Mitgefühl für ihre Mutter zerbarst klirrend wie eine dünne Glasscheibe.

Petra Wollkamp stand an der Terrassentür ihrer Erdgeschosswohnung, als Hannah samt Fahrrad und Kätzchen bei ihr eintraf. Der ungeschminkten Brünetten liefen die Tränen über die Wangen, als sie Mausi in ihre Arme schloss.

»Das Kätzchen wird die Sache unbeschadet überstehen«, erklärte ihr Hannah beruhigend. »Geben Sie ihm warme Milch zum Trinken, das stabilisiert die Körpertemperatur.« Einen Augenblick betrachtete sie die Frau, die den Makel einer Ehebrecherin trug. Dann legte sie ihr hauchzart eine Hand auf die Schulter. »Mit meiner Mutter werde ich hart ins Gericht gehen, darauf haben Sie mein Wort.«

»Danke«, flüsterte Petra Wollkamp. In ihren Augen glitzerte der Wunsch, die junge Frau zu umarmen. Die Tatsache, dass sie in Sünde mit deren Vater lebte, verbot ihr jedoch diese Geste. Sie betrachtete unentschlossen ihre zitternden Hände.

Plötzlich huschte ein kurzes Lächeln über ihre Lippen, als würde sie sich an etwas erinnern. Sie griff in die Hosentasche und zog einen Gegenstand hervor. Es war ein Spielzeug, ein winziger, roter Holzflieger. »Der ist von Ihrem Papa.« Sie schluckte, dann setzte sie hinzu: »Als Kind haben Sie mal geäußert, dass Sie auch so ein Spielzeug wollen.

Das hat mir Kurt verraten. Ich denke, diese Geste des Dankes ist angemessen. Nehmen Sie den Flieger! Bitte!«

Hannah nahm das kleine Flugzeug in die Hand und Wärme überzog sie, trotz des Nieselregens, der noch immer über der Stadt niederging. Sie verspürte Zuneigung zu der gebrechlich wirkenden Frau, die vor ihr stand und unendlich glücklich das Kätzchen in einem Wollschal, den sie vom Hals genommen hatte, wärmte.

Petra war keine Schönheit nach den Idealen der Endsiebziger. Ihr halblanges, brünettes Haar hielten zwei Spangen aus dem Gesicht. Sie trug weder Schminke noch Nagellack oder Lippenstift. In ihren Zügen stand Güte und Warmherzigkeit.

Die Federn des Engels zu Petras Todesstunde werden weiß wie Schnee erstrahlen, fuhr ihr durch den Kopf.

Die Liebe zwischen der Brünetten und ihrem Vater stand für Hannah außer Zweifel. Aber noch immer war sie nicht in der Lage, den Tabubruch zu übersehen. Deswegen bedankte sie sich für das außergewöhnliche Geschenk und verabschiedete sich schweigend. Auf ihren Lippen lag ein Lächeln, welches mehr aussagte als tausend Worte.

Erleichtert schwang sie sich aufs Fahrrad und machte sich auf den Heimweg. Der Regen war stärker geworden. Die Unruhe, die noch immer in Hannahs Magen schlummerte, bahnte sich erst ihren Weg, als sie sich dem Einfamilienhaus der Familie Pfeifer näherte. Wie sollte sie auf die Mutter reagieren?

Sie bremste den Drahtesel ab und schob ihn zurück in die Garage, in der das Auto ihres Vaters schon lange nicht mehr parkte. Er war selten zu Hause.

Beklommen sperrte sie die Haustür auf und lauschte in die Dunkelheit.

Nichts – im Gebäude herrschte Totenstille.

Hannah schloss die Tür hinter sich, griff in die Jackentasche und zog das kleine, rote Flugzeug hervor. Liebevoll ließ sie es durch die Finger gleiten.

Der dunkle Engel wird das Verhalten von Theresia nicht dulden. Die Folgen werden unabsehbar sein.

Eine ganze Stunde wartete Hannah in ihrem Zimmer und lauschte in die Stille, dann hörte sie, wie sich der Schlüssel im Schloss behutsam drehte. Theresia war stets bemüht, möglichst keinen Lärm zu verursachen. Es klapperte leise, als der modische Übergangsmantel aus grauer Kunstfaser auf den Bügel an der Garderobe gehängt wurde. Kurz darauf knarrte die Wohnzimmertür und nur wenige Sekunden später drang das Gegacker aus dem Fernseher bis zu ihr hinauf. »Auf los geht's los«, verkündete ein aufgekratzter Quizmaster.

Hannah zwang sich zur Ruhe und atmete ein paarmal tief durch. Erst danach machte sie sich auf den Weg ins Erdgeschoss.

Als sie das Wohnzimmer betrat, erblickte sie ihre Mutter auf der Couch. Sie hatte die Füße hochgelegt und starrte interessiert auf die Mattscheibe. Die Zuschauer der Show applaudierten gerade. Theresias Züge wirkten entspannt. Nichts deutete auf ein schlechtes Gewissen hin. Einen Moment lang tat sie, als würde sie den spätabendlichen Besuch nicht bemerken, dann huschte ihr Blick wie zufällig zur Tür.

»Oh, Hannah! Hast du morgen frei? Setz dich doch zu mir und schau dir die Show an. Die ist lustig«, murmelte sie beiläufig. Ihre linke Hand klopfte dabei einladend auf die Couch. Sie schwenkte die Beine hinab auf den Teppich. »Jetzt wäre ich beinahe eingenickt«, nuschelte sie.

Hannah blieb unbeweglich stehen, verschränkte die Arme vor der Brust und sammelte ihre Gedanken. Das, was sie vorhatte zu sagen, war hart, aber nötig. Es schmerzte, der eigenen Mutter dermaßen schonungslos gegenüberzutreten. Damals, als sie noch ein Kind war, hatte sie nicht darüber nachgedacht, jetzt schon. Hannah war erwachsen und die Einflüsse der Gesellschaft beschäftigten auch sie. Immerhin hatte diese Frau ihr das Leben geschenkt. Sie war ihr zu Dankbarkeit verpflichtet. So war sie jedenfalls erzogen worden. Papa Kurt hätte, obgleich er oft Anlass zur Kritik sah, niemals anklagende Worte gegenüber seiner Mutter Babette erhoben. Andererseits glomm tief in ihr der Funke, die dürre Frau, die ihr im Drogenrausch von der Couch aus zulächelte, aufzurütteln. Vielleicht war ja noch nicht alles verloren.

Der Widerstreit von Gedanken und Gefühlen in ihrem Kopf dauerte nur kurz. Hannah straffte sich, bevor sie konterte: »Das glaube ich dir nicht. Du bist ja gerade erst nach Hause gekommen.«

Am Zucken von Theresias Mundwinkel konnte die Dunkelblonde ablesen, dass sie sich ertappt fühlte, und sie reagierte so, wie sie es immer tat: Sie log.

»Da musst du dich irren. Ich war nicht weg. Vielleicht hast du die Kellertür klappern hören, als ich kurz …«

»Lüg mich nicht weiter an. Wir wissen beide, was du getan hast. Ich fordere eine Erklärung, warum du Papas Geliebte Petra bedrohst und ihr Kätzchen in die Mülltonne gesteckt hast.«

Theres' Kieferknochen begannen zu mahlen, wie gewöhnlich, wenn sie ihre Taten und Lügen verteidigen musste. Ihre Augen verengten sich zusehends. In ihnen spiegelte sich augenblicklich Wut. Die Hemmschwelle zu einem Schreikrampf glich, verursacht durch den Missbrauch der Medikamente, nur noch einem Stück Pergament. Noch zügelte sie jedoch ihre Worte. »Ich kenne die Hure deines Vaters nicht und habe keine Ahnung, was du mir damit sagen willst.« Demonstrativ wendete sie den Blick wieder dem Bildschirm zu, um zu signalisieren, dass sie die Diskussion für beendet erachtete.

Hannah zwang sich eisern zur Ruhe. Sie blieb stehen, ließ sich nicht provozieren. »Ich wiederhole mich, Mutter, und dulde keine weiteren Lügen. Mit eigenen Augen habe ich gesehen, wie du das Kätzchen von Frau Wollkamp in die Mülltonne bei der Bushaltestelle gestopft hast. Erklär mir bitte, was du dir dabei gedacht hast.« Die Zwanzigjährige bekam keine Antwort. Deswegen setzte sie etwas lauter hinzu: »Dem Tier geht es übrigens gut. Ich habe es der Besitzerin zurückgebracht. Es litt unter Todesangst.«

Todesangst – Todesangst …, hallte es durch Hannahs Schädel und ein eigenartiger, feuerroter Schleier huschte über ihre Netzhaut.

Theresia schwieg. Sie angelte mit den Fingern auf dem Couchtisch nach der modernen Fernbedienung, die das TV-Gerät aus der Ferne steuerte, und erhöhte die Lautstärke.

»Der Buchstabe ist ein Z und der Berg heißt ZUGSPITZE«, grölte eine Kandidatin dem Quizmaster entgegen.

Applaus ertönte und schmerzte in Hannahs Ohren. Ein unbekannt intensives Gefühl von Enttäuschung und Zorn wurde zu einem heißen Simmern in der Magengegend. Die explosive Mischung verband sich rasant zu einer brodelnden Masse.

Plötzlich machten sich ihre Beine selbstständig. Im Affekt sprang Hannah nach vorn, packte die Fernbedienung und schaltete das TV-Gerät ab. Das kühle Licht der Mattscheibe, welches das Zimmer fadenscheinig beleuchtet hatte, verblasste augenblicklich. Die Lautsprecher verstummten. »Ich wiederhole mich nicht noch einmal. Warum hast du das getan?« Hannahs Stimme klang düster, fast fremdartig.

Die junge Frau erschrak über sich selbst. Die Worte waren nicht von ihrem eigenen Verstand geformt worden. Außerdem fühlte sie, dass die Lava, die in ihrem Bauch inzwischen rot glühende Blasen warf, immer mehr an die Oberfläche drängte.

Was geschah mit ihr?

»Du schaltest jetzt sofort wieder den Fernseher an, Kleines. Ich lasse mich von dir nicht behandeln wie ein Schulmädchen. Immerhin bin ich deine Mutter.«

Hannahs Hand, die noch immer die Fernbedienung umklammert hielt, bewegte sich, als wäre sie ferngesteuert. Sie schleuderte das graue, längliche Kästchen mit den Tasten darauf achtlos von sich. Irgendwo schlug es krachend auf einem Möbelstück auf.

»Ich will mit dir reden«, röhrte eine hallende, furchterregende Stimme aus ihrem Hals. Gleichzeitig konnte sie spüren, wie sich etwas Mächtiges aus ihren Schultern herausdrängte. Es knackte wie trockenes Feuerholz, dann spannten sich dunkle, riesenhafte Schwingen auf. Sie fuhren fauchend durch die überheizte Luft des Wohnzimmers.

Wie von Ferne hörte sie Theresias heiseren Schrei an ihr Ohr dröhnen.

»Lass das, Kind. Um Gottes willen, was tust du da?«

Hannah war nicht in der Lage zu verhindern, dass der dunkle Engel mehr und mehr die Kontrolle über ihr Tun übernahm. Er kochte vor Wut.

Was war der Grund hierfür? Gab es eine besondere Verbindung zwischen dem geflügelten Wesen und ihrer Mutter?

Mit großer Willensanstrengung schickte sie Gedanken an den zornigen Engel in ihrem Körper.

Ich wollte nur mit Mutter reden.

SIE WIRD DIR NICHT ZUHÖREN!

Ich muss es versuchen, Engel. Lass es mich auf meine Weise tun.

NEIN, ich habe sie so oft gewarnt. SIE und die vielen anderen, die sich den Gesetzen der Ewigkeit über blind und taub stellen.

Hannah spürte nicht nur unbändigen Groll, sondern auch grenzenlose Enttäuschung in dem Wesen, das sich ihres Körpers bemächtigte. Noch nie hatte sie die geflügelte Frau, die mit den Engeln des Himmels wohl nicht paktierte, in einem menschlich emotionalen Zustand erlebt. Bisher war diese in der Lage gewesen, sich in allen erdenklichen Formen zu zeigen, hatte Freude, aber auch Angst verbreitet. Nun änderte sich etwas. Die göttliche Erhabenheit der Erscheinung schien regelrecht zu verblassen. Was würde das für das Überleben der Menschheit bedeuten?

Hannah zitterte. Noch einmal konzentrierte sie sich, während sie Theres beobachtete, die sich hektisch atmend nach einem Fluchtweg umsah.

Die riesigen Schwingen, die aus Hannahs Schultern gewachsen waren, begruben jegliche Möglichkeit, zu entkommen.

Aber es gibt doch Individuen, die ihre Waagschale nicht verlassen und den Gesetzen gern folgen, weil sie erkennen, wie wichtig sie sind für den Fortbestand der Welt. Erst gestern ist Edelgard von Walden über die Schwelle getreten, und du warst bei ihr. Sie kennt die Regeln.

Das Brodeln in ihrem Inneren wurde schwächer, doch noch immer spürte Hannah eine eigenartige Hitze, die ihren Körper in Wallung hielt.

Das ist richtig. Diese Frau hat ein glückliches Leben geführt, indem sie ihre Ziele verfolgte, auch wenn sie damit den Unmut derer auf sich gezogen hat, die der Herde der Unverbesserlichen angehören. Solche Seelen haben die Kraft, etwas zu verändern und der Welt

Farbe einzuhauchen, damit sie das Gleichgewicht wieder erreicht. Aber es gibt zu viele, die sich eigene Ideologien schaffen, und noch mehr, die den falschen Lehren bedingungslos folgen. Mit jeder Ellipse, die der Planet um die Sonne reist, vermehren sie sich. Einst werden sie wie Horden von Heuschrecken über die kläglichen Reste, die die Erde noch hervorbringt, herfallen.

Diese Botschaft klang ungeheuerlich und verkündete nichts Geringeres als den Weltuntergang.

Noch einmal schickte der gekaperte Körper seine Gedanken auf die Reise.

Dann ist es umso wichtiger, dass wir Menschen uns gegenseitig helfen, den richtigen Pfad nicht zu verlassen.

Im gleichen Moment schnellte Theresia wie eine Bogensehne von der Couch. Ihre Augen glitzerten gefährlich. Sie kam auf Hannah zu, und ihre beiden Hände näherten sich dem Hals ihrer Tochter. Die drohend fauchenden Schwingen ignorierte sie.

»Ich hätte dich nie zur Welt bringen sollen, du hysterisches Luder. Unter Schmerzen habe ich dich geboren, weil ich auf einen Sohn gehofft hatte. Und was habe ich damit gewonnen? Einen enttäuschten Ehemann, der sich eine Hure anlacht. Eine Irre, die sich mit billigen Geistertricks abgibt, die mit Toten spricht und stinkende Katzen liebt. Habe ich das verdient?« Sie versuchte Hannah zu packen.

Theresias Hände erreichten nicht ihr Ziel. Unbekannte Kräfte stoppten sie auf dem Weg zum Hals der Tochter. Ihre Finger krümmten sich wie Klauen zusammen und sie war nicht in der Lage, sie zu bewegen. Angst schimmerte in den weit geöffneten Pupillen der Angreiferin.

Die Siebenundvierzigjährige begann zu zittern, als sie die Veränderung auf dem Hals ihrer Tochter wahrnahm.

Hannah verspürte keinen Schmerz. Zuerst war es nur ein leichtes Ziehen, dann bemerkte sie ein Gewicht, welches die feine Haut an ihrem Hals nach unten zog. Fassungslos sah sie an sich herab und erkannte in der Düsternis eine schwere Kette, an deren Ende die Granatbrosche baumelte, welche sie gezeichnet hatte.

Mit einem leisen Klicken lösten sich zwei Edelsteinchen heraus. Sie fielen vor Theres' Füße auf den gepflegten Teppich. Rauchkringel stiegen aus den kurzen Wollfäden empor. Die Granatsplitter glühten wie winzige Kohlen.

Mit einem Aufschrei sprang Theresia zurück.

»Große Aufgaben wolltest du erfüllen und nun reihst du dich ein in die Masse der Blinden, die mit Eifer das Höllenfeuer schüren«, tönte eine unheilvolle Stimme aus Hannahs Mund. »Du hattest das Rüstzeug dazu, etwas zu ändern. Und nun? Schau dir an, was aus dir geworden ist, Theres. Du bist nichts weiter als eine lebende leere Hülle, die darauf wartet, dass der Tod sie erlöst. Die Räder eurer Existenz werden in weniger als hundert Jahren stillstehen. Wollt ihr dann alle vor euren Gott hintreten und um Verzeihung bitten?«

In der jungen Frau tobte ein Wesen, das die Fassung zu verlieren drohte. Waren Geisterwesen dazu fähig? Und welch unbändige Enttäuschung ist nötig, um so einen Zustand auszulösen? Was für eine furchtbare Rolle spielte ihre eigene Mutter in diesem Fiasko?

Mit ihren Augen, die inzwischen mühelos in der Dunkelheit sehen konnten, nahm sie die Fassungslosigkeit in Theresias Gesicht wahr. Mit unbändiger Kraft schickte sie weitere Botschaften an den Engel in ihrem Inneren. Das Lodern einer überirdischen Wut war noch immer zu spüren.

Bitte verlasse meinen Körper, flehte Hannah stumm. *Ich erlebe Tag für Tag, wie verblendet manche Mitmenschen durchs Leben schreiten. Dennoch hege ich Hoffnung, dass es zu einem Umdenken kommt. Ich zumindest werde dafür tun, was immer in meiner Macht liegt. Ich wiederhole nochmals: Ziehe dich aus mir zurück.*

Schlagartig wich alle Kraft aus ihrem Körper. Feiner, grauer Rauch durchbrach die Poren ihrer Haut, sammelte sich unter dem Pullover und entwich durch die Öffnungen an Hals und Ärmeln, als stünde sie in Flammen.

Hannah atmete tief ein, tiefer, als sie es jemals in ihrem Leben getan hatte. Machtvoll strömte die Luft dann aus ihren Lungen und mit ihr der dunkle Engel, dessen Schemen sich wie leuchtender Nebel im ganzen Raum verteilte.

Wie von weiter Ferne konnte Hannah die Schreie ihrer Mutter wahrnehmen.

Theresia drehte sich im Kreis und beobachtete, wie sich ihr Wohnzimmer in die Hölle verwandelte, die sie bis zum heutigen Tage nicht vollständig aus ihrem Gedächtnis hatte tilgen können. Lodernde Flammen leckten über die gemusterten Tapeten und formten einen teuflischen Gerichtssaal. Der edle Teppichboden löste sich auf und enthüllte rußgeschwärzten Steinboden. Wurmstichige Holzbänke wuchsen daraus hervor. Aus einem Podest erwuchs ein Richterpult, hinter dem nun eine Frau Aufstellung nahm, aus deren Haar die gebogenen Hörner eines Widders ragten. Theres wirbelte herum und erkannte ihre Tochter, die in der Ecke kauerte, dort, wo vor wenigen Minuten noch ein Fernseher gestanden hatte. Jetzt bestanden die Wände plötzlich aus dicken Steinquadern. Die Tapeten waren verschwunden. Schwere Ketten mit Handschellen daran hingen an zentimeterdicken Ösen herab. Sie schrie gellend auf und versuchte erneut, zu fliehen. Aber ihre Beine versagten den Dienst.

Eine tiefe, röhrende Stimme ertönte. Die gehörnte Richterin gab Theresia die Anweisung, auf der vorderen Bank Platz zu nehmen, auf der sich im gleichen Moment zwei weitere Frauen wie aus dem Nichts manifestierten.

Der Befehl war unnötig, denn Frau Pfeifers Beine marschierten unkontrolliert darauflos. Sie hatte keinerlei Einfluss mehr auf ihre Muskulatur. Verzweifelt betrachtete sie die beiden Angeklagten, die sich ängstlich an den Händen hielten und der höllischen Richterin entgegenstarrten. Die Frau, die am rechten Rand der Bank saß, hatte das Haar kurz und sportlich geschnitten. Sie trug feuerroten Lippenstift, und ein edler, beinahe lebendig wirkender Nerz verhüllte ihre Schultern. Die Fingernägel, die dieselbe Farbe wie ihre Lippen aufwiesen, gruben sich in die bleiche Hand der Nachbarin. Deren blonde Locken wirkten züchtig und brav und sie trug ein bayerisches Dirndl.

Bebend hockte sich Theres auf den linken äußeren Rand der Bank. Ihre gesamte Welt geriet gerade mächtig aus den Fugen. Selbstredend erkannte Resl die Mitangeklagten.

»Ich eröffne den Prozess gegen drei Seelen, zwei verstorbene und eine lebende«, dröhnte die unwirkliche Stimme durch den Höllensaal. »Alle drei sind angeklagt, die gewählte Seite der Waagschale verlassen zu haben.«

Theres rieb sich mit den Fäusten die Augen. Die Muskeln ihrer Beine versagten. Sie konnte von der Bank nicht aufstehen.

Gab es noch eine halbwegs reale Erklärung für die furchtbaren Bilder, die sich ihr boten? War sie womöglich eingenickt und ihr Unterbewusstsein spielte ihr einen Streich? Wo waren die Beruhigungspillen?

Eiskalte Angst griff nach ihrem Herzen. Der Traum war einfach zu heftig, um ihn auf die Überlastung ihres drogenabhängigen Geistes zu schieben. Sie war eine Gefangene.

»Eva Braun und Magda Göbbels, bekennt ihr euch schuldig im Sinne der Anklage?«

Die Frau im Dirndl erhob sich zitternd. »Unschuldig!«, krächzte sie mit hörbarem Zweifel. »Was hätte ich denn tun sollen, Richterin der Ewigkeit? Adolf hatte den Krieg verloren. Ich war seine Gattin und musste ihm in den Tod folgen.«

Dem gehörnten Wesen entwich ein klagender Laut. Gleichzeitig loderte ein Feuer, das die Steinquader einhüllte, als seien sie mit Pech überzogen, hell auf und schleuderte Ruß in die Luft.

»Hast du bei der Eheschließung mit dem, den ihr Führer nanntet, deinen Verstand abgegeben?«

Nun erhob sich die Frau im Pelz und ergriff das Wort. »Das Reich war verloren. Der Feind überrannte uns. Es gab keinen Ausweg!«

Die geisterhafte Richterin verzog angewidert das Gesicht. Ein Hauch von Schwefel umhüllte die drei auf der Anklagebank. Verhaltenes Hüsteln war zu hören.

»Was schwafelt ihr da von Feinden?« Ihre Stimme erhob sich in Erregung. »Welchen Sinn ergibt es, Menschen anderer Völker zu töten und die Erde mit Verwüstung und Feuer zu überziehen? Ich habe euch mit scharfem Verstand und Entscheidungsgabe ausgestattet. Wie seid ihr damit umgegangen? Ihr seid einem Irrweg gefolgt und feige in den Tod gegangen, obwohl euch das nichts nützen wird. Im Jenseits gelten dieselben Gesetze.«

Magda Göbbels verteidigte sich ein weiteres Mal. »Wir sind nur Frauen. Der Führer hatte das Sagen.«

»Nur Frauen? Du verhöhnst deinesgleichen? Was spielt es für eine Rolle, welchem Geschlecht du angehörst? Hitler hat den Pfad verlassen, als ihn der trügerische, süße Geschmack grenzenloser Macht auf der Zunge lag. Habt ihr das nicht erkannt? Ihm zu folgen war dumm. Krieg vernichtet die Lebensgrundlage aller Lebewesen und dient nur dem Egoismus des Kriegstreibers. Er hat die Gesetze der Ewigkeit so heftig missachtet, dass er im Jenseits unfassbar grausam bestraft wird.«

Fassungslos beobachtete Theres, wie die beiden Damen, die sie insgeheim verehrt hatte, die Häupter senkten. Das Urteil würde hart ausfallen.

»Er ist zu einer der Seelen geworden, die auf ewig im Nichts umherirren. Ich versichere euch, dass ihr keine Ahnung davon habt, was Ewigkeit bedeutet.« Die gehörnte Richterin verzog den Mund zu einem fiesen Grinsen. »Ich will es euch erklären. Individuen, ganz gleich, auf welcher Seite der Waagschale sie einst saßen, verlassen den Kreislauf aus Geburt und Tod. Sie schwirren zwischen den Welten, rastlos und ruhelos.« Pfeilschnell huschten die blitzenden Augen des Wesens zu Theres und schürten deren ohnehin starke Panik. »Was es heißt, nie mehr Ruhe zu finden, das kannst du dir sicher vorstellen, Theresia Pfeifer, geborene Bauer.« Die Gehörnte riss die Arme in die Höhe. Aus dem Flammenmeer stiegen fledermausähnliche Schemen hervor. Sie stießen klagende Rufe aus und umkreisten ihren Kopf. »Bald werden die Tage sich verdunkeln, wenn Myriaden von euch sinnlos durch die Leere ziehen. Wann werdet ihr begreifen, was eure Pflicht auf Erden ist?« Noch immer haftete ihr Blick auf Theresia. Zusätzlich streckte sie anklagend einen Zeigefinger in Richtung des einstigen Kindes, dessen Leben sie im Winter 1929 gerettet hatte. »Du, auf der meine Hoffnungen ruhten, suhlst dich im trägen Vergessen. Ein Mädchen warst du mit kristallklarem Verstand, den du jetzt mutwillig zerstörst. Verschlagen und verlogen agierst du, obwohl du dein Schicksal selbst in den Händen hieltest. Wenn du die Kraft, die du dazu aufwendest, deine Mitmenschen zu quälen, in die Gestaltung der Zukunft stecken würdest, dann würden sich Tore für dich öffnen. Du resignierst vor dem Leben und suchst Betäubung.« Die gehörnte Frau knurrte wie eine aggressive Katze. »Dich werde ich nicht durch die Pforte schicken, um den Verlorenen zu folgen. Du sollst spüren, wie sich die Hölle auf Erden anfühlt. Mehr und mehr Steinchen brechen aus der Brosche, und beim letzten Granat wirst du dir wünschen, nie geboren worden zu sein.«

Bei diesen Worten schwebte das Schmuckstück empor, löste sich von der schweigenden Zuschauerin Hannah, glitt durch die Luft und erreichte den ausgestreckten Finger des Geisterwesens.

Verzweifelt versuchte Theresia, ihren Mund zu öffnen. Sie konnte nicht einmal mehr schreien.

»Hört nun mein Urteil!«, verkündete die Richterin. »Eva Braun und Magda Göbbels, ihr beide werdet zu gegebener Zeit auf die Welt zurückkehren und wiedergutmachen, was ihr angerichtet habt mit eurer grenzenlosen Feigheit.« Nun richteten sich die blitzenden, schwarzen Augen noch einmal auf die dritte Angeklagte. »Du hast die Stärke, die dir die dunkle Seite verliehen hat, vergeudet. Werde zur leidenden, unsterblichen Warnung für diejenigen Lebenden, die dir nacheifern.«

Die bedeutungsschweren Worte verhallten zwischen den Steinwänden. In einem grell auflodernden Feuer verwandelte sich die Gestalt der Richterin. Ein dunkler Engel erhob sich in die Luft. Die schwarzen Schwingen peitschten durch den Ruß. »Wenn das Gleichgewicht noch mehr ins Wanken gerät, wird es euer aller Untergang sein. Vielleicht ist es ohnehin an der Zeit, dass ich mich zurückziehe und euch eurem Schicksal überlasse.«

»NEIN!« Hannah, die als Unbeteiligte im Hintergrund gekauert hatte, erhob sich und trat vor. »Das darfst du nicht tun!« Entschiedenheit spiegelte sich in ihren Augen. Mit dem Blick auf die Anklagebank gerichtet setzte sie forsch hinzu: »Die Menschen werden lernen, dunkler Engel. Sie müssen verstehen, was die Waagschalen der Ewigkeit bedeuten.«

»Das ist selbsterklärend. Jede Ratte, die durch die Kanäle unter euren Straßen huscht, ist sich bewusst, dass sie sich selbst ausrottet, wenn sie ihre Lebensgrundlagen vernichtet. Die Menschheit strebt nach eigenen Regeln, Regeln die niemals funktionieren werden. Völker ziehen Grenzen und töten den Nachbarn, nur weil der einen anderen Gott anbetet. Selbst ernannte Diktatoren legen fest, was ›sündhaft‹ bedeutet, und der Pöbel folgt ihnen. Männer erheben sich über Frauen, nur um die Macht nicht zu verlieren. All das widerspricht den Gesetzen der Ewigkeit. Die drei Angeklagten haben sich einst für die dunkle Seite der Waage entschieden, um diesen Irrsinn zu stoppen. Und nun schüren sie ihn.«

Die Flammen erloschen, als habe sie das Maul eines Drachen eingesaugt. Bänke und Pult verwandelten sich in zähflüssiges Pech, welches in den Ritzen des Steinbodens verschwand. Ein dunkler Teppichboden schob sich aus den höllischen Untiefen nach oben. Der Engel war verschwunden. Bald erinnerte nichts mehr an den mittelalterlich anmutenden Gerichtssaal.

Theresia saß wieder auf der Couch und starrte Hannah in die Augen. Minutenlang schwieg sie, bevor sie zu reden wagte. »Ich … ich hatte einen schlimmen Traum«, krächzte sie. »Gut, dass du gekommen bist. Magst du dich nicht zu mir setzen?« Ihre linke Hand klopfte erneut auf das Polster, als wäre nichts geschehen.

Hannah atmete heftig. Das Erlebnis von gerade eben würde sie nie mehr vergessen können. Sie öffnete den Mund, um ihrer Mutter zu antworten, schloss ihn aber wieder. Vorsichtig tastete sie nach ihrem Hals. Die Brosche mit den fehlenden Granatsteinchen war verschwunden, aber sie konnte das Schmuckstück noch immer auf der Haut fühlen, als habe es sich dort eingebrannt. Das war kein Traum gewesen. Was hatte es mit dem Geschmeide auf sich? Warum war es dem überirdischen Wesen so wichtig, ausgerechnet Theres damit zu quälen? Würde ihre Mutter zu einer leidenden Unsterblichen werden? Welche Aufgabe hatte Theresia vom dunklen Engel erhalten? Die Fragen mussten beantwortet werden.

Ihre eigene Zukunft stand ihr nach dem Einblick in die Hölle glasklar vor Augen. Das Reich der Finsternis existierte, aber es war nicht nur für abtrünnige Tote reserviert. Letztendlich würde es Diesseits und Jenseits verschlingen, sollte sich der Engel für immer abwenden. Dann fiele die Erde seinen Bewohnern zum Opfer.

Die geheimnisvolle Richterin hatte von Göttern gesprochen, die hinter fernen Grenzen angebetet wurden. Sie kannte nur den Einen, den ihr der Pfarrer als Kind im Religionsunterricht nähergebracht hatte. Von ihm stammten auch die zehn Gebote, welche das Verhalten der Christen prägten. Und auch Gottes Gegenspieler, der grausame Luzifer, war noch immer in den Köpfen von Gläubigen präsent, auch bei ihr. Er verkörperte das »Böse« im Sinne der Religion – ein Aberglaube? Diejenigen, die angeblich mit dem Teufel paktierten, saßen also lediglich auf der dunklen Seite der Waage und versuchten, das Gleichgewicht auf der Erde zu stabilisieren. Wie verhielt es sich mit weiteren Göttern, die in den zivilisierten Breitengraden wenig bis keine Akzeptanz fanden? Menschen galten als Ungläubige, wenn sie einer anderen Religion angehörten. Hannah hatte über solch tiefschürfende Themen bisher nie nachgedacht. Der dunkle Engel hatte sich ihr stets als Heilbringer gezeigt. Heute war er ihr mit Hörnern auf dem Kopf erschienen, wie der Leibhaftige. Was wäre, wenn Luzifer und Gott …?

Sie zwang sich, den Gedanken zu verwerfen. Er würde all ihre Erziehung, ihre Prägung und Werte über den Haufen werfen. Sie nahm sich vor, das geheimnisvolle Wesen eines Tages damit zu konfrontieren. Jetzt, in diesem Moment, konnte sie nur hoffen, dass der Engel die Drohung, sich zurückzuziehen, nicht umsetzen würde.

»Nein, ich gehe gleich schlafen, Mama«, antwortete Hannah. Ein klärendes Gespräch mit ihrer Mutter würde es heute nicht geben. Das Leid, das vor ihr lag, war ohnehin Strafe genug. »Nimm nicht zu viele von deinen Pillen«, setzte sie hinzu, dann schlich sie sich aus dem Zimmer und Tränen rannen über ihre Wangen. Sie konnte die schlurfenden Schritte der Mutter hören, die durch den Raum lief, vermutlich um sich eine der gelben Beruhigungstabletten zu holen. Kurz danach drang die Stimme des Quizmasters aus dem Fernseher wieder an ihr Ohr.

»Was hast du getan? Du hast über eine Lebende und zwei verstorbene Seelen gerichtet?«

»O Allwissendes, das musste ich einfach tun.«

»Vier Milliarden dieser Kreaturen weilen derzeit auf dem blauen Planeten. Was kümmern dich ein paar Individuen?«

»Sie waren Hoffnungsträger mit großem Verstand und dem Potenzial, die verheerende Lage zu verändern. Sie haben mich allesamt enttäuscht.«

»Dann suche dir neue!«

»Sie sind schwer auszumachen. Derzeit gibt es nur eine Handvoll auf dem gesamten Planeten. Meine Hoffnung schwindet.«

»Das Chaos wird die Menschen hinwegfegen und das Leben beginnt von Neuem.«

»Dann habe ich versagt, Allwissendes!«

Im Sommer des Jahres 1982

Fünf weitere Jahre waren vergangen. Die Zahl 1982 prangte von den Kalenderblättern. Der dunkle Engel hielt sich bedeckt. Weder Hannah noch Ada konnten den Kontakt zu der Welt hinter dem Regenbogen aufrechterhalten. Auch die Fähigkeit, mit Verstorbenen zu kommunizieren, war bei beiden Frauen deutlich schwächer geworden. Zwar nahmen sie die Auren der Toten gelegentlich wahr, aber sie schwiegen und wirkten resigniert. Es hatte sich etwas verändert, seitdem das geisterhafte Wesen Gericht gehalten hatte. Katastrophen überzogen den Planeten. Über Japan war vor einigen Jahren der heftigste Taifun hinweggefegt, den man seit dem Beginn der Wetteraufzeichnungen gemessen hatte. Dürre und Hunger wüteten in Afrika. Beinahe fühlte es sich so an, als habe sich ein Tor geschlossen und sperre auch diejenigen aus, die zielstrebig ihrem Pfad gefolgt waren.

In diesen Sommertagen musste Hannah oft an den Kinderarzt denken, dem sie ein Bild gemalt hatte. Lange Zeit hatte sie auf einen Brief gehofft, aber nie war Post von ihm eingegangen. Fräulein Pfeifer ahnte nicht, dass Doktor Gerhard Müller bereits vor fünf Jahren an einem schweren Herzinfarkt verstorben war. Sein Geist zeigte sich ihr nicht.

Die Arbeit im Pflegeheim bereitete ihr noch immer große Freude. Für Hannah war das Stift zur zweiten Heimat geworden, denn zu Hause regierte das Chaos. Theresia hatte das fünfzigste Lebensjahr bereits überschritten. Seit einigen Jahren gesellte sich zu den Pillen noch ein süßer Likör aus Waldbeeren, den sie in der Küche versteckte, um die Wirkung der Drogen zu verstärken. Das war aber beileibe noch nicht alles. Ihre Mutter frönte inzwischen einem »außergewöhnlichen Hobby«. Trotz der gut gefüllten Haushaltskasse, die ihr noch immer zur Verfügung stand, klaute sie im Supermarkt. Zweimal war sie dabei erwischt worden. Nur Kurts Verhandlungsgeschick als leitender Angestellter einer bekannten Getränkefirma war es zu verdanken, dass es zu keiner Verurteilung kam. Oft war Hannah hin- und hergerissen, ob sie Theresia beistehen oder gar die Rolle eines Vormundes übernehmen sollte. Ihre Mutter entgleiste zusehends, obwohl sie noch viele Lebensjahre vor sich hatte. Was, wenn die Unsterblichkeit sie zu unsäglichem Leiden verurteilen würde? Wann und wie würde das auffallen? Jenseits des hundertzwanzigsten Geburtstages? Hannah fühlte sich nicht wohl bei dem Gedanken, die Mutter-Kind-Rolle zu tauschen. Vermutlich wären ihre Kräfte schnell aufgebraucht. Andererseits war sie Resls einziges Kind. Die Gesellschaft erwartete von ihr, dass sie für die kranke Mutter sorgte. Dies stand zwar völlig konträr zu Hannahs Ansichten, doch es war müßig, ständig gegen den Strom zu schwimmen, gerade in ihrem Beruf.

Es hatte sich dennoch etwas Entscheidendes verändert im Leben der Altenpflegerin. Hannah und ihre Kollegin Bärbel Kindermann führten nun eine Beziehung. Die Liebe zwischen den Frauen musste allerdings geheim bleiben. Im Heim hätte man ein derartiges Verhältnis niemals geduldet, denn der Träger der Einrichtung war niemand Geringeres als die katholische Kirche. Und da Hannah mit ihren außergewöhnlichen Methoden in der Pflege ohnehin im Fokus des Geistlichen stand, der die Heilige Messe im Haus zelebrierte, galt es, vorsichtig zu sein.

Die Lage verschärfte sich an einem Nachmittag dramatisch, als sie Bärbel mit verheulten Augen auf der Damentoilette traf. Die mollige, kleine Frau mit dem blonden Zopf starrte fassungslos in den Spiegel, als Hannah den weiß gefliesten Raum betrat. Kurz vergewisserte sie sich, ob die drei Toilettenkabinen frei waren, dann trat sie auf ihre Geliebte zu und nahm sie fest in die Arme. »Um Himmels willen, Bärbel, was ist mit dir los?«

Diese schüttelte nur den Kopf und presste die Lippen fest aufeinander, als habe sie Angst, auch nur ein Wort zu sprechen.

Das war auch gar nicht nötig, denn Hannah benötigte keine Erwiderung. Sie hatte bereits das Plastikstäbchen entdeckt, welches auf dem

Rand des Waschbeckens lag. Zwei rote Streifen waren in dem kleinen Sichtfenster zu erkennen.

Die Altenpflegerin ergriff es mit Daumen und Zeigefinger, als sei es zerbrechlich, hielt es hoch und betrachtete es ungläubig. »Du bist schwanger?«, fragte sie mit heiserer Stimme. »Von wem?«

Augenblicklich fuhr ihr die Enttäuschung durch den Magen. Anscheinend war sie nicht die Nummer eins im Leben ihrer Kollegin.

Sie musterte deren gequält wirkendes Gesicht. Ein Verdacht keimte in ihr auf, und sie zügelte die Schärfe in ihrer Stimme. »Sag mir die Wahrheit, Babs, wurdest du von unserem Hausmeister bedrängt?«

Hannah hatte vor einem Monat schon bemerkt, dass der Mann mit den spärlichen Deutschkenntnissen Bärbel anziehend fand. Sie wusste nicht einmal, aus welchem Land er stammte. Der schweigsame Dunkelhaarige kommunizierte nur das Nötigste mit Heimleitung und Kollegen und war als Einzelgänger verschrien. Aber er liebte blonde Haare und weibliche Körperfülle.

»Er hat mich während der Nachtschicht besucht«, flüsterte Bärbel. »Frisch gebrühten Tee hat er gebracht. Ich wollte nur freundlich sein, hab ihm gedankt, aber dann …« Ihre Stimme brach, und ihr Brustkorb zitterte unter Hannahs Umarmung. »Alles ging so schnell. Bis ich mich versah, lag ich auf dem Feldbett im Eck. Er beugte sich über mich und lächelte, als wolle er mir etwas Gutes tun. Ich … ich konnte nicht einmal schreien. Ich war wie gelähmt. Danach hat er mich geküsst und irgendetwas in einer unverständlichen Sprache gemurmelt. Am nächsten Tag meldete er sich krank. Seither hat ihn niemand mehr im Heim gesehen. Die Stelle wurde neu ausgeschrieben.«

Einen Moment lang verspürte Hannah grenzenlose Wut auf diesen Menschen, der sich rücksichtslos nahm, was er wollte, ohne zu hinterfragen, was er damit anrichtete. Doch schon während die Gedanken das kribbelnde Gefühl in der Magengegend auslösten, erinnerte sie sich an weit zurückliegende Träume, in denen ihr der dunkle Engel die Gesetze der Ewigkeit erläutert hatte.

Bärbel hätte dem Hausmeister entschieden Einhalt gebieten müssen, das aber nicht getan. Vermutlich wäre ein lautes NEIN mitten in der Nacht genügend abschreckend gewesen. Viele Menschen, die sich der hellen Seite der Waage zugewandt fühlten, empfanden ein tiefes Harmoniebedürfnis, zeigten Mitgefühl und Verständnis. Oft zögerten sie zu lange und wehrten sich nicht hart genug, wenn ihre Grenzen überschritten wurden. Bärbel Kindermann gehörte eindeutig zu diesem Personenkreis. Selten vertrat die Mollige entschieden ihre Meinung oder setzte ihren Standpunkt durch. Trotzdem würde sie in der Not ihr letztes Hemd für jeden der Senioren geben. Dafür liebte Hannah ihre Kollegin.

»Ich werde den Mann finden, Babs. Du zeigst ihn bei der Polizei an.«

Die weinende Schwangere schüttelte entschieden den Kopf. »Nein, ich möchte ihn niemals mehr sehen. Bitte, zwing mich nicht dazu, Hannah. Ich war dumm, weil ich nicht um Hilfe gerufen habe. Die Kollegin vom Erdgeschoss hätte mich sicher gehört, und der Kerl wäre geflüchtet. Gleich morgen gehe ich zum Frauenarzt. Es gibt eine Möglichkeit, das Kind abtreiben zu lassen. Das habe ich in der Zeitung gelesen.«

Hannah schluckte. Ihre Freundin Bärbel schämte sich für die Schwangerschaft. Einen Moment lang presste sie die Augen zu und ließ Bilder zu, die ihre Emotionen wie einen Kinofilm auf einer imaginären Leinwand erschufen.

Nach einer Weile öffnete sie die Lider, umfasste Bärbels rundliches Gesicht und drehte es sanft in Richtung ihres Mundes. Dann küsste sie die Freundin zärtlich.

»Ich akzeptiere jede deiner Entscheidungen, das weißt du. Schlaf erst einmal ein paar Nächte drüber. Wenn du das Baby bekommen willst, dann unterstütze ich dich, wo ich kann, und es hätte zwei Mütter.«

Bärbel riss entsetzt die Augen auf. »Aber Hannerl, das ist unmöglich. Weißt du, wie die Leute über uns reden, wenn zwei Frauen, die in Sünde miteinander leben, auch noch ein uneheliches Kind aufziehen?«

Darauf konnte Hannah nichts erwidern. Bekannte und Verwandte würden mit dem Finger auf sie zeigen. Außerdem wäre ihre Arbeitsstelle massiv in Gefahr. Ein kirchlich geführtes Altersstift duldete solche Mitarbeiter niemals.

Was sollte sie der verzweifelten Schwangeren jetzt sagen? Sekunden in bedrückendem Schweigen verrannen. Dann durchbrach Hannah die Stille. Die Kämpfernatur aus ihrer Kindheit kam zum Vorschein. »Wenn zwei Menschen sich lieben, existiert keine Sünde. Und was kann das Kindlein in deinem Bauch dafür, wenn es auf eine solche Art und Weise gezeugt wurde? Hat es nicht ein Recht darauf, heranzuwachsen und sich selbst eine Meinung zu bilden, was es im Leben will? Vielleicht wird sie einst als Frau ins Weltall reisen und ferne Planeten entdecken? Eventuell wird sie einmal darüber lachen, wenn man ihr erzählt, dass es im Jahr 1982 noch keine gleichgeschlechtlichen Paare gab, die ihre Liebe offen zeigen durften?«

Ein kurzes Lächeln huschte über Bärbels verheultes Gesicht. »Woher willst du denn wissen, dass es eine SIE wird?«, fragte sie mit belegter Stimme.

»Das kann ich dir nicht sagen«, flüsterte Hannah liebevoll und küsste Bärbel auf die Nasenspitze. »Ich spüre es einfach.« Sie schwieg einen Moment. Ihre Augen wurden feucht. »Sie wird eine Frau werden, die Berge versetzen kann. Gib ihr eine Chance.«

Zwischen den Jahren 1983 und 1984

Im Frühjahr 1983 wurde Notburga Kindermann geboren. Den seltenen Namen hatten sich beide Frauen für das Mädchen ausgedacht. Namensgeberin war die Heilige Notburga, eine mutige Dienstmagd aus dem Mittelalter, die zwar nie heiliggesprochen wurde, vom Volk aber als solche verehrt wurde. Hannah war – nach einem heftigen Streit mit ihrer Mutter – daheim ausgezogen. Theres hatte ihr vorgeworfen, sie sei undankbar und würde völlig weltfremd in den Tag hinein leben. Es schmerzte sie unendlich, von der eigenen Mutter so kritisiert zu werden, obwohl sie mit deren Unverständnis ohnehin gerechnet hatte. Dafür war der Kontakt zu ihrem Vater und auch zu dessen Lebensgefährtin Petra Wollkamp enger geworden.

Das ungewöhnliche Paar lebte, zusammen mit dem Baby, in einer Mietwohnung im Stadtzentrum Nürnbergs. Bärbel arbeitete nur noch ein paar Stunden, und ihre Partnerin legte den Dienstplan so, dass sie als zweite Mama einspringen konnte. Es blieb nur wenig Geld zum Leben, aber sie waren glücklich. Die Heimleitung wusste nichts von der Beziehung der Kolleginnen zueinander. Die identische Adresse der beiden wies eher auf eine zweckmäßige Wohngemeinschaft hin, denn Mietkosten in der Großstadt waren hoch. Viele Frauen, die in schlecht bezahlten Berufen arbeiteten, teilten sich Wohnraum. Das Baby, so erzählte ein gezielt gestreutes Gerücht, stamme von Bärbels Verlobtem, der sie kurz vor der geplanten Hochzeit verlassen habe. Man bedauerte die junge Mutter und wünschte ihr von Herzen rasch einen treuen Ehemann, der auch das Baby akzeptierte.

Bereits mit elf Monaten erhob sich Notburga auf ihre kurzen Beinchen. Sie war ein absoluter Sonnenschein, lachte viel und sprach kurz nach dem ersten Schritt auch ihr erstes Wort. Als das geschah, war Hannah zu Hause, denn Bärbel hatte im Seniorenheim eine lange Schicht übernommen. Die Kleine mit den blonden Löckchen legte das rote Holzflugzeug zur Seite, welches ihr Hannah geschenkt hatte. Konzentriert stierten ihre Äuglein den Gummibaum an, der in einer Zimmerecke stand. Plötzlich hob sich ihr dralles Ärmchen, als wolle sie auf etwas hinweisen. Notburga gluckste und brabbelte: »Mau mau.«

Die Altenpflegerin fuhr wie vom Blitz getroffen herum. Das Baby redete. Notburgas erstes Wort simulierte eindeutig die Laute einer Katze. Ihr Vater hatte ihr erzählt, sie habe genau dasselbe getan.

Einen Moment hielt sie den Atem an. Hier ging etwas Seltsames vor sich, das spürte sie, denn in der Stadtwohnung gab es keine Samtpfoten und die Kleine kannte solche Tiere nur aus dem Bilderbuch. Wen oder was hatte Notburga da entdeckt? Sah sie Geisterkätzchen?

Sie ließ das Geschirrtuch fallen, welches sie gerade benutzte, um Teller abzutrocknen, eilte zu Notburga und ließ sich neben ihr auf dem Fußboden nieder. Sie deutete mit einem Zeigefinger auf die Zimmerpflanze. »Hast du ein *Mau-Mau* gesehen?«, fragte sie behutsam.

Das Mädchen quietschte vergnügt und rutschte auf allen vieren näher an den Blumenstock heran. Ihre Fingerchen versuchten etwas zu greifen.

Es war nichts zu sehen, außer einigen Staubflusen, die sich hinter dem Tontopf auf dem Parkett versteckt hielten.

»Mau mau«, wiederholte die Kleine und strahlte.

Hannah spürte eine eigenartige Kälte, die ihr urplötzlich über den Rücken kroch. Sie folgte den Bewegungen des Kindes und konzentrierte sich. Ihre Fähigkeit, verstorbene Wesen zu erkennen, hatte sich im Lauf der Jahre verschlechtert, genauso wie die Begabung, den dunklen Engel zu sehen oder gar das Tor zu einer anderen Welt, welches sich ohnehin nur wenigen zeigte. Jetzt kehrten die kribbelnden Gefühle, die sie stets dabei empfunden hatte, zurück.

Waren da nicht zwei Schemen, die an der Wand entlangstreiften und die Zimmerpflanze umrundeten? Sie unterdrückte ein Blinzeln und starrte auf die Stelle. Ihre Augen begannen zu brennen.

Da! Die Schatten von zwei Kätzchen mit hocherhobenen Schwänzen.

Was taten die Geistertiere in dieser Wohnung? Wieso war Notburga in der Lage, sie aufzuspüren? Was geschah hier? Verfügte Bärbels Tochter, ebenso wie sie, über außergewöhnliche Fähigkeiten, obwohl sie nicht mit ihr verwandt war?

Überwältigt von der Entdeckung streckte sie die Hand nach den Schemen aus und bestätigte ganz leise: »Mau mau.«

Bärbel käme spät nach Hause. Wie sollte sie ihr nur erklären, was heute passiert war? Sie würde die Geschehnisse scharf verurteilen. Die Welt der Mystik gehörte nicht zu den Leidenschaften ihrer Lebensgefährtin. Sie musste Babs überzeugen, dass Notburgas Fähigkeiten einzigartig waren.

Ein Gedanke schoss ihr durch den Kopf. Hatte da ein höheres Wesen seine Finger im Spiel? Kehrte der Engel zurück? Gab es wieder Hoffnung?

Sie zog das Kind zu sich. Vorerst würde sie vor Bärbel über den Vorfall schweigen.

Die Altenpflegerin konzentrierte sich auf die Zimmerecke, in der die Schatten umhergehuscht waren. »Dunkler Engel«, murmelte sie. »Zeige dich mir!«

Nichts geschah. Der Gummibaum veränderte sich nicht, stand unbeweglich an seinem Platz. Die Nachmittagssonne, die schräg durch das Fenster hereindrang, ließ das Grün der fleischigen Blätter intensiv leuchten.

Notburga gluckste und griff mit ihren Fingerchen nach Hannahs Nase.

Ihre Konzentration reichte nicht mehr, das Wesen aus der verborgenen Welt zu beschwören.

Sie probierte es ein weiteres Mal und schloss die Augenlider halb, sodass sie nur noch schemenhaft die Pflanze erkennen konnte.

Dieses Mal fühlte sie die tiefe Ruhe, die mit jeder Erscheinung aus dem Totenreich über sie gekommen war. Im Zimmer wurde es schlagartig kühler. Die Blätter der Zimmerpflanze bewegten sich ganz sacht, als habe sie ein Windhauch erfasst. Eine schmutzig braune Aura bildete sich rund um den Baum. Starr heftete sie den Blick auf die Erscheinung.

Es schien zu funktionieren.

Wieder gluckste Notburga und streckte die Händchen aus. Doch nun klang sie quengelig. Unruhig wand sie sich in den Armen ihrer Zweitmutter. Das Baby nahm die seltsamen Veränderungen ebenso wahr. »Mau mau«, formte der Babymund fordernd, doch Hannah war zu abgelenkt.

Fasziniert beobachtete sie die sich verändernde Aura, in der jetzt winzige Sternchen zu tanzen begannen. Beinahe wirkte der Gummibaum, als trage er eine weihnachtliche Lichterkette. Die Blätter verschwammen in einem Strudel aus Brauntönen und formten einen Durchgang. Die schemenhafte, ovale Geheimtür offenbarte den Blick auf ein waberndes Dunkel.

Augenblicklich erinnerte sich Hannah an die Pforte, die sie bei Großvaters Tod erblickt hatte. Allerdings war die sehr viel größer gewesen. Opa Georg war problemlos hindurchgeschritten. Hier könnte nur eine Katze …

Hannah erschrak.

Blitzschnell entwand sich Notburga ihren Armen.

»Mau mau«, brabbelte das Baby und krabbelte wieselflink auf den Durchgang zu.

Hektisch stürzte sie dem Kind hinterher. Ihre Augen erkannten nun Schatten, die um die schmale Öffnung kreisten wie Fledermäuse auf der Jagd. Sie wirkten bedrohlich, nicht einladend wie das Regenbogenland, das sie in ihrer Kindheit gezeichnet hatte.

Wohin waren die Kätzchen verschwunden? Was verbarg sich hinter der Pforte?

Eiskalte Angst schoss ihr durch die Glieder. Ihre Hände grapschten nach dem Baby.

»Notburga!«, schrie sie. »Komm da weg!«

Das kleine Mädchen begann augenblicklich zu weinen. Hannahs Kreischen ängstigte sie. Doch es war bereits zu spät.

Mit schreckgeweiteten Augen erkannte die Altenpflegerin, dass beide Kinderärmchen schon im Dunkel des Durchgangs steckten.

»Mau mau!«

Der Körper des Mädchens flutschte hindurch, als habe jemand auf der anderen Seite ihre Hände gepackt, um daran zu ziehen.

Hannah fing an zu weinen. Noch nie zuvor hatte sie beim Anblick von Erscheinungen mit den Tränen gekämpft. Jetzt aber, als dieses düstere Loch die Kleine regelrecht verschluckte, überrollten sie Angst und Verzweiflung. Irgendetwas hatte sich im Jenseits drastisch verändert.

»NOTBURGA!«, brüllte sie noch einmal.

»Maauu maauu miau«, drang an ihre Ohren. Diesmal stammten die Laute definitiv von einer Katze.

Die Worte ihrer Tante Ada fielen ihr schlagartig ein. Wie oft hatte sie mit ihr über das Leben nach dem Tod geredet. Es gab nichts Bedrohliches hinter dem Regenbogen.

Vorsichtig näherte sich ihr Kopf dem wabernden Oval. Kühle, übel riechende Luft schlug ihr daraus entgegen. »Dunkler Engel«, jammerte sie verzweifelt. »Warum zeigst du dich nicht?«

Nichts geschah, nur die fledermausartigen Schatten durchzogen unruhig die schmutzige Aura.

Hannah betrachtete ihre Hände, als enthielten sie die Lösung. Ihr Körper würde niemals hindurchpassen. Und selbst wenn sie die enge Pforte passieren könnte, dann hätte Bärbel alles an Liebe in ihrem jungen Leben verloren. Sie wusste von Ada, dass eine Rückkehr nach Betreten der dahinterliegenden Welt so gut wie unmöglich war. Unentschlossen drehte sie ihre Hände hin und her, dann faltete sie sie zusammen wie zum Gebet und schob sie auf den Eingang ins Unbekannte zu.

Es fühlte sich an, als habe sie Kühlgel auf ihre verkrampften, zitternden Finger aufgetragen. Beide Arme verschwanden bis zu den Ellbogen im dunkelbraunen Sumpf, der undurchdringlicher nicht wirken könnte. Hannah tastete mit den Fingerkuppen. Konnte sie Notburga vielleicht packen und zurückziehen?

Immer wieder griff tiefe Verzweiflung nach ihrem Verstand.

Irgendetwas streifte ihren linken Ringfinger, dann spürte sie eine Berührung auf dem Handrücken.

Reflexartig versuchte sie, die Arme zurückzuziehen … Es ging nicht. Eine unbekannte Kraft hielt sie gefangen, doch nicht nur das.

Augenblicklich bemerkte sie den starken Sog, der an ihr zerrte wie ein monströser Staubsauger. Ihr Kopf und ihr Oberkörper verschwanden im Oval, das sich anfühlte wie zäher Kautschuk. Eine graubraune Masse, durchzogen von winzigen Lichtpunkten, umgab sie. Ihren Körper konnte sie nicht mehr wahrnehmen. Auch der Schrei, der ihr noch immer in der Kehle steckte, blieb aus.

Eine unfassbare Reise begann. Sie raste durch einen Tunnel. Er schien sich mehr und mehr zu verbreitern, aber noch dominierte die schmutzig wirkende Farbe mit den vereinzelten Lichtblitzen.

Hannahs Angst wuchs ins Unermessliche. All die Erinnerungen an die Erscheinungen aus ihrer Kindheit wichen einer bösen Vorahnung. Existierte das Regenbogenland nicht mehr? War es zu einer Hölle verkommen?

Nach einer gefühlten Ewigkeit erspähten Hannahs Pupillen das Ende der eigenartigen Röhre, die sich wie ein riesiger Trichter öffnete. Eine Landschaft schälte sich aus den braunen Wirbeln. Endlich löste sich auch der unterdrückte Schrei aus ihrer Kehle, denn der Anblick, der sie nun erwartete, ließ sie noch mehr erschaudern.

Bärbel beendete nach dem alarmierenden Anruf der Polizei im Altenheim sofort den Dienst und fuhr mit der Straßenbahn zum Nürnberger Nordklinikum. Nun saß sie mit rot geheulten Augen in einem kahl wirkenden Warteraum und starrte auf die Kranken, die ihr gegenüber auf Plastikstühlen kauerten. Sie alle warteten auf eine ambulante Behandlung. Bärbel sehnte lediglich neue Nachrichten herbei, die ihr die streng wirkende Krankenschwester wohl bald bringen würde.

Die Polizei hatte ihr am Telefon mitgeteilt, dass die Nachbarin einen gellenden Schrei aus ihrer Wohnung vernommen hätte. Nachdem niemand auf ihr Klingeln reagierte, setzte die alleinstehende Rentnerin den Notruf ab. Sanitäter brachen zusammen mit der Feuerwehr die Tür auf und fanden eine Erwachsene und ein Kind bewusstlos unter dem Gummibaum liegen. Ersten Vermutungen zufolge könne ein seltenes Bakterium aus dem Erdreich des Blumentopfes die beiden befallen haben. Die Nachforschungen dauerten noch an. Vorrangig für die Ärzte war jetzt, insbesondere das kleine Mädchen zu stabilisieren. Sie lag auf der Intensivstation und musste beatmet werden.

Immer wieder zuckten Bärbels Hände, wenn eine der hektisch wirkenden Pflegekräfte im weißen Kittel an ihr vorbeihuschte. Am liebsten hätte sie nach ihnen gegriffen, sie festgehalten, bis sie ihr verkündeten, dass Baby und Freundin außer Lebensgefahr seien. Doch es vergingen fast zwei Stunden, bis ein älterer Arzt zielgerichtet auf sie zuschritt.

»Sind Sie Frau Kindermann?«

Die Angesprochene hob den Kopf und starrte den Mediziner mit rot umrandeten Augen an. »Ja, die bin ich. Bringen Sie mir endlich Neuigkeiten?«

»Sie sind die Mutter des Kindes mit Namen Notburga Kindermann?«

»Ja … ja … natürlich!«, antwortete Bärbel eine Spur zu laut und erhob sich. »Nun sprechen Sie schon. Wie geht es der Kleinen. Ist sie wach? Kann ich sie sehen?«

Der Arzt verschränkte die Arme vor dem Körper. »In welchem Verwandtschaftsverhältnis stehen Sie denn zu Fräulein Pfeifer?«

»Um Himmels willen. Was tut das jetzt zur Sache? Ist Hannah aufgewacht? Warum lassen Sie sich denn jedes Wort aus der Nase ziehen?«

Einige andere Patienten wurden auf die Konversation aufmerksam und begannen zu tuscheln. Dem Mediziner blieb das nicht verborgen. Das war seinem Gesichtsausdruck anzusehen.

»Kommen Sie mit!«, forderte er die verzweifelte Mutter mit dem langen Zopf auf.

Bärbel folgte dem Doktor in einen kleinen Behandlungsraum.

Dieser schloss die Tür und wies auf einen Hocker. »Hier können wir ungestört reden. Im Warteraum gibt es zu viele neugierige Ohren.« Der grauhaarige Mediziner versuchte zu lächeln, um Bärbel zu beruhigen. Aber das gelang ihm nicht.

Hemmungslos schluchzte sie los. »Ich will doch nur wissen, wie es meinen beiden Lieben geht. Was ist daran so schwer zu verstehen?«

Der Arzt seufzte, ließ sich ebenfalls auf einen fahrbaren Hocker sinken und antwortete: »Notburga Kindermann und Hannah Pfeifer liegen noch immer auf der Intensivstation. Das Baby können Sie im Anschluss an dieses Gespräch gern sehen. Sie sind ja die Mutter und haben sich an der Anmeldung ausgewiesen. Aber was die zweite Person betrifft …«

»Ich verstehe Sie nicht, Herr Doktor. Wollen Sie mir schlimme Nachrichten vorenthalten?« Ihr Satz ging in einem Jammern unter.

Der Mediziner näherte sich auf seinem fahrbaren Hocker. Die nächsten Worte wählte er mit Bedacht. »Über den Gesundheitszustand eines Patienten dürfen wir nur engen Verwandten oder Ehepartnern Auskunft erteilen. Sind Sie denn mit Frau Pfeifer verwandt?«

Bärbel hob den Blick aus angeschwollenen Lidern. Einen Augenblick lang bebten ihre Lippen, bevor sie die unangenehme Wahrheit aussprach: »Hannah Pfeifer ist meine Lebensgefährtin. Zwischen uns gibt es keine Geheimnisse.«

Die Mundwinkel des Arztes zuckten leicht. Es kam sehr selten vor, dass sich eine Frau zu einer gleichgeschlechtlichen Beziehung bekannte. Trotzdem reagierte er professionell. »Rein rechtlich zählt das nicht als Verwandtschaftsgrad.« Als er das entsetzte Gesicht seines Gegenübers erblickte, setzte er leise hinzu: »Aber zumindest ist es durch diese Tatsache unwahrscheinlicher, dass es sich um einen versuchten Mord mit anschließendem Suizid handelt.«

Ein Ächzen löste sich aus Bärbels Kehle. Sie hielt sich für einen Moment die Hand vor den Mund und schüttelte den Kopf. Ihr langer Zopf pendelte hin und her. »Das ist ohnehin ausgeschlossen. Hannah ist ein lebensfroher, liebevoller Mensch. So etwas würde sie niemals tun. Und Notburga ist unser beider Sonnenschein.« Ihr Blick senkte sich. »Aber das können Sie vermutlich nicht verstehen.«

Die sauber geschrubbten Hände des Mediziners berührten sie sanft an den Schultern.

»Doch, ich kann das sehr gut nachempfinden, Frau Kindermann. Nur gibt es eben keine Gesetzesgrundlage, die eine Liebe zwischen zwei Männern oder Frauen der Ehe gleichstellt.«

Bärbel nickte verständnisvoll, blieb aber stumm. Die Aussage des Mediziners bestätigte nur die immense Last, gegen den Strom der Gesellschaft zu schwimmen.

Der Arzt erhob sich vom Hocker. »Wenn Sie mir auf dem Weg zur Intensivstation noch mitteilen, ob Frau Pfeifer enge Verwandte hat, die wir informieren sollen, dann schaue ich, was sich machen lässt. Leider werden weder Ihr Kind noch Ihre Lebensgefährtin sie derzeit erkennen. Ihr Zustand ist besorgniserregend, aber nicht hoffnungslos. Unser Labor versucht unter Hochdruck zu ermitteln, welcher Eindringling durch die Blutbahnen der Patientinnen geistert.«

Bärbel und der Arzt verließen das Behandlungszimmer, schritten an den neugierig schielenden Wartenden vorbei und betraten einen Aufzug, der sie in den ersten Stock brachte. Schweigend durchquerten sie einen langen Flur. Vor der Schiebetür mit der Aufschrift »Intensiv – kein Zutritt« hielt der Doktor inne, musterte Bärbel eindringlich und fragte: »Gibt es denn einen Vater zu Ihrem Kind, der Bescheid wissen sollte?«

Sie sagte nichts. Ihre überquellenden Augen schienen ihm nach einigen Sekunden als Antwort zu genügen. Behutsam öffnete er die Tür.

Zeitgleich passiert Ungewöhnliches

Hannahs Körper fiel herab und landete auf ausgetrocknetem Boden. Schwefelgelber Himmel überspannte eine überwiegend braune Landschaft. Kein Regenbogen zeichnete sich am Horizont ab, dafür aber Wirbel in weiter Ferne. Sie ähnelten kleinen Tornados. Ihre verzweifelten Augen erblickten Laubbäume, an denen spärliche, dürre Blätter im kühlen Wind tanzten. Die Äste waren verkohlt, als habe ein Brand gewütet. Ein Bach schlängelte sich träge zwischen den sterbenden Birken und Buchen dahin. Das Wasser wirkte verunreinigt und schimmerte grünlich. Nichts erinnerte mehr an den kurzen Eindruck, den Hannah als Kind vom Land hinter der Pforte gewonnen hatte.

Mühevoll kämpfte sie sich auf die Füße. »Notburga?«, rief sie schwach und drehte sich einmal um sich selbst.

Der Durchgang, der sie in dieses schreckliche Land gespuckt hatte, war verschwunden. Sie lauschte, doch nirgends war kindliches Lachen, Weinen oder Brabbeln zu hören.

Etwas anderes erfüllte die Luft. Ein leises Ächzen und Jammern, welches sich zu einem einzigen wimmernden Ton verband, drang an Hannahs Ohren. Sie lief ein paar Schritte in die Richtung, aus der sie das Geräusch zu hören vermutete. Der Boden unter ihren nackten Füßen wies Risse auf. Kein Grashalm spross zwischen den trockenen Lehmbrocken empor. Die verzweifelte Frau schaute an sich herab. Auf der irrwitzigen Reise hatte sie die Hausschuhe verloren. Sie schlang die Arme um ihren Körper, drängte die ungewohnte Angst zurück und ging weiter. Das Wimmern in der Luft wurde lauter.

Da waren Vögel – viele Vögel! Sie hatten eine ungewöhnliche Formation gebildet und umkreisten in Ellipsen und Schleifen eine größere Ansammlung von kahlen Laubbäumen. Ihre seltsamen Laute erinnerten an das Klagen Tausender menschlicher Kehlen. Immer wieder scherten einige Tiere aus dem Kurvenflug aus, trudelten ziellos durch den gelben Himmel, bis sie sich dann erneut in den Schwarm eingliederten.

Hannah schirmte mit beiden Händen die Augen ab, um im Zwielicht mehr zu erkennen. Immer mehr näherte sie sich den taumelnden vogelartigen Wesen. Es mussten Abertausende, wenn nicht Millionen sein. Der Horizont war dunkel gefärbt von ihren fledermausartigen Schwingen.

Ängstlich und doch fasziniert bewegte sie sich weiter. Ihr blieb ohnehin keine andere Wahl, wenn sie Notburga finden wollte.

Als sie sich dem verdorrten Wäldchen näherte, überlagerte das Flirren der Flügel die klagenden Laute aus den Kehlen der seltsamen Tiere. Am liebsten hätte sich Hannah die Ohren zugehalten.

Es handelte sich nicht um Vögel. Ihre Leiber schillerten in dunklen Violetttönen und ledrig wirkende Flughäute ließen sie durch den schwefelgelben Himmel gleiten. Sie trugen menschliche Gesichter, in Schmerz und Pein verzerrt.

Paralysiert verharrte die Dunkelblonde, die noch immer nicht wusste, ob sie noch lebte oder bereits als Seele in einer unbekannten Welt existierte.

Eines der Wesen scherte aus, klappte die Flughäute an und steuerte im Sturzflug auf Hannah zu. »Hilf mir«, flüsterte es. Ein faltiges Frauengesicht im Kopf einer Fledermaus starrte sie an. »So hilf mir doch!«

Schlagartig erwachte die Dunkelblonde aus der angstvollen Lethargie. Immer mehr Flügeltiere nahmen Kurs auf sie. Reflexartig riss sie die Arme über den Kopf, scherte aus und rannte weg von den toten Bäumen. Das Flüstern, das Jammern, das Klagen und Schreien jedoch verfolgten sie unerbittlich.

Sie stolperte und stürzte.

»So hilf doch, hilf, hilf!«, zischelte es rings herum.

Hannah blieb bewegungslos liegen, presste die Hände auf die Ohren. Das musste die Hölle sein, so wie sie der dunkle Engel beschrieben hatte. Aber warum? Hatte sie den Pfad unwissentlich verlassen und musste büßen, wie ihre Mutter Theres zu Lebzeiten?

Sie hatte versagt … Sie hätte Notburga schützen müssen. Es war zu spät.

Zu spät?

Die Hilferufe verstummten schlagartig.

»Weg mit euch! Wagt es euch nicht mehr, sie anzugreifen«, drohte eine menschliche Stimme ganz in ihrer Nähe.

Hannah rollte sich herum und blinzelte ungläubig. Im diffusen Lichtschein stand hoch aufgerichtet eine stolze Frau. Sie trug einen Overall und kurzes, aber kräftiges, weißes Haar umrahmte ein forsches, braun gebranntes Gesicht. Im rechten Mundwinkel steckte ein Zigarillo.

Überrascht setzte sich die Dunkelblonde auf. »Edelgard?«, krächzte sie. »Edelgard von Walden?«

»Hab ich mich so verändert?«

Die Dame wirkte nicht wie die Schemen aus dem Jenseits, die Hannah als Kind erblickt hatte. Ihre Umrisse waren klar zu erkennen.

»Ich muss furchtbar ausgesehen haben an jenem Abend vor meinem Tod.« Sie lachte auf und stemmte die Hände in die Hüften. »Schon kurz nachdem ich durch das Portal in mein paradiesisches Schreibzimmer getreten bin, fühlte ich mich wieder jung und fit. Ich setzte mich an den Sekretär und begann ein neues Buch zu schreiben. Der Leidenschaft frönte ich, bis sich hinter den Fenstern die Landschaft veränderte und der Himmel den Hauch des Verderbens trug. Erst dann ging ich auf Wanderschaft und entdeckte Schreckliches.« Sie fuchtelte winkend mit den Händen. »Aber nun komm. Steh auf und folge mir. Ich hab die Kleine vor den ziellosen Wanderern in Sicherheit gebracht.«

»Vor wem? Meinst du die Fledermauswesen?« Hannah runzelte die Stirn. Noch ergaben die Eindrücke keinen Sinn für sie.

Edelgard seufzte, streckte ihr einen Arm entgegen und half ihr auf die Füße. »Jeden Tag werden es mehr. Es sind Seelen, die umherirren. Sie alle haben ihren Pfad zu Lebzeiten verlassen und bevölkern nun die Ödnis. Ein paar wenige schaffen es zurück und wagen die Wiedergeburt. Die meisten allerdings verdunkeln den Himmel im Jenseits, sind planlos und desorientiert. Ihre Existenz drüben war geprägt von

Egoismus und Lügen. Sie sind den Weg des geringsten Widerstands gegangen, haben die Gesetze der Ewigkeit missachtet und nun befinden sie sich im endlosen Zirkel der Sinnlosigkeit.«

Hannah nickte beeindruckt. Genauso hatte es der dunkle Engel beschrieben. Die Folgen für die Menschheit wären fatal, würde sie sich nicht besinnen.

Jetzt allerdings war sie Edelgard erst einmal eine Erklärung schuldig. »Notburga, unser Töchterchen, entdeckte plötzlich Geisterkätzchen, die wohl durch einen Riss zwischen den Welten hindurchgekrochen sind. Daraus formte sich ein Portal, durchdrungen von schmutzig brauner Farbe. Die Kleine wurde hindurchgezogen, so wie ich auch.«

Edelgard ließ den Rauch des Zigarillos durch die Nasenlöcher entweichen. »Katzen spüren die Bedrohung durch die ziellosen Wanderer. Sie suchen intuitiv nach Lebenden, die noch in der Lage sind, ins Jenseits zu schauen. Euer Baby verfügt über außergewöhnliche Fähigkeiten. Diese sind rar gesät, seitdem … aber nun komm!«

Hannah stand wieder auf nackten Füßen. Mit einem letzten fassungslosen Blick auf die Formationen von dunklen Flügelpaaren folgte sie Edelgard, der sie einst die Angst vor dem Tod genommen hatte. Nun war sie es, die ihr Zuversicht schenkte.

Nach einem minutenlangen strammen Marsch durch eine endlose Trostlosigkeit erkannte Hannah einen Regenbogen. Blass zeichnete er sich im Gelb des Tageshimmels ab. Fantasierte sie?

Edelgard hielt zielstrebig darauf zu und schürte damit einen winzigen Hoffnungsschimmer. Gern hätte sie jetzt all die bohrenden Fragen gestellt, die ihr im Magen brannten, verkniff sie sich jedoch in Anbetracht der Lage.

Je näher sie dem Bogen kamen, desto mehr durchdrang strahlendes Licht die Trostlosigkeit. Die Helligkeit stimmte sie zuversichtlich. Hannah erkannte einzelne Steinquader, die zu schweben schienen. Sie strahlten Ruhe und Stabilität aus.

Jetzt sah sie auch die vielen Katzen, die dort patrouillierten wie Wächter. Graue, gefleckte, gestromte Samtpfötchen beobachteten, wer sich dem Bogen näherte. Ohne das geringste Zögern schritt sie hinter Edelgard von Walden tapfer darauf zu. Alles war besser als die kühle, unwirtliche, trostlose Einöde der ziellosen Wanderer.

Strahlen aus farbigem Licht fuhren wie Blitze aus dem Regenbogen heraus und hüllten sie ein. Für einen kurzen Augenblick spielte sie mit dem Gedanken, hierzubleiben und eine Rückkehr zu verwerfen.

»Die Tiere bewachen unseren Rückzugsort«, erklärte Edelgard überflüssigerweise. »Vor ihnen haben die ziellosen Wanderer großen Respekt. Wir hoffen, dass das noch lange so bleibt.«

Aber die Altenpflegerin, deren Seele gerade zwischen Leben und Tod schwebte, hatte dies ohnehin erkannt.

Der Apparat über Hannahs Bett fing an zu piepsen. Ihr Puls stieg rasant an. Bärbel schreckte hoch.

Zuvor war sie lange am Bett ihrer Tochter Notburga gesessen. Die Leichenblässe ihres Kindes, das auf dem viel zu großen Kissen ruhte, und der dicke, durchscheinende Schlauch, der in einer Fixierung zwischen deren Lippen steckte, bereiteten ihr nagende Schmerzen. Bärbel hatte es nicht mehr mit ansehen können, wie sich der Brustkorb des Kindes im Takt der Maschine auf und ab bewegte. Deswegen war sie zu Hannahs Bett geeilt. Sie erhoffte sich dort etwas Trost. Wäre deren Zustand nicht so verdammt ernst gewesen, hätte Bärbel schwören können, sie habe ein Lächeln auf den Lippen ihrer Geliebten erkannt.

Eine Krankenschwester eilte herbei, warf einen Blick auf die Patientin und den Apparat darüber, dann rief sie nach dem Arzt. Sekunden später erschien dieser im Laufschritt. Bärbel erhob sich intuitiv und trat alarmiert vom Bett zurück.

»Kammerflimmern«, verkündete der Doktor trocken und schob die Ärmel seines Kittels nach oben. »Bitte verlassen Sie das Zimmer!«

»Aber …«, jammerte Bärbel, wurde jedoch barsch abgewürgt.

»Jetzt! Sofort!« Die Stimme des Mediziners klang schrill.

Wie immer in solchen Situationen ergab sich die Mollige der Situation. Die Tränen ignorierend, die ihr in die Augen schossen, nickte sie stumm und schlich aus dem hoch technisierten Krankenzimmer wie eine scheue Katze.

Lieber Gott, was habe ich nur verbrochen? Warum nimmst du mir alles, was ich im Leben lieb gewonnen habe?

Bärbel war nie übermäßig gläubig gewesen. Aber während sie die Tür hinter sich schloss, war es ihr, als würde ihr Gott tatsächlich Gehör schenken. Unter Schluchzen betete sie leise weiter.

Das Licht veränderte die Landschaft zusehends. Mit jedem Schritt gaben die wärmenden Strahlen mehr von einem Paradies preis, welches Hannahs kühnste Erwartungen übertraf. Der Regenbogen war nicht mehr weit. Bäume, an deren Ästen wieder Laub hing, säumten einen schmalen Pfad, der über hügelige Wiesen hinwegführte.

Helles Maunzen ließ die Dunkelblonde aufhorchen. Edelgard stoppte. Hinter einem dicken Baumstamm quollen junge Kätzchen hervor, als habe man die Tür eines Käfigs geöffnet. Sie sprangen an Notburgas Beinchen hoch und hieben spielerisch nach den Trotteln, die von ihrer Strickjacke baumelten.

»Mau mau«, brabbelte das Kleinkind quietschend und lächelte ihre Zweitmutter an.

»Burgl! Da bist du ja!« Glücklich stürmte Hannah auf das Mädchen zu, ließ sich auf die Knie sinken und schloss es samt den spielenden Kätzchen in die Arme.

»Anna da mau mau«, sagte Notburga.

Flüssiges Gold strömte durch Hannahs Adern, so erleichtert war sie in diesem Moment. Dem Mädchen war allem Anschein nach kein Haar gekrümmt worden.

Am liebsten hätte sie jetzt alles Irdische abgelegt und dem Vergessen die Türen geöffnet, aber Edelgard mahnte: »Ich verstehe deine Gefühle. Jedem, der auf den Regenbogen zuschreitet, geht es so. Man will nicht mehr umdrehen. Aber das Jenseits ist bedroht und nur die Lebenden können es retten. Weder du noch das Kind dürfen hierbleiben. Auf euch warten entscheidende Aufgaben.«

Hannah erhob sich. Notburga schmiegte sich an einen Oberschenkel ihrer Zweitmama.

»Ich verstehe dich nicht, Edelgard. Du sprichst gerade in Rätseln.« Ihr Blick wurde ernst. »Wie soll es möglich sein, das Paradies zu bewahren?«

Frau von Walden zog die Augenbrauen hoch. »Der dunkle Engel muss wieder in Erscheinung treten. Er hat die Macht, dich und die Kleine zurück ins Leben zu schicken. Dort müsst ihr das Geheimnis lüften und die Waage ins Gleichgewicht bringen.«

»Also sind wir bereits tot?« Hannah schluckte und ihre Augen glitten besorgt über die Locken des Mädchens.

»Ihr haltet euch in einem fragilen Zustand dazwischen auf. Wäre ich nicht gekommen, hättet ihr es niemals in die Nähe des Regenbogens geschafft. Denn der ist den Verstorbenen vorbehalten, die treu ihrem Pfad folgten. Sie bereiten sich auf ihre Wiedergeburt vor. Die wenigsten wollen hierbleiben in Anbetracht der bedrohlichen Lage. Wir bekämpfen die ziellosen Wanderer zurzeit ohne die Hilfe des Engels, den die allermeisten von uns hier in der Stunde des Todes mit schwarzen Flügeln gesehen haben.« Edelgard seufzte und verschränkte ihre Arme vor dem Körper. »Noch haben wir die Sache im Griff«, bekräftigte sie. »Früher oder später brauchen wir Hilfe. Ich weiß, das klingt jetzt überraschend. Aber ich vermute, das geflügelte Wesen, das die Farbe seiner Federn wechselt, ist von den Menschen enttäuscht.«

»Wie darf ich das verstehen?« Hannah schüttelte leicht den Kopf. »Das geflügelte Wesen leitet jegliche Geschicke.«

»Das dachte ich auch«, bestätigte die Weißhaarige. »Aber dazu benötigt es die ewigen Gesetze, die von den Menschen zuhauf missachtet werden.« Edelgards Hand wies hinter sich, wo braune Schwaden durch gelblichen Himmel zogen. »Du bist gerade hindurchgewandert. Du hast sie gesehen, all die Seelen, die nicht begreifen wollen. Sie hielten sich vor ihrem Tod für mächtig und schlau, fühlten sich auf der Seite der ›Guten‹, dabei haben sie die Waage schon lange verlassen und werden zur Gefahr.« Leiser setzte sie hinzu: »Wenn sich nichts ändert, wird die Welt untergehen.«

Hannahs Augen wurden riesig. »Dagegen müssen wir etwas unternehmen!«

Die Weißhaarige lachte auf. »Das war die richtige Antwort. Genau so habe ich dich eingeschätzt von dem Tag an, an dem ich dich an meinem Krankenbett zum ersten Mal erblickt habe. Eine Handvoll derer, die verstanden haben, wie das Leben funktioniert, werden uns helfen. Nun komm! Ich weiß, wo wir das Wesen, welches wir als dunklen Engel bezeichnen, finden können. Aber bitte wundere dich nicht über sein derzeitiges Äußeres.«

Zur selben Zeit in Theres' Wohnzimmer

Wie ein Tiger wanderte Theres in ihrem feudalen Wohnzimmer auf und ab. Die drei Tabletten, die sie im Laufe des Tages geschluckt hatte, wollten nicht mehr wirken. Unruhe drohte ihr die Luft abzuschnüren. Immer wieder griff sie mit der rechten Hand an ihren Hals, versuchte den unsichtbaren Strick zu packen, der sich mehr und mehr zuzog. Sie war allein zu Hause. Hektisch schielte sie zum Telefon. Sollte sie den Notarzt anrufen? Die Gefahr, dass man sie in die Psychiatrie einwies, war groß. Schon einmal hatte sie der herbeigerufene Rettungswagen in der geschlossenen Abteilung des Klinikums Nürnberg abgeliefert. Dort hatte man versucht, ihr Schritt für Schritt das Medikament zu entziehen, nach dem sie angeblich süchtig war. Aber das kam für Theres selbstredend nicht infrage. Sie fühlte sich krank und benötigte Hilfe. Das Geschwätz über Entzug und Sucht war ihr lästig. Im Saum ihrer Klamotten, den Seitentaschen des Koffers und sogar unter den Einlagen der Schuhe befanden sich geheime Vorräte der Pillen, die ihr Überleben in jeder Lage sicherten.

Inzwischen war es dunkel geworden draußen. Wie sie diese Stille im Haus hasste. Seitdem Hannah zu ihrer Freundin gezogen war, hatte sich ihr Leben noch mehr verschlechtert. Manchmal war ihr, als laufe sie in eine düstere Sackgasse, an deren Ende nur eine unüberwindbare Mauer auf sie wartete.

Fieberhaft überlegte sie. Alternativ zum Notruf könnte sie auch die Telefonseelsorge kontaktieren. Das gemeinsame Beten mit einer einfühlsamen Zuhörerin wäre jetzt angenehm.

Lange schwebte ihr Zeigefinger über dem Tastenfeld. Die Wanduhr des Wohnzimmers tickte überlaut in ihren Ohren. Theresia wählte, aber es waren andere Ziffern, die sie in die Tastatur des grasgrünen Apparats hämmerte.

Jemand meldete sich.

»Wollkamp! Hallo?«

Resls Herz klopfte bis zum Hals. Der Angstzustand, in dem sie sich befand, verhinderte das Aufwallen der Wut auf die Nebenbuhlerin, die noch immer ihren Ehegatten umgarnte.

»Ist Kurt da? Hier spricht seine Ehefrau.«

Auf der anderen Seite der Leitung wurde es einen Moment still. Petra Wollkamp wirkte überrumpelt.

Sie war nicht in Kampfeslaune, deswegen fiel ihre Antwort trocken aus. »Einen Augenblick, Frau Pfeifer. Ich hole ihn.«

Sekunden verstrichen. Theres kamen sie vor wie Stunden.

Schließlich näherten sich Schritte dem Telefonhörer, den Petra zuvor abgelegt hatte. Es raschelte.

Kurt meldete sich mit frostiger Stimme. »Was gibt es?«

»Ich bin so froh, dass ich dich erreiche. Ich will dich auch gar nicht lange stören. Es ist nur … Du musst wissen …«

»Nun sag schon, was ist los?«

Die Süchtige begann zu heulen. Aber ihre jahrelange Schauspielerei hatte die Wirkung von Gefühlsausbrüchen bei allen Familienmitgliedern geschmälert.

»Mir geht es sehr schlecht, Kurt. Mein Herz rast wie das eines Vögelchens. Ich bekomme keine Luft mehr.«

»Dann nimm doch eine deiner Wunderpillen«, knurrte Kurt in den Hörer. Er nahm seine Frau nicht ernst.

»Die wirken nicht mehr. Ich bin ganz allein zu Hause und fürchte mich.« Sie schluchzte auf. »Ich weiß, dass ich unsere Tochter nicht belästigen soll. Trotzdem, könntest du mir nicht ihre Telefonnummer geben? Ich brauche nur einen Rat von ihr. Sie kennt sich gut mit Erkrankungen aus.«

Kurt atmete heftig. Zorn war darin zu vernehmen. Vermutlich hatte er Hannah versprochen, die Privatnummer nicht herauszugeben, insbesondere nicht an sie, weil sie der Tochter sehr viel seelisches Leid zugefügt hatte. Hannah hatte beim Auszug lediglich die Nummer des

Altenheims hinterlassen. Dort anrufen wollte Resl auf gar keinen Fall. Sie schämte sich für den Zustand, den ihre Stimmlage verriet. Was sie allerdings jetzt am Telefon zu hören bekam, traf sie tief.

»Hannah und das Baby ihrer Lebensgefährtin liegen im Krankenhaus auf der Intensivstation. Man weiß noch nicht, an welcher Krankheit sie leiden. Man vermutet eine seltene bakterielle Infektion. Also erwarte vorerst keine Hilfe von dem Mädel. Du kannst nur beten, dass beide wieder gesund werden.«

Hannah war krank? Ernsthaft krank? Von welchem Baby faselte Kurt da? Hatte ihre Tochter, zusammen mit der illegalen Partnerin, ein Kind adoptiert? War so etwas in Deutschland zulässig? Und selbst wenn es geduldet wäre, sie gefährdete ihre Arbeitsstelle mit einem derartigen Verhalten. Ein katholisch geführtes Pflegeheim würde diese sündenbehaftete Beziehung niemals bei einer seiner Mitarbeiterinnen billigen.

Immer mehr brisante Fragen drängten sich in ihren Kopf und schürten die Panik, die wie ein Schwelbrand im Magen schlummerte. Sie schnappte entsetzt nach Luft, wagte aber nicht, ihren Noch-Ehemann weiterhin zu behelligen. Es war offensichtlich, dass er sich nicht mehr mit ihr abmühen wollte.

»Danke, dass du … mir das verraten hast«, stammelte sie.

Noch bevor die grässliche Angst ihre Stimme vollends durchlöcherte, verabschiedete sie sich hastig und legte auf.

Sie war mit ihrem Problem allein.

Unsterblich – ewiges Leiden – hat die höllische Richterin angedroht.

Augenblicklich wurde das Ticken der Wanduhr wieder lauter. Am liebsten hätte Theres sie von der Wand gerissen. Stattdessen schlurfte sie zum Wohnzimmerschrank, vorbei an vertrockneten Zimmerpflanzen, die seit Monaten nicht mehr gegossen worden waren, und öffnete ein längliches Fach. Die indirekte Beleuchtung der kleinen Bar flammte auf und warf spärliches Licht in den übergroßen Wohnraum. Sie ergriff die Schnapsflasche, die darin stand, drehte den Verschluss ab und setzte die Flasche an ihre spröden Lippen. Warm brannte der Alkohol auf seinem Weg durch die Speiseröhre. Aber das Gefühl, irgendetwas schnüre ihr die Kehle zu, wollte dennoch nicht weichen.

Sie senkte die Pulle. Ein Stück Papier löste sich lautlos vom Flaschenboden und segelte auf den Teppich. Sie hob es auf und betrachtete es verwundert. Es war ein verblichenes, sepiafarbenes Foto. Wie war es in den Schrank hinein geraten?

Alte Erinnerungen durchdrangen zäh den Zustand aus Rausch und Panik in ihrem Kopf. »Wer hat das fotografiert?«, murmelte sie, obwohl sie keine Zuhörer hatte. »Zu der Zeit, in der das Bild entstanden sein muss, gab es niemanden, der einen Fotoapparat besaß.«

Ein Krimi übernahm unmittelbar Regie in Theres' Gehirnwindungen.

Das kleine Mädchen sprang über das Bächlein hinweg, welches unweit des Hochfelsens vom Berg hinabrauschte. Im weichen Moos, das hier die Waldoberfläche wie ein Teppich überzog, tanzte sie verzückt, eine unsichtbare Gestalt umklammernd. An ihrem Hals baumelte die wunderschöne Granatbrosche. Das Licht der sommerlichen Nachmittagssonne durchdrang das dichte Tannengrün und brach sich in den blutroten Edelsteinchen. »Dreh dich im Kreis, tanz die Füße dir heiß ... Wie gefällt dir denn mein Schmuck?«

Die Stimme, die ihr antwortete, stammte nicht von dieser Welt. Aber in ihrem Kopf hallten die klaren, liebevollen Worte völlig real. »Er steht dir gut und soll dich für alle Zeiten an deine äußerst wichtige Aufgabe erinnern, Theresia. Die Schönheit der Welt wird dir zu Füßen liegen, wenn du Erfolg hast und die Botschaft in die Köpfe der Menschen pflanzt. Erinnerst du dich, liebes Kind?«

Eifrig nickte Resl. Sie ließ sich zu Boden gleiten. Ihre Finger klaubten zwei Holzstöckchen zusammen, die sie überkreuzt auf einem runden Stein ablegte. »Im Klassenraum der Schule hängt das Symbol unserer Religion. Jesus ist für uns alle am Kreuz gestorben«, erklärte sie dem Wesen.

Das Mädchen beobachtete verzückt, wie sich das kürzere Hölzchen wie von Geisterhand höher schob, bis es das Ende des langen Teils erreichte, und klatschte in die Hände. »Das Kreuz wird zur Waage«, sagte Theresia. »Diese muss immer im Gleichgewicht bleiben. Darauf werde ich achten. Alle Menschen müssen das erfahren, auch die, die dem lieben Gott einen anderen Namen geben.«

»Und du weißt, an welchem Ort du suchen musst, wenn Zweifel bei den Mitmenschen aufkommen?«

Das Hölzchen balancierte auf dem zweiten lustig hin und her.

Resl nickte eifrig. »Ja, oben am Felsen. Niemand, außer dem Erbauer, dir und mir, kennt das Geheimnis.« Sie legte kurz und theatralisch einen Finger über die Lippen. »Ich bin mutig, liebe Engelsdame. Ich werde nicht ruhen, bis SIE den alten, wahren Namen wieder trägt.«

»Und der wäre?« Die Hölzer, die auf dem Stein ein Eigenleben führten, erstarrten in der Bewegung, bevor sie lautlos zurück ins Moos schwebten.

»Mutter Erde!«, erwiderte das Mädchen mit den kurzen Haaren stolz und strahlte über das ganze Gesicht.

Das Bild entglitt ihren Fingern. Die Erkenntnis aus der lange verdrängten Erinnerung überrollte sie wie ein Güterzug. Unter dem Hochfels lag ein Geheimnis verborgen, eines, welches den Glauben der Menschen in seinen Grundfesten erschüttern würde. Und sie war dazu auserkoren, das Mysterium zu lüften. Aber es war zu spät für Theres.

Derweil in anderen Sphären

Zielstrebig marschierten Edelgard und Hannah auf den markanten Regenbogen zu, der sich über den Horizont dehnte. Notburga ritt auf den Schultern ihrer Zweitmutter. Die Kleine brabbelte und kicherte vor sich hin. Sie zeigte Gefallen an der zunehmend farbenfrohen Landschaft. Anders als in der Realität schien der Bogen aus ineinanderfließenden Spektralfarben nicht zurückzuweichen, wenn man auf ihn zulief. Mit jedem Schritt kamen sie ihm näher. Seine Pfeiler zeichneten sich deutlich auf der Hügelkuppe ab. Andächtig betrachtete Hannah die feinen Lichtbahnen, die von einem satten Rot über Orange und Gelb in ein leuchtendes Grün, Blau und Violett übergingen. Die Wanderung glich einem märchenhaften Traum. Wer würde sich nicht wünschen, dem Regenbogen entgegenzulaufen?

Edelgard hingegen zeigte keine übermäßige Begeisterung. Mit ernster Miene eilte sie den Pfad empor. Schon hüllten sie erste Rottöne ein. Es wirkte, als würde sie durch einen Vorhang aus Licht hindurchgehen.

»Rasch!«, rief sie Hannah zu. »Wir dürfen nicht zögern. Du darfst dich nicht zu lange hier aufhalten.«

Die Dunkelblonde schritt schneller aus, obwohl das Gefühl, bleiben zu wollen, von Sekunde zu Sekunde stärker wurde. Sehnsucht nach Frieden, Vollkommenheit und Gleichklang schwebte in den Farben des Regenbogens. Hier war die Waage im Gleichgewicht. Aber sie wusste, dass ein Großteil des Paradieses von den ziellosen Wanderern belagert wurde. Wenn die in der Lage wären, das Licht zu durchdringen, wäre es komplett verloren.

Bald erreichte auch sie den Bogen aus fließenden Farben. Ihr Körper und auch der des Kindes auf ihren Schultern badeten für einen kurzen

Augenblick darin. Verzückt drehte sie sich einmal im Kreis. Wie wunderschön es hier war.

Edelgards Worte jedoch verdrängten den trügerischen Frieden barsch. Die burschikose alte Dame hatte Hannahs Sehnsucht, hierzubleiben, sofort erkannt. »Denk nicht eine Sekunde daran. Dieser Ort ist für dich und das Mädel noch sehr lange tabu. Die Welt der Lebenden benötigt euch und eure Fähigkeiten jetzt. Spürst du denn nicht, dass sie immer mehr im Chaos versinkt?«

Hannah seufzte und eilte der Weißhaarigen hinterher. Sie passierten den Regenbogen. Erstaunt betrachtete sie die Landschaft dahinter. Sie verhielt sich spiegelverkehrt. Eine zweite Sonne strahlte ihr nun entgegen und ließ unsichtbare Wassertröpfchen in sieben Farben erstrahlen. Um ein Haar hätte sie vergessen, den Mund wieder zu schließen. Alles hier war von unendlicher Schönheit und lud zum Verweilen ein. Aber Edelgard wanderte unaufhörlich weiter.

Zielgerichtet steuerte Frau von Walden eine Felsgruppe an, die im Licht der Sonne wirkte, als würde sie glühen. Im Schatten des Steins nahm Hannah eine Bewegung wahr. Sie stutzte und kniff die Augen zusammen. Was war das? Rasch näherte sie sich mit Notburga auf den Schultern der Felsgruppe, bis sie erkannte, um was es sich handelte.

Abrupt blieb sie stehen. Da lag ein riesenhaftes, geflügeltes Tier auf dem Boden. Kraftlos hob es einen seiner Flügel an. Ein Odem von Krankheit umgab es. Staub wirbelte durch den Sog der Bewegung empor und glitzerte im Licht wie Diamantenstaub.

»Um Himmels willen, Edelgard, komm da weg«, schrie Hannah.

Das Ungetüm passte nicht zum Paradies, es symbolisierte Unheil.

Die alte Dame mit dem Zigarillo jedoch schritt weiterhin forsch darauf zu. Hannahs warnende Worte beachtete sie nicht. Zögernd folgte sie ihr schließlich.

Schon bald erreichten die zwei Frauen und das Kind die Felsformation mit seinem unheimlichen Bewohner. Hannahs Pupillen vergrößerten sich schlagartig bei dem Anblick des Ungeheuers, welches im Schatten der Felsen lag. Sein Körper war riesig. Grün schillernde Schuppen überzogen den Leib, der sich bei jedem geräuschvollen Atemzug mühevoll aufblähte. Ein langer, hornbewehrter Schwanz ruhte bewegungslos im Staub. Risse zeigten sich in der Haut der Flügel, die wie kraftlose Segel herabhingen.

Ohne jegliche Angst vor dem drachenartigen Geschöpf sank Frau von Walden auf die Knie. Hannah nahm intuitiv das Mädchen von den Schultern und drückte es beschützend an ihre Brust.

Wusste Edelgard, was sie hier tat? War ihr das Tier vertraut? Noch nie hatte sie von einem Ungeheuer gehört, welches im Regenbogenland lebte. Nicht einmal Tante Ada hatte es je erwähnt und die kannte das Jenseits besser als sie. Wo kam es her und was …

Ihre Gedanken wurden jäh unterbrochen. Die alte Dame sprach das Monstrum an. Fassungslos lauschte sie deren Worten. »Dunkler Engel, ich bringe dir Hannah! Sie ist die Tochter der Theresia.«

Dunkler Engel? Was zum Teufel faselte Edelgard da? Und woher kannte sie den Namen ihrer drogensüchtigen Mutter?

Das Paradies in Hannahs Kopf drohte, sich in Zweifeln aufzulösen. Kälte durchzog den schönen Traum vom Regenbogen.

Der Drachenkopf mit blutroten, halb geöffneten Augen schwenkte herum und betrachtete die längst Verstorbene resigniert. »Es ist zu spät, Edelgard.«

»Nein, das ist es nicht.« Die drahtige Frau robbte auf Knien näher und streckte ihre Hand nach dem hässlichen Kopf aus. Sanft fuhr sie über die dicken Hornschuppen an dessen Stirn. »Hannah wird zurückkehren in die Welt der Lebenden. Sie hat Notburga mitgebracht. Das Kind wird mit seinen Talenten vollenden, was Theresia dir vorenthalten hat. Einige der Katzen haben sie aufgespürt. Sie irren sich nicht.«

Hannah drückte das Baby fest an sich. Das asthmatisch keuchende Drachengetier, das da im Staub lag, konnte niemals der dunkle Engel sein, der ihre Kindheit geprägt hatte.

Zögerlich und ängstlich trat sie ein paar Schritte näher. Fauliger Atem aus dem Maul des Tieres umgab sie.

»Ich grüße dich«, keuchte das Ungeheuer. Mühsam hob es die Schwingen. »Sieh mich an. Ich trage keine Federn mehr. Wenn es dir hier gefällt in diesem letzten Rest des Paradieses hinter dem Regenbogen, dann bleib bei mir, bis die ziellosen Wanderer auch hier eindringen. Mich stört es nicht.«

Es handelt sich tatsächlich um die geflügelte Frau, die mir in meiner Kindheit und Jugend wie ein Schutzengel erschienen war. Nahte ihr Ende? Und wenn ja, warum?, fragte sich Hannah, und plötzlich fand auch sie den Mut, das Ungeheuer anzusprechen. »Es besteht noch Hoffnung. Starke Individuen werden die Waage wieder ins Gleichgewicht bringen.«

Der geschuppte Kopf stellte sich schief. Die roten Augen öffneten sich und die Pupillen, die denen einer Katze glichen, zogen sich zu schmalen Schlitzen zusammen. Ein kehliger Laut entfuhr dem Maul mit den zweireihigen, spitzen Zähnen. »Betrachte mich, was aus mir geworden ist«, spie ihr das Drachentier entgegen. »Ich habe versagt, weil ich einigen wenigen von euch vertraut habe.« Schwefelgetränkter Atem entwich dem leicht geöffneten Rachen. »Ihr beide werdet mich ebenso enttäuschen, wie es Theresia getan hat.« Ein dröhnendes Seufzen ertönte. »THERESIA, sie war perfekt. Mit ihrer Affinität zum Schauspiel hätte sie viel erreichen können. Menschen hingen an ihren Lippen, wenn sie auf der Bühne stand. Sie hatte das Rüstzeug, die ihr gestellten Aufgaben zu meistern. Man hätte sie gehört – auf der ganzen Welt. Ihr Verstand war einst klar wie ein Gebirgsbach.«

Hannahs Neugierde wuchs, während die Hemmungen dem Wesen gegenüber weiter schwanden. Die Stimme, die zu ihr sprach, kannte sie aus vielen Träumen.

Mutig wagte sie sich samt Notburga in den Armen ganz nah an das seltsame Tier heran. »Welche Aufgabe sollte meine Mutter erfüllen? Kannst du mir es jetzt endlich verraten?«

Das geflügelte Urtier stieß keuchend den Atem aus. »DAS musst du sie selbst fragen. Niemals mehr werde ich einem Menschen über den Weg trauen.«

Hannah setzte das Kind auf dem Boden ab und sank, genau wie Edelgard, auf die Knie.

Einst existierte ein strahlender Engel, Beschützer der Lebenden und der Toten. Er hatte Ehrfurcht verdient, und das würde sie ihm jetzt vermitteln. »Du hast mir als Kind viel von der Waage und den Gesetzen der Ewigkeit erzählt. Ich habe dir vertraut, auch wenn ich nur ein Mensch bin.« Eine einzelne Träne löste sich aus ihrem rechten Auge und lief die Wange hinab. »Ich habe dich gesehen, als mein Großvater starb. Tante Adelheid lehrte mich, mit den Toten zu kommunizieren, die du auf ihrem Weg begleitet hast. Gegenüber der eigenen Mutter hab ich dich verteidigt, hab ihr erklärt, wie sehr du das Wohl der Menschen im Blick hast, obwohl du nicht zu den Engeln des Gottesheeres gehörst.«

Unendlich müde und langsam senkte sich der Drachenkopf wieder. Mit einem dumpfen Geräusch fiel er in den Staub zurück. »Ich weiß«, seufzte das Getier mit weicher Stimme. Einen Moment lang huschte das Bildnis eines perfekten Frauengesichts über die roten Augen. Vielleicht war noch nicht alles verloren.

Vorsichtig tastete Hannah nach den Hornschuppen des Drachens und streichelte darüber. »Mit Gottes Hilfe werden wir die Welt wieder ins Gleichgewicht bringen«, schlug sie leise vor. »Dann können die vielen wandernden Seelen da draußen wiedergeboren werden und erhalten eine zweite Chance.«

»Mit GOTTES Hilfe«, wiederholte der Drachenkopf sarkastisch und weitete blutrote Nüstern.

Edelgard erhob sich vom Boden. Sie trat an Hannah heran und legte ihr unterstützend eine Hand auf die Schulter. »Sie hat recht! Ohne Gottes Hilfe wird es nicht gehen. Wenn wir zusammenhalten, die Lebenden und die Toten, dann sehe ich ebenso eine Chance.«

Das Tier reagierte nicht.

Einen Moment stutzte die Weißhaarige, bevor sie eine heikle Frage wagte: »Viele Seelen, die du hierher brachtest, warten noch immer auf eine eindeutige Antwort, die du ihnen schuldig geblieben bist.« Mut sammelnd atmete sie tief ein. »Wo sitzt er, der Allmächtige, den die meisten von uns seit ihrer Kindheit anbeten, wenn nicht in diesem Paradies? Wo befindet sich Gottes Thron? Warum erklärst du es uns nicht einfach und vereinst die Abtrünnigen wieder im Glauben?«

Die roten Drachenaugen starrten müde auf Edelgard, das Maul blieb stumm.

Ganz leise fügte sie hinzu: »Bitte sag mir nicht, dass du zu Luzifers Höllenarmee gehörst.« Ihre Lippen bebten. »Dann wäre mein gesamtes Engagement eine Farce gewesen.«

Pfeifend ging der Atem des Drachen. Er wirkte verausgabt und am Ende der Kräfte. Mühsam zeigte er seine Zahnreihen, um zu antworten. »Wäre es nicht. Die Bibel der Christen erzählt, dass Luzifer aus dem Paradies verbannt wurde, weil er sich über Gott stellte. Doch das entspricht nicht den Tatsachen. Er verkörpert lediglich die dunkle Seite der Waage. Durch seine Stärke und seinen unerschütterlichen Willen kann Helligkeit existieren. Erst durch Schatten erkennt man das Licht.« Ein Stöhnen entfuhr dem Maul des Drachen. »Aber ich kann dich beruhigen. Ich gehöre nicht zum teuflischen Heer, und die Passage, man habe Luzifer aus dem Himmel verbannt, habt ihr Menschen, wie so vieles, erfunden.«

Augenblicklich schlossen sich die roten Augen des Tieres. Es wirkte, als würde es einschlafen.

Hannah stand ebenfalls wieder auf. Ihr Blick kreuzte sich mit dem von Edelgard. Der ehemalige Engel im Körper eines verendenden Drachen, sprach weiterhin in Rätseln. Warum ließ er die Menschen jetzt im Stich? Weshalb beantwortete er die Frage nach dem Thron Gottes nicht? Wieso zeigten sich weder Gott noch Teufel? Gab es womöglich gar kein Paradies?

In diesem Augenblick gluckste das Baby zu ihren Füßen erfreut und deutete mit den Fingerchen in Richtung des Regenbogens. Unmittelbar folgten zwei Augenpaare ihrer Bewegung.

Verstorbene Menschen quollen aus den intensiven Farben hervor und nahmen Kurs auf die Felsformation. Rings um deren Beine wuselte es nur so von Vierbeinern, die sie begleiteten.

Hannah stockte der Atem. Es dauerte sekundenlang, bis ihre Augen die Situation erfassten. Dann löste sich ein überraschter Freudenschrei aus ihrer Kehle. »Opa Georg, Oma Babette!«

Sie rannte den Personen mit weit geöffneten Armen entgegen. Glücksgefühle ungeahnter Stärke überfluteten ihren Geist. Ihre nackten Füße flitzten über den Boden, tauchten ein in hohes Gras und erreichten die Großeltern. Sofort umarmte sie beide mit weit ausgebreiteten Armen.

In diesem Augenblick erkannte sie auch Tante Adelheid, die eine beachtliche Gruppe von Verstorbenen anführte.

Wie kommt Ada hierher? Ist sie gestorben?

Kurz löste sie sich aus der Umarmung und starrte auf die Tante. Unzählige Tiere folgten der Prozession hinter Adelheid. Eine braun getigerte Katze und ein einäugiger Kater lösten sich aus der Gruppe, rannten herbei und schmiegten sich an Georgs Beine.

Hannah trat kopfschüttelnd auf ihre Tante zu. »Was tust du denn hier?«, fragte sie verwirrt. »Du bist doch nicht etwa gestorben?«

Ada schüttelte nur den Kopf, wies drängend auf den Felsen und sagte: »Du wirst alles erfahren. Weder du noch das Kind noch ich sind tot. Bitte ergib dich nicht der Seligkeit dieses Ortes. Wir drei werden nach getaner Arbeit zurückkehren.«

»Und das geht?«, fragte Hannah verwundert nach. »Aber wir alle müssen doch mit dem Leben abgeschlossen haben, um hinüberzugehen. Das hast du mir selbst erklärt, Tante.«

»So besagen es die Gesetze der Ewigkeit«, bestätigte Ada mit ernster Miene. »Aber die Waage gerät mehr und mehr aus dem Gleichgewicht. Kannst du dich noch daran erinnern? Als mein Vater starb, habe ich dir gesagt, vor dir liegen noch große Aufgaben. Notburgas Geburt, die du gegenüber deiner Partnerin Bärbel befürwortet hast, war eine davon. Denn sie trägt immense Kraft in sich. Sie hat den Hilferuf der Geisterkatzen gehört und die Barriere der ziellosen Wanderer unbeschadet überwunden.«

Hannah musterte Adelheid verwundert. »Woher weißt du das alles?«, fragte sie nach.

»Auch ich habe das klägliche Maunzen gehört. Erinnerst du dich an die winzige Speisekammer neben der Küche? Ich öffnete die Tür und spähte in die Dunkelheit. Zuerst sah ich nichts, aber kurze Zeit später erkannte ich einen schmalen, ovalen Durchgang, aus dem auch die Stimme des Kindes drang. Ich hörte dich schreien, Hannah. Deswegen habe ich all meine verbliebene Kraft mobilisiert und bin euch gefolgt.« Ada lachte auf. »Ich hätte nie geglaubt, dass ich durch die Pforte hindurchpasse. Nachdem meine Arme drin verschwanden, ging es aber ganz leicht.« Schlagartig wurde sie wieder ernst. »Notburga wird Theresias Aufgabe übernehmen. Und …« Ihre Hand wies hinter sich. Noch immer strömten verstorbene Seelen durch den Regenbogen auf die spiegelverkehrte Seite des Paradieses. »… all jene werden sie unterstützen.«

Hannah starrte überwältigt auf den Strom der Einwanderer, die sich zuvor vermutlich nicht gewagt hatten, den Regenbogen zu durchschreiten. Einige Gesichter kamen ihr bekannt vor. Sie kannte diese aus Büchern und alten Filmdokumentationen. Ihre Ehrfurcht wuchs.

Als schließlich Marina Ginestá, eine extrem mutige Frau, die sich der Diktatur im spanischen Bürgerkrieg unter Lebensgefahr entgegengestellt hatte, hocherhobenen Hauptes an ihr vorbeilief, nickte sie heftig. »Das könnte klappen, Tante Ada. Lass uns den Engel überzeugen.«

Nur kurze Zeit später war das Drachengetier umringt von entschlossenen Seelen. Notburga spielte selig mit den jungen Katzen, zu denen sie sich hingezogen fühlte. Die roten Augen des Drachen beobachteten sie wohlwollend.

Das allgemeine Gemurmel verstummte, als Hannah das vermeintliche Ungeheuer erneut ansprach: »Sie alle sind gekommen, um die Waagschalen der Ewigkeit wieder ins Gleichgewicht zu rücken. Hierzu brauchen wir deine Hilfe. Lass uns nicht im Stich.«

Der Kopf mit den Hornschuppen hob sich ächzend. Schmale Pupillen musterten den Aufmarsch der Entschlossenen. Das Maul öffnete sich und verkündete resigniert: »Es ist zu spät. Die ziellosen Wanderer vermehren sich explosionsartig. Mein Fehler! Ich habe die Menschheit unterschätzt. Sie spielen Gott. Mutter Erde ist ihnen egal. Man kann sie nicht mehr stoppen.«

»Sie wissen es nicht besser. Aber sie werden begreifen!«, fuhr eine männliche Stimme scharf dazwischen.

In der Menge der Seelen öffnete sich eine Gasse. Ein untersetzter Herr trat nach vorn. Er lächelte warmherzig und seine schlohweißen Haare leuchteten im Licht der warmen Sonne, die hier vermutlich niemals unterging.

Hannah betrachtete ihn überrascht. »Doktor Müller?«, fragte sie vorsichtig. »Sind Sie es wirklich?«

Der ehemalige Kinderpsychiater nickte lächelnd. »Du hast mich erkannt? Das freut mich. Bist du denn inzwischen auf den Mond geflogen?«

Hannah stürzte auf ihn zu und umarmte ihn überschwänglich. »Nein, denn die Arbeit, die ich stattdessen übernommen habe, ist sehr viel wichtiger.« Sie legte den Kopf schief und murmelte fragend: »Warum haben Sie mir denn niemals einen Brief geschrieben? Sie wollten mir doch mitteilen, ob Sie einen dunklen oder einen hellen Engel sehen können.«

Der ehemalige Psychiater seufzte. »Die Federn meines Engels habe ich erst gesehen, als mein Herz den Dienst verweigerte. Da konnte ich nicht mehr schreiben. Außerdem hast du mir als Kind erklärt, dass jeder für sich selbst verantwortlich ist. Erinnerst du dich? Deswegen hast du auch keinen Pfennig für die verarmte Schulkameradin gespendet.«

»Das haben Sie sich gemerkt?«, fragte Hannah bewegt.

Der ehemalige Mediziner nickte lächelnd. »Doch nun sollten wir besser den Engel ansprechen, dessen Federn derzeit unter grünen Hornschuppen verborgen sind.« Müller versuchte zu lächeln, während er sich wieder dem echsenähnlichen Kopf mit den roten Augen zudrehte. »Ich habe durch diese mutige Frau hier, die damals noch ein Kind war, von einem geflügelten Wesen erfahren, welches die Züge eines Schutzengels aufwies. Zuvor hatte ich nie an Derartiges geglaubt.«

Das Tier lauschte schweigend den Worten des Verstorbenen.

In ruhigem Ton sprach Doktor Müller weiter: »Danach gab es für mich kein Halten mehr. Ich habe viel gelesen, recherchiert, reiste an einen ganz speziellen Ort.«

Nun öffneten sich die roten Augen des schwer atmenden Riesen zwischen den Felsen etwas weiter.

»Leider hat mich ein fieser Herzinfarkt zu schnell aus dem Leben gerissen. Ich erinnere mich noch sehr gut an den Engel, der mich durch die Tür zum Paradies geleitet hat. Ich war fest davon überzeugt gewesen, dass er weiße Federn trägt, so strahlend wie die Farbe meiner Haare.« Seine Linke fuhr über den Kopf und er lachte. »Aber ich wurde enttäuscht. Der Engel hatte rabenschwarze Flügel, genauso wie es mir die außergewöhnliche Tochter von Theresia Pfeifer vorhergesagt hatte.«

Bei der Erwähnung des Namens flackerten die roten Augen kurz und heftig.

Unbeirrt sprach Herr Müller weiter. »Nur wenige dürften davon wissen, dass Hannahs Mutter in manchen Schriften erwähnt wurde. Man fürchtete sich vor ihr, redete darüber, sie stehe mit dem Teufel im Bunde. Man munkelte, sie verfüge über magische Kräfte. Dabei tanzte sie nicht mit Luzifer, sondern nur mit dir.« Er zeigte mit einem Finger auf den Drachen.

Staub wirbelte unter den monströsen Flughäuten auf, die sich schwerfällig vom Boden hoben, als wollten sie ihrem Besitzer Luft zufächeln. Das Ungeheuer röhrte angsteinflößend. Die erste Reihe der Versammelten wich instinktiv einen Schritt nach hinten. Hannah ergriff hektisch das Baby und nahm es auf den Arm. Aber Doktor Müller war noch nicht am Ende seines Vortrages angelangt.

»Mein Beruf half mir dabei, die Vorgänge von damals zu analysieren.« Er spannte die Brustmuskeln an. »Niemand weiß bisher, wem du dienst. Ist es Gott oder der Teufel oder gar ein unbekanntes Wesen? Eigentlich spielt das keine Rolle, denn ich habe herausgefunden, dass du einen Apostel schaffen wolltest. Der Apostel trägt den Namen Theresia. Sie sollte als großes Bühnentalent in die Welt hinaustragen, dass die

Gesetze der Ewigkeit unabänderlich sind, weil sie alles Leben auf der Erde regeln.«

Ein Zittern durchlief den Drachenkörper. Hunderte von Augenpaaren starrten ihn an.

»Das hast du sehr gut recherchiert«, antwortete das Getier. »Theresia hatte ich persönlich ausgewählt. Der verzweifelte Pfarrer aus Eisenhütt versprach mir während eines harten Winters ihre Seele. Dafür habe ich auch ihre Zwillingsschwester am Leben gelassen.« Verächtlich verzog sich das sprechende Maul. »Er rief eine gefürchtete Dämonin an, weil ihm sein geliebter Herrgott nicht helfen wollte. Aber er traf auf mich. Letztendlich hat mich Theresia genauso enttäuscht wie ihre Vorgängerinnen und Vorgänger. Am Anfang glüht die Überzeugung in den Köpfen meiner Auserwählten, doch dann werden sie hinfortgerissen vom Irrglauben der Massen und folgen blind einem ihrer Anführer, ohne auf den Verstand zu hören.«

»Nicht alle!« Eine hagere, burschikos wirkende Frau in einer Pilotenkombi trat ebenfalls nach vorn. Sie warf Edelgard einen verschwörerischen Blick zu, dann straffte sie die Schultern und erwiderte mutig: »Ich bin eine Namensvetterin der Lebenden.« Sie wies mit einem feingliedrigen Zeigefinger auf die Altenpflegerin. »Hanna Reitsch ist mein Name. Adolf Hitler habe ich in den letzten Minuten seines irdischen Lebens noch zugeflüstert, er solle umkehren, aber er wollte nicht hören. Sein Verstand war vernebelt von Drogen und Medikamenten. Stets habe ich mich der Emanzipation der Frau gewidmet, auch wenn mich Eva Braun und Magda Göbbels nicht leiden konnten. Doch selbst diese beiden Abtrünnigen erkennen ihre Fehler mehr und mehr. Noch ziehen sie ihre Schleifen zusammen mit den endlosen Wanderern. Hin und wieder brechen sie jedoch aus und setzen ihre zarten Füßchen auf die verbrannte Erde, die sie und all die anderen erschaffen haben. Weitere der Ziellosen werden es versuchen. Sie brauchen lediglich Ideale, wie ich sie habe. Es gibt keinen Grund, aufzugeben.« Hanna Reitsch verstellte ihre Stimme, imitierte einen Mann. »Mich hat einst ein Engel im schwarzen Federkleid hinüberbegleitet. Das verwunderte mich nicht, denn als ich im Jahr 1979 starb, galten Frauen, die sich gegen die maskuline Gesellschaft auflehnten, als verdorbene Geschöpfe. Also, lasst uns gemeinsam anpacken.«

Die Worte schienen das Tier zu beeindrucken. Grauer, kühler Nebel stieg wie aus dem Nichts auf und hüllte es ein. Beobachtet von Hunderten von Augenpaaren verschluckte der düstere Schleier das Elend im Staub. Bald kletterte das Gewaber die Felsen empor. Einige grünlich schillernde Schuppen brachen mit lautem Knacken aus der Haut des Ungeheuers und fielen zu Boden. Ledrige Fetzen von durchlöcherten Flügeln folgten ihnen.

Ein Raunen durchzog die Menge, als ein riesenhafter Engelskörper mit dem Gesicht einer Frau aus dem Nebel stieg. Er reichte hoch in den endlos sonnenbeschienenen Himmel. Die geflügelte Frau öffnete ihre Schwingen. Blauschwarze Federn auf der linken Seite traten in den Wettstreit mit schillerndem, schneeweißem Flaum gegenüber.

»Wenn ihr meint, dann sei es so«, hallte die Stimmgewalt des verwandelten Drachens durch den Rest des Paradieses. »Wählt eigene Apostel. Ich übergebe euch die Verantwortung für die Zukunft der Welt. Doch wenn ihr versagt, tragt ihr die Schuld an der Vernichtung derer.«

Das Engelswesen hob eine Hand an, öffnete die Finger und ließ einen Gegenstand zu Boden fallen. Er landete direkt vor Hannahs Füßen.

Die erstaunte Dunkelblonde setzte das Baby ab und griff danach.

Eine Granatbrosche glitzerte auf ihrer Handfläche. Die Hälfte der Edelsteinchen fehlte dem Schmuck bereits. Er funkelte noch immer.

»Ein paar Granate zieren noch die Fassungen«, sagte der Engel leise. »Theresia wird erst sterben, wenn das letzte Steinchen herausgebrochen ist. Doch ihr zerfressener Verstand registriert nicht mehr, wie es ist, in der Hölle der Unsterblichkeit den Untergang der Welt zu erleben. Entscheide weise, Hannah.«

Im Rauch zerflossen Flügel und Körper des Engels, bis sich eine Säule aus grauen Wirbeln in den Himmel erhob und darin verschwand. Lediglich die beeindruckende Stimme des Wesens blieb.

»Begebt euch auf die Suche. Findet die Wahrheit. Das Schicksal von Mutter Erde liegt in euren Händen.«

Dann lag der Felsen still im Sonnenschein, umringt von Seelen, die bereit waren, etwas zu ändern.

Adelheid trat nach vorn. Sie postierte sich auf einem der glatten Steine vor der Menge und hob die Arme. »Schon bald wird der Engel wieder herabsinken und sich erneut als alterndes Untier an wärmende Felsen schmiegen, denn ihm fehlt die Kraft. Ihr habt es alle gehört. Lasst uns beginnen. Ich werde mit Hannah und der kleinen Notburga jetzt den gefährlichen Weg zurückgehen ins Leben. Aber euch, die ihr hier hinter dem Regenbogen ein Refugium des Glücks gefunden habt, möchte ich sagen: Entscheidet euch für eine Wiedergeburt und helft mit, Mutter Erde zu retten. Die ziellosen Wanderer dürfen sich nicht weiterhin vermehren.«

Ein Raunen ging durch die Zuhörer. Dann ergriff Edelgard von Walden das Wort: »Ich werde zurückgehen als Wiedergeborene. Ich möchte die Chance erhalten, kommenden Generationen die Augen zu öffnen. Und wir müssen unbedingt das große Geheimnis lüften. WEM dient der Engel nun, der uns hinübergeleitet hat, dem Allmächtigen oder Satan?«

»Oder vielleicht Allah?«, rief ein bärtiger Mann aus der Menge.

»Er könnte auch der Bote von Zeus, dem Göttervater, sein«, warf ein anderer Mann ein, dessen Kleidung erahnen ließen, wie lange er schon hier verweilte.

Gerhard Müller schüttelte den Kopf, näherte sich Edelgard und raunte ihr zu: »Die Frage lässt sich jetzt nicht klären, aber ich habe eine Vermutung. Allerdings wird es dauern, bis ich euch als Wiedergeborener Unterstützung bieten kann.«

»Wir müssen Kontakt halten«, antwortete Hannah enthusiastisch. Sie hatte dem Gespräch gelauscht. »Meine Tante Adelheid und ich sind in der Lage, mit Toten in der Welt der Lebenden zu kommunizieren. Also, zumindest war das einmal so. Vielleicht gelingt es uns künftig wieder, sofern wir überhaupt den Rückweg schaffen.«

»Das ist eine gute Idee. Denn deine Mutter trägt einen großen Anteil an dieser Misere«, murmelte der ehemalige Kinderpsychiater erleichtert. »Ob wir wohl gemeinsam das Geheimnis lüften können?«

Er ahnte noch nicht, dass er den Stein bereits ins Rollen gebracht hatte.

Minuten danach gestalten die Zukunft 1984

Hannah und Notburga überlebten wie durch ein Wunder. Nach weiteren zwei Tagen auf der Intensivstation erwachten sie zur exakt selben Zeit aus tiefem Koma. Die Blutwerte stabilisierten sich und beide bahnten sich ihren Weg zurück ins Leben.

Der erste Satz, nachdem die Altenpflegerin ihre Augen wieder geöffnet hatte, war: »Wie geht es dem Kind?«

Die Krankenschwester, die pausenlos Hannahs Zustand überwacht hatte, antwortete warmherzig: »Die kleine Notburga lächelt uns an und versucht, von ihren Traumabenteuern zu erzählen, obwohl ihre Sprache noch unverständlich ist. Der behandelnde Kinderarzt meinte, das Baby habe von Kätzchen geträumt. *Mau mau*, sagte sie. Wir danken alle dem Allmächtigen, dass Sie und das Mädel überlebt haben. Zeitweise stand es nicht gut um Ihrer beider Leben.«

Hannah nickte und blinzelte die Freudentränen weg, die sich in ihren Augenwinkeln gebildet hatten.

Als die Krankenschwester das Zimmer wenig später verließ, öffnete sie die rechte Hand, die sich unter der Decke um einen Gegenstand geschlossen hatte. Vorsichtig spähte sie auf die Brosche mit den fehlenden Granaten. Der Weg zurück war erfolgreich gewesen. Sie hatte mit Notburga unbeschadet das Jenseits verlassen, die Eindrücke von dort jedoch quälten sie noch immer.

Ziellose Wanderer, das gebrechliche Drachentier, entschlossene Seelen, die den Untergang der Welt verhindern wollten. Am liebsten wäre sie sofort aus dem Bett aufgestanden und hätte sich an die Arbeit gemacht. Es gab so viel zu tun. Hannah würde alles geben, um das Gleichgewicht der Waage wiederherzustellen.

Ihre Gedanken wurden abrupt gestoppt, als sich die Tür des Krankenzimmers öffnete und Bärbel eintrat. Ihr rundliches Gesicht war rot gefleckt vom Weinen, und ihr langer Zopf wirkte, als sei er seit Wochen nicht mehr ausgekämmt worden.

Wortlos näherte sie sich dem Bett, beugte sich herab und küsste ihre Geliebte. »Wo seid ihr nur gewesen?«, fragte sie flüsternd.

Hannah erwiderte die Zärtlichkeiten. »Das willst du nicht wissen, Babs. Notburga und ich haben es jedenfalls heil überstanden.«

Tränen der Erleichterung flossen. Bärbel forderte nicht mehr an Erklärung. Intuitiv begriff sie, dass ihre Liebste noch viel zu schwach war, um von ihrem Abenteuer zu erzählen. Aber sie fand auch heraus, dass die These von den Staphylokokken, die man der heimischen Zimmerpflanze andichtete, nur einen Teil der Wahrheit darstellte. Sie hatte sich nie für Okkultismus interessiert, ganz im Gegenteil sogar. Ihre Erziehung verbot ihr derartige Gedanken. Aber hier ging es um ein tiefes, unerklärliches Gefühl – ein glimmender Funke, der sie mit der Liebsten und ihrer Tochter verband. Mit einem warmen Lächeln auf den Lippen murmelte sie liebevoll: »Der Gummibaum aus unserem Wohnzimmer ist fort. In der Erde des Topfes hat man Bakterien gefunden. Aber dafür …« Sie wischte sich die Tränen aus den Augen. »… gibt es jetzt zwei Kätzchen bei uns. Deine Tante Adelheid hat sie mir überlassen.«

Hannah wirkte erstaunt.

Tante Ada? Aber sie war doch …

Bärbel setzte sofort zu einer Erklärung an. »Gestern klingelte Adelheid an der Haustür. Sie übergab mir einen Weidenkorb, in dem zwei Kätzchen saßen, und prophezeite mir, dass ihr beiden bald wieder gesund werdet. Ich war so aufgeregt, dass ich ihr gar nicht richtig zugehört habe. Irgendwann drehte sie sich wortlos um und verschwand.«

»Seltsam, mehr hat sie nicht gesagt?«, fragte Hannah schwach.

»Doch, da war noch was. Lass mich überlegen. Ich soll dir ausrichten, die Jungen wären Nachfahren einer ganz berühmten Katze.«

»Die Braungetigerte«, krächzte die Bettlägerige und versuchte zu lächeln. Ihre Tante hatte den gefährlichen Weg zurück also ebenfalls gemeistert. Sie war wesentlich älter und hatte ihr Leben riskiert.

Hoffentlich liege ich richtig …

»Jetzt fällt mir noch etwas ein. Adelheid sagte, sie müsse für ein paar Wochen auf Kur. Eine üble Grippe habe ihrer Lunge böse mitgespielt. Die Miezen im Pfeiferhaus werden von der Nachbarin versorgt.«

Augenblicklich zog eine dunkle Vorahnung über Hannahs Grübeleien. Adelheid hatte ihrer Freundin nicht die ganze Wahrheit verraten. Bärbel sollte aber nicht weiter belastet werden. Deswegen zwang sie sich ein Lächeln auf die Lippen und sagte: »Zwei Stubentiger in unserem Heim. Ich freu mich sehr.«

Mühselig rappelte sie sich im Kissen hoch, ließ die Brosche in ihrer Hand unter der Bettdecke verschwinden und gab der Lebensgefährtin einen innigen Kuss.

Kurz darauf ergab sie sich der bleiernen Müdigkeit, die ihren Geist überzog. Der Schlaf würde sie stärken.

Eine Woche später wurden Notburga und Hannah aus der Klinik entlassen. Das Mädchen lief inzwischen sicher auf zwei Beinen. Ihr Wortschatz hatte sich nach der außergewöhnlichen Reise merklich vergrößert, und sie war vernarrt in die beiden weiblichen Katzen, die manchmal wie Miniraubtiere wirkten, wenn sie knurrten, fauchten und miteinander rauften.

Hannah nahm erst im Sommer ihre Arbeit im Altersheim wieder auf. Sie wurde nicht müde, den alten Leuten von der Waage der Ewigkeit zu berichten, um sie auf den Kampf um Mutter Erde im Jenseits vorzubereiten, damit sie sich zu einer baldigen Wiedergeburt entschließen würden. Trotzdem glichen ihre Bemühungen dem berühmten Tropfen auf dem heißen Stein.

Die Menschheit veränderte sich nicht, ganz im Gegenteil sogar.

Kurz nach Notburgas erstem Geburtstag im März 1984 klingelte es an der Haustür der beiden Altenpflegerinnen. Hannahs Vater Kurt stand davor. Er trug schwarze Kleidung und sein Gesicht wirkte leichenblass.

»Papa, was tust du denn hier. Ist irgendetwas passiert?«, fragte Hannah alarmiert und bat ihn mit einer Geste, einzutreten.

Kurt bedankte sich, betrachtete kurz den liebevoll tapezierten Flur, dann betrat er das Wohnzimmer, in welchem Bärbels Töchterchen spielte. Er rang sich ein gequältes Lächeln ab und wuschelte der blonden Notburga durch die Locken. Dann ließ er sich auf die Couch sinken. Er wirkte matt und ratlos. Mit der rechten Hand zog er ein Sofakissen zu sich, dessen Trotteln von den Kätzchen zerfetzt waren. Mit der Linken griff er in die Innentasche des Sakkos und übergab einen Brief an seine Tochter.

»Ich darf ihn nicht öffnen«, sagte er leise. »Vermutlich ist es der Abschiedsbrief meiner Schwester. Sie ist vor zwei Tagen in einer Lungenheilanstalt am Bodensee verstorben. Man hat ihn mir, zusammen mit ihren Habseligkeiten, übergeben. Offensichtlich kam sie nicht mehr dazu, deine Adresse draufzuschreiben und ihn abzuschicken. Es stand nur dein Vorname auf dem Umschlag.«

Sofort schossen der Dunkelblonden die Tränen in die Augen, und schlagartig kehrten die Erinnerungen an die gefährliche Reise ins Jenseits zurück. Ziellose Wanderer hatten sich in Adelheids Haaren festgekrallt und versuchten sie mit sich zu ziehen. »Hindurch mit euch, rasch«, hatte sie ihr zugerufen, während sie gegen die Fledermausartigen kämpfte. Dann glitten Hannah und Notburga durch den engen, übel riechenden Schlauch, dem Überleben entgegen. Adas Rückfahrt nahm sie nicht mehr wahr.

»Das ist ja … furchtbar«, stammelte sie und ließ sich in die Arme ihres Vaters sinken. »Musste sie sehr leiden?«

Kurt schüttelte den Kopf. »Sie hat zum Ende hin starke Medikamente bekommen. Ihre wachen Momente waren sehr selten. Ein Wunder, dass sie noch einen Brief an dich schreiben konnte. Sie wollte übrigens an Ort und Stelle anonym beerdigt werden.«

»Was wird nun aus Mutter?«, fragte Hannah sofort nach. »Tante Adelheid hat hin und wieder nach ihr gesehen. Jetzt hat sie gar niemanden mehr, der sich um sie kümmert.« Verstohlen schielte sie zu der kleinen Schmuckschatulle, die sie ins Bücherregal gestellt hatte. Darin bewahrte sie die beschädigte Brosche auf.

Der Grauhaarige zuckte mit den Achseln. »Ada und Theres haben sich völlig zerstritten. Deine Tante durfte unser Haus gar nicht mehr betreten.« Er seufzte tief. »Ich hab Theresia einst geliebt. Warum hat sie so viel Leid über die Familie gebracht? Ist es meine Schuld?«

Hannah schmiegte sich an die nass geweinte Wange ihres Vaters. »Du trägst daran keine Schuld«, flüsterte sie. »Sie hat schon lange und bewusst den Pfad verlassen.«

»Welchen Pfad?«

»Ach, das sagt man nur so, Papa. Mach dir keine Vorwürfe.«

Kurt Pfeifer starrte zu Boden und betrachtete liebevoll die beiden Stubentiger, die die Schnürsenkel seiner Schuhe entdeckt hatten.

»Ich bin noch in einer Welt aufgewachsen, in der man Ziele und Ideale hatte. Nach dem Krieg habe ich mit meinem Vater Georg zusammen das zerbombte Haus wieder aufgebaut. Es gab genügend zu essen, in der Küche stand ein warmer Ofen. Wir alle haben uns an dem erfreut, was wir hatten. Aber das hat deiner Mutter nie genügt, Hannah. Sie fühlte sich, als sei sie eine weltberühmte Diva, der die Welt zu Füßen liegen muss. Nun sieh, was sie erreicht hat. Sie sitzt einsam in unserem ehemaligen Heim. Ihr Tagesablauf ist bestimmt von Alkohol, Medikamenten und Träumen von edlen Pelzen. Aber weißt du was?« Er hob den Kopf und schmerzende Emotionen überzogen seine Mimik. »Ich habe das Gefühl, immer mehr Menschen entwickeln sich in diese Richtung. Lügen, Faulheit, Antriebslosigkeit befallen selbst die junge Generation. Das bemerke ich in der Firma. Was haben wir uns früher gefreut, gut bezahlte Arbeit gefunden zu haben. Wir waren stolz auf das Handwerk. Und jetzt? Niemand will mehr einen Hammer in die Hand nehmen. Wo soll das nur enden?«

Hannah nickte. Sie kannte den Grund. Es war die Abkehr von den Gesetzen der Ewigkeit. Aber ihren unendlich traurigen Vater wollte sie damit nicht belasten. Deswegen antwortete sie diplomatisch: »Ich verspreche dir jedenfalls, dass ich niemals in Mutters Fußstapfen treten werde. Bärbel, Notburga und ich werden versuchen, einen kleinen Teil zu einer besseren Welt beizutragen.« Sie lächelte. »Genauso wie deine

Schwester Ada das versucht hat. Ich weiß, dass das kein echter Trost für dich ist. Das Leben wird weitergehen, Paps. Schau nach vorn.«

Wenig später verabschiedete sich Kurt Pfeifer liebevoll von seiner Tochter. Er spürte, dass Hannah mit dem Abschiedsbrief ihrer Tante allein sein wollte.

Und er hatte sich nicht geirrt. Gleich nachdem die Wohnungstür ins Schloss fiel, riss sie den Brief auf und las die handschriftlichen Zeilen.

Liebes Hannerl,

mein irdischer Körper hat den Rückweg nicht unbeschadet geschafft. Die ziellosen Wanderer rissen mir Teile der Seele heraus, die ich im Leben gebraucht hätte, um euch beizustehen. Aber du und Notburga, ihr schafft das auch ohne mich. Bitte versprich mir, nicht um mich zu trauern. Du weißt, dass wir uns wiedersehen werden.

Es gibt auch Grund zur Hoffnung. Während ich diese Zeilen schreibe, steht die Engelsfrau vor mir. Ihre Flügel wirken kraftlos und grau, ihre Gestalt ist verwaschen, aber sie ist bei mir, Hannah. Jetzt nehm ich den Kampf mit all den Entschlossenen hier im Jenseits auf.

Notburga wird bald die Aufgabe übernehmen, die deine Mutter nicht erfüllt hat. Es werden schwere Zeiten hereinbrechen, wenn unsere Engelsfrau ihre ursprünglichen Kräfte nicht zurückerlangt. Finde heraus, welchem Herrn sie tatsächlich dient, Gott oder dem Teufel. Mir will sie es noch immer nicht verraten. Eines steht jedoch fest: Gemeinsam bringen wir die Welt wieder ins Lot.

Ach und noch etwas! Unter dem losen Stein rechts neben der Haustür liegt ein Schlüssel. Hol ihn dir und zieh mit deinen Liebsten in unser Häuschen ein. Ich kann friedlicher sterben, wenn ich weiß, dass Bärbel, Notburga und du darin wohnen. Versorgt die Katzen gut. Du weißt ja, es sind ganz besondere Tiere.

Machs gut, mein Hannerl.

Der Brief entglitt ihren Händen und ein Schluchzen entfuhr ihr. Hannah betrachtete das Stück Papier auf der Couch. Ada war eine Kämpferin, wie geschaffen für die dunkle Seite der Waage. Und sie hatte es geschafft, die Engelsdame aus dem Drachenkörper hervorzulocken in der Todesstunde. Ehrfürchtig faltete sie den Brief zusammen, stand auf und trug ihn zu der Schmuckkassette, in der die Brosche ihrer Mutter lag.

Entscheide weise, sagte eine Stimme in ihrem Kopf. Irgendwo – in der Unendlichkeit – schien er noch zu existieren, der Engel mit den verschiedenfarbigen Flügeln.

Beginn eines neuen Jahrtausends

Es brachen schwierige Zeiten an, so wie Ada es prophezeit hatte. Nachdem Hannah, Bärbel und Notburga in das Pfeifer-Haus gezogen waren, griff die Arbeitslosigkeit Mitte der Neunzigerjahre mit harter Hand um sich. Die Orkane Vivian und Wiebke brachten einen ersten Vorgeschmack auf die Kapriolen des Wetters, die ständig zunahmen. Warnungen namhafter Wissenschaftler, die seit Jahrzehnten vor drastischen Klimaveränderungen warnten, versanken in der Gier nach noch mehr Wachstum, Wohlstand und Geld. Die Weltbevölkerung wuchs weiter rapide. Hatte man nach Beendigung des Zweiten Weltkriegs noch skandiert: »Niemals mehr Krieg!«, wüteten in den Neunzigern wieder Kämpfe um Macht und Geld. Die Gesetze der Ewigkeit, die den Menschen das Überleben auf dem Planeten sicherten, galten nichts mehr.

Anfang des neuen Jahrtausends flammte das drohende Wort vom Klimawandel erneut auf. Mit Sorge beobachtete man den Rückgang der Niederschläge, das Abschmelzen der Pole und die zunehmenden Naturkatastrophen. Dennoch, die derzeit sechs Milliarden Menschen – Tendenz weiter steigend – benötigten Wasser, Nahrung und Wohnraum. Wie sollte man die Rodung von Wäldern und das Zubetonieren von Flächen da drastisch reduzieren? Überlebenswichtige Ressourcen gingen zur Neige – darüber redete man, doch die Taten blieben aus.

Zur gleichen Zeit wurde die Verbindung zum Jenseits für Hannah wieder schwierig. Wie gern hätte sie mit Tante Ada, dem Psychiater Müller oder Edelgard Kontakt gehalten. Außer unscharfen, wild gestikulierenden Konturen, die ihre Münder wie im Stummfilm bewegten, erkannte sie nichts mehr. Götter, Teufel und Sagengestalten existierten nur noch in Kinofilmen.

Notburga wuchs, trotz aller irdischen Wandlungen, immer mehr zu einer jungen, bildhübschen Frau heran. Ihre Intelligenz, ihr Mut und ihr wacher Geist beeindruckten nicht nur Bärbel und Hannah jeden Tag aufs Neue. Sie war jedoch nicht die Einzige auf der Welt, die sich von den Massen abhob. Durch die Medien geisterten plötzlich Nachrichten von Jugendlichen mit außergewöhnlichen, unerklärlichen Fähigkeiten. Dann kam der Tag, als das Bündnis der jungen Menschen gezielt in die Öffentlichkeit trat. Hunderte demonstrierten in den Straßen und forderten ein radikales Umdenken in der Bevölkerung, um die nahenden Katastrophen abzuwenden. Sie alle behaupteten, schon einmal auf der Erde gelebt zu haben. Entschieden setzten sie sich gegen Spott und Widerstand, der auch von den Regierungen ausging, durch. In manchen Ländern der Erde bekämpfte man die mahnenden Stimmen mit brutalsten Mitteln, doch sie verstummten nicht.

Hannah beobachtete die Aktivitäten sehr genau. Tat sich etwas im Jenseits? In welcher Art und Weise fühlte sich Notburga mit den vermeintlich Wiedergeborenen verbunden?

Sie würde es bald erfahren.

Theresia war noch am Leben. Die Brosche aus ihrer Jugend, die im Schmuckkästchen ihrer Tochter lag, hatte weitere Splitter verloren. Winzige Granate steckten außerhalb der Silberfassung im roten Samt der Kassette. Nur noch drei Steine befanden sich im Edelmetall. Niemand hätte die Brosche mehr in diesem erbärmlichen Zustand an sein Gewand geheftet. Aber davon ahnte die kranke, alte Dame nichts. Ihre Welt war geschrumpft. Die kleinen Pillen bereiteten ihr inzwischen nur noch Qualen. Wellen aus Todesangst, Herzrasen und Blutdruckentgleisungen malträtierten ihren mageren Leib, wenn sie dem Druck, das Medikament zu steigern, nicht sofort nachkam. Theres, die einst im glanzvollen Rampenlicht einer Bühnenkarriere stand, wandelte im fleckübersäten Nachthemd durchs Haus, drehte sich Lockenwickler ins ungewaschene, dünne Haar und verschmierte roten Lippenstift rund um Mund und Nase. Das Einfamilienhaus, das Kurt für seine Familie erbaut hatte, verkam zur Bruchbude.

»Ein Entzug ist leider nicht mehr möglich. Ihre Mutter würde das nicht überleben«, murmelte Doktor Liebknecht und schlug die Akte auf dem Schreibtisch zu.

Hannah saß ihm gegenüber und versuchte in den Zügen des Psychiaters zu lesen. Jens Liebknecht praktizierte im Altenheim, in dem Bärbel und Hannah noch immer arbeiteten. Sie spielte mit dem Gedanken, Theresia ins Heim zu holen, da sie nicht mehr in der Lage war, sich selbstständig zu versorgen. Allerdings würde das Altenstift sie im derzeitigen Zustand der Sucht nicht aufnehmen.

Grübelnd stützte sie ihren Kopf auf die Hände und betrachtete das ernste Gesicht des Arztes. »Was schlagen Sie vor, Herr Doktor? Wie kann man ihr helfen?«, fragte sie heiser, während ihre Gedanken zur Brosche wanderten, die Theresias Leben und Sterben bestimmte.

Es wäre ganz einfach. Ein kleiner Schraubenzieher, ein wenig Geduld und die Granate würden mit einem leisen Klicken aus der Fassung brechen. Resls Augen fielen unmittelbar zu.

Doch … was geschähe dann?

Tausende von ziellosen Wanderern schoben sich in Hannahs Gedankenreise. Sie erwarteten Theresia am Ende des engen Tunnels. Ihre hässlichen Fledermausflügel streiften die angstverzerrten, fahlen Wangen ihrer Mutter und ihre Krallen rissen sie mit sich fort. Sie besiedelten noch immer das Jenseits mit den kahlen Bäumen, schrien und klagten: »Hilf mir, so hilf mir doch!«

WER aber konnte noch helfen?

»Fräulein Pfeifer? Geht es Ihnen nicht gut?«, durchdrang die Stimme des Psychiaters den düsteren Tagtraum.

Heftig kniff sie die Augen zusammen, um die Bilder zu vertreiben. »Was … was haben Sie gesagt?«

»Ich schlug vor, dass Sie Ihre Mutter – soweit es Ihnen möglich ist – daheim unterstützen. Es gibt noch ein stärkeres Medikament, das kann ich ihr für die Nacht verschreiben.« Die Finger des Arztes wischten verlegen über die dunkelgraue Patientenmappe auf dem Schreibtisch. »Das kann ich verantworten, denn sie wird ohnehin nicht mehr lange leben.«

Die Altenpflegerin nickte ohne Überzeugung.

Ob sie je die Kraft dazu hätte, den Schraubenzieher aus dem Werkzeugkasten zu holen? Immerhin war Theres ihre Mutter.

21 Jahre später, die Uhr zeigt fünf vor zwölf

Hannahs Vater starb Ende 2019 an Altersschwäche. Er war friedlich eingeschlafen. Leider hatte sie keine Gelegenheit mehr gehabt, mit ihm Kontakt aufzunehmen. Sie wusste nicht, ob ihn ein Engel mit weißen oder schwarzen Flügelfedern hinübergeleitet hatte. Womöglich existierte das Paradies auch gar nicht mehr. Seit Jahren fieberte sie darauf, einen Einblick in das Land mit dem Regenbogen zu erhaschen, zu erfahren, was Edelgard von Walden, Tante Adelheid oder Doktor Müller verändern konnten.

Dann überschlugen sich die Ereignisse. Ein Virus breitete sich rasend schnell rund um den Planeten aus und bedrohte die globale Gesundheit. Ganze Völker sperrte man in ihren Behausungen ein, um die Ausbreitung zu verlangsamen. Die Volkswirtschaft geriet ins Wanken. Neid, Hass und Aggressivität griffen um sich. Und – als wäre das nicht genug – Katastrophen häuften sich. Dürren, Überschwemmungen, Waldbrände stahlen immer mehr der knappen Ressourcen. Teile der Bevölkerung demonstrierten auf den Straßen für ihre Freiheit. Es gäbe kein Virus, schrien sie, und in grauer Urzeit wäre es auch schon zu Hitzewellen und verheerenden Unwettern gekommen. Dabei vergaßen die grölenden Massen nur, dass die Menschheit um weitere zwei Milliarden gewachsen war. Mutter Erde nahm keine Rücksicht mehr auf Agrarflächen und Wohngebiete.

Stand die Apokalypse bevor?

»Meine Lieben, es ist an der Zeit, dass wir eine kleine Reise unternehmen«, verkündete Notburga am gemeinsamen Frühstückstisch und streifte sich das lange, naturblonde Haar aus der Stirn. Sie war zu einer erwachsenen Frau herangereift, die noch immer bei ihren beiden Müttern im alten Pfeifer-Haus am Rande Nürnbergs wohnte. Sie arbeitete für eine internationale Forschungsgruppe, die sich dem Schutz der Wälder widmete. Derzeit forschte sie mit weiteren Wissenschaftlerinnen an der Sprache der Bäume.

Bärbel und Hannah horchten auf. Die sechs Katzen, die erwartungsvoll um den reich gedeckten Tisch in der ehemaligen Pfeifer-Küche saßen, spitzten ihre feinen Ohren, als würden sie lauschen.

»Wir fahren in den Wald nahe der Grenze zu Tschechien.«

»Was willst du denn in dieser Gegend?«, fragte Hannah verwirrt.

Bärbel warf ihrer Tochter einen warnenden Blick zu. Sie schätzte deren Aktivitäten nicht sonderlich.

»Ein lang gehütetes Rätsel lösen«, antwortete Notburga. »Wir können nicht mehr warten. Die Uhr zeigt bereits fünf vor zwölf.«

»Jetzt? In dieser gefährlichen Zeit? Es sind noch viel zu wenig Menschen geimpft gegen das Virus. Du weißt genau, was ich von deinen übernatürlichen Ansichten halte. Lang gehütete Rätsel lassen die Probleme der Zeit nicht verschwinden«, giftete Bärbel über den Tisch.

Hannah fuhr herum und musterte ihre Lebensgefährtin. Notburgas Aussage ergab Sinn für sie. Täglich flimmerten Hiobsbotschaften über die Mattscheibe, aber es wurde zu wenig getan. Viel zu viele Menschen auf dem Planeten waren nicht bereit, ihr Leben zu ändern. »Schau dir doch die Welt an. Sollten wir nicht jeden Strohhalm ergreifen, der sich uns bietet?«, konterte sie.

Bärbel zuckte mit den Achseln. »Immer dieses geheimnisvolle Gefasel. Sogar von Reinkarnation reden die jungen Leute, denen Notburga nacheifert. Ich bin christlich erzogen worden. Da kommt man nicht als neuer Mensch zurück nach dem Tod.«

»Mom, du musst es nicht verstehen. Dein Werdegang ist ohne Makel. Wenn du einst durch die Pforte trittst, wirst du die Wahl haben, zu bleiben oder zurückzukehren«, antwortete die Blonde trocken.

Hannah nickte zustimmend. Genauso hätte sie es auch ausgedrückt. Notburgas Vorschlag ließ erahnen, dass sie sich intensiv mit den Vorgängen im Dies- und Jenseits beschäftigte. Sie wagte jedoch keine direkte Frage, solange ihre Lebensgefährtin am Tisch anwesend war. »Es steht nicht gut um die Zukunft, unsere Tochter hat recht«, setzte sie deshalb hinzu.

Notburga schien optimistischer zu sein. Lächelnd warf sie ein: »Aber wir können die Zustände verbessern. Deswegen bitte ich euch, begleitet mich nach Eisenhütt. Dort werden wir ein Zwillingspaar treffen. Sie sind erst zwanzig Jahre alt, aber sie haben Erinnerungen. Wir müssen die Antworten finden, auf die wir alle so lange gewartet haben. Nur so können wir das Ruder noch herumreißen.«

»Eisenhütt?«, rief Hannah überrascht aus. »Das ist der Geburtsort meiner Mutter.«

Notburga nickte. »Sie wird sich freuen, den Ort noch einmal zu sehen und auf den Großneffen und die Großnichte zu treffen.«

Der inzwischen grauhaarigen Hannah blieb der Mund offen stehen. »Wie kommst du auf derartige Verwandtschaftsverhältnisse? Mutter hatte eine Zwillingsschwester, die sie einmal erwähnte. Sie hieß Dorothea. Aber die beiden hatten nach Theres' Umzug in die Stadt nie mehr Kontakt zueinander.«

Notburga grinste verklärt. Sie schien über ein umfangreiches Wissen zu diesem Thema zu verfügen.

»Dorothea Schaffert bekam mit ihrem Ehemann Hans ziemlich spät noch eine Tochter, nachdem das erste Kind in der Hungersnot nach dem Krieg gestorben war. Diese Frau mit Namen Brunhilde ist die Mutter der Zwillinge, die wir dort treffen werden.«

»Also, das wird mir zu unheimlich!«, rief Bärbel plötzlich dazwischen. Ihre Handflächen klatschten auf den Küchentisch, dann stand sie auf und verließ den Raum. Sechs Katzen folgten ihr maunzend.

Hannah wollte aufstehen, um ihr nachzulaufen, aber Notburga hinderte sie mit einem leichten Kopfschütteln.

»Lass sie«, flüsterte sie. »Eine Reise nach Eisenhütt belastet sie nur. Aber du kommst mit mir, hörst du? Und Oma begleitet uns.«

»Wie bitte? Deine Großmutter ist beinahe zweiundneunzig Jahre alt und gerade einmal wieder in der gerontopsychiatrischen Abteilung des Klinikums. Das macht wenig Sinn.«

Notburgas Augen bekamen einen glänzenden Ausdruck. »Das, was wir vorhaben, wird ohne sie nicht funktionieren. Sie spielt noch immer die Hauptrolle in diesem fulminanten Theaterstück.« Plötzlich wanderte ihr Blick zum Fensterbrett, auf dem Hannahs Schmuckkästchen stand. Staub lag auf dem Deckel. Es war lange nicht mehr geöffnet worden. »Die Brosche, die dir der krankende Engel damals überlassen hat, nehmen wir mit.«

Die Grauhaarige sprang auf. »Woher weißt du davon? Ich habe dich mit dem verwunschenen Schmuck niemals belasten wollen. Du warst noch ein Baby und alles erschien dir wie ein Traum.«

»Ich habe den Kontakt zum Jenseits etwas intensiver aufrechterhalten als du«, antwortete sie leise. »Du kannst Großmutter getrost mitnehmen. Solange noch ein Stein in der Brosche ist, wird sie bei uns bleiben müssen. Lass ihr die Chance zur Wiedergutmachung.«

Hannahs Lippen zitterten. Viele Fragen kamen ihr in den Sinn, aber sie schwieg.

Notburga wird die Aufgabe fortführen, war im Abschiedsbrief von Tante Ada gestanden.

Showdown 2021

Im Sommer desselben Jahres machten sich Notburga und Hannah auf die Reise. Sie holten Theresia aus der Klinik ab und unterschrieben den Ärzten eine Enthaftungserklärung für deren Entlassung. Die Greisin wehrte sich nicht.

Bärbel Kindermann begleitete sie nicht. Mit schwerem Herzen und vielen Ratschlägen schickte sie ihre Liebsten auf den Weg.

In Eisenhütt angekommen stellte Notburga das Fahrzeug auf einem Wanderparkplatz am Ortsrand ab. Zusammen mit Hannah lud sie den Rollstuhl aus. Theresia hatte auf der langen Fahrt in den Osten des Landes kein einziges Wort gesprochen. Auch jetzt zuckte sie mit keiner Wimper, als sie in den fahrbaren Untersatz gehoben wurde. Theres wirkte völlig stoisch. Die letzten Kilometer würden beschwerlich werden.

»Wie fühlst du dich, Mama?«, fragte Hannah keuchend. Hauchzart drückte sich Theresias Brosche durch die Gesäßtasche ihrer Jeans in die Haut. Ein letzter Granat befand sich darin. Der Schraubenzieher, der ihn herausbrechen könnte, steckte in Notburgas Rucksack.

Hannah bekam keine Antwort auf ihre Frage.

Bald endete der breite, gekieste Wanderweg und mündete in einen steinigen Pfad, der bergauf führte. Das Licht, das die dichten Bäume durchbrach, wurde spärlicher und trotz der sommerlichen Temperatur kühlte es deutlich ab.

Plötzlich zuckte Theresia heftig zusammen. Ihre Augen bewegten sich wild von einer Seite zur anderen. Sie stöhnte gequält.

Wettergegerbte Felskugeln kamen in Sicht. Das Stöhnen der Greisin wurde zu einem Klagen. Ihre Finger mit den langen, vergilbten Nägeln krallten sich ins schlohweiße Haar und rissen daran herum.

Notburga und ihre Ziehmutter mussten den Rollstuhl samt Theresia schließlich anheben, um den Weg fortzusetzen.

Schwer atmend näherten sie sich Meter für Meter dem Ziel.

Irgendwann ragte vor dem seltsamen Trio ein steiler Fels in den Himmel.

»Ich bin nicht weggelaufen«, kreischte die Alte in den dunklen Wald hinein. Dabei riss sie sich ein Büschel Haare aus. »Der ungehobelte Bäckergeselle hat meine Schwester geküsst. Sie hat Besseres verdient, deswegen habe ich ihm eine Lehre erteilt.«

Hannah und Notburga blickten sich an. Ihr waghalsiges Vorhaben musste gelingen. Außer Atem setzten sie den Rollstuhl ab.

Es raschelte im Laub. Erschrocken fuhren die beiden herum und blinzelten in das diffuse Zwielicht, das zwischen den Bäumen auf dem Waldboden tanzte.

Da! Zwei Personen traten geheimnisvoll aus dem Schatten einer riesigen, alten Buche. Eine junge Frau mit schimmerndem, fast weißem Haar hielt die Hand ihres Bruders, der ihr wie aus dem Gesicht geschnitten wirkte. Auch er trug auffallend helles Haar.

»Wir freuen uns, dass ihr gekommen seid«, flötete die Weißblonde. Ihre Stimme klang warm und ruhig. »Aber verzeiht, zuerst sollten wir uns vorstellen. Ich bin Edelgard Auberger, und das ist mein Bruder Gerhard. Auf das Händeschütteln werden wir verzichten, obwohl ich mir ziemlich sicher bin, dass die Terpene hier im tiefen Wald uns gut vor dem Virus schützen.«

Hannah bekam große Augen. Die beiden Vornamen lösten in ihr sofort Erinnerungen aus. Edelgard und Gerhard! Waren sie bereits zurückgekehrt? Ihr Herz begann zu hämmern, aber noch wagte sie die Frage nicht, die ihr auf der Zunge brannte.

Sekunden verstrichen, bis sie die Stimme wiederfand. »Ich bin Hannah, dies hier ist Notburga, die Tochter meiner Lebensgefährtin, und die ältere Dame im Rollstuhl heißt Theresia Pfeifer. Sie ist meine Mutter.«

»Das hättest du mir nicht verraten müssen«, erwiderte die Weißblonde. Ein Lächeln überzog ihre Lippen. »Theres ist die Zwillingsschwester unserer Großmutter Dorothea.«

Die Greisin im Rollstuhl fing an zu zittern, als friere sie. Man konnte erkennen, dass ihr gemartertes Gehirn auf Hochtouren arbeitete.

Notburga reagierte und strich der alten Frau behutsam über die wirren Haare. »Sie erinnert sich«, flüsterte sie geheimnisvoll in die Runde. »Aber lasst uns nun zum Ort der Wahrheit durchdringen. Wir müssen Theres' Kräfte schonen.«

Bei den Worten der Ziehtochter durchfuhr Hannah ein eiskalter Schauder. Ihre rechte Hand zuckte zur Jeanstasche und tastete nach der Brosche. Diese hektische Bewegung blieb nicht unentdeckt. Edelgard beobachtete sie. Wer war diese Frau?

Sie suchte deren Blick … und bekam Antwort.

»Hast du noch mein Buch?«, flüsterte ihr die Weißblonde plötzlich zu. »Die *›Eroberinnen des Himmels‹* war der Titel und ich hoffe, dass du es gelesen hast.«

Hannah erstarrte in der Gewissheit, die sie jetzt fühlte. Ein Hochwasser an Gefühlen drohte sie zu überwältigen. »Edelgard und Gerhard, wie konnte ich nur einen Augenblick daran zweifeln«, erwiderte sie leise. »Natürlich habe ich dein Buch gelesen. Es hat einen Ehrenplatz im Bücherschrank.«

Die Wiedergeborene schmunzelte geschmeichelt. »Es hat lange gedauert, aber nun stehen die Chancen gut.«

»Es kommen noch mehr«, warf nun der ebenfalls blonde Gerhard ein und wies mit der Hand auf den schmalen Pfad, den Notburga und Hannah mühsam mit dem Rollstuhl erzwungen hatten. In dessen Pupillen glomm ein Funke, den Resls Tochter sofort richtig interpretierte.

Der Psychiater aus ihrer Kindheit war zurückgekehrt und er wirkte entschlossen. Doch für all die Erinnerungen blieb keine Zeit.

Weitere Menschen kamen auf leisen Sohlen den Pfad herauf. Allesamt waren sie jung und in ihren Augen spiegelten sich die Geheimnisse vergangener Leben. Sie stellten sich mit wissendem Lächeln vor. Da gab es eine Eva, eine Magda, sogar eine Hanna, die ihr zuzwinkerte. Sie alle scharten sich nun um den Rollstuhl von Theresia.

Wie konnten all diese Personen ihre unvergesslichen Namen mit in ein neues Leben retten?, grübelte Hannah, aber sie wagte nicht, nachzufragen.

Theres wirkte nur noch wie ein Schatten ihrer selbst. Die Greisin starrte all die Gesichter an, als erkenne sie einige davon. Immer wieder fuhren ihre Finger durch das dünne Haar, zogen und rissen.

Plötzlich lachte sie auf und begann heiser zu krächzen: »Dreh dich im Kreis, tanz die Füße dir heiß …« Ihr Kinn schob sich arrogant nach vorn.

Die stolz wirkende Frau mit dem Namen Magda ergänzte ohne zu zögern ihr Lied: »… Das Leben ist fein, so sollte es sein. Lach und sing und geh deinen Pfad. Vergiss die andren, das ist mein Rat.« Die Augen der wiedergeborenen Magda glitzerten auf. »Aber du hast den Pfad verlassen, Theresia, wie manch anderer von uns Anwesenden. Deswegen sind wir heute gekommen. Kehr auch du um und schließe dich uns an. Sonst haben wir keine Chance.«

»Es gibt Seelen, die sich formieren, um die Gesetze der Ewigkeit in der Welt wieder zu etablieren.«

»O Allwissendes, es ist zu spät. Der Planet benötigt nun eine Ruhephase. Die Menschheit hat die Lebensgrundlagen zerstört. In ein paar Wimpernschlägen des Universums werden sie verdursten, verhungern und an Krankheiten sterben. Es sind einfach zu viele geworden. Und sie hören nicht mehr auf die Götter. Religionen haben nicht den Erfolg gebracht, den ich mir erhofft hatte. Im Gegenteil, sie geben mir die Schuld an ihrem eigenen Fehlverhalten.«

»Dein Geheimnis lüftet sich in wenigen Minuten. Haben sie denn keine Chance verdient, wenn sie die Wahrheit erkennen?«

»Ich bin nur noch ein unbedeutender, kraftloser Schatten. Das Jenseits ist bevölkert von Milliarden von ziellosen Seelen, die umherwandern. Es wird zugrunde gehen, zusammen mit dem Leben auf der Erde. In Äonen werde ich aus der Asche wieder hervortreten und einer neuen Spezies den Weg weisen.«

»Es gibt keinen Grund, sich in der Asche zu verbergen. Du bist unsterblich, vergiss das nicht!«

»O Allwissendes, ich wünschte, ich wäre es nicht! Gönn mir wenigstens eine Zeit lang den Tod.«

Das Zwillingspaar kannte den geheimen Eingang. Gerhard war derjenige gewesen, der bereits im vorangegangenen Leben bei seinen Recherchen herausgefunden hatte, dass unter dem Felsen unendliche Geheimnisse aus vergangener Zeit ruhen mussten. Vermutlich war der künstliche unterirdische Raum noch während des Zweiten Weltkrieges errichtet worden. Jemand wollte etwas verbergen, dieses Etwas aber vor der Vernichtung bewahren. Gerhard war auf einen Namen gestoßen. Ein gewisser Alfons Rauwieser, zu jener Zeit Bischof in Regensburg, könnte sich dafür verantwortlich zeichnen, so vermutete er.

Gerhard wies mit der Hand zu einer Grotte, die sich in dem Granitgestein gebildet hatte. Grüne Mooszotteln, dem Bart eines Ungeheuers ähnlich, hingen von oben herab und verhüllten sie vor den Blicken der Wanderer. Man hätte sie glatt übersehen können.

Keiner der Anwesenden ahnte derweil, dass Theresia genau an diesem Ort vor sechsundsiebzig Jahren einen Blick in die Hölle gewagt hatte.

Das irdische Höllenfeuer jedoch loderte für sie derzeit heller, als sie es in Erinnerung hatte.

Schweigend betraten die Zwillinge die Grotte. Sie entnahmen ihren Rucksäcken Stirnlampen und schalteten diese ein. Mit den Schuhen schoben sie Laub und Zweige zur Seite, bis sie auf eine dicke Holzplatte stießen. Weitere Anwesende fassten mit an, um sie zu entfernen. Mit einem dumpfen Geräusch gab der Deckel ein kreisrundes Loch frei, in dem eine schmale Holzstiege nach unten führte. Kühle, trockene Luft wich daraus hervor und hüllte die Menschen in der Grotte ein.

Gerhard und Edelgard schauten sich an, dann stiegen sie hinab in die Dunkelheit. Die anderen folgten ihnen.

Als Letztes wagten Hannah und Notburga den Abstieg. Vorsichtig wickelten sie Theresia in eine Wolldecke und schleppten sie die steilen, knarrenden Holzstufen hinab. Die alte Dame wehrte sich nicht. Der Rollstuhl blieb zurück.

Erdiger Duft umschmeichelte die kleine Gruppe, die nun eine künstliche Höhle tief im Granitgestein, das den Namen Hochfels trug, erreichte. Gespenstisch huschten die Strahlen der Stirnlampen über einen runden Raum, dessen Wand bis unter die niedrige Decke mit Holzregalen verstellt war. Bücher standen eng aneinandergereiht darin. Große, schwere Folianten, kleine Hefte, Schriftrollen, sogar Leitzordner füllten die offenen Schränke.

Rasch formten die Anwesenden einen Halbkreis. Theres setzten sie in die Mitte.

Ohne zu zögern, trat Gerhard Auberger nach vorn. »Diese Höhle ist in keiner Wanderkarte zu finden. Ich vermute, man hat sie im Dritten Reich ausgebaut, um heikle Schriften verschwinden zu lassen. In einem ziemlich unbekannten Roman aus der Gegend hier wurde sie aber erwähnt. Bald war mir klar, dass die hier gesammelten Werke gehörige Sprengkraft für das gläubige Volk dargestellt hätten. Ich habe sogar das Brevier eines Pfarrers entdeckt, welcher zu Kriegszeiten in Eisenhütt predigte.« Sein Blick glitt zu der alten Dame hinab, die leichenblass auf der Decke saß und die vielen Schriften anstarrte. »Der Geistliche erwähnte darin ein Kind mit Namen Theresia Bauer, welches im Verdacht stand, mit dem Leibhaftigen zu paktieren. Doch er revidierte seine Meinung später. Allerdings hätten ihn die Spekulationen, die er dem Büchlein anvertraute, in starke Bedrängnis gebracht. Deswegen hielt er sie bis zu seinem Tod geheim.« Gerhard schwieg für etliche Sekunden und ließ die Worte wirken. Totenstille herrschte während des kurzen Schweigens. »Erst in den Sechzigerjahren fand man übrigens die sterblichen Überreste des Geistlichen am Fuße dieses Felsens.« Gänsehaut überzog seine Arme. Ausgeblichene Knochen zwischen Dornensträuchern kamen ihm in den Sinn. Deswegen räusperte er sich und setzte rasch fort: »Lasst uns zur Sache kommen. Ich möchte euch folgendes Werk nicht vorenthalten.« Zielsicher ergriff er ein Buch mit ledernem

Einband. Es wirkte sehr alt. Er schlug es auf und blätterte die erste Seite auf. Dann las er leise vor: »Am Anfang schuf Gott Himmel und Erde.«

»Die Genesis«, warf Hannah flüsternd ein.

Gerhard blickte aus den Seiten auf, nickte ihr zu und erklärte: »Es handelt sich um eine unbekannte Interpretation davon. Der Apostel, der es niederschrieb, dürfte im Mittelalter verstorben sein.«

Ungläubige Gesichter starrten ihn an.

Er las weiter: »Das Trockene nannte Gott Land und das angesammelte Wasser ward das Meer.«

Plötzlich begann Theres auf der Decke unruhig zu werden. Abwehrend fuchtelte sie mit den Händen durch die Luft. »Lass mich in Ruhe. Ich will dich niemals mehr wiedersehen«, schrie sie.

Alle Augen schwenkten zu der Greisin, die verängstigt auf eine Stelle des Bücherregals starrte.

Notburga sprach sie sofort an: »Ist sie hier, Großmutter? Ist die Engelsdame anwesend?«

Theres ignorierte die junge Frau. Sie runzelte die Stirn und zischte dem Bücherregal entgegen: »Wie hätte ich denn die Aufgabe bewältigen sollen? Ich war jung und voller Pläne. Dann wandelten sich die Träume von der Bühnenkarriere. Aus mir wurde eine Ehefrau und Mutter. Da blieb keine Zeit, die Hirngespinste einer Geisterfrau mit Hörnern und Flügeln umzusetzen. Jetzt ist mein Leben vorbei. Ich wünsche mir nichts sehnlicher, als zu sterben.«

Einige Augenblicke legte sich bedrückende Stille über die alte Frau. Theresia lauschte offensichtlich einer Antwort, die außer ihr niemand hören konnte. Unvermittelt schrie sie wieder los: »Ja gut, ich gebe es zu. Ich habe mein Versprechen gebrochen. Ich wollte es vergessen. Kinder sagen viel, wenn der Tag lang genug ist. Nun lass mich endlich in den Tod gehen. Mehr will ich nicht. Das Kreuz Christi in eine Waage verwandeln, das müssen andere tun.«

Abrupt verhallte ihr Gekeife im Stein der Wände und Gerhard las einfach weiter. Allerdings begann seine Stimme zu zittern. »Gott sah, dass es gut war.«

Hannah nahm als Erstes wahr, dass sich ein Schatten über die zahlreichen Bücher und Schriften senkte. Im Schein der Stirnlampen schälten sich zwei Flügelpaare heraus, die im runden Raum an den Spitzen zusammentrafen. Sie hielt den Atem an. Der Engel würde sich heute erneut zeigen. Theresia Pfeifer, ihre Mutter, lockte ihn hervor. Wie viele Jahre hatte sie darauf warten müssen?

Die Finger ihrer rechten Hand fuhren in die Hosentasche. Krampfhaft schlossen sie sich um die Brosche. Sie konnte es spüren, das allerletzte Steinchen im Schmuckstück.

Sie zog die Hand zurück, um das Geschmeide zu betrachten. Der winzige Granatsplitter schoss im Licht der Lampen einen feuerroten Strahl durch die Höhle.

Ihre Lippen begannen zu beben. Bald wäre sie hier, die Dame mit den riesigen Schwingen.

Gerhard spürte, dass nun die Zeit gekommen war, das Geheimnis endgültig zu lüften. Er war aus dem Paradies unter großer Willensanstrengung zurückgekehrt, hatte sich der Herausforderung eines neuen Lebens gestellt und schon als Kind daran gearbeitet, sich an die vergangene Existenz zu erinnern. Edelgard war ihm stets eine große Stütze gewesen.

Er hob das Buch näher an seine Augen und las weiter vor: »Dann schuf Gott die Lebewesen. Eines davon war der Mensch. Da er aber selbst in den Leib eines der Geschöpfe gefahren war, mit schwerem Leib und Flügeln, die so groß waren, dass sie einen Baum bedeckten, sprach er: Hiermit übergebe ich euch die Erde mit all ihrem Leben. Ihr befindet euch im Garten Eden. Aber ich warne euch. Geht sorgsam damit um. Ohne seine Gaben werdet ihr alle sterben. Deswegen achtet die Gesetze der Ewigkeit, ganz gleich, ob ihr den Weg der ›Guten‹ oder der ›Bösen‹ wählt. Sie gelten für jeden Erdenbewohner und regeln euer Fortbestehen.«

»Der Drache ist Gott?«, fragte Hannah überwältigt, während sie die schwarzen Federn beobachtete, die sich über all den Buchrücken ausbreiteten.

»Nicht nur!«, antwortete Gerhard gedämpft. Behutsam schlug er das Buch zu und stellte es zurück an seinen Platz. »In den Übersetzungen der Menschen, welche dem Wesen als Apostel dienten, ist zu lesen, dass Luzifer …«

Gerhard wurde unterbrochen. Der Windstoß, der durch den runden Raum fegte, war gigantisch.

Theres kreischte wild.

Notburga stellte sich schützend vor die alte Dame.

In diesem Moment wuchs die Engelsgestalt aus den Schatten empor wie eine Statue. Rotgoldene Locken umrahmten ein ebenmäßiges Gesicht, aber unter der nachtblauen Samtrobe lugte ein behaartes Bein hervor. An seinem Ende saß kein Schuh, sondern der Huf eines Pferdes.

»Ich bin Gott Luzifer!«, vollendete das Wesen den Satz des Wiedergeborenen. »Ich verkörpere jede eurer Vorstellungen. Auf der Welt habe ich viele Namen bekommen. Ich hause auf den Gipfeln des Olymps und in den Untiefen des Hades. Ich trage den Schädel eines Elefanten, die Hörner einer Ziege oder den Heiligenschein eines Engels. Mein liebster Name allerdings war Bastet. Die sanftmütige Göttin in Form einer Katze kam dessen, was ich der Menschheit stets zu vermitteln versuchte, am nächsten. Sie stand für scharfen Verstand, Freude, Kraft, Ausdauer und Mut. Aber außer einem längst ausgestorbenen Volk im heißen Ägypten wollte mich niemand mehr in dieser Form verehren.«

Hannah schlang die Arme um ihren Körper. Tränen kullerten ihr die Wangen hinab. Nun hatte sie die Antwort, auf die sie so lange gewartet hatte. Und auch die Verbindung zu den geliebten Samtpfoten ergab nun einen Sinn.

»Ich bin die Hüterin der ewigen Waage, die die Welt im Gleichgewicht hält. Ich wies euch die richtigen Pfade, mal dunkel, mal hell. Doch nun …« Die stechenden Augen der Engelsdame senkten sich auf die Greisin herab. »… betrachtet den letzten Apostel, der mir zur Seite stehen sollte, um eure Irrwege zu stoppen. Ihm wird niemand mehr folgen. Ich benötige eine Pause. Wenn es die Menschen nicht mehr gibt, kehre ich zurück.« Eine alabasterfarbene Hand wurde unter dem

Gewand des Engels sichtbar. Der Zeigefinger war auf Theres gerichtet. »Ich kann noch ihre Worte hören, ihre Versprechungen.« Der Finger begann zu beben. »Sie hat mich enttäuscht, wie so viele von euch.«

Die alte Frau versuchte sich aufzurichten. Mit der Hilfe Notburgas rappelte sie sich hoch und balancierte auf ihren wackligen, dünnen Beinen. Sie reckte das Kinn vor. »MUTTER ERDE«, schrie sie dem geflügelten Wesen entgegen. »So willst du genannt werden. Alle haben es gehört. Ich habe getan, was du von mir verlangt hast. Und nun lass mich sterben … STERBEN!«

»Mutter Erde«, wiederholte die Engelsfrau mit versonnen wirkendem Blick. »Hier an diesem Ort, an dem wir uns befinden, haben sie mich die ›Gehörnte‹ genannt. Mutter Erde – nichts anderes war ich jemals, um euch die Gesetze der Ewigkeit zu vermitteln. Seit Anbeginn der Zeit war ich bei euch, aber ihr verpestet die Luft zum Atmen, zerstört die fruchtbare Erde und vergiftet das Wasser. Während ihr eure Götter und Dämonen anbetet, vernichtet ihr den Rest des Lebensraums und sonnt euch im Größenwahn. Also lasst mich in meinem gealterten Drachenleib auf der anderen Seite weiterleben, bis die ziellosen Seelen die Pforte durchbrechen werden.« Der dunkle Engel lächelte und deutete nun auf Hannah. »Du hältst die Brosche deiner Mutter in den Händen. Ich übertrage dir die Entscheidung, den letzten Granat daraus zu entfernen. Aber bedenke, dass auch das Paradies nicht mehr das ist, was es einmal war.«

In diesem Moment trat Notburga vor und baute sich vor dem Engelswesen auf. Mit dem Mut der Verzweiflung, den die Engelsfrau mit ihren Worten auslöste, verkündete sie laut: »Ich bin Notburga von Rattenberg, einst geboren im dreizehnten Jahrhundert und diente dir schon damals als Apostel. Wenn ich auch niemals offiziell als Heilige anerkannt wurde, so war und ist mein Name doch in aller Munde. Ich habe die wahre Genesis auf dein Geheiß hin geschrieben, obwohl auch sie im Lauf der Zeit unter den Mächtigen der katholischen Kirche verblasste. Du erschienst mir damals im weißen Federkleid, als ich gehen musste. Zwei weitere Leben agierte ich in der Welt der Lebenden und trug die Gesetze der Ewigkeit unter die Menschen. Jetzt wage ich es entschlossen ein viertes Mal. Mutter Erde, bleib bei uns!«

Hannah sank in die Knie. Sie hatte es immer geahnt. Bärbels Tochter war ihnen von höherer Stelle geschickt worden. Und es schien ganz so, als höre ihr das geflügelte Wesen zu.

»Du hast meinen wahren Namen benutzt«, tönte die Stimme des Engels durch die Höhle. »Notburga von Rattenberg – Sophie von der Pfalz – Louise Otto Peters, dein Engagement war wirklich außergewöhnlich, die Epochen, in denen du wirktest, schwierig. Den Frauen hörte man nicht zu, trotzdem hast du nie aufgegeben, im Gegensatz zu mir.« Resignation spiegelte sich in den Zügen der Engelsfrau. Ihr Gesicht wirkte fahl, grau und verbraucht.

In diesem Moment erhob sich ein Chor aus menschlichen Stimmen. »MUTTER ERDE … MUTTER ERDE«, skandierten die Anwesenden.

Ein Seufzen entfuhr dem Engel. Er schien diese Menschen, deren Brüder und Schwestern sich im Laufe der Jahrhunderte immer mehr von den simpelsten Regeln des Überlebens entfernt hatten, zu betrachten. Seine Gedanken drangen mühelos ein in die Köpfe der Menschen, die ihn hoffnungsvoll anbeteten, wie schon lange nicht mehr.

Ihr habt keine natürlichen Feinde, nur euch selbst. Ihr regiert über die Wölfe im Wald, über die Löwen der Steppe und die Haie im Ozean. Ihr bestimmt, wer das Recht auf Leben besitzt. Wer euch zu nahe kommt, muss weichen, ohne Rücksicht auf die Folgen, die euer Handeln hat. Nahrung, Wasser, Energie verwaltet und verteilt ihr unter euch, wohl wissend, dass die Ressourcen für euren ständig steigenden Nachwuchs niemals reichen werden. Ihr habt verlernt, wie das Leben auf dieser Erde funktioniert. Aber ihr sollt eine Chance erhalten, wo ihr doch ohnehin eigene Götter erschafft. Notburga braucht kein Apostel mehr sein. Folgt ihr direkt! Ich werde still euer Treiben beobachten!

Mit einem Lächeln blähte sich Mutter Erde auf und schien die engen Wände mühelos zu durchdringen. Bald bildete sich ein Sog, der das

Wesen, das sich in Rauch verwandelte, wie durch einen unsichtbaren Kamin verschwinden ließ.

Alle Augen wendeten sich nun Notburga zu. Ehrfurcht lag in ihren Blicken. Es gab einen neu erschaffenen, lebenden Gott.

»Wir werden es schaffen«, verkündete die junge Frau. »Lasst uns beginnen mit einer barmherzigen Tat.«

Notburga setzte den Rucksack ab und zog einen Schraubenzieher daraus hervor.

Wortlos reichte Hannah ihr die Brosche mit dem winzigen Granatsteinchen.

Epilog

Theresia Pfeifer starb erleichtert in den Armen ihrer Tochter Hannah und wurde in ihrem Geburtsort Eisenhütt beigesetzt. Weder ein dunkler noch ein heller Engel wartete an der düster wirkenden Pforte auf sie. Allerdings hatte sich die Gruppe der ziellosen Wanderer auf der anderen Seite etwas verkleinert. Etliche davon waren zurückgekehrt, um an der Gesundung des Planeten mitzuwirken.

Sie machte sich selbstbewusst auf den Weg zum Regenbogen, wohl wissend, dass sie große Fehler in ihrem Leben begangen hatte.

Bald stieß sie auf ihren verstorbenen Gatten Kurt und dessen Freundin Petra, die ihr nach einer aufrichtigen Entschuldigung dennoch die Hand reichten.

Nachdem vor allen Dingen die Klimakrise der Menschheit schwer zugesetzt hatte, war die Gemeinschaft derer, die eine neue »Religion« in die Welt hinaustrugen, so zahlreich geworden, dass man sie nicht mehr überhören konnte. Ihre Predigten stammten nicht aus verstaubten Büchern, sondern rankten sich jetzt um wahre Bilder, die Mutter Erde ihren Bewohnern in Form von Naturkatastrophen präsentierte. Erste zarte Erfolgspflänzchen zeigten sich nach einem weiteren Jahrzehnt. Teile der Welt wurden zu Naturschutzgebieten erklärt und für den Tourismus gesperrt, Urwaldgebiete verwandelten sich auf dem gesamten Planeten in Tabuzonen für den Menschen. Langsam, aber stetig begann die Weltbevölkerung zu schrumpfen. Tiere siedelten sich in der zunehmenden Wildnis an und nahmen sich den Lebensraum, den ihnen der mächtige zweibeinige Feind über Jahrhunderte vorenthalten hatte.

Theres berichtete ihrer Tochter gelegentlich aus dem Paradies. Sie würde nie mehr zurückkehren. Die Farben des Regenbogens ragten hinter ihrer Geistergestalt inzwischen wieder weit hinein in die ehemalige

Ödnis. Eine sanftmütige Göttin mit dem Kopf und dem Schwanz einer braun getigerten Katze wachte darüber. Man nannte sie Bastet.

Weitere ziellose Wanderer ließen sich inspirieren und strebten einer Wiedergeburt entgegen, um den endlosen Kampf von Mutter Erde weiterzuführen.

Über die Autorin

Eve Grass, geboren 1957 in Nürnberg widmet sich seit 2015 intensiv dem Schreiben. Ihre Trilogie das Pegasosgen wurde zwischen 2018 und 2020 beim Shadodex – Verlag der Schatten veröffentlicht.

Im Juli 2024 erschien ihr Kurzroman »Stellwerk« bei der Edition Moonflower.

Veröffentlichte Kurzgeschichten:

»The Changer« in der Anthologie »Hale-Bopp – im Bann des Kometen«, »Flexcharc« im Anthologie-Roman »Dominium Terrae – der Fluch der Menschheit«, »Blutrotes Glas« in der Anthologie »13 Urbane Legenden« beim Shadodex – Verlag der Schatten.
»Stellwerk« und »Feuer Steine Ungeheuer« in der Edition Moonflower.
»Operation Totenschwert« in der Anthologie »Dark Empire« beim »Geisterspiegel«.
»Tierliebe« in der Anthologie »Verflixter Valentinstag« bei »Elysion Books« sowie viele mehr.

Buchempfehlungen

Das Pegasosgen – Trilogie

Marias Geheimnis	Velludo	Alte Himmelsrechte
978-3-946381-32-7	978-3-946381-70-9	978-3-946381-79-2
536 Seiten, 16,95 €	496 Seiten, 17,00 €	496 Seiten, 17,00 €

Auch als E-Books erhältlich.

Edition Moonflower

Stellwerk
ISBN: 978-3-98528-304-0
100 Seiten, 6,00 €

Feuer Steine Ungeheuer
ISBN: 978-3-98528-312-5
ca. 100 Seiten, 6,00 €

Auch als E-Books erhältlich.